石公山印象 吴忠瑛 摄 金庭镇政府提供

浩瀚通途 李宝虎 摄 金庭镇政府提供

鸟瞰东村 顾娟 摄 金庭镇政府提供

太湖生态岛 贾嘉 摄 金庭镇政府提供

东山岛御码头

小谢姑山遗址

美丽的余山岛

明月湾古建筑

西山雕花楼

余山岛的渔民 赵茂茂提供

枇杷熟了 金庭镇政府提供

李岚的志愿者之家

太湖水石纪念馆长顾建华（右一）

太湖

万物生

房伟 著

江苏凤凰文艺出版社
JIANGSU PHOENIX LITERATURE AND
ART PUBLISHING

图书在版编目（CIP）数据

太湖万物生 / 房伟著 . —— 南京：江苏凤凰文艺出
版社，2023.12
ISBN 978-7-5594-8019-4

Ⅰ . ①太… Ⅱ . ①房… Ⅲ . ①报告文学－作品集－中
国－当代 Ⅳ . ① I25

中国国家版本馆 CIP 数据核字（2023）第 191498 号

太湖万物生

房伟 著

出 版 人	张在健
责任编辑	孙建兵
责任印制	杨　丹
出版发行	江苏凤凰文艺出版社
	南京市中央路 165 号，邮编：210009
网　　址	http://www.jswenyi.com
印　　刷	苏州市越洋印刷有限公司
开　　本	880 毫米 ×1230 毫米 1/16
印　　张	22
字　　数	335 千字
版　　次	2023 年 12 月第 1 版
印　　次	2023 年 12 月第 1 次印刷
书　　号	ISBN 978-7-5594-8019-4
定　　价	68.00 元

江苏凤凰文艺版图书凡印刷、装订错误，可向出版社调换，联系电话：025-83280257

序言

文明化成　生态大湖

这是一湖"梦中的水"。千百年来，它柔媚纯净，细腻婉转，荡漾着欢愉的渔歌。渔娘，采菱女，游动在文人多情的笔下，汇成自然的合唱；还有水中的山，青翠秀美，鸟兽繁盛，茶叶与鲜果的香气，沁入古刹的钟声，汇入神仙的鼎炉，化成各种缥缈的传说。

太湖位于长江三角洲南缘，古称震泽、具区，是中国五大淡水湖之一。它北临无锡，南濒浙江湖州，西依常州、宜兴，东近苏州。"太湖生态岛"是"太湖绿肺"，它以苏州吴中区金庭镇（旧称西山）为中心，拥有中国淡水湖泊最大岛屿——"西山岛"，并在概念上涵盖着苏州吴中区东山镇附近诸多太湖岛屿。太湖生态岛涵盖太湖三分之二水域，它还是全国唯一整岛风景名胜保护区，拥有长三角经济圈极稀缺的生态环境和自然人文资源。

500余万年前的中新世时期，气候变暖，海面上升，附近的河流汇集太湖洼地，形成今天太湖的雏形，并在中国宋元时期，完全发展成今天的规模。太湖生态岛，也大致成形于此时。自从有文字记载以来，此处就以风景秀美、隐逸云集、古迹古村遍布、寺院道观繁盛、文化底蕴深厚而著称。太湖生态岛的生态文明建设，也源远流长。逆着历史的河流上溯，宋代花石纲，以西山太湖石为美，造成无数东南惨祸，其教训仿佛历历在目。

历史的尘埃里，还隐藏着两块石碑。

它们藏身于太湖之滨的明月禅寺，久经岁月冲刷，依然清晰可见。人类如此热爱不朽，顽石无罪，却深藏人类的信念、爱恨与永恒的记忆。它们是太湖人珍惜山水，爱护家园的明证，也见证着太湖生态发展的历史积淀。一块是清乾隆六年吴县"禁止采石碑"，一块是清嘉庆元年"明月湾禁乱砍伐碑"。碑文所言，嘉木葱郁，可聚气藏风，也可庇护人烟，而高山大岭，俱是"性命攸关"。古人早已意识到生态保护的重要性。

中华人民共和国成立后，在改造自然的热望下，人们在太湖有过大规模"围湖造田"举动，文物保护工作也一度停滞。20世纪改革开放初期，太湖石畅销全国，甚至远销海外，西山煤矿与村办企业，也曾蓬勃发展。随着首部环保法颁布，环境保护成为基本国策。在中国共产党的坚定领导下，中国依靠科技和法制保护环境，太湖采石场与煤矿全部关停，文物和古村落保护工作走上正轨，太湖水污染等环境问题，也逐渐得到解决。

进入21世纪，苏州市经济腾飞，GDP（国内生产总值）常年稳居全国设区市前列。在江苏"强富美高"的美好生活愿景之中，"环境问题"又被提到可持续发展的高度。十八大以来，在习近平生态文明思想指引下，"美丽中国"成为社会主义现代化强国建设目标。"人与自然和谐共生"成为新时代中国特色社会主义基本方略。改善生态环境，优化生态系统，提升环境整体功能，增强人居环境获得感，成了深入人心的观念。

青山绿水，俱是金山银山，绿色"两山"发展之路，才是中国的未来。在此背景下，2021年3月1日，"支持苏州建设太湖生态岛"被纳入江苏省"十四五"规划《纲要》。太湖生态岛建设，也成了苏州吴中区的"一号任务"。2021年8月1日，《苏州市太湖生态岛条例》施行，共六章三十五条，开篇便说"本条例所称太湖生态岛，是指金庭镇区域范围内的西山岛等二十七个太湖岛屿和水域"。从大气污染防治，土壤改造，水源整治，河道清理，到传统村落与古树保护，生物多样化恢复，动植物保护，再到保护开发太湖生态诸岛，建立生态保护赔偿机制，升级科技产业，健全以产业生态化和生态产业化为主体的生态经济体系，江苏省试图以"生态、农业、文化、旅游、科技"五位一体发展规划，将太湖群岛建设成为低碳、美丽、富裕、文明、和谐的生态示范岛。

目前，拥有"世界级生态岛"认证的生态岛有四个，分别为爱德华王子岛、萨姆索岛、哥得兰岛，以及中国的崇明岛。"太湖生态岛"，正在向着这个宏伟目标迈进。中科院南京地理与湖泊研究所研究员陈雯，是《太湖生态岛发展规划》课题组负责人，她对太湖生态岛建设充满了热情："相比崇明生态岛，太湖生态岛面积比较小，但是自然风貌更好，历史传统文化、山水和生物多样性更为丰富。"陈雯这样描述太湖生态岛的未来模样："碧水青山萤舞果香的美丽岛、永续循环节能韧性的低碳岛、生态经济民生幸福的富足岛、绿色创新技术引领的知识岛、地景天成情感共鸣的艺术岛。"[①]

一夜之间，美丽隐秀的太湖群岛，迎来了科考队伍的关注；资本的注入、政府的项目，也引来众多艺术家和志愿者的参与。2021年，苏州太湖生态岛建设推进大会在苏州拉开大幕，总投资387亿元的29个项目集中签约、授信，标志着生态岛建设迈出了实质性步伐。我也于2022年，深入生态岛内，追古抚今，游览名胜，接触形形色色的岛民，了解各行各业对生态岛建设的反映。我的一支笔，能写出太湖生态岛的前世今生？我不知道，我只是沉醉于其中，感动于其中。太湖之野，必有传奇，岛与水的交融，有生生不息的文化精神。太湖的山山水水，总有些熠熠发光的人和物，黑洞般将我吸引。我们可以刺探另一种人生，变化成生命别样形态，比如，去谢姑山和一块石头成为朋友，在太湖里化身一条白鱼，在茶树间采撷第一批春茶，学会给果树剪枝美容……

"生态兴则文明兴。"自然是生命和无穷能源的源泉。人类之间以及人类与其他物种之间如何和谐共存，自古至今一直是难题。只有从工业文明跨

---

① 《"太湖生态岛"未来模样徐徐展开》，《解放日报》，2021年3月3日。

进生态文明，才能更好解决人类与自然的矛盾，实现中华民族的伟大复兴。大美太湖，问道桃源，我努力寻找着"文明化成"的生态和谐发展的答案。于是，便有了这些深深浅浅的文字，它们记录了我的勇敢与笨拙，也描绘下了我对生态岛的一往情深。它们充盈着水气和灵韵，点染着枇杷与金橘，挥洒着太湖的鸟兽之鸣，也潜藏着历史的雷电风霜。它们在天空与大地回响。

它们是太湖的，也是生态岛的；它们是苏州的，也是江苏的，更记录了一个正走向"新文明之路"的中国。

目 录

第一章　绿岛桃源记

　　第一节　隐秀太湖录　　　　　　　　　003

　　第二节　穷岛·富岛·生命岛　　　　　016

第二章　古村振兴记

　　第一节　明月见湾　　　　　　　　　　033

　　第二节　生态角里梦　　　　　　　　　045

　　第三节　古村新旧簿　　　　　　　　　056

第三章　道法自然记

　　第一节　金庭的味道　　　　　　　　　079

　　第二节　有情漫山　　　　　　　　　　089

　　第三节　余山有余　　　　　　　　　　108

第四章　美岛风物记

第一节　禽鸟江湖　　　　　　　　　123

第二节　古树的故事　　　　　　　　140

第三节　保水太湖　　　　　　　　　160

第四节　良石生水中　　　　　　　　179

第五章　生态经济记

第一节　问宿桃源　　　　　　　　　195

第二节　"上岸"的鱼蟹　　　　　　215

第三节　碧螺春满园　　　　　　　　240

第四节　枇杷熟了　　　　　　　　　254

第五节　电商天下　　　　　　　　　282

第六章　桃源文心记

第一节　棍徒与小吏　　　　　　　　299

第二节　阳光与家园　　　　　　　　308

第三节　湖水画梦录　　　　　　　　322

结　语　万物并生　美丽中国　　　　338

第一章　绿岛桃源记

第一节　隐秀太湖录

明月移舟去，夜静魂梦归。暗觉海风度，萧萧闻雁飞。

——王昌龄《太湖秋夕》

一　山川风气

梦中总是有一群峨冠博带的古人。他们在水边痛哭高歌，在山间煮茶吟诗，在翠绿竹林里赏月听风，他们隐身于太湖岛屿，写出一篇篇璀璨的诗歌，一个个动人的故事。

戴维·莫里说过，每块土地都有自己不可抹杀的故事，但必须要有真诚的作者来阅读与重述。太湖生态岛不仅是自然山水，也是"纸上山水"。飘荡如野马的历史尘埃，风尘仆仆的文人墨客，洒脱不羁的仁人志士，慷慨悲歌与低回浅唱。那些变幻不定的面容，游动在深深浅浅的记忆，变成地域文化最具魅力的部分。

山川始于胸怀，风气源于精神。人文化成的精神，也表现在文化中人与自然的共生关系。人类依托自然生长出文化，反思人对自然的征服，而山水之间，也寄托人的理想，形成奇特的共生性。

《史记·吴太伯世家》记载："太王欲立季历以及昌，于是太伯、仲雍二人乃奔荆蛮，文身断发，示不同用，以避季历。季历果立，是为王季，而昌为文王。太伯之奔荆蛮，自号勾吴。荆蛮义之，从而归之者千余家，立为吴太伯。"我们已很难还原，公元前3200年那一段复杂诡谲的历史。"太伯奔吴"

是权力斗争失败者的流亡，还是高逸之士的主动避让？这似乎已不再重要，我们更多关注中华文明"由北及南"的流动轨迹。太伯是最早来太湖的北方移民高士。中国文化"自北而南来"，少了一些北方厚重刻板的宗法约束，而南方明媚山水之间，多了"个性自我"的张扬，风流蕴藉的温婉，以及情义为先的担当。比如，"荆蛮义之"表明太湖土著对太伯"谦逊让贤"的肯定，而这种"由北向南"的轨迹，丰富了中华文明的内涵与气质，也形成了南北特色各具，流通互补的格局。

文人笔下，"北方山水"与"南方山水"有巨大差别，这也是地域文化差异使然。枚乘《七发》写道："海水上潮，山出纳云，日夜不止。衍溢漂疾，波涌而涛起。其始起也，洪淋淋焉，若白鹭之下翔；其少进也，浩浩澄澄，如素车白马帷盖之张。"这些北方风景蕴含着征服的主体性，与自然恐怖伟力的"力量的壮美"（康德语）。南渡后谢灵运永嘉山水诗，初步形成南方山水描述特质："澹潋结寒姿，团栾润霜质。涧委水屡迷，林迥岩逾密。眷西谓初月，顾东疑落日。践夕奄昏曙，蔽翳皆周悉。"（谢灵运《登永嘉绿嶂山》）细细读来，全是一番和谐柔美的"自然的优美"（康德语）。在文人写太湖生态岛的诗句中，优美更比比皆是，例如，白居易《宿湖中》："水天向晚碧沉沉，树影霞光重叠深。浸月冷波千顷练，苞霜新橘万株金。幸无案牍何妨醉，纵有笙歌不废吟。十只画船何处宿，洞庭山脚太湖心。"完全是一派自然与人类和谐共处的纯美之景。

然而，乱世有文化"由北向南"迁徙，治世则有文化"由南向北"流动，比如，明朝开国，南宋遗脉的南方精英，先移至南京，后聚集北京。民国乱世到中华人民共和国治世，也有文化中心"由南向北"的迁徙。钱穆曾讲，中国史的分是变，常是合，西洋史之常是分，其之合是一个变。[1]他大意是站在文化比较论视野，说明中国文化主流是融合，虽有分离、战乱，但融合始终是主流。这既是中国历史客观存在，也是文明天性使然。太湖生态岛文化，这种

---

① 钱穆：《从中国历史来看中国民族性及中国文化》，中华书局，2016年版，第25～26页。

"合"既表现在人与自然的和谐，也表现在太湖文化融汇南北的特质。它并非封闭的，而是将北方诗书教化与南方岛民的温柔细致结合，使生态文明有了生长的文化基础。

"太伯奔吴"后，太湖迎来不少隐逸的北方士人，比如，汉初"商山四皓"。真正大规模人口迁移，是"东晋"与"南宋"两个时期的大规模"南渡"。许多北方世家大族，纷纷迁徙到太湖居住，仅以太湖生态岛的西山为例，明初就有较大宗族25支，大多是北方名门，例如，秦家堡秦氏、消夏湾蔡氏、甪里郑氏、劳家桥劳氏、东村徐氏、煦巷徐氏、横山韩氏、梧巷凤氏等。[①]

何谓"南渡情结"？冯友兰言："稽之往史，我民族若不能立足中原，偏安江表，称曰南渡。南渡之人，未有能北返者：晋人南渡，其例一也；宋人南渡，其例二也；明人南渡，其例三也。'风景不殊'，晋人之深悲；'还我河山'，宋人之虚愿。"家国沦丧，自然更看重情感道义；文化地域变异，也会更注重融入当地。太湖生态岛的"南渡情结"，与广义的南迁文化不同，既有遗民之恨、仕人之清高，又有自然之爱与灵活务实的诉求，更兼有文武相济的文化传承。古人称太湖生态岛"是仙境，亦是寿域"。生态岛风景殊美，物产丰富，环水有山，处于太湖，可避刀兵之祸，也可颐养天性，养生修道；又因水道发达，距苏杭等发达地区并不太远，也可经商航运，交通文明。

二　无碍道隐

初春的雨，密得仿佛牛毛般的针脚，不断落在洞外。

李弥大盘膝而坐，数着呼吸，与雨声应和着。石床又冷又潮，洞内有小厮生起小炭炉，又要摆在洞口通风处，热量不高，但总是有了些温度。他并不感觉冷，兴许是修炼了辟谷之术和道家养生导引。洞内幽暗迷蒙，钟乳千奇百怪，潺潺流淌的，是蜿蜒其间的地下暗溪。他放了些蜡烛在那里，曲曲折折的石路，通向后洞，也通向未知，洞有连环，似鬼斧神工开凿而成。有人说，洞

---

① 苏州市吴中区西山镇志编纂委员会：《西山镇志》，苏州大学出版社，2001年版，第54页。

中有大禹所留天书数卷，可治平天下。

热闹都远离了他。那些刀光剑影的厮杀、朝堂的明争暗斗，甚至是普通的人生享乐。隐居于山洞，远离了烦恼，享受了清闲，还要忍受那"逼上门的寂寞"。好在他不以为苦，以云霞为餐，以月光为友。隐士可以修炼道法，也可以俯仰天地，与自然融为一体。一个官员远离了官场，"隐"就成了他最后的尊严，也是最有力的符号象征。他需要林屋洞这片"道教第九洞天"，更需要一片园，来记载他的心志。

南宋平江知府李弥大，福建连江县人，是个不得志的主战派。他提拔韩世忠，与金人死战。他反对求和，皇帝看着他碍眼。他和当朝首辅吕颐浩交恶，处处受排挤。绍兴二年，他弃官归隐，在林屋洞建"无碍庵""道隐园"，他住的山洞名为"易老堂"。《太湖备考》中说："弥大知平江府被劾，遂筑室于西山名'易老堂'，自号'无碍居士'。"隐居的心态是复杂的，"冯唐易老，李广难封"，居住之地都带着一股怨气。当然，这里既有孤傲清冷的伤痕，也有山水自娱的旷达。他忍不住写下诗句："流水天常洗，桃花春自迟。年年深洞里，闲着一枰棋。"（《亲旧有问山中事者示之以诗》）

那是怎样理想的桃源之地？《道隐园记》中，李弥大这样叙述："林屋洞山之南麓，土沃以饶，奇石附之以错崎。东南面太湖远山翼而环，盖湖山之极观也。"土地肥沃，奇石，远山，围绕大湖而居，"一山飞峙太湖中，千娇深藏林屋洞"，令人难忘。雨洞、丙洞、旸谷洞，三洞会于一穴，抬头仰望，巨型石板悬挂于上，"洞内广如大厦，立石如平野森林，其顶则平如屋，故称林屋"。洞中有石室、龙床、银房、石钟、石鼓、金庭、玉柱、石燕、隐泉、鱼乳泉等石景。大自然以石为风景，为器物，又全不以人工开凿打磨，浑然天成，又处处通着灵性，这岂不能让隐居的人感到欣喜？

山浮群玉，万顷光涵，洞中可以爬山。山石宛若动物，如牛羊，似犀象，起伏蹲卧，各具神态，称十二生肖石，即所谓"齐物观"。无雨无雪之日，隐士自洞而上，与诸多石物相交为友，实在别有一番情趣。而从山上向下看，也很有意思。曲岩、鳞岩，天成石镈，入地而生，蜿蜒起伏，在山顶大声呼唤，看那渔船帆影，山鸟归巢，又有袅袅炊烟，弥漫于浓密森林之间，此景为"林屋晚烟"。岩石前面，要种上梅花树，山的中段建小亭，就叫"驾浮"吧，驾驶着浮云，当得人生笑傲，或者哪天也能"蹑虚空"，见到路过的神仙？还要有个花圃，种上"奇殖嘉茂"的树木花草，春光灿烂之日，侍弄花草，岂不知又是一番乐趣？

这些不是最好的，他还要篇"石刻美文"。人们总是试图挽留时间，记录言行，以便追求某种永恒的存在感。石头无罪，却背负文字，成为石碑石刻，留下人类活动的痕迹。李弥大沉思片刻，刷刷点点，就在春雨的早晨，在易老居山洞里，写就了那篇《无碍居士道隐园记》。他要把它刻在前洞的山石之上，这样来此的人，都能看到。"吾少尝为儒，言迂而行踬，仕则不合而去，游于释而泳于老，盖隐于道者，非身隐，其道隐也。"老子曾说"道隐无名，隐者有道"，出世的逍遥之中，又包含了多少悲愤和无奈？

李弥大不是最早在林屋洞隐居修道之人。1980年，吴县政府清理林屋洞，就挖出梁天监二年（503），20名道士居洞生活记载的石碑，以及唐宋期间，祭神所用金龙及青铜鎏金龙等道教文物。可《无碍居士道隐园记》，成了太湖地区迄今为止尚存最古老、最珍贵的摩崖石刻。世事如棋，天公不语，无论人事纷争，宦海沉浮，甚至他自诩的平生功业，都会随风而逝，只要洞还在，流水绕钟乳，幽深不可闻，那篇摩崖石刻也许就会在。后人就可从此了解他，记住他。由此，身隐还是道隐，又有何关系？

绍兴五年，李弥大在林屋洞隐居四年，得到朝廷征召，又毅然出山，出任静江知府兼工部尚书，上任不久，广西提刑又弹劾他"自持广西边务，日断强盗死罪"，再次被罢。秀美的山水，没有熄灭进取心，隐居生涯，也难逃出世与入世的矛盾。李弥大最后的岁月，正史所载不多。《宋史》简单记载，绍兴十年（1140），李弥大病逝。抑郁而终的他，是否曾为再次出仕后悔？是否曾想念林屋洞小小的"道隐园"？

沧海桑田，时间又过去两百多年，元至正年间，天下大乱，中原有红巾军起事，福建也有亦思巴奚兵乱。太湖胜景，却一直活在李氏后人记忆中。为重返先祖梦中桃源，李弥大四世孙李肇一带领族人，历尽千辛万苦，从福建连江迁徙到太湖生态岛石公村可盘湾，后又分出阴山和植里两支，繁衍生息。清乾隆年间，李氏族人李小白所修《洞庭李氏族谱》，对此曾有记载，可惜此《族谱》毁于刀兵，不复现于人间，"道隐园"也不复存在。

世人常说，隐士有"真隐"与"假隐"。陶渊明是"真隐"，以山水之爱，融入生命意志，以诗文之美，融入自然风物。熙巷徐氏徐素行，也是"真隐"，还告诫子孙不得出仕。生态岛琦里邓氏的迁山始祖、宋高宗朝中书省右正言邓肃，也是南渡为官。他辞官隐居太湖，遂以终老。李弥大可称为"假隐"，山水陶冶心性，养生以待时机，刻石名胜之前，邀名于后世。然而，"真隐"与"假隐"之间，不应有太过苛刻的界限。"真隐"与"假隐"，都有抱负不得伸展的遗憾、爱自然的心性，也都有与主流政治保持距离的个人节操与审美情趣。也正因为李弥大的"用世之隐"，林屋洞才多了摩崖石刻，才有了这么多故事。

三　大宋烈士

此去必无归期，有死无生。

初春已至，可汴京城仍是一片肃杀。狂风暴雪的天际，涌动出奇诡的灰色线条，好似冷笑的亡灵之印，更像一个邪恶的暗示。汴京郊区，青城金军大营，辕门更近了，他擦亮了眼，看到了营门外一排排垒起的人头。他们死不瞑目，有的还圆睁双眼。也许不久后，他的头颅也会来此做伴。兵器闪耀光芒，与大门边的篝火，互相辉映。地上是暗红色血液，已被冻住，成为一块块惊悚紫痂。空气中回荡着焚烧尸体的、令人作呕的恶臭气息，还有无数汴京女子绝望的呼喊。他来时喝了点壮行酒，肚里有团火，在熊熊燃烧。他知道，自己不可能成功。他只期望能与官家圣上在一起，与大宋在一起，无论生死……

靖康二年（1127）二月，无疑是中国古代文明史上黑暗的一页。中原大地整体落入异族之手，大宋皇族受到了异常屈辱的对待。金太宗下旨，将宋徽宗、宋钦宗废为庶人，强行脱去二帝龙袍。众被俘官员瑟瑟发抖，无人阻止，只有李若水骂不绝口，被宗翰手下割喉而死。金人热烈庆祝胜利，继续着烧杀抢掠，数十万汴京军民哭声盈野，自缢而死者众，数十里外都能清晰耳闻，实为惨不忍睹。

徐汴河，河北永清府的一名教授（学官），品秩很低的小官，他携家从浙江衢州搬到汴京后不久，赶上了靖康之变。徐汴河有三子徐揆，小名七郎，刚中举人，尚无官职。徐揆年纪不大，但有一腔热血，目睹金军破城惨祸，深受刺激。他竟孤身犯险，主动请缨，要去城郊金军大营，索还被扣押的二帝。千年之后，我们依然无法猜度，徐揆此举后的心灵轨迹。可以肯定的是，他是一名"心有大勇"的读书人，虽无杀敌之力，但有英雄之胆与烈士之节。汴京城破，仕人有逃走者，有投降者，也有选择追随二帝者，奔向五国城，但如李若水这般义烈抗争者，却并不多见。徐揆也是一名反抗者。虽然，他明明知道，这是一场"鸡蛋与石头"的战争，但鸡蛋的意义，并不在于战胜石头，而是以自身的碎裂，彰显石头的野蛮无耻。鸡蛋的胜利，是在时间的转轴之上，是在史书的斑斑血痕之中。

进入大营，徐揆视死如归，镇定自若，怒斥金人的无耻凶残。他被金人当堂击杀，尸体悬挂辕门示众。史书并没有记载徐汴河的行动。他是否苦劝过儿子不要意气用事？还是抹着老泪，默默看着儿子奔赴死地？他是否埋葬了儿子的尸体？他又如何逃出汴京城，投奔河北大名鼎鼎的赵构大元帅府？从史书简短的记载中，我们可以想象这一路的惊心动魄。这一年，赵构从大名府逃至应天府即位，改元建炎。建炎二年，赵构过淮河而南渡长江，从建康府到绍兴府，再到临安府，一路逃难。徐汴河又带着年仅十二岁的孙子，徐揆的儿子徐元吉，"义不居伪邦，随帝南渡"（《范成大·徐谱序》），先居杭州，后迁苏州。徐元吉后于南宋淳熙年间，再迁至洞庭西山后埠定居。

生态岛的桃源胜境，安慰着徐氏后人的心。徐揆也被高宗封为宣教郎，赠谥号"靖节"，建祠堂于苏州陈千户桥。"靖节"者，取"使秩序安定的高风亮节"之意。东晋陶潜，也被称为"靖节先生"。徐揆以无畏的死亡，成就了

"大宋烈士"的名誉，也将一种执节尚义的文化基因，悄悄地种在了生态岛的文化建设之中。

除了徐揆，生态岛南渡的北方宗族，还出了一个"大宋烈士"，就是秦家堡秦氏族人秦孝义。秦孝义是宋代词人秦观的八世孙，其父秦仪，十九岁就高中进士，并迎娶了宋理宗的女儿娥明公主，至今驸马墓尚存于太湖西山。秦孝义出生于1260年，是秦仪的第三子。那一年，忽必烈称帝，在遥远的北非，埃及马木鲁克军团，在阿音札鲁特战役击败元军骑兵，终结了元军向埃及的侵略。而南宋恰是景定元年，宋理宗在位，贾似道当朝。南宋已经进入了风雨飘摇的时期。

《秦氏宗谱》中记载秦孝义"号阆仙，从荫未授，隐居，宋亡殉难"。赵孟頫的《赵廷彩先生传》中说："孝义倜傥有大节，初随诸王所，及宋亡，同溺于海。"《西山镇志》记载更详细："以国戚随军出征，随诸王护驾南移，祥兴二年（1279）二月，宋军大败，孝义有大节，随宋朝末代皇帝赵昺在广东崖山投海，壮烈殉国。"也有的资料说秦孝义，字文仲，出生于1250年左右，崖山殉国后，有秦氏族人流落到了福建、广东等地。从这些信息我们可以勾勒出秦孝义大致的人生轨迹。身为大宋外戚，秦孝义在杭州城破之后，毅然选择跟随残存的小朝廷，一路南逃。赵孟頫的《赵廷彩先生传》，也记载了秦孝义的兄长秦孝光、侄子秦凤等人的选择。他们在宋亡后，选择以宋之遗民自居，坚决拒绝元朝的征召，而秦孝义更是选择与宋朝同生共死。太湖文化中，隐逸的风流蕴藉，包含着沉痛的创伤，也有着对情义执拗的坚守。

祥兴二年（1279）二月，是一个残忍的春天，陆秀夫背着年幼的小皇帝，跳入了崖山银州湾冰冷的海水之中。秦孝义绝望地望着天边滚滚的硝烟，喊杀声还在继续，周围不断有宋人，包括士兵、宫女和仆从，纷纷跳海而亡。朦胧之中，秦孝义的思绪，仿佛回到了秦家堡，眼前是威严的驸马父亲与慈祥的公主母亲。他好像看到，侄子将秦家堡府名改为了"咏烈堂"，在祖墓附近，丛生出无数的竹子，它们都有着金黄色的竹竿，在风中发出呜咽之声。他勇敢地迈步向前，脚下一空，有海风呼啸而至，他真的可以回家了……

四　白头名将

鸟鸣无声山寂寂，夜正长兮风淅淅。

元军已从此直入成都，关隘已失守，地狱般死寂的阳平关，数万军士横陈叠加，无贵无贱，同为死骨，还保持着死亡时的最后姿态。时值酷暑，战场已臭不可闻，无数黑鸦盘旋其上，贪婪地期待着人肉大餐。夜晚的黑暗之中，只有呜咽的山风，似乎在为那些死者哀悼。这恐怖的夜晚，战场上却飘起了两只鬼火般的灯笼。灯笼之下，是两个满身血污的年轻男人，他们在不断翻动着尸体，似是在寻找着什么人……

南宋端平三年（1236），御前诸军统制曹友闻，率领南宋万余兵马，与元军阔端部大战于阳平关前。曹友闻本是进士出身的文官，个子不高，但性格刚烈，且精通武艺，年轻时感于国事艰难，主动弃政从戎，投入到抗元大业。因其人足智多谋，英勇过人，四川制置司为表彰其功绩，特地绣了一面"满身胆"的大旗颁授给他，元军诸将也称其"矮曹遍身胆"。阳平关大战爆发，阔端大军分路夹击。由于缺乏外援，曹友闻全军覆没。曹友闻死后，南宋朝廷特赠为龙图阁学士，赐庙"褒忠"，谥曰"节"。元朝人刘麟瑞有诗赞道："雁塔名香本一儒，执殳几度为前驱。元戎却敌世间有，教授提兵天下无。花石峡麏忠奋勇，水牛岭度死生殊。英风壮节谁堪匹？千载人称大丈夫。"曹友闻以书生从军，征战十余年，直至慷慨赴死，不禁令人动容。

曹死后，尸身没于战场，不知所终。曹有一个朋友，成都人安如山。《谷音·卷上》说："如山善击剑，左右射，读经史百氏之书。端平甲午，安抚曹友闻，辟掌书记，不起。"由此可见，安如山文武双全，又对时局有着清醒认识。他对宋朝的朝堂不满，不愿为官，但也敬重曹友闻的高风亮节。曹战死后，安如山与曹友闻的儿子曹墀，冒着生命危险，潜伏进三泉平原，在阳平关前逡巡查找。此时已过去数周，尸体皆焦烂不可见，两人寻找三日，方在一处荒草间，通过随身所带之物，确定了将军遗体。他们就地焚烧尸体，捡拾遗骨，用死马之皮裹挟，又历经千难万险，将其带回甘肃祖墓。安如山也未当官，终老于会稽。

南宋朝廷又册封曹墀为承务郎，封曹友闻的夫人韩氏为安阳县君。曹墀目睹南宋朝堂的腐败，不愿出仕，竭力请辞。南宋名臣郑清之，赏识曹友闻，也同情曹墀。他就是西山甪里人，就对曹墀说，我的家乡是著名隐逸之地，有桃源胜景，也可远离纷争，你如愿意，就请在那里归隐吧。曹墀听闻此言，十分动心，经过几番考察，他将全家从甘肃迁徙到生态岛甪里村。多年后，安阳县君病逝，葬于甪里丝萝坞，曹墀死后，也葬于甪里王家坞。曹墀曾留下一首诗《我生篇》，其中有"尤物有西湖，岂可长留恋？具区神仙宅，啸歌即彼岸。安得李西平，再洗山河面！"诗平实执拗，批评南宋当局的意思也非常明显。李西平是唐代中兴名将，曹墀也期待有此力挽狂澜的人物出现，拯救大好河山，然而，"荒林不辨将军树，古岭空传壮士歌。深夜有人闻铁马，斜阳无事看金戈"。他最终失望了，也只能独善其身，在山水之中，寻找心灵寄托。

名气大的迁徙武将家族，还有南宋中兴名将韩世忠的族人。韩世忠本是北宋西军一名下级军官，诨名"韩泼五"，平日喝酒闹事，为世人所轻。靖康之变，韩世忠历经战火，不断成长蜕变，以卓越的抗金功绩，被累迁至镇南、武安、宁国三镇节度使，封爵咸安郡王。晚年的韩世忠，被削去兵权，担任枢密使。他热衷佛老之学，自号清凉居士，爱骑驴纵酒于西湖之上，大醉而不知所归。他在绍兴年间，曾移居苏州。宋高宗赐予他一座寺庙——木渎灵岩禅寺，一座宅子——沧浪亭园。他的次子韩彦古也被派任平江知府。韩世忠死后，葬于木渎灵岩山。宋朝末年，为避元军兵灾，韩氏子孙携带家庙碑，隐居生态岛横山蛇口湾。在此之前，北宋宰臣韩琦的后代，也迁徙至横山。两支韩姓人，叙宗为同族，共同祭祀一个家祠。"酒鬼"将军之后与宰相族人成了同宗同族，不禁令人慨叹乱世对人的塑造。

生态岛的北方大族迁徙史中，其宗族之内，不仅有文人隐士，也有不少武将。除了曹友闻和韩世忠，明月湾吴氏的迁山始祖吴挺，本是南宋抗金名将吴璘的次子，南宋嘉泰年间，避战火从四川迁徙到西山。务本堂雕花楼的建立者徐吉卿，曾任平江知府，为堂里徐氏开创者，其叔父徐徽言十五岁参加武科考试，"武举绝伦及第"，成为武科状元。他领兵于西北抗击西夏及金兵，建炎三年（1129）慷慨赴义。又如北宋徽宗朝汴京马步军副统制凤福清，曾随童贯抵御金人，失败后被贬为用头寨巡检，为防卫太湖做出了贡献。可以说，他们将勇武的血性，暗藏于秀丽山水，保持爱国本心。他们的故事，为文质彬彬的太湖生态岛文化，增添了几分血气担当，也使得生态岛的文化构成更加丰富多元化。

五　隐秀太湖

以苏州吴中区的西山岛为主，兼及东山镇等太湖诸岛，建立起的"苏州生态岛"的概念，既与现代生态文明相联系，又与西方自然荒野的生态追求有异。太湖生态岛地理位置依山带水，历史文明悠久，文化积淀深厚。这也让生态岛建设多了人文气息，与"天人合一"的传统文化相依托。江南迁徙的南渡史上，太湖生态岛的这片胜地，不仅有隐士名臣、僧尼道士，也有名将烈士。他们的故事，不断积累丰富的"太湖桃源"气质，为现代生态文明打下了坚实基础。其地方也养成了"隐秀"的文化特质：

第一个就是"崇尚隐逸"。魏晋之间，三玄风起，西晋就有张华《招隐诗二首》、陆机《招隐诗》、左思《招隐诗二首》等。潘尼《逸民吟》就唱出："我愿遁居，隐身岩穴。宠辱弗萦，谁能羁世！"生态岛文教昌盛，隐逸文化多与遗民文化结合，形成了自身特点。那些北方迁徙来的世家大族，自唐宋至晚清，考中进士与举人的并不多，据《西山镇志》记载，西山只有13名进士与19名举人。这与苏州辉煌的科举史相比，并不显眼。究其原因，生态岛南迁之民，热爱读书却不喜出仕。"其地阻而沃，其民俭啬力本业，老子长孙其中甚少以仕进。"（郑准《郑氏家谱序》）南移世家忧心世道纷乱，厌恶仕途，他们在"阻而沃"太湖桃源世界，生出逍遥山水、修道归隐的思想。比如，熙巷徐氏迁山始祖、宋徽宗年间主战大臣、翰林院侍讲学士徐素行，目睹靖康之耻，南渡后痛感宋高宗的苟且偷安，遂辞官迁徙至西山，留下家训"子孙勿要出仕"。太湖生态岛这类不让子孙当官的"祖训"真不少，如甪里曹氏、西山马氏等。秦观八世孙、宋理宗朝进士、驸马秦仪，目睹家国飘零，也以"只许读书，不许出仕"告诫子孙。还有一部分士人，厌恶出仕，渴求养生。汉初以来，太湖生态岛归隐修道之人络绎不绝，如汉代墨佐君与毛公。东晋著名道士葛洪之第四子葛景七，弃官归隐，追随父亲炼丹修道。葛洪离开后，葛景七隐居太湖西山，成为西山葛氏宗族的迁山始祖。这种"隐逸之风"也直接启发了他们对自然的热爱。

第二个特点，即"敬爱自然"。隐居的南迁世家，大多"爱山水之胜"。山水能陶冶情操，养生怡性。秀美和谐的大自然，医治战乱中疲惫的心灵，进而能求长生，悟真道，因而格外为他们所重视。例如，后埠蒋氏迁山始祖、南宋理宗时期蒋晔，游览生态岛自然美景，特别喜爱，遂定居此处："渡太湖览洞庭胜迹，抵梅梁里，曰此可矣。"热爱且敬畏大自然，也就成了刻在骨子里的文化基因。他们植树造林，保护山石与太湖水产。北宋徽宗朝的花石纲，成了亡国之祸患，对生态岛的石公山、谢姑山、三山岛等地自然环境破坏尤甚。诗人周南愤怒地叱责说："巨舰运有纲，民力疲已穷。噫欤盘固侯，无地悲秋风。"明月禅寺的"禁采石碑"（清乾隆六年）、"明月湾禁伐木碑"（清嘉庆元年），都提出保护树木山石，"高山大岭，一山生命攸关"，"嘉木葱郁，其间气将因此益聚，风亦因此益藏，于庇护人烟之计亦不无裨补"。为了保护大自然，生态岛居民不仅有多年传袭的乡规民约，而且无时不忘保护山川草木、古树古物。抗战时期，明月湾的村民，宁可忍饥挨饿，也要凑钱从土匪伪军手中，保下千年古樟树。这种朴素的生态保护思想，留藏在生态岛的民众意识和日常行为之中，也孕育在太湖生态岛的文化之中，并成为今天生态发展观的历史底蕴。

热爱自然，不务科名，推崇隐逸之风，生态岛也养成"务实灵活"的风气。太湖生态岛"其地阻而沃""民俭啬力本业"，南渡诸大族，并不以科举为本。经商创造物质财富，谋求富足生活，就成了很多岛民的诉求。商品经济环境之下，这种"务实灵活"的民风，也更有利于民众摆脱封建礼法束缚，成为优秀商人。秦家堡秦氏之后秦伯龄，在元朝遵守祖训"读书不能出仕"，遂弃文从商，成为淮北富商，明朝初年，得到朱元璋赏识，被任命为山东监察道御史。初期移民以种田、栽果、育桑为务。元末明初，岛民"出山"经商，至明嘉靖年间，就成为著名商帮，被誉为"钻天洞庭"。太湖生态岛物产丰富，洞庭红橘，在唐代就成为皇家贡物。蚕桑业与茶业也都发达。由于文化底蕴丰厚，很多家族虽有"不可当官"的祖训，但逐渐形成了"隐显互动""贾儒相间"的状态，如陆巷王鏊，贵为内阁首辅，其子王延喆却在吴中经商；东山金塔村状元施槃，少年时在淮阴当商贾，考中状元后，其子施凤也成为商人。商人和官员，都受到重视，"归隐"与"出仕"，也都被包容默许。这在重礼法的古代中国社会，是不多见的。洞庭商帮礼貌待客、诚信为本、随机应变。他们贩运棉布、丝绸、粮食、木材、药材以及书籍。明代陆巷王璋，永乐年间经商亳州，身无择行，口无二价，人称"板王"，即遵守信誉的商人。到了民国年间，洞庭商帮更是在大上海占据一席之地，西山的罗饴、蔡际云、费延珍等，都是有名望的企业家和商人。

山川风气，是地域文化积累而成的底蕴。"隐秀太湖"的生态岛，在数千年的历史传承之中，恍若世外桃源，养成了淳朴大方、务实崇礼的"桃源性格"。历史上很多文人都对此啧啧称奇。清代文学家沈德潜的《西洞庭风土记》中称赞西山岛："路无妇人，无舆马，无丐者，无奇邪服。"俨然是一份"和谐"的乐土。清代文人王维德也认为西山岛民"俭而少文，朴愿而信，冠服尚素，虽樵汲耕种，冠不去首，相见每日必揖"①。就是当个樵夫、渔民或农夫，也要头戴冠，讲究礼节。纯然天性的民风，也造就了岛民们热爱劳动，亲近自然的风气："故男子生十余岁即知稼穑艰难，富家赀蓄千金而樵汲树艺未尝废云。"而无论经商还是考科举，也是顺应自然，毫不强求。"秀者诵习，不专干禄，废诵习者，服贾子弟，蔑弃先矩，虽富贵，众鄙之。"喜欢读书的人，不专门去考取功名，放弃科举的人，则去当商人。就是经商，也要遵守祖训的规矩，否则，就是成了富豪，众人也看不起。这些"隐秀太湖"的故事，不应被我们所遗忘，而必将成为新的生态岛建设的历史基石。

① 王维德：《民风》，选自邹永明选注《太湖西山名胜诗文选》，苏州大学出版社，1997年版，第201页。

第二节　穷岛·富岛·生命岛

一　转型之痛

隐秀太湖有桃源，花果飘香无闲愁。

文人笔下的太湖生态岛，文化底蕴深厚，风景优美，宛如世外桃源，然而，现实生活之中，千百年历史之中，太湖生态岛因其特殊地理位置和封闭环境，也有着很多民生问题。小农自然经济前提下，问题还不明显，但面临现代化转型，情况就突出了。可以说，太湖生态岛与苏州乃至江苏的经济腾飞，与中国改革开放整体轨迹，休戚相关，也有着自身的"特殊性"。如何在现代视野之下，重新打造既能连接历史，又有着现代生态精神的太湖生态岛，是摆在苏州当政者面前的一道难题。

从晚清到近代，经历了太平天国的战火，苏州作为东南经济中心的地位衰落，让位于更便捷利用西方资金和技术的新兴城市上海。以家庭手工业为基础的自然经济，也在外国资本的入侵下，损失惨重，被迫向现代产业经济转型。这个过程之中，一部分富商、官僚和地主，开始介入现代纺织等大工厂生产。苏州采石、草籽、刺绣等"特种产品"，伴随着现代经济发展，也有了一定的发展。然而，民国初年，苏州城内外，包括东西山在内的太湖群岛，处于混乱之中，特别是湖匪横行，给人民生活造成很多苦难。明月湾村等地就多次被土匪洗劫。这种混乱的时局，对以"贩运"为主要模式的太湖商帮，造成了巨大影响。后来东西山有不少商人转入银行、煤炭等现代产业，继续在大上海上演着商业的辉煌，但明清时期那种巨商富豪，变得越来越少，特别是抗战以后，"钻天洞庭"的太湖商帮，受到时局影响，逐渐淡出了经济舞台核心位置。普通民众的生活，非常艰苦。1933年3月12日的《申报》上的湖匪消息，还启发了著名侦探小说家程小青的创作：

> "提起太湖强盗，大家总有点不寒而栗，什么轮船被劫啦，村庄被抢啦，报纸上常有记载……那么，他们的存在和活动，靠着什么呢？原来是利用繁复综错的港汊，他们没有壁垒，没有山寨，甚至没有固定的帮伙，在沿太湖山上、湾上的许多客民，平时借耕种打鱼艰苦过活的，都有加入的可能。只须大头目发起，再由小头目分头活动，在村间的小茶馆里接洽一下，就可以由小股结成中股，由中股合成大帮，把预先藏好的枪械分配使用，其势不难攻掠大镇，岂仅拦袭商船。等到劫罢了，把赃物一分，除开大头目，仍留在都市做阔人，其余均各散归原地做良民，又好像其他安分的人一样了。"①

1937年卢沟桥事变后，伪军、国民党军、日军，还有共产党领导的江南抗日义勇军，在太湖群岛展开激烈争夺。新中国成立，太湖群岛河清海晏，迎来了新的春天。太湖生态岛，首先要面对的，就是老百姓的民生问题。生态岛地处偏远，交通不便，东山岛因有一半与内地联结，经济环境好于西山岛，西山岛四面环水，完全孤立，居民患危重疾病，来不及出岛就诊，造成生命悲剧的事情，时有发生。整个生态岛链内经济结构单一，主要靠花果与养殖，基本农田不足，造成粮食产量不足。靠天吃饭，也严重依赖生态气候。太湖生态岛夏季有湿热东南风，冬季则有干冷西北风，且处于台风带，一旦气候不好，则损失惨重。翻看《东山镇志》《西山镇志》，人与自然抗争的故事，令人感慨，而出现的雪灾、干旱、台风、湖灾，多年之后读来，依然令人触目惊心。

———————

① 小田：《苏州史记》，苏州大学出版社，1999年版，第212页。

1967年秋，太湖高温大旱，西山岛三分之一果树枯死，东山岛果树死亡也在30%以上，东太湖干涸，可从东山步行至吴江。

1977年1月初，大雪纷飞，连续十余天，严寒，东山太湖冰冻，果树冻损严重。

1978年初，太湖水位急剧下降至2.25米，创历史最低纪录，连续大旱。

1980年7—9月，相继大风暴雨，东山太湖水漫出，淹没良田一千余亩、鱼塘二百余个，果树、桑地均受损严重。

1999年7月，西山太湖水位达5.08米，创历史最高纪录，仅西山镇就有9672亩水稻、3515亩果园、4579亩养殖水产被淹，造成企业大面积停产，直接损失3120万元。

很难想象，花果之乡的太湖生态岛，也有如此灾害。而闭塞的环境，人才、资金和技术的匮乏，也使得太湖生态岛很难实现现代化转型。不能改善民生，也就不能真正建成"桃源之乡"。于是，发生了令人心痛的一幕：山清水秀的太湖生态岛，却成了苏州经济最落后地区，成了很多人眼中闭塞的"穷岛"。20世纪70年代，苏州知识青年下乡，也不愿去岛上。想方设法将"穷岛"变成"富岛"，这也成了改革开放后，太湖生态岛发展的首要任务。

作家姜琍敏是苏州人，1972年，他初中毕业，在太湖生态岛的西山煤矿工作了多年。他以自己的亲身经历，写成了半自传体的小说《独上高楼》。西山煤矿从晚清开始开发，始终是挖挖停停，西山煤的品质不高，而且对自然破坏严重。而西山岛虽然风景秀丽，但太过封闭，天天在这孤独环境挖煤，缺少社会信息，对年轻人来说，更是太过难熬。小说之中，青工沈俊杰来了几天，就逃离了西山煤矿，回到了城里："他虽然人勉强来了，心却还留恋着城市。而昨天船一靠岸，秀美的自然风光固然也让他欣慰一时，却很快又陷入沮丧：这孤岛离了船就寸步难行。谁想做陶渊明来隐居，看来是很适合的。想做有全新现代意识的思想家或政治家，完全是不可能的。"①姜琍敏的这段西山煤矿的回忆，也见证了西山岛这个"穷岛"，在当时城市青年人心目中的

① 姜琍敏：《独上高楼》，安徽文艺出版社，2023年版，第133页。

位置。

　　就外部环境而言,改革开放以来,苏州的工业化进程加速,乡镇企业异军突起,外资和先进科技大量涌入。1983年初,邓小平同志来苏州视察,提出到2000年苏州实现工农业总产值翻两番的目标。1988年,苏州提前实现"翻两番"目标。苏州的发展非常迅速,然而,20世纪80年代前期,依靠乡镇企业苏南模式发展的苏州,还并未成为中国排名第一的"超级地级市"。"小苏州"还是作为"大上海"的有益补充而存在。进入1990年代,随着中国与新加坡合作的工业园区的建立,苏州工业的腾飞,带动了新一轮的投资和外贸热潮。1990年,苏州实现国民生产总值超百亿元,人均GDP超800美元。经济开发区的发展,更是令人瞩目。1994年底,苏州有5个国家级开发区、9个省级开发区、130个乡镇级工业小区,形成门类齐全、层次不同的开发集群。21世纪初,中国加入WTO(世界贸易组织),苏州全面融入世界贸易体系,进出口额大幅增长,2011年,苏州外贸进出口总额突破3000亿美元。[①]苏州已从"小桥流水"的优雅小城,真正成长为江苏的"经济巨人"。

　　苏州市以工业为引擎,带动经济整体腾飞的过程,也影响到了太湖生态岛的发展,而太湖生态岛的发展也经历了几个波折。20世纪60年代开始,太湖大规模"围湖造圩",开启"战天斗地"的改造自然之路。太湖开发历史上,南宋与明清时期,出现过两次"围湖造田"高潮。这种行为在北宋时期还是被禁止的,被称为"盗湖"。乾隆年间,就有官员指出:"东拦西障,流沙日就停阻,水道因之变迁,一遇巨涨,水无容蓄,遂多旁溢。"[②]1966年,金庭公社建立白塔圩,造田550亩。1968年,金庭、石公两公社,建立居山圩和战备圩,造田5000多亩,后米建设公社又围筑角里大圩,造田800多亩。虽然扩充了基本农田,满足了粮食问题基本诉求,但太湖消夏湾等名胜遭到破坏,且人工圩田容易在台风季引起太湖漫灌,造成水患。这给太湖生态平衡带来了

①　中共苏州市委党史办公室编:《改革开放四十年苏州印记》,苏州大学出版社,2018年版,第21页。
②　赵冈:《中国历史上生态环境之变迁》,中国环境科学出版社,1996年版,第188页。

危险。20世纪70年代，在"战略备战"口号下，水泥厂、石料厂、化工厂、砖瓦厂、花果加工厂等企业，陆续在生态岛建立。停产多年的西山煤矿，也开始复建。

进入改革开放时期，太湖生态岛迎来大发展时期。随着大力发展乡镇企业、村办企业的苏南模式的出现，太湖花果种植业迅速繁荣，太湖生态岛水果热销，日本等国外商在生态岛建厂，生产蜜饯等果制品。太湖水产养殖和捕捞业，也非常火热，经济效益良好。西山有煤矿等能源企业，而利润更大的，则是雨后春笋般的采石企业，不仅太湖石等观赏石，而且石灰石等建筑石材，远销全国，甚至出口国外。90年代初，太湖生态岛有百家大大小小的国有或集体石料企业。金庭镇文体中心负责人邹永明回忆说："90年代初，西山集体经济是苏州最富有的几个地方，有上千条船停在码头上，拿现金来提石灰石原料。""大炮一响，黄金万两"，开采石料的炮声，带来了财富，也带来了频发的、血淋淋的安全事故。比如，风景秀丽的大箬山，为太湖72峰之一，从80年代初到90年代中期，除了太湖采石公司这样的国有单位，秉常村淘渣厂这样的村企业也常年驻岛开采，大箬"鳞片"撕裂，碎石飞溅，让人好不痛惜。[①]而花果业过度扩张，导致林业物种单一化，大量的水产捕捞和养殖，带来的太湖污染和生态破坏，石料过度开采造成的触目惊心的山体破坏，都令人担忧。

"要想富，先修路"。太湖生态岛发展的关键转折点，是"太湖大桥"的落成。1994年太湖大桥通车，让太湖生态岛彻底打破了交通闭塞的环境，进一步融入了苏州整体经济发展的格局，也将生态岛的未来之路，提到了苏州发展战略的新位置。太湖大桥北起太湖国家旅游度假区渔洋山，南至西山大庭山，跨太湖，连接长沙岛、叶山岛、西山岛。工程由中共吴县县委、县政府组织实施，总投资1.15亿元，其中社会各界捐款1000余万元，不仅企事业单位，而且中小学生、残疾人、海外华侨也踊跃捐款，表达了建设太湖生态岛的

---

① 金培德：《大箬山上话桃云》，选自金培德编《西山石刻碑文选》，中国诗词楹联出版社，2020年版，第115页。

热切期望。太湖大桥建成之前，从苏州到太湖西山，要在胥口乘坐轮渡，耗费三个多小时方能登岛，非常麻烦。经常有急诊病人，因为离岛不便，耽误了救治，造成了生命的遗憾。因此，很多医生也自发为修建大桥捐款。通桥之后，从苏州市里坐车，仅需要一个小时便可登岛，大大节省了交通成本，方便了外部开发投资进入太湖生态岛，更促进了旅游业的发展。

然而，陡然变得便利的环境，更加刺激了生态岛上的采石业发展，也使得环境保护问题与民生问题之间的矛盾，变得尖锐起来。太湖生态岛，似乎可以靠着出卖资源迅速致富，使人们过上幸福的好日子。然而，工业化道路，是否真的适合生态岛？靠自然资源"致富"，是否可以持续？如果不能持续，太湖生态岛的未来在哪里？

没有青山绿水，"富岛"也只能变回"穷岛"。单纯的工业化，也不能适应太湖生态岛的发展。几十年来，很多有识之士，一直在为太湖岛屿的生态保护奔走呼号。

二 石头的悲歌

一块石头消失了，如同丢了一滴眼泪，毫不起眼。

一百块石头没了，好似大地被剜走了一块肉，血淋淋的，触目惊心。

一千块石头不见了，像神灵断了一条臂膀，残缺之憾，令人心痛。

一万块石头的死亡，就是"死"了一座山，石头带走美好的记忆和精气神。当我们回忆那些消失的、坚硬的"存在"，才能真正感受到那种痛彻心扉的离别。

几十年过去了，张志新依然记得，他见到遭劫后的石公山，那种目瞪口呆的神情。山体被挖得坑坑洼洼，相对而立万年的石公、石婆，已不知所终。砸碎的石子，散落满地都是。在一片荒草之中，西山附近的一群农民，正吊在缆绳上，摆弄着凿子，"叮叮当当"地在山体上"割石头的肉"。还有的农民，正在准备炸药，这种开采方式更粗暴，破坏力也更大。石屑纷纷掉落，白灰飞扬，仿佛遮住了所有明亮的阳光。这还是明代首辅申时行笔下"联云开石壁，临水镇山根"的石公山吗?

张志新眼角干涩,胸膛发闷,喉咙里似乎堵着什么东西,他想哭,为了这些石头,为了那些即将消逝的文化的记忆。

那时的张志新还年轻。他出生在20世纪40年代末,老家是武进,在苏州浒关长大。1967年,他高中毕业,插队去了吴县,后来在县京剧团工作两年;1973年,他调到县文化馆;80年代初,他成了吴县文物保护委员会负责人,实际担负起保护文化遗产的责任。

70年代中期,生态岛大打矿山战役,以出卖原材料发展经济,对当地环境造成很大破坏。实际上,早在1966年,石公山上的文物、古迹已经遭到了一轮破坏。1971年,吴县生产指挥组发布《关于迅速开发石公山宕口的通知》,北桥、镇湖等公社300多人来到石公山开采石料,石公石婆、联云障等景点毁于一旦。[1]1973年,包山寺、上方寺、法华寺等寺庙被拆,用于修建防空洞。[2]1981年,作家高晓声隐晦地写道:"那时候西山的名胜石公山,断垣残壁,一地乱石荒草。"[3]改革开放大潮涌起,乡镇工业建设如火如荼。太湖生态岛受交通、人才等方面限制,就在开山采石上动起脑筋。石灰岩用来烧石灰,它也是炼钢中间的溶剂。生态岛原只在元山由太湖采石公司开采石灰石,运销苏州钢厂和上海的上钢五厂。随着钢产量增加,石灰石需求量暴增,岛上很多村子,抓住"机遇",开始"大打矿山之仗",在石公山和林屋山开设宕口,将大石敲碎成小石,小石子再用机器粉碎。还在林屋山东边建了两座立窑,烧造石灰,进行"深度"加工。据张志新90年代初调查,生态岛石灰岩储量只有4000万吨,每年以160万吨的速度开采,三十年后,生态岛的大部分石头将消失!

据生态岛另一位文史工作者金培德回忆,那些年生态岛打光了好多山,

① 石公村志编纂委员会编:《石公村志》,古吴轩出版社,2019年版,第13页。
② 苏州市吴中区西山镇志编纂委员会:《西山镇志》,苏州大学出版社,2001年版,第11页。
③ 高晓声:《重访明月湾》,选自邹永明选注《太湖西山名胜诗文选》,苏州大学出版社,1997年版,第239页。

有些山被打了一半，有些山打平了还要往地下挖，有些地方甚至挖到地下70多米。蒋东村一带还有个称号，叫"小九寨沟"，人们看到那么多水湾，水里也有"小山林"，都是尖尖的残石，其实就是之前采石挖下的宕口，后来积水进来形成的地貌。

想想石公山、林屋山这样的名胜，将在一代人手中开采殆尽，张志新心急如焚，屡次向上级打报告，强烈要求关停采石企业。然而，事关百姓生计财路，很多群众不理解，不支持，某些领导也犹豫不决，张志新顿时陷入困境。

这一次"为石请命"，任务非常艰巨。张志新不仅要面对县领导、县矿产公司和采石场，还要面对因停止开采而断了生计的群众。他先是向县里打了报告，结果是泥牛入海，杳无音信。县里领导想在石料经济效益和保护环境之间，找到一条协调的中间道路。可这也是非常困难的。张志新去县委大院和矿产公司大楼，到处阻止开采石料。结果，他成了西山岛"最不受欢迎的人"。走到哪里，大家对他都是冷眼相对，他劝大家说："你们这是吃祖宗饭，砸了子孙的碗！"有些人就怒斥他："你这是砸我们的饭碗！"矿业公司提高效益，大规模采石，都采取炸山方式。早上凿眼、灌炸药，中午吃完饭，就开始爆破山体，下午将碎石整理后，打包运到船上。中午听着隆隆的爆炸声，张志新端着饭碗，感到心口都疼，眼里直想掉泪。

甚至有人断了他的伙食，不允许他在公社食堂吃饭，他只能去商业食堂吃高价餐，那时他一天只有几毛钱出差补贴，只能自己掏腰包倒贴。他每天要坐几个小时轮船到西山，一家单位一家单位地去做文保动员工作，还要忍受别人的非议和白眼。

有时张志新搞文保工作，时间晚了，在镇上招待所住一夜，晚上在商业食堂吃高价伙食。食堂王师傅50多岁，对他非常同情，也赞同禁止开山采石。王师傅常给他做黄花菜鸡蛋汤，鼓励他保护山石。蛋花汤很香，而更浓郁的是这份普通民众的理解，它支持着张志新坚持下去。

坚持总有转机。中央美院的钱绍武教授到访西山。回京后他立即向全国政协递呈报告，建议停止石公山、林屋山的开山采石，并加强保护。报告和批示意见，经省转到县里。张志新抱着《吴县志》《太湖备考》，向吴县副书记梁传禄和办公室主任姜嵩山做了详细汇报。这个过程中，吴县的矿产公司一直没有停产，继续挖掘石公山和林屋山，甚至还专门在石公山建立四层办公大楼，指挥采石工程，和县里对着干。中央对太湖资源很重视，专门成立太湖监管办，江苏省也直接下文，勒令停止对石公山和林屋山的开采。后来，太湖建设规划办公室在吴县成立了风景管理处，并划拨了资金，逐步禁止开山。这件事虽然以张志新的胜利告终，但整个生态岛的石料开采，直到2000年之后，才全部被禁止。1999年，苏州制定《苏州市禁止开山采石条例》。2003年底，全市采石企业关闭率达到100%。

历史上的太湖石，曾在宋代被当作皇家贡物，供达官贵人赏玩，直接酿成东南"花石纲"之祸。隶属于东山镇的三山岛上，至今有着北宋皇家采石场遗址。著名的大谢姑山与小谢姑山，就是在宋钦宗靖康年间消失的，如今小谢姑山遗址，就坐落在金庭镇的一家果业"金满庭"的院子里。我们曾采访过那里。名山不再，只剩下满地疮痍；残存的石基，还留着触目惊心的开凿后的石窝。苏州当代诗人贡才兴曾写过《花石纲遗址》诗："花石纲遗址，像个结痂的旧伤疤/出现在蛙鸣起伏的田垄/大谢姑山与小谢姑山的背影/早已在八百年前的某个黄昏走失。"[1]清朝开采山石多用来制作石灰与水泥。明月湾村清代"禁止采石碑"，说明当时就严禁开采太湖石。生态岛很早就形成一个官方、民间共同参与的生态保护传统，不仅仅包括植树、禁采石，还有对太湖水的保护。

禁止开山采石，对东山岛影响不大。东山经济发展早，1984年，东山花果品种发展到400多种，被评定为全国花果乡镇之冠。而且，它工业化门类相对比较齐全，五金、电机、电子、塑料、生物工程等产业发展较好，不太依赖采石业。但是，对90年代西山岛经济而言，打击却异常沉重。它主要影响镇财政收入，以及在采石相关集体企业上班的人。早在20世纪80年代中期，

---

① 贡才兴：《花石纲遗址》，《姑苏晚报》，2021 年 7 月 26 日。

产煤量低、煤品质低下的西山煤矿，便被苏州市果断关停。21世纪初，苏州彻底关闭太湖采石宕口。吴县政府还下令，对西山水泥厂、金庭水泥厂、白水泥厂等8家燃煤烟囱定向爆破拆除，减少大量粉尘排放和二氧化硫排放。金庭镇有两个村，元山村与蒋东村，是当时水泥、石灰的重要出产地。"看看太湖大桥旁的功德碑，就能想象西山采石业的繁荣。"张志新这样讲。功德碑上有大大小小百十家采石企业的名字。那时很多从事采石行业的人家，经济较富裕，禁令一到，一家人有五六口下岗，顿时陷入困顿。据初步估算，由于采石业关闭，仅西山下岗的人数就在1500人以上。当时生态农业和旅游业没有大发展，不能容纳太多就业，很多岛上的女人没办法，只能涌入苏州和上海劳务市场，以她们的勤劳朴实，赢得生存机遇。蒋东和元山两个村以前主要靠采石业为生，却因为村民大量涌入劳务市场，变成了西山"三保村"，即保洁、保姆、保安。张志新沉重地说："真像天塌了下来，太湖的西山与东山，为国家环保大计，牺牲了很多。"像西山水泥厂这样的县办企业，下岗补贴多一些，乡办厂与村办厂的补贴就非常少，这么多人失业，又形成了不稳定的因素，镇上的税收又大大减少，进入了转型期的阵痛。

必须坚持生态发展的科学方法，才能让太湖群岛找到真正可持续的发展道路。

三 一号任务

采石项目停下了，但环境恢复、探索新经济发展道路等问题，依然困扰着太湖诸岛。西山缥缈村退休的党支部老蒋书记，在接受采访时，回忆起21世纪初，经济发展时常因环境破坏遭到阻碍，岛民们为了生计，也只能被动跟着市场走，反过来又破坏了环境，无力实现生态经济的良性循环。

当时缥缈村想在缥缈峰搞一个登山俱乐部，多次和政府沟通。不久，苏州市某领导来村里考察，蒋书记带着领导登上了缥缈峰。领导看到山体生态破坏比较严重，生态林消失了，当年采石的痕迹，依然暴露在一片黄土之中。领导非常生气，说："搞得像什么样？好端端的一张脸，皮都让你们撕下来了，登这样的山，有什么快乐可言？"

蒋书记非常惭愧，领导的话，就像钢针一般，扎在了心里。

"领导走后，我蹲在山脚下，哭了很久。"蒋书记深情地说，"我也是土生土长的西山人，这些年了，没把环境治理好，真是有罪。"

丘陵地区的山林都分为两种，半山腰以上称为"生态林"，有野生的松树、柏树等，半山腰以下都是"经济林"，土壤结构好，可以种植一些经济植物。可当地百姓为了经济效益，将山上生态林全都砍了。后来，从集体经济回归个体农业的岛民们，又逐渐在山上种满茶树等经济树种，看着是好看了，但经济林的化肥、农药等外来物，又破坏了原生态的土壤结构。这些问题，直到太湖生态岛项目成立，才真正得到有效解决，比如，无公害化肥的推广使用等。蒋书记见证了缥缈村的巨大变化。太湖生态岛对生态的保护，是逐步演进的。

太湖生态岛对生态的保护，几乎与苏州市的环保政策同步。随着改革开放步伐加快，苏州市不断创造经济奇迹。2017年，苏州工业总产值31956亿元，成为仅次于上海的全国第二大工业城市，苏州国家级开发区达到14个，成为全国开放载体最多、功能最优、发展水平最高的城市之一。[1]然而，富裕之后，人民又对生活提出了更高要求。"青山绿水就是金山银山"，党中央号召全国以生态文明为新的增长目标，避免走西方国家过度工业污染，然后再治理的老路。20世纪90年代，苏州市就开始优化工业布局，防治污染企业，进行城市综合治理。进入21世纪，苏州连续出台《关于加强环境与发展综合决策若干问题的意见》等文件，实施"碧水工程""蓝天工程""宁静工程"，在空气质量、水保护、降噪声、湿地公园、河道整治、绿化等方面，不断加大投入，严禁发展高污染、高耗能与资源性项目。全市陆地森林覆盖率达到29.8%，清理"散乱污"企业5000多家，建成美丽村庄示范点100多个。2013年，苏州成为首批地级生态市，2017年，成为全国首

---

① 中共苏州市委党史办公室编：《改革开放四十年苏州印记》，苏州大学出版社，2018年版，第21页。

批生态文明建设示范市。[1]

与此同时，在苏州"生态发展"的号召下，太湖生态岛逐步探索新发展道路。1999年，金庭被批准为"江苏历史文化名镇"。金庭镇建成太湖大桥复线、43公里环岛公路、45公里森林防火通道和76公里农村村庄道路，道路交通体系逐步完善。他们严格执行国家环保指令，坚持造林复绿与古树保护结合，珍稀古树名木得到了有效保护，且造林数千亩，香樟、石楠、银杏、桂花等数十个树种得以扎根绿岛，提高含氧量与森林覆盖率。他们大力开展古村落保护工作，对数十个国家级与省市级古村，进行了有效修缮与保护。从2007年开始，响应中央太湖禁渔政策，金庭镇下发多项指令，推广高效低毒农药和有机肥，人工培育大量湿地，搞好污水处理与太湖水资源管理，关停禁养区50多个畜禽养殖场，对后埠、白塔、消夏湾等地的网围、蟹塘养殖全面清理，涉及网围面积三千多亩。金庭镇环保水平不断提高，获得国家森林公园、国家地质公园、国家现代农业示范区等多个"国字号"品牌。东山镇也大搞绿化，投资数千万搞水利工程，搞好湿地养护，三山岛国家湿地公园被评为国家级湿地公园。2014年，东山镇获得中华宝钢环境优秀奖。"太湖生态岛"全面建设浪潮袭来，目前正在如火如荼地开展着，也势必将太湖诸岛的生态管理水平，提升到一个新高度。

另一方面，"生态经济"概念广泛应用在生态岛经济建设上。西山岛的花果培育、茶树种植与旅游业走向现代化道路，努力提高服务质量和增强品牌意识，走高质量发展之路。这个过程很艰辛，但充满了希望。"生态发展"理念深入人心，仅以金庭镇为例，全镇现有家庭农场73家、专业合作社67家，2020年就实现花果总产值3.85亿元、茶叶总产值1.76亿元，实现地区生产总值23.51亿元。[2]相比较而言，东山岛大力发展新型科技，一方面在生物工程、机械等领域走精深之路，东山精密制造有限公司成为吴中区第一个民

① 中共苏州市委党史办公室编：《改革开放四十年苏州印记》，苏州大学出版社，2018年版，第175页。

② 江苏省苏州市吴中区金庭镇志编纂委员会：《金庭镇志》，方志出版社，2022年版，第30页。

营企业上市公司；另一方面，东山大力发展节能环保的电商平台，将农产品与物流、互联网结合，并逐渐扩展到很多领域，集合了很多家电商，为新兴产业树立了榜样。

太湖生态岛建设作为吴中区"一号任务"，对于苏州市意义重大，《苏州市太湖生态岛条例》施行，是一个新标志性起点。它意味着苏州市将以西山岛与东山岛等太湖群岛为基础，在国际化视野之下，引进新管理和科技理念，将太湖生态岛建设成为全球可持续发展生态岛的"中国样本"。太湖生态岛发展规划已编制完成，为促进规划落地实施，推动生态岛项目建设，区生态岛办组织开展包含生态、环境、产业、风貌等多个领域的专项规划编制，形成"1+2+N"的规划体系。据工作安排，吴中资规分局牵头编制《生态岛生态保护和修复规划》《生态岛城市设计及镇村风貌提升规划》等一系列辅助条例。苏州太湖生态岛建设推进大会上，"硬核"项目签约亮相，聚焦村庄焕新、负碳、数字经济、智慧城乡精细化等"热词"，涵盖了绿色环保、绿色交通、绿色基建、绿色能源、绿色产业等领域。同时，苏州市绿色金融支持乡村振兴示范区也在现场揭牌成立，并进行太湖生态岛绿色金融发展联盟授信仪式，在300亿元授信额度加持下，推进项目建设将免除后顾之忧。随着"生态+"特色产业的打造，港中旅、亚视、南峰等投资集团纷至沓来，2017年"阿里巴巴太极禅苑文化驿栈"正式落户，2020年美国汉舍集团投资"汉舍"项目全面启动。同时将太湖生态岛打造成绿色创新技术的"科学岛"，也是《太湖生态岛发展规划》的重要内容，随着百度自动驾驶及生态链产业项目的不断推进，颇有未来气息的场景也将在生态岛上"落地成景"……

交通建设方面，也有新的政策出台。五六月间，苏州西山与东山等地的枇杷和杨梅相继进入成熟采摘期。来自长三角各地的车流蜂拥而至，将西山挤成"停车场"。这种场面，被戏称为"枇杷堵""杨梅堵"。此外，西山还有"扫墓堵""避暑堵""长假堵"。[①]2021年8月1日，吴中区提出太湖生态岛

① 陈抒怡：《西山岛治堵》，《解放日报》，2021年8月4日。

内要规划建设慢行交通系统，组织优化公共交通；增加公共停车场和新能源交通基础设施规划建设，逐步推行限制燃油机动车进岛、游客免费驳载等交通管理服务措施。经过两年运转，太湖生态岛的交通拥堵情况大大改善，也为生态岛建设下一步的发展打下了基础。

当然，《太湖生态岛发展规划》所提倡的"碧水青山萤舞果香的美丽岛、永续循环节能韧性的低碳岛、生态经济民生幸福的富足岛、绿色创新技术引领的知识岛、地景天成情感共鸣的艺术岛"这样的"五岛目标"，到底要如何实现，如何达成各目标之间的平衡协调，无论苏州市、吴中区，还是金庭镇、东山镇、光福镇等基层单位，也都是"摸着石头过河"，也都期待着更多有识之士出谋划策。

从"穷岛"到"富岛"，再到"生命岛"，当代太湖生态岛的命运，与国家民族的命运相连，与苏州市的发展相连，也与生态文明的转型相连。诸多生物学家、环保专家和绿色科技专家，都将目光投向这里。中科院陈雯院士是"生态岛建设"总计划设计者，对生态岛发展，起到了重要作用。苏州科技大学环境工程学院副院长陈德超教授，也对生态岛情有独钟。他认为，生态岛建设要搞好，必须要确立"人与自然"的新型关系。人要发展、要吃饭，但必须放弃对自然的过度干涉，才能获得"生命岛"回报。对于萤火虫项目，陈教授认为要审慎，水中有水母，陆地有萤火虫，当然是好现象，说明生态环境能满足特殊生物生活条件。但这些生物生长环境很特殊，大规模培育，需要谨慎。他还认为，太湖生态岛要提倡"林灌乔组合"，乔木灌木能藏小动物，有草才能长昆虫，这都是自然生物的生命栖息地。果树也要控制，它属于经济林，需要配适农药，会对大气、水和土壤造成综合影响。一旦保护生态自然循环恢复，自然食物链、食物网恢复，生态系统功能就发挥出来了。

说到底，人类要学会保持与自然的距离，自然才能反哺人类。陈教授严肃地说："人口密度其实是生物多样性最大一个挑战，因为人要生活，要生产，那么在这个过程当中很自然地就是一种干扰，在生物链人也处于顶端，那么在生态系统当中，人类所到之处，动物、鸟都吓走了，动物都不敢出没了，就干扰了它正常的繁衍生息。"

21世纪初，苏州吴县撤县级市，成立吴中区和相城区。太湖生态岛，属于吴中区管辖范围。张志新也离开文保岗位，调入经济口工作。但他对太湖生态岛的关注，一直没有停止。2020年，退休后，他还常为生态岛古建维护、文物鉴定、生态评估等项目，担当项目专家，连续出版《吴中漫考》等著作，继续为保护生态岛生态做工作。他每次去金庭镇，都会受到人们的热烈欢迎，大家都称赞他当时呼吁停止开山，绝对是正确举动。满头白发的张志新，对生态岛的未来，也充满了信心。其实生态岛发展的这些年，像张志新这样热衷环境保护，勇于担当的人非常多。包括西山镇的历任各级领导，都为西山发展做出了贡献。原吴县风景园林管理处处长王正林，为确保停止西山岛开采山石，并迅速挖掘整理林屋洞，保护历史遗迹，没日没夜地操劳，以致积劳成疾，突发高血压中风，不久就去世了。再比如，抢救东村王鏊碑刻，几次与偷盗者谈判，不惜犯险的中学校长金培德；几十年默默地保护文物，发掘整理族谱，为古村保护倾尽心血的邹永明；还有最先提出西山岛古建保护方案的潘国锡教授……他们都深深地爱着生态岛这片桃源胜地，也期待着现代转型之后的"生命岛"，能迎来更辉煌灿烂的明天。

第二章 古村振兴记

第一节　明月见湾

在水上放弃智慧／停止仰望长空／为了生存／你要流下屈辱的泪水／
来浇灌家园／生存无须洞察／大地自己呈现／用幸福也用痛苦／来重建家
乡的屋顶

——海子《重建家园》

一　时间遗忘的"永恒"

千年前的一个夏夜，一驾华丽的马车，停在湖畔孤村旁。

四周甲士林立，警惕地逡巡着。威严的大王，昂然走出马车，身边是婀
娜的美人。村人们都被赶回家，只能通过门缝悄悄注视这一切。他们大部分
是吴国老兵、夫椒之战后被俘的越国战俘，还有部分僧尼和隐士。

三面青山无语，太湖水波荡漾，明月当空，琴瑟声谐，笙箫鸣咽，悠悠之
声传于天地。宫人们演奏器乐，大王与美人举杯邀月。大王饮下美酒，乘兴
拔剑，兴之所至，青铜剑发出片片清辉，而美人微微蹙眉，她的目光飞越湖
水，在月光的帮助下，向着更南处飞翔，化身为一道带着泪的丝线，联系着她
真正的爱人，联结着千年的岁月……

清朝同治年间编《苏州府志》三十五卷，记载着："明月湾在洞庭西山，
吴王玩月处。"月亮是爱情的见证，更见证了王朝的兴衰。数千年沧海桑田，
大王夫差与美人西施，早已随风而化尘，强盛一时的吴越，也已灰飞烟灭，只
留下那些美丽的故事，飘荡在风中，还有就是那座岿然不动的西山生态岛千

年古村——明月湾。

2012年，明月湾被列入第一批中国传统村落名录。在当代社会，一座沿革千年的古村，对生活到底意味着什么？明月系着天地和湖水，一座青石与砖头建构的古村，就成了我们安放心灵的一块绝美之地。历史变迁，沧海桑田，兵灾血火，风霜雷电，新建筑不断涌现，旧建筑不断消亡。历史盘旋着，在人类身边，破坏无数东西，再建起无数东西，让我们忘记来处，永远沉溺于"现在"时态。古建之所以重要，就在于保存人类记忆和情感，赋予其永恒的历史感。作家祝勇曾在散文《苍天在上》里，谈到了中国皇权的建筑符号代表——故宫："站在庭院里，看天空深蓝如海，听大风在身边横行，更容易想到宇宙苍穹之广大。一个人面对宫殿，就仿佛独自面对天地山川、宇宙星河。"故宫代表了皇权神授的威严和神秘，古村则代表了一种"被时间遗忘的历史"。西山岛的千年古村落，不仅是明月湾，还有东村、衙甪里等，更像是无意之间塑造的某种无限的永恒历史感。

它历来不是兵家必争之地，而是适合隐居的桃源。二千多年来，南渡大族世家，纷纷在此隐居避世，他们带来了高雅的文化品位、富贵的高墙绿瓦，也将那些如潮水般被历史大潮冲刷留下的东西，不断积淀在这小村。大湖庇护了明月湾，艰难的水路阻塞了交通，湖心深处的小村逃过了无数灾难。历史大潮里的贝壳和金沙，一点点地沉积在明月湾地表，将不为人知的神秘细节，都悄悄遗忘在宁静与悠闲中。皮日休有诗称赞："试问最幽处，号为明月湾。"古村被时间和诸神遗忘，却以缓慢而持久的存在，造就了建筑的最高理想。当然，我们也可以说，它又是一种"反抗时间"的历史之物。它飘荡在无数文人墨客的诗词里，它记录了美好的故事、家族的荣耀与无数星光般涌现的历史。它们也曾不断翻修，推倒又重建，然而，古码头还在，明月寺还在，石板街和千年古樟还在，太湖和宁静的月亮还在，它们就战胜了"流动日夜"的时间。尽管，它们只是一间间精致的民居和祠堂，没有诸如故宫这般深刻的内涵，然而，正如赵广超教授所言："有限的最高成就，就是回到无限的怀抱里。"明月湾古村，无意间成就了某种"无限性"。

人类需要古建筑，无论是辉煌的皇城大邑，还是湖水中的千年古村。人类需要在建筑中抚摸历史痕迹，让脚步慢下来，在沉静之中保持冥想，反思所有自以为永恒正确的事物。一代又一代古村人，将生活沉积成漂浮于历史长河的凝结物。一代又一代人不断来明月湾寻找桃源胜境，留下无数诗文歌赋，也把自己变成明月湾的一部分。我们看到了村民出土的西晋绳纹砖。有图案的古砖最早从春秋战国时期便已出现，可"绞胎工艺"，在不经意间，暴露了古村年代的秘密。我们在千年古樟前静思，看到唐代大诗人刘长卿，兴高采烈地种下树苗。他擦着汗水，满意地对朋友大笑。新生的樟树苗，在新土培植下，悄悄将根须扎入地下。樟树也不曾想到，它就这样站立了一千多年，从幼苗长成垂垂老者。我们看到在湖心泛舟，邀月高歌的诗人范成大与陆龟蒙。他们吟唱的诗，记录于纸张，不承想已成流传千古的名句。当然我们听到的，更多的是飘荡的渔民消夏船歌，看到的是渔网上跳荡的白鱼，闪着灿灿的光。我们还能听到，宗祠庭院，曲折别致的山水，砖雕石刻之中，蕴含着遗民的哭声……

　　安宁平静，也是一种人生的境界。尽管，没有大成功的喜悦，也没有大失败的哀恸。谁能说，安宁平静的时间，即使默默无闻度过一生，不是一种真正的幸福？陆龟蒙曾批评夫差："吴王事事堪亡国，未必西施胜六宫！"公元前473年秋，越国进攻吴国，勾践将夫差包围在姑苏山。夫差派公孙雄肉袒膝行，向勾践求和未果。夫差羞愧交集，说道："吾无颜见子胥也。"说罢，蒙面自刎。上溯三年，远在万里之遥的罗马共和国公布了十二铜表法，逐步走入强盛。而十七年前，更远的希腊半岛，马拉松战役爆发，希腊联军大胜波斯。而这一切都与夫差无关。生命的最后时刻，他的江山已覆灭，他的爱情，被证明不过是一场阴谋。他是否回忆起"玩月"的夏夜，那个不知名的太湖小渔村？志得意满的豪迈与三心二意的爱情，尽管如此怪异，但依然是他留在历史里最美好的一刻……

二　庭院与祠堂

深秋，我们来到明月湾，映入眼帘的是停车场黑压压的车辆，以及成群的游客。走入古村，喧嚣变得沉寂，人们的声音都变小了，默默体验着古村的历史。可见人们对于古老的事物，还保持着内心的敬意。尽管，一个接一个的民宿和农家乐，提醒着我们，这里"可能"已不是"想象"之中的古村了。

其实，游客们到的第一站，是村口的古码头。相传此码头为宋代初建，方便村民出入明月湾古村。清乾隆二十一年，村民又集资重建码头。它全部由258块花岗岩石所造，仿佛一根长长的石质指南针，为进出古村的人们，指示着方向。岩石早已被磨得光滑，堆砌得紧实，但略有不平，中部横嵌着一个个拴缆绳用的石墩，按照中轴线排列。一代代人从此走过，也留下无数踪迹。据说，建造码头的位置，经过风水堪舆师精心挑选，帮助古村聚敛财气。码头靠湖滨处，有一棵深扎石头缝的巨柏，好似迎客的老门政，礼数周到，又尽显威风。

从码头进入，迎面是千年古樟树，还有村口的土地庙和高高的旗杆。原来的土地庙，供奉着土地公和土地婆，后被损毁。2005年重新建立后，在上面加盖了一个清风亭。亭子里树着一块乾隆三十七年立的碑，上有《明月湾修治街埠碑记》，讲的是村民集资修缮石板街的事迹。旗杆有10多米高，上有吊斗和灯笼，能给从水路到村的人，指示村口的位置。民国期间，太湖水域湖匪横行，旗杆又成了指示安全的"消息树"。1939年，旗杆被侵华日军砍了，想必是怕旗杆被村民用来传递消息。

过了小石桥，进入村子内部。走在青石板铺成的棋盘街，石材结实紧密，排水凹槽清晰可见，有的地方被踩踏得非常光滑。走在上面，历史的幽思，油然而出。很难想象，二百多年前，为保护村子不受山洪和雨水侵蚀，当时的村民，历时数十年，通过集资和放贷，凑足二十万两白银，将村管网排水系统与青石路面、小石桥，全部翻修一遍。碑记上说"平莹莫匹而街道一新，功既竣，容有致"。以当时的物质条件，这可是大工程。村民们热爱古村，可窥豹一斑。如此浩大工程，全部通过捐款公募，居然清清爽爽，毫无纰漏，工程质量又如此之好，也可见古村虽多致富的洞庭商帮，但村风淳朴守正，令人慨叹。

印象最深的，还是一座座明清风格的祠堂和大宅院。黄氏宗祠、秦氏宗祠、吴氏宗祠是祠堂的代表，詹瑞堂、礼和堂、裕耕堂、詹乐堂、薛家厅，都是明清时期官宦人家和富商家庭所建。《说文解字》上说："堂，殿也。"屋之宽大高尚敞亮之所在，即是"堂"之范式。詹瑞、礼和、裕耕等名称，也可见它们的美好盛景。明代计成的《园治》中也说："古者之堂，自半已前，虚之为堂。堂者，当也，谓当正向阳之屋，以取堂堂高显之意。"[①]"堂"是一个大家族的脸面，自然是正大光明，规矩谨严。这些高门大院，较典型地反映了浙江香山帮的民居营造风格，叠山理水，堆塑与彩绘并用，既符合传统苏州园林美学规范，处处有设计，见匠心，以"富贵祥和"气息和"文饰典雅"著称，较少有意识形态气质的建筑符号，同时刻意照顾舒适，以方便生活，养性怡心为主。它们一般都是三进院，两层楼高，门口有条石台阶，室内和山墙大多是水磨方砖铺陈。内楼两侧有厢房，左右对称，第一进院下设库门，是安置轿子的轿厅，楼上供着祖宗牌位，是家堂楼；第二进院是核心，是庆典礼仪和接待宾客的空间，陈设讲究，明间有落地长窗，两侧有雕花半窗和木栏，步柱、梁坊、柱础都有雕花或彩绘文饰；第三进则是生活区的内楼，宽敞美观，又大多朝阳，暖和通透。走在这一处处古人的大宅院，不禁有恍惚之感，仿佛进去就能看见在书房用书本盖着脸小憩的男主人，被檐廊下奔跑嬉戏的孩子撞个趔趄，就会与内院天井旁淘洗大米的古代美女们四目相对，登时弄个面红耳赤。

具体到每个庭院，又各有特色，让人流连忘返。有的气魄宏大，精细之处又给人惊喜；有的曲径通幽，内有乾坤；有的舒适简约；有的繁复精美，都能看出建屋时主人的脾气秉性及文化修养。祠堂是家族议事的权威空间，相对保守拘谨，中规中矩，我最爱的，还是一个个家宅门楼上的砖雕。香山帮的营造，功夫不仅在假山池塘设计、殿堂的精巧搭配和严密构造，更在无处不

---

① （明）计成：《园治》，江苏凤凰文艺出版社，2015年版，第93页。

在的雕刻。雕刻是人类最古老的艺术形式之一，人类最早抟土成像，以各种纹路修饰，模仿山川大地、飞禽走兽，甚至是人类自身形象，都表明了人类希望在超越性的审美活动中，塑造形象，挽留时间，并以定格的瞬间，记录生命的内在气质。

香山帮的庭院雕刻，繁而不乱，精细秀丽，木雕、石雕并用，技法上更是多变，既有圆雕、镂雕，又有浮雕和深雕。浮雕是半立体表现手法，深雕加强立体纵深的真实感，饰物有灵芝、牡丹、兰花、祥云、夔龙、蝙蝠等传统符号及各种花纹。好的门楼砖雕，不仅是主人的脸面，也表现宗族历史中的人物故事。更重要的，它以一种精致繁复的形象，配合相关的文字，照亮了建筑的灵魂，传达了主人的精神气质。詹瑞堂的门楼砖雕，两侧有人物故事图，依稀看去，一文一武，都骑着高头大马，气宇轩昂，身后有侍从挥舞着旗帜和伞盖。四周也有夔龙纹图案，映衬着门楼中央阳文"兰蕙流芳"四个大字，全然是个有上进心气的主人。裕耕堂原为吴氏家宅，后被邓氏所买，重新翻修，砖雕则全取仙桃、灵芝、蝙蝠等物像，映衬其"锡吉祉福"字样，显示出浓厚的儒商气息。礼耕堂砖雕门楼，简洁流畅，均以线条花纹装饰，题字是"芳余九畹"，题字者是西山秦氏后裔、乾隆年间状元秦大成，表现了主人简朴的家风，以及不事张扬、低调内敛的性格。

薛家老宅砖雕门楼最繁复，分为三层，上枋以圆雕和浮雕，刻画薛家先祖薛仁贵的事迹，从少年求学、应征入伍到衣锦还乡，人物众多，神态各异，栩栩如生。中枋是阳文"肇基伟业"，左右有将帅出兵的两幅图案，将军威武，侍从恭谨，旁观妇女眉开眼笑，一脸的倾慕神情。就连将军胯下宝马，也以深雕表现其立体腾空而起的线条感，配合身后印有"薛"字样大旗，真是惟妙惟肖！下枋则是童子嬉戏，父母慈祥围观的田园景象，寄寓着薛家移居太湖随遇而安的心态。薛氏族人在明月湾人数不多，不属于大族，然而，这栋门楼却修得最精美。它不但表现了薛家人借助先祖薛仁贵抬高地位的心态，展现了薛家人迁徙太湖的家族史，也暗示了他们丰厚的财力和热爱田园之意……

我立在门楼前，想象着古人修宅建院时的心情。砖石不可期永恒，但人类固执地、费尽心血地在此留下光荣与梦想、希望与记忆。毕竟，这些东西，都真实存在过。

走进走出，一座座大宅，带着历史幽暗气息，扑面而来。几百年时间，说长不长，说短也不短，从晋朝和宋代两次大规模衣冠南渡，到明清时期，明月湾古宅也塌了再建，不知经过几番风雨变迁，只有地基和街道，还存留着更古老的回忆。也许，无论生态保护意义上的古建，还是文明传承的古建，"持旧"真是一件非常困难的事。天有不测风云，人有旦夕祸福，地方也有兴衰枯荣，四季轮转，世事无常，尽力保存一点古建，就是挽留住我们的乡愁，让我们知所来处，内心不再恐惧彷徨。

三　桃源新变

明月犹在，古村已沧海桑田。2008年，明月湾古村被国家旅游局命名为全国农业旅游示范点；2011年，被评为江苏四星级乡村旅游点。毕竟是网红打卡地，明月湾村经济气息很浓厚。川流不息的游客不断，村里农家乐兴盛，大约六十多家，参与村民人数很多。不少卖水果和零食的小贩，也是明月湾老年村民。他们向游客兜售石榴和银杏，赚取生活费。我向一个打着小旗的女导游打听游玩项目，才了解到，这里不仅有农家乐餐饮与住宿，游客还可和农家一起摘茶叶，采杨梅、桃子和橘子等水果。游客可以体验渔民生活，参与钓鱼、捕鱼和水产品加工。当然，到村里观音院祈福拜佛，在太湖开游艇，也都是应有之义。我想起靠近小石桥的那家民宿，规模不小，门口放着牌子，说是电视剧《都挺好》的拍摄地，门口挤满了好奇的游客。

20世纪80年代末，明月湾非常贫穷，交通不便，车都无法开到村口。一座座古宅，推倒不忍，修建无费用。即便在文人眼中，它有着桃源的诗情画意，但不可否认，明月湾残存着没有砖石的街道、松动塌陷的河堤、缺少防护的桥梁、杂草丛生的院落和坍圮斑驳的土墙，就连祠堂也沦为飞鸟的庭院和杂草的天堂。这座村庄被断壁残垣和葱茏野草包裹，只看得见缝隙，却看不见光亮。①当代作家高晓声，曾为我们记录了20世纪八九十年代之间明月湾的变化。80年代的明月湾，橘子树是老品种，橘子价格很低，没有市场竞争力。朋友蒋利生的女儿，竟为开山取石，丢掉了性命。村里没有工业，只能靠农业和果树种植熬日子："穷就穷在这里，长此下去，尽管有满山的橘树，也会有千斤石压到头上的一天！"高晓声曾被打成"右派"，长期在武进老家务农，对农村情况很熟悉。他为明月湾感到痛心。然而，1994年，高晓声再去明月湾，却看到了商品经济对这片世外桃源的改变。蒋利生家搞副业很红火，盖起了三层小楼。随着旅游业兴盛，到处是古迹的明月湾，也迎来了高速发展。高晓声对此喜忧参半："不出我意料，不久这里定然要起巨大的变化……财富将和橘子一样朝村上滚，姑娘们不必冒险站上崖壁采石……秦家祠堂的地皮会和发酵的面团那样疯涨，涨得一粒泥土等于一粒金子。除了留作点缀的橘树，湿软的泥土，矗立的古屋，幽绿、宁静的气氛将一扫而光，古朴的明月湾从此永远消失，踏遍千山万水也无从把它找回……"②

　　站在平整宽阔的街道上，看着修葺一新的古屋、满眼火红的果树，听着游客们的欢声笑语，很难想象，短短几十年，明月湾有这样大的变化。目前明月湾古建筑，大多是清中叶乾隆、嘉庆等朝所建。彼时太湖商帮纵横江、浙、湘、楚等地，贸易做得如火如荼，出现了不少大商人，这才有了目前的古建规模。晚清、民国，因为外资和西方技术引进，上海等地迅速崛起，太湖商帮这种传统"中国商帮"逐渐衰落，及至抗战，湖匪横行，民不聊生，明月湾自然劫数难逃。细想起来，晋室和宋朝两次衣冠南渡，数千年村史，有多少次兴衰之变？又有多少有意思的故事？目前，金庭镇政府正从族谱入手，进一步挖掘整理古村落的村志与村史，保留更多历史记忆，想必是极有价值的工作。

　　所幸，伴随生态发展思路，明月湾最终保留下了那份古朴自然。至今村民们嘴边，还常挂着一句古老祖训——"讲和修睦"，不仅人与人之间讲究

---

① 张家然：《明月湾古村的抢救性保护：村镇共管，盼更多支持》，《澎湃新闻》，2021年8月21日。

② 高晓声：《重访明月湾》，《苏州杂志》，1995年第5期。

和谐相处，人与大自然更有"相互成全"的意思。现在和未来的金山银山，根植于眼前的"绿水青山"。然而，经济发展与环境保护之间，依然有很多尴尬。邹永明曾担任金庭镇古村保护负责人，他热情爽朗，热爱生态岛。二十几年前，他在苏州大学毕业，毫不犹豫地选择回到桑梓。他为我的采访提供了很多便利。面对提问，他的眼中充满着复杂神色。2003年，邹永明参与古村保护工作，2005年，明月湾古村保护整治工作推开，很多矛盾被揭开了"盖子"。

明月湾古村主要有黄、秦、邓、吴四个大姓家族，还有些杂姓居民和嫁到村里的女性村民，在册总人口不过四五百人。由于宗族内部传承复杂，宗族之间又时有联姻，土地和房屋自民国以来，也存在屡次流转的情况，因此，它的古建产权非常复杂，有时产权模糊不清，有时一幢房屋又可能有几十个产权人。这在古代是为防范家族繁衍导致分裂，所采取的产权分割措施，却给古建保护带来了很多麻烦，只能靠政府配套资金政策，还要花费大量时间去调解，才能一点点地"打通"人心的壁垒。政府想收购这些古建，自行修缮，也存在问题。这些古宅都属于宅基地，所有权不能交易，政府只能向村民提出为期三十年或更长的租赁诉求，由官方提供资金进行修缮后，再通过经营收回投入资金。

最大的困难，还在于明月湾古建保护难以形成统一规划。要保护的古建很多，时间、资金和技术却有限。目前古村修缮计划是十四座古建，即将启动相对大规模、修复困难的工程，但这些工程仍不足覆盖所有需抢救性保护的建筑。抢救性保护也有严格标准。要有具有专业资质的修缮团队，需经过文物部门审批和专家认证。修缮过程中，负责文保的巡逻队和监理公司持续跟进，最后文物部门验收，将相关开支交由审计部门审计。一座古建"修旧如旧"，花费的人力物力，远大于建造一座新楼。讲到这里，邹永明激动地挥着手，眼里满是不舍，嗫嚅着说："刚修好一间古屋，下次去发现又塌了一个，看着满地青砖，心里痛……"话虽如此，邹永明依然努力协调着，他就像一个急诊室医生，病人很多，但规划好很重要。他也明白，无论村级，还是乡镇，都不可能独立完成古村保护任务。他必须在吴中区和苏州市政府支持下，将村镇两级合力，本着"保护为主、抢救第一"的原则，以"先公后私、先易后难"的顺序操作，才能给更多古建筑带来新生。

其他麻烦问题也很多。人口严重老龄化，果农、茶农都是老人，年轻人喜欢住在城里，不过偶尔回来度假。这已影响到明月湾的后续发展。党总支书记戚建锋介绍，种植茶树与果树的农民，大部分在65岁左右，采枇杷、杨梅是辛苦活儿，也很危险，常有人从树上摔下致残或致死。年轻人大多吃不了这样的苦。此外，旅游业的膨胀也为基础设施建设带来压力。"游客多了，人满为患。"邹永明说，"民宿发展之后，电力供应很难，2020年，有一个高压电缆炸了。旅游高峰期，一个民宿的功率比一个村都大。"伴随压力而来的是高昂的电力扩容成本和其他建设资金紧缺。

在邹永明看来，"多方共赢"是解决古建保护难题的最终出路。保留古建筑文化价值和历史风貌，要尊重村民的房屋所有权，村庄成为景点对游客开放，村民有了经营收入，参与保护的积极性才能提高。2005年，金庭镇修建邓家祠堂，引进了社会资本，给予了配套奖励措施，效果很不错。当地村民成立明月湾农家乐协会，自发参与古村旅游管理。协会规定装修须符合安全和卫生规范，必须使用金属管道连接煤气罐、民宿须配备有效烟感和喷淋设施。协会对开设农家乐的村民进行培训，每年进行厨艺竞赛、农家乐星级评比。2020年疫情期间，明月湾对密切接触者的隔离工作就是由协会组织的。同时，明月湾的旅游业，也整体外包给旅游公司，既可解决村民就业，也能做到更好地规划管理。

四　明月出大湖

游览了几个小时，看过明月寺和西施画眉泉，不觉已是中午。心里却总觉有些不满足。寻得到真正的明月湾美景，也许还要到晚上，月光洒满太湖，乘一叶小渔舟，迎风举酒，伴着渔歌，才能沟通古人，见其真味。

可惜，美好的时光总是短暂。匆匆告别，遇到了景区的孙经理。他50

多岁，身材中等，沉稳平和。他是生态岛土著居民，家住三山岛，离明月湾很近。2013年，他来明月湾景区当负责人。对于明月湾的环保工作，他印象最深的，是垃圾处理系统。他来的时候，污水处理系统已做好，生活污水有单独处理系统。建筑垃圾和生活垃圾，都有特定处理点，这不仅是明月湾用，周边其他村的生活垃圾也运到这边处理。村里和景区，花费几百万，引进一套垃圾处理系统，把生活垃圾处理成有机肥料，能重复利用，降低污染。

问到景区客流量和收入，他比较自豪。景区是购票入园，年记录10万人左右。但周边村民、他们的亲戚朋友，包括游客在农家乐吃饭住宿，都可免费入园，实际人流量25万左右。明月湾景区收益不错。2020年，景区收益100多万，2022年景区年收入达到300多万。疫情对明月湾有影响，但这里的游客主要来自附近的苏州和上海，因此影响不是十分明显。外省游客也有，不过不多。"要感谢互联网，"孙经理说，"近几年，互联网发展起来，明月湾知名度不断上升。公司和村里也有意识地引导小红书、抖音等软件，把明月湾做成网红景点。"

明月湾的旅游，也受到很多限制。孙经理抱怨说，旅游还是假日经济，假期人多，平时人少，景区载客量有限，村子不大，人太多，污染成本上来了，停车位也不够。农户家家都有车，农家乐也要停车，到了节假日，这里的车就停不下了。这样的说法，邹永明不赞同。"给他们多少车位，都不够。"邹永明忧心忡忡地说，"民宿和农家乐，都要占更多车位，景区车位多，也收更多费用，但哪有那么多土地？这么多车，有多少污染？对环境影响太大。"

还是回到了作家高晓声担心的"老问题"。保护与开发，这两个概念，就像一对爱吵嘴的夫妇，既相爱，又相杀。也许，在环保总体控制的基础上，开发农业旅游附加值，加深农业旅游的文化深度和丰富内涵，才是高质量发展的必由之路。特别是在建设太湖生态岛大背景下，这一点尤其重要。政府也已行动起来了，围绕明月湾的文旅活动，也越来越丰富。2021年夏，苏州市委网信办主办的"小康之录@美好苏州"网络直播活动，走进明月湾古村落，以直播互动形式，带领苏城网友开启一场发现之旅。除此之外，明月湾也会进行一些创新推广。一些高端民宿引入苏州评弹表演，尝试将传统文化与古村风貌相结合，也有网红咖啡馆招揽当地驻唱歌手，致力于发展年轻游客。

游览了一个上午，肚子咕咕叫。看到路边有个奶茶店，进去喝点东西。店主是个90后年轻女性，徐州人，五年前嫁到明月湾村。她说话爽利，语速很快，脸上洋溢着幸福的神情。我问她有什么奶茶，她给我推荐了自己熬的桃胶，二十元满满一大杯，爽滑Q弹，香甜软糯，有点像银耳，有些淡淡清香。根据她的推荐，我们又去旁边的农家乐用餐。这是个三层小楼，装修简单，白色瓷砖铺地，红色木制家具，客厅吊灯旁，斜斜拎着个可旋转魔球灯，提示着我们，晚上这间客厅很热闹。老板讲，明月湾的上海老年旅行团特别多，晚上吃完饭，都要唱歌，或在院里跳广场舞。我们在门前一张饭桌坐定，点了三个菜，银鱼炒蛋、红烧鸡块与蘑菇炒肉。银鱼炒蛋要五十元一盘，虽然有点贵，味道还真不错。

和老板闲谈，我讲了从古码头出发，夜游太湖的心愿。唐朝陆龟蒙，就是秋夜从明月渡到太湖。他的诗里讲："但当乘扁舟，酒瓮仍相随。或彻三弄笛，或成数联诗。"酒壶好搞，吹笛和对诗，不是所长，但站在小船上，唱唱酒歌，还能应付，别有一番风致。秋夜的太湖，月亮又有何不同？明代诗人高启说："明月处处有，此处月偏好……舟去月始出，舟回月将沉。"太湖的月色，照亮了西施的眼泪，照亮了千百年来文人墨客的诗句，也照亮了我们皈依自然的纯净之心。古人的生活，显然我们不可能穿越而返，可古人对自然的热爱，却是我们未来生态化发展的出发之地。我们何时才能实现月夜泛舟太湖的梦想？

"下次你来明月湾，一定可以的！"老板坚定地说。

第二节 生态甪里梦

一 先生有角

天色碧蓝，太湖如镜，新鲜的空气，将我们温柔地裹住，连阳光也不再刺眼了。

在金庭镇坐公交车，二十分钟车程，就到了禹王庙。下了车，就看到一条干净宽阔的马路，笔直地通到一片小村的深处。狭长的西山岛，最西端延伸出一只长长的"角"，一水之隔，就是浙江湖州。"甪"在古代就是长着角的瑞兽，传说"角"指向哪里，哪里就会繁荣发达。这便是生态岛上的一个生态改造示范村——甪里村所在。

查查百度，"甪里村"下面，有一行介绍："甪里村位于江苏省苏州市吴中区西山镇，是一个地处偏僻山村，拥有28个村民小组，1127户，现有人口3494人。"甪里是一个大行政村，面积不小，人口却不多。村子虽然偏僻，风景却美得醉人。随着生态岛建设推进，各项设施日益完善，道路北侧，沿太湖那一面草坪上，是连绵数公里，一个接一个的帐篷。秋日阳光正好，很多上海和苏州的旅客，就在太湖边搭上帐篷，嬉戏，野炊，玩得不亦乐乎。这种情况到了周末更多。当地岛民既欢喜，又有几分无奈。欢喜在于游客多了，生意更多了，无奈在于，素质不高的游客乱丢垃圾，每天为他们打扫清理，的确很头疼。镇上工作人员介绍，西山岛对此是严格监管与分片包干相结合。甪里村这边，后有柯家湿地，前有禹王山和禹王庙，沿湖路段较多，清洁任务格外繁重。

　　说到旅游上的名气，衙甪里比不上明月湾，但说起历史久远、文化底蕴深厚，衙甪里却也不遑多让。村里有个"夫椒之战"纪念碑，相传当年吴王夫差就在此地，大败勾践。村边的禹王庙，是当时的人们为纪念大禹治水，在禹王山召集众人开会所设立，早在南朝梁大同三年，就有文字记载。旁边有古码头和太平军土城遗址，是当时出入太湖，守备太湖的重要登陆点。由于地理位置险要，甪里成为控制太湖的重要据点。到了北宋，甪里建"甪头寨"，"额管士兵一百四十四名"，主要用于太湖防务。康熙四年（1665），清朝设太湖营，太湖营衙署设在甪里村旁边的衙里村，有兵房近百间，法堂、监狱、校场等设施，一应俱全。甪里村也建成甪头寨巡检司，属于太湖营管辖。衙甪里村新世纪之后才成立，由衙里、甪里、五丰、正建4村合并而成，管辖柯家村、曹家底、南河头等12个村民组。这些自然村都挨在一起，由于面积大，村里也通了公交车，方便村民和行人进出。

　　"甪里"是生态岛最早的自然村落之一，传说汉初"商山四皓"的"周术"在此隐居。四位陕西籍隐士，周术、东园公、绮里季、夏黄公，因卷入刘邦立储之争，避祸远走太湖，落户在西山岛四个小村。周术在甪里安家，被称为"甪里先生"。然而，陕西丹凤县有四皓墓，河南汝阳与浙江嘉兴也有"甪里街"。有人说"甪"是商周古姓，两地以姓氏为地名，丹凤四皓墓就说不清了，到底四隐士先隐商山，后隐太湖，还是四人曾在太湖短暂栖息，最终死在丹凤？这就不可考了。

　　就是这些故事，也只是见于《史记》等零星记载，对于周术是否安家于此，没有更多详细的信史，尽管村里也有周氏族人的纪念堂。这里可以说是西山岛的最南端，明月湾有码头作为地标，甪里则靠禹王庙旁的古码头，但那也是宋元之后的事了。两千多年前，交通不发达的秦汉，要寻到世外桃源般的小村，真是万分困难。南方很多古村，都因偏僻之故，才得以保存延续，而屡遭战火的北方，延绵数千年的古村，数量就非常少了。走在那条入村小路，就会想象到，二千年前，步履蹒跚的甪里先生，每天清晨，也会同样从此处悠悠踏出，前往太湖边观景，弹琴。就在这"太湖一角"之上，俯瞰湖水，水清澈湛蓝，天上是慵懒的白云，微风吹动衣裳，用里先生的古琴声，飘荡在湖面，与氤氲的水汽融为一体……

自古隐逸之士，多以山水修养心性，聚集天地之灵气。经常有隐士的地方，也就多了几分神秘、几分天地造化的福报。1929年，李根源作西山访古时，曾题"用头寨"三个隶书大字，刻凿于山崖上。古时用里多梨花，"用里梨云"曾列西山八景之首，与"消夏渔歌""石公秋月""毛公积雪"等共同构成了生态美景。清代吴时德曾作《用里梨花》诗云："时逢风雨中，花发高士境。游人倚棹香，湖光增一顷。"可惜现在梨花都没了，换成了经济植物的果梅与橘树。北宋之后，衙用里村也出现过很多名人，例如，南宋的宰相郑清之。郑家人最早是隋末避乱迁徙而来，在村中修了条"郑泾港"，港之东属江苏省，港之西属浙江省，一村分属两省，也很有趣。

"郑泾港两头通，文昌阁坐当中"，是用里流传的俚语。郑泾港贯穿全村南北，是古代为方便村人用水修建的工程，如今成了衙用里村生态工程整改项目，依然在今天的生态岛环保中发挥着作用。文昌阁始建于清乾隆二十五年（1760），原有砖塔和惜字幢。砖塔七级六面，惜字幢长圆形，均由青砖砌成。惜字幢用于焚化写有字的纸张，以示对文字的敬畏。清朝时，为振兴地方文运，每逢初一、十五及重大节日，附近读书人和学龄儿童，都要到此焚香祭拜。可惜，这组建筑于20世纪60年代被毁，仅残存地基和部分砖石，但"文昌阁"地名沿用至今。村里面一直想重建文昌阁，可资金迟迟未落实。这也是很多生态岛古村在古建保护方面的问题所在，旧古建难以维护，重修古建，更是"难上加难"。比如，现位于包山禅寺后山的，梅益村毛公坞原毛公坛炼丹水池，就一直未得到确认和重建。"毛公积雪"作为西山八景之一，也始终难以再现。

当然，古建保护的困境，不仅在西山岛很普遍，且在东山镇等生态岛大范围内地区，也都存在，只不过具体情况不相同。我采访东山古村保护办公室邵主任，他提起东山古建保护，也是直言"资金和政策是两大难题"。东山有陆巷、杨湾、三山、翁巷四个古村。20世纪80年代分产到户，古建和土地都分给个人，这导致东山80%古宅是私人的，宅基地不能转让和买卖，古建也没法拆除。如果修缮，有些古建还住着人，很难进行。吴中区古宅修缮奖惩制度，对一部分古建筑修缮有帮助。住户预期与政府要求之间，有相当差距。古建多是木质结构，很多不符合消防要求，安装一个现代马桶，都是麻烦事。前些年，东山实行过政府收购政策，但征用古建，补偿岛民到镇上买商品房或租房，他们干农活就不方便。民间资本介入也麻烦，土地不能买卖，租期最长二十年，很多商人考虑收益，也在"三方获利"前景下止步。改变这些，必须靠当地政府的诚心沟通与有效盈利模式。明月湾有很多民间资本介入，归根结底，还是其名气足够大，资本收益好，这才形成良性循环。衙甪里村的文昌阁，如果想恢复旧貌，还需要多方努力。

生态岛开发项目之前，衙甪里村一直是苏州精准扶贫对象，也是金庭集体经济较薄弱村。村里没有啥工业，也有不少古建筑，比如宁远堂，但缺乏有效整合。衙甪里和生态岛很多小村庄一样，完全靠旅游，没那么多资源。由此，花果和茶叶的经济支柱作用，就被凸显出来了。将文化、旅游与农业结合，将是衙甪里的出路所在。

二 打造生态村

走进衙甪里，和明月湾完全是两个感觉。明月湾游客太多，到处人山人海，这里却静悄悄的，来往车辆也不多。道路干净整洁，没有寻常农村常见的污秽，几处垃圾箱，都做了分类。村口污水处理设施，锃明瓦亮，看着刚装上没几年。那条横贯南北的小河，应该就是"郑泾港"，河水清澈，没太多水草，两岸有护坝，也有"河长指示牌"，可见经常有清理和维护。上午十点左右，我们顺着公路走进去，没见到几个人，只有篱笆里一群悠闲的芦花鸡，自顾自地散着步，啄着小虫。煦暖的阳光下，一排排漂亮的民宿，有的现代感十足，院子里有泳池和游乐场，有的古香古色，尽显苏州古典园林的优雅，而普通民居，也拾掇得清清爽爽。一片片白墙乌瓦，赭红色大铁门下，趴着一条寂寞的村狗打着长长的哈欠。

我拦住一个年长的，扛着笤帚的村民，问党群服务中心在哪里。

老大爷热情地为我们指路，此时枇杷和杨梅已过了季，目前村里还有些石榴树，有些村民忙着销售红茶，也有的在茶园养地。秋茶一过，茶农要对茶园进行冬耕、台刈施肥、润园、除虫、铺草等等一系列工序，使得茶园养分满满。村里靠近太湖边，还有一个七八百亩的太湖蟹养殖基地。目前为了保护太湖资源，太湖禁渔，整个西山岛只保留了衙甪里这片滩涂的网围养殖场。这也是衙甪里村的一个增收亮点。村里人口本就不多，老龄化也比较严重，青壮年大都跑到苏州或上海谋生路，只有采茶季和水果成熟季，才回来帮忙。不过，在互联网时代，他们正在为家乡的发展，贡献着越来越大的力量。

又走了十几分钟，我们终于到了一个白色两层小楼，这便是衙甪里村的党群服务中心了。中心的宣传栏上，贴满对于生态岛建设的指导条例和相关规定。支部书记吴健的办公室，坐了好几个等着谈事的村民。周围另一个办公室，苏州供电局的驻村书记吴毅炜，也忙得不可开交。我们等了许久，才见到了一脸疲惫的吴健书记。他大概四十岁，西山岛本地人，口才好，看着精明能干。他热情地接待了我们。

什么是新生态农村？在吴健看来，一方面将"农文旅"结合，另一方面将"环保与非遗保护"结合，既要解决农村经济发展问题，又要在科技加持下，走绿色发展道路。

说着容易，做起来可真难，要钱，要设备，还要提高村民素质，增强环保意识，走出一条品牌支撑的生态新路，要对村子有发展整体规划。吴健和支部班子成员们，深感责任重大。"首先要搞好生态，这既是生态岛指导方针，也是衙甪里的立身之本。"吴健强调说。衙甪里村是国家级的生态文明示范村、江苏生态文明建设示范单位，生态管理水平令人惊叹。例如，衙甪里下属的柯家村，是第三批中国传统村落，面积约40亩，主要以农业收入为主，以往因交通问题较为闭塞，"藏在深闺无人识"。环岛公路开通后，柯家村与外界的联系大大加强。同时，通过环境整治、农村生活污水治理、三线入地等建设,村庄"脏、乱、差"等现象明显改变,人居环境大幅度改善。道路、景观绿化、自来水管网、桥梁、村级垃圾中转站、污水处理、健身器材、小游园等设施建设齐全。2020年生态岛建设启动以来,衙甪里村以柯家村为试点,认真走访每一户居民,为他们更换了全新的下水道管网,并实行了巡河制,严禁污水污物进入郑泾港。而精品民宿的落地生根更是让柯家村农家乐(民宿)产业步入快车道。目前,柯家村已有民宿7家,当天可住宿游客人数可达150人左右,餐饮可同时接待人数超过300人。

"我们是西山岛保护太湖水源的最后一道屏障。"吴健自豪地说。

柯家村附近,有一大片湿地,附近村子的生活污水,先流入湿地进行自然净化,才会流进太湖。这极大保护了太湖水质。还有"萤火虫培育项目",既是生态岛培育物种丰富性的重要试验,也是保护水资源的重要监测砝码。萤火虫这种小昆虫,看着不起眼,但对水质非常敏感,水质好的地方,萤火虫才能存活,反之则有可能丧命。衙甪里村与科研部门合作,不断进行科学试验,期待着月夜之下,太湖飘飞着荧荧的虫光的美好景象。千百年前,甪里先生带着族人在月下的太湖里游船赏月,是否也看得见那些美丽可爱的萤火虫?

四十多岁的吴健,也是衙甪里的"农二代"。1983年,村里分产到户。他从小跟着父母一起务农。比他年龄小的80后,大多在外面读书后,留在了苏州工作。他们的思路开阔,熟悉互联网,纷纷通过网络形式,帮助村民销售农产品,效果很不错。西山环岛路做好之后,交通也方便了不少,就有不少心思活络的青年,纷纷返乡创业,把宅基地建成漂亮的民宿,再通过朋友介绍,一点点地将民宿业也带动起来,慢慢形成了第三产业。"得月阁"民宿的王俊杰夫妇,就都是80后,父母本来也都是做农家乐的,他们返乡创业,搞得比较好。这样也能促进碧螺春和枇杷的销售,特别是枇杷鲜果。枇杷保鲜期和保质期都不长,最多一周,不过他们通过自己的关系及互联网销售平台,很快就能全销出去。

衙甪里村最好的产业是茶叶和青种枇杷,以前还种植过青梅,主要出口日本。现在青梅产业不大，因为没有枇杷和茶树亩均效益高。这边村民多种太湖红橘，村里有红橘保护基地。原本整个村主要靠茶树和橘树支撑，后因橘子产量跟不上，改成枇杷了。冬天到春茶下来这段时间，因为没有工业的支撑，村里日子较难过。

20世纪80年代前期，衙甪里村也有一段富裕日子。村民们除了参加采石开矿，也广泛种植太湖红橘。分产到户后，老百姓积极性很高，西山岛是花果之乡，红橘种植当时受到计划经济保护，各地供应十分旺盛。但是，随着民营经济发展和国家走向市场经济，泰州、宜兴等地的橘子，不断改良品种，扩大经营，像衙甪里这样人口少，果树品种老化，不构成规模的地方，橘子价格和销量就不断走低。这些年来，通过改良品种等手段，橘子的销量才好了起来，而枇杷的推广种植，也弥补了果树的种类缺陷。

对于文旅资源这块，衙甪里村争取将古建保护和旅游、民宿业结合起来。村委会花了150万，收购了村民手里的清代古建"宁远堂"，又花了150万进行修缮，然后花了50万做成了一个文明实践基地和村史馆。有不少游客和单位团建，都会选择过来看看。这边还有一个廉吏暴式昭的故居，村委会争取将其打造成廉政教育基地。他们下一步要把村里的古建筑，打造成一个"古建筑集群"。"游客从禹王庙、天妃宫一路看过来，经过文昌阁、御史牌楼、暴式昭故居和宁远堂，我们都要相应地健全配套措施，吃的和住的地方要安排舒服，要让游客玩得开心，还能有文化的熏陶。交通更要便利，不仅有公交，停车场也要修建好……"吴健书记说起来，非常兴奋，眼里闪着光，我们似乎看到了未来衙甪里的辉煌的样子。

"衙甪里村的发展，最应该感谢的，是苏州市供电局的几任包村第一书记。"吴健笑着说，"他们给村里带来了资金和技术，也带来了红茶项目。"

三　书记与红茶

杨建华坐在"百度直播"的休息室，心跳得厉害。

忙碌的工作人员、端庄的主持人，还有直播间那些刺眼的灯光，都让这位衙甪里村的第一书记感到紧张。

当看到桌子前放得整整齐齐的"一记红"的红茶礼盒，仿佛一排威武的红衣士兵，他的心又落到了肚子里，有点沉甸甸的责任感，还有些自豪感。他暗暗给自己加油："我是带着全村人的期盼，也带着扶贫攻坚的勇气来的，肯定可以一炮打响的……"

正想着，大明星周海媚姗姗而来，直播间里响起掌声，杨建华颇有风度地和她握手，斜眼看去，直播大屏幕上，大火箭、小跑车，不断有礼物抛出。杨建华先介绍了一下这款红茶的由来，再由周海媚讲解衙甪里村这款红茶饮用的感觉。海媚声音甜美，红茶汤色泽鲜亮，不断升腾着热气，整个直播室都洋溢着茶香。

网友们能认可家乡的红茶吗？杨建华有点担心，但很快，这种担心就变成了惊喜，不断有网友打弹幕，要求购买茶叶，直播间人数很快飙升到了一百多万……

这便是2020年1月初，衙甪里村的第一书记杨建华，去北京的百度直播间，和明星一起直播推销红茶时的情景。杨建华是典型的苏州人，四十多岁，气质儒雅，说话不紧不慢，在直播间里和大明星互动，也有来有往，毫不怯场。直播开始前，杨建华接受北京电视台采访时表示，扶贫不单单要为当地老百姓找到好的销售途径，也有责任去帮助百姓们建设一条完整的产业链。在把控农产品质量的同时，也要打开新的销售市场，从根本上将输血变成造血。他的表现，赢得了村民们的一致认可，也在当地形成了轰动效应。西山岛小山村的茶叶上了大直播平台，还赢得了明星的赞许，打开了销路，这怎么看都觉得"很梦幻"，可是，富于激情与行动力的杨建华书记，在与时俱进之中抓住机遇，把它变成了现实，他这个"扶贫书记"，也变成了"网红书记"。

2015年，苏州市供电局和衙甪里村签署扶贫对口扶持协议，开始了"第一书记"驻村扶贫的历程。苏州供电先是投入数千万元资金在金庭镇进行电力基础设施建设，又帮助衙甪里村建起2座方便游客新能源车使用的充电桩。柯家村还在苏州供电科技互联网部、科技分公司的帮助下，完成了3D全景建模试点，助力文旅资源开发。原来衙甪里村的路灯少，晚上黑乎乎的，村民走夜路非常不方便，自从苏州供电来了，村里变得灯火通明。2017年，接过上任书记的担子，杨建华来到衙甪里，成立了第一书记工作室，确定12个扶贫项目，落实村委干部项目化挂钩负责。至2018年底，所有项目落实到位后，村集体年稳定收入达到450万元，摘掉了苏州"集体经济相对薄弱村"的帽子。

有3000亩茶园的衙甪里村，是西山碧螺春主要产地之一，茶叶收入占农民年收入60%。碧螺春的春茶品质最高，一般制成绿茶；夏季气温高，茶多酚合成与积累多，适合做红茶，茶汤更鲜亮；秋天天高气爽，茶叶更芳香，虽说茶叶品质下降，但有股淡淡的秋意。太湖生态岛的碧螺春绿茶，比其他品种碧螺春，稍晚上市，采收时间只有40天，储存时间上，冷藏最多保存3个月，销售周期集中在每年3月到6月。夏秋两季的红茶，延长了茶叶销售季节，拓展了茶叶的品种和销路，对塑造碧螺春品牌，对农户增收，都很有好处。但要做出高品质红茶，又谈何容易？东山岛有地方已率先培育出红茶品牌，但技术要定型，还要培训出一批熟练的红茶制造工艺师，这对衙甪里这样的小村庄来说，难度无疑很大。

采茶、制茶都是辛苦活儿，采、捡、剔、炒、烘，每道工序都需手工完成，捻、拔、拉、搓，全都是巧劲儿。成千上万的芽头，经过精心调制，也不过出个一两斤精品茶叶。过去传统工艺也可少量制作本地红茶，但也"只能自己喝喝"，卖不动。"一记红"碧螺春红茶，是在杨建华的倡导下，衙甪里村申请的精准扶贫项目。他们聘任国家一级茶艺技师尹向阳为首席顾问，在省农科院等多家研究部门的帮助下，苦心钻研红茶技术，终于，在2017年底，衙甪里的碧螺春红茶工艺研究成功。大家商量，就叫"一记红"，寓意一朝（一记、一遭）相逢鸿运即来，饱含吉祥意头。同时，"一记红"也是当地农户感念市委派来了"第一书记"的象征，感激其带来了红火的生活。

红茶研制成功后，推广成了大问题。"酒香也怕巷子深"，按照传统销售渠道，西山岛的茶叶，春茶下来之后，除了卖给周边的民宿和商家，也有专门的收购商来购买，但价格往往较低，且季节性很强，衙甪里这样的小村，增收的数量也不大，更不要说拓展渠道，增加茶园的规模。特别是2020年疫情来临，也对茶叶销路造成了很大威胁。杨建华苦思冥想，决定还是利用网络平台打开销路，成本低，见效也快。

"第一书记"当"网红"，到底可行吗？杨建华心里也在打鼓。经过不断走访，并听取了很多专业人士建议，他也慢慢坚定了这个想法。为此，他还专门去抖音等平台上，看那些网红们在推销产品时，都有哪些绝招，然后自己暗自揣摩。

2020年，疫情的出现，让茶叶销售的问题，一下子提到非常重要的地位。一是疫情造成采茶工十分短缺，以往每年春季，湖北、河南、安徽等地采茶工近3000人进岛采收青叶，现在还不到一半；二是疫情造成景区关闭，民宿歇业，游客量锐减，严重影响茶叶销售。为此，杨建华吃不好，睡不香，他带着党员干部挨家挨户做工作，村党总支全员实行网格化驻点，协调劳动力配置，哪家采茶工宽裕，哪家不足，每天都不厌其烦统计更新一遍，保证了茶叶有人采、工人有活干。

这些措施，保证了茶叶采摘和加工。对于茶叶销售，他立即开足马力，将网络平台销售放在了重点。村里在淘宝、抖音、快手等直播平台做活动，通过直播平台"带货"，加上电商渠道，已经拿到80万元春茶订单。2019年，网络销售全村只有5万多元，2020年全年春茶线上销售额就将近200万元，不仅弥补了疫情带来的损失，且销售成果还要好于往年。村里老年人多，大家都不太好意思"直播出镜"，红茶直播的活儿，就主要靠村干部带头，领着返乡创业的年轻人，还有家在村里，但在外地工作的年轻人，热热闹闹地搞了起来。2021年，杨建华离开了衙甪里村，下一任包村的第一书记是吴毅炜，他也非常有干劲，表示要在茶叶种植、红茶销售上，为衙甪里村做出新的突破。有了红茶的加持，该村集体所属农业合作社茶叶销售额从2017年30万元，增长到2019年500多万元。仅这一项，村民每人每年平均增收超1000元。在"一记红"的带动下，金庭镇2019年碧螺春红茶产量超10万斤，比

2018年增长1.5倍，增收1000万元。

宋代文人朱俊民，曾称赞甪里："太湖山若洞庭者七十二，甪头又据其心，乃山之胜境。"风景如画的衙甪里古村落，在大力发展生态文明的今天，迎来了生态岛建设的良机。无论是它的生态环境保护，还是农文旅的融合发展之路，都给予了我们很多启发。

第三节　古村新旧簿

一　金屋不藏娇

坐在二楼窗前，不下雨的日子，可以看到太湖白亮的水线。

茶水放久了，慢慢冷掉，倒了换新的。淡淡的茶香，升腾在半空，残留着些胭脂的苦味，又"倏地"散去，不留痕迹。殷氏呆坐着，透过扇半掩着的窗，痴痴地望着远方。她不需要镜子，她的身边，围绕着十二条金龙，都雕刻在"凤栖楼"门窗之上。它们是她的护卫，也是她的荣耀。

远处是太湖和阴山岛，从这里乘船，一个时辰，就到达木渎的太湖行辕。那里有一艘做工精美的画舫，有她想念的男人。殷氏从未好好端详过他，只记得他有一双笑吟吟的眼，能洞察一切。一切都那么不真实，来得快，去得也快，短短几个时辰，那时是快乐的，她甚至甘愿奉献一生的孤独。她软软地靠在他的身边，看着这个帝国最有权势的男人，喝糯米酒，吃莼菜和鲈鱼，听一首从未听清的江南古琴曲，萦绕在身边……

这便是东村"金屋藏娇"的故事。传说敬修堂女主人姓殷，乾隆两下江南，微服私访来到太湖，结识了殷姑娘，对她一见钟情。不久殷姑娘怀了乾隆的骨肉，由于她是汉人，不能带入宫，乾隆将她嫁入敬修堂，嫁给了西山商人徐伦滋。徐伦滋完婚后，外出经商，另娶侧室，生子徐明理，自此一生未再见殷氏。殷氏生了一个女儿，为了表达歉意，乾隆派人在敬修堂母女俩住的房间窗户雕了12条龙，意思是每个月他都陪伴母女俩。据说乾隆每下江南都会去和她们母女俩相会。殷氏去世后，乾隆派人写祭文刻在石碑上，放在敬修堂祠堂。殷氏女是否为乾隆情人，已不可考，但民国文化名人李根源的《洞庭山金石》，的确有乾隆朝刘墉、纪晓岚、翁方纲三位大学士为殷氏题写碑刻的记载。现存世的翁方纲的《徐母殷孺人节孝诗》，还有"徐君执册向予泣"的句子。

金庭镇宣教科的小余科长，是土生土长的东村人，她是90后大学生，活泼爽朗，热情真诚。大学毕业后，她回到家乡，虽在镇上工作，但还是住在东村，每天都要回去。1949年后，敬修堂被分给了十余家住户，小余的童年，就是在敬修堂度过的。这让我这个北方人大生羡慕之情。生长在这高门大院的庇护之下，童年必定会有很多神奇的体验和感受。说起东村的历史古迹和各种传说，她满脸都是自豪的表情。

说到"金屋藏娇"，她有些羞赧的表情。"一帮人为了旅游瞎搞。"小余说，"我不相信这故事。"她认为，按照当时情形，乾隆不可能这么做。至于为何三个大学士给民女殷氏写碑刻，她认为是富商徐明理花钱找名人，给自家脸上贴金。但金庭镇文体主任邹永明，却认为这故事真假难辨，五爪金龙是真的。虽然有典籍说"蟠龙无翼之龙也，有翼则为飞龙，乃天子之像"，无翼五爪金龙不足以为天子象征，但徐氏只是个富商，就算没翅膀的龙，又怎敢乱用？更何况，徐伦滋为何终生不见原配？其所生女儿，到底是谁的子嗣？最后结局如何？徐明理不是殷氏所生，为何要花重金央求著名文士为其题字？想起来都觉得迷雾重重。

我不是历史学者，也不是侦探，无从考据藏娇故事的真伪。现在的东村古村，是东村行政村的一部分。东村行政村整体面积8.2平方公里，10个自然村，1240多户，总人口3770多人。东村行政村下属有阴山、横山等5个小岛，还有东村村与植里村两个国家级古村落。据东村党支部郑书记介绍，东村以花果业与茶叶为主，有70多家民宿，主要是2012年之后，慢慢出现的；东村有两个民宿集群，一个在太湖风景区，另一个在东湾和西湾风景区，横山岛和阴山岛也集中有很多民宿。东村民宿搞得不错，郑书记说，就是发展不均衡。游客多起来后会产生生活垃圾，东村有集中收集、处理垃圾的垃圾站，跟镇上垃圾处理点直接对接。

2022年秋，我来到"东村村"。这是个奇怪的叫法，因为它属于大的东村行政村，姑且叫它"东村古村"吧。它在金庭镇北边，东连太湖大桥，南接缥缈峰，西望雕花楼，正北是阴山和横山。2013年，东村古村被列入第二批中国传统古村落。东村古村至今还保留着许多明清时期的老房子，有30余处，如翠秀堂、朗润堂、景秀堂等。栖贤巷门、元代古井，也是古老的文物。敬修堂和徐家祠堂最有名。村里有徐、钱、金、李、朱等66个姓氏，以徐姓为最大族，这里的徐姓多为北宋南渡后的官员徐元吉的后代。

东村古村始建于秦末汉初，距今已有2000多年。相传秦朝末年"商山四皓"之一东园公唐秉曾隐居于此，古称"东园村"。明代文震亨在《长物志》中，还对东园公的隐逸之地，羡慕不已："居山水间者为上，村居次之，郊居又次之。吾侪纵不能栖岩止谷，追绮园之踪，而混迹尘市，要须门庭雅洁，室庐清靓。"①现有古村的规模，建成于南宋宝祐二年（1254）。东村古村历史遗存相当丰富，仅次于明月湾。东村古村是徐氏大族聚集地之一，徐氏宗祠由清乾隆年间知名儒商徐联习主持创建。整座建筑庄重肃穆、气势宏伟，现仅存前厅为原构建筑，保存有精美木雕、砖雕、石雕和苏式彩绘。村内敬修堂占地面积1866平方米，是西山岛面积最大明清古宅，共有五间两层楼房，里外共6进，有4座砖雕门楼，多处花窗，皆精美绝伦，虽古旧，却不失气派。内宅"凤栖楼"最引人注目，12扇落地长窗上雕刻着12条龙，形态各异，寓意龙凤月月相伴。这里不仅流传有乾隆"金屋藏娇"的故事，还是《橘子红了》《庭院里的女人》等影视剧的取景地。

中午，阳光正好，村口靠近环岛公路，几个小商贩在兜售地瓜、栗子等本地物产。顺着村口走，有几家民宿，抬头看到两棵古樟树，七八百年的样子，根部有些坏死，浇筑了水泥。再往深处走，就看到左边非常气派的徐家祠堂。这里曾是东村小学、东村集体工厂和东村大队的队部所在，经过修正，

---

① （明）文震亨：《长物志》，江苏凤凰文艺出版社，2015年版，第2页。

如今也渐渐恢复原来样貌。那里人不多，石雕和砖雕比较精美，房梁内部也极尽繁复，有的是两组对应的深雕木刻，都蕴含着相应的故事，而房梁的中心位置，则是涂金粉的麒麟塑像，栩栩如生。但最让我感兴趣的，是房梁上的苏式彩绘。虽经历岁月洗礼，但依然鲜艳。颜色金、红、白、蓝各异，色彩艳丽明快，图案简洁清秀。这些图案，映衬在古旧的房梁之上，形成了某种神奇的时间张力效应。看似坚固的东西，朽坏得很快，而那些看似速朽的色彩，却顽强地战胜了时间。这是一种怎样的神奇？

走在东村古村的街道上，和明月湾是两种不同的感受。明月湾是热闹的，人多，民宿和酒店多，收门票的景点多，精美的祠堂最扎眼，而东村人少，静悄悄的，游客不多，本地行人更少，村里的路和桥，显然不如明月湾的气派，但多了一份怀古的幽思。祠堂大的只有徐家祠堂，栖贤巷的门楼和元代的圆形古井，令人印象深刻，但更多的是高大精美的民居，比如仅收费十元的"敬修堂"。跟着小余，我们缓步进入敬修堂，听她介绍，这里1949年后曾住着十几户人家，都是土改后搬进来的，改革开放后，因为旅游的需要，又陆陆续续地迁出。她家就曾住在第三进院里。青砖，黑瓦，白灰，精巧的门楼，雕花的窗，都是典型的明清香山帮营造，就连踢脚线，也要造成镂空的花叶形状，给人以惊喜。一路看下来，感觉这些民居保存得相对完好，数量多，内部结构复杂，有着江南古典富贵民居的特点。与明月湾不同，虽然敬修堂的门楼建得也很有特色，但它的功夫，似乎不在门楼那种彰显权力与富贵的符号所在，反而更在那些不经意之处，走进一重重门，每进屋前六扇落地大木门，二楼环绕的木窗，最夺人耳目。各种镂空雕、深雕和浮雕，人物神态各异，草木栩栩如生，活生生地在木头上，雕刻出了一个凝固的审美世界。屋里的主人来来去去，屋外的社会变化不定，而它们却永远地活在了木的历史之中。

每进院落之间，有天井，有假山，有竹和小池塘。我问过小余，雨天看成串的雨滴从重重屋檐落下，晴天坐在院子里的石凳上，听风吹竹叶，仰头看方寸的青天白日，肯定都是极幽美的。小余说，当时没想那么多，小时候最深刻的感受，就是在院里疯跑，常会迷路。我想，这大约是空间感所致。这种明清家宅，很能体现中国建筑的审美哲学。一是层层封闭空间，保护着世俗的精美和细腻品味，家与世界之间，犹如心灵与外物，一草一木，一砖一瓦，都是心灵的寄托。再有，就是"空"的幽闭中的悲剧感。美学家蒋勋说到中国古典建筑"空无感"："中国的建筑原来只是一个开敞的亭或廊罢了，它实有的部分使人感觉只是一个暂时的假象，而一切的实又是指向空白……它是实体的建筑部分围绕出的一个空间，而这个空间成为建筑的真正主体。"[1]这种感觉，在敬修堂特别强烈。我想，如果要真正走入明清普通人的生活，一定要在敬修堂这样的地方，住上一个晚上，才能有所感悟。

可惜，最吸引人的凤栖楼，现还有人居住（产权依然未能归公），进去参观，要另收门票。我们进去时，铁将军把门，问看门大妈，告知说，主人出去玩，暂不在家。

两位老年游客，驻足在敬修堂门口，拍了很多照片。阳光下，他们的白发，映衬着敬修堂高大的红木门，似乎定格为了某个历史的瞬间。

二　核雕·茶叶·门板

2023年4月，春暖花开之季，再访东村。

还是那样安静，一切如旧，安静的东村，少了明月湾风风火火的人气、无处不在的商业气息，却保留了更多古村落原貌。那些完整的明清民居，有说不出的祥和之感。小余告诉我，可通过砖石叠加的方式，判断民居是清代还是明代，但我可能更在意，高大的房屋旁，那串火红的映山红。蓬勃的生机，与古旧的老宅，二者映衬，更能感受人间沧桑。

巷子里的行人还是不多。上次过来，和几个老年居民聊过天。很多明清民居，相比敬修堂，规模小了很多，大部分还在住人。我们很想去房屋内部一探究竟，有的房主比较和善，有的也不允许我们进去打扰他们的生活。上次来东村，小余请我们在她家做客。我们认识了小余的爷爷。这次来，我们又找到了老人，他身体很好，声音洪亮，离得很远就能听到他爽朗的笑声。老

---

[1]　蒋勋：《美的沉思》，湖南美术出版社，2014年版，第213页。

人介绍很多种植茶叶的事。春季是采茶忙碌的时节，明前茶过了，就是雨前茶。村里人都在后面的茶山上采摘，回来要抓紧炒制，要讲究火候，也要讲究力度的拿捏。我提出，想多找人聊聊，特别是村里的年轻人。

年轻人？老人沉思了一会儿，说，去洁明那里看看吧，村里的年轻人不多。

顺着村子往北走，一路经过很多高大的果树，接近要走出村子时，才看到有两间比较大的民宿。其中一家，门口有个"初见"的LOGO，就是徐洁明家所在了。民宿建得很有艺术气息，迎面就是一座艺术女神的雕像，身上缠着青藤。雕像右边，是一座葡萄架，下面有一排洁白的木椅和长长的西式长桌，桌上摆着红灿灿的鲜花。我正往里张望，一个穿着洗得发白的牛仔裤，上身休闲装的男人走过来。他身材修长，面容白皙，有零星白发，笑起来温和亲切。我注意到他虎口处的茧子非常厚。

他看起来年轻，但实际也有四十多岁了，他是老党员，有二十多年党龄。2008年，徐洁明从江西鹰潭武警部队退伍回到东村。当时他也问过自己要做些什么。他最终选择了核雕。洁明的父亲是木匠，继承了香山帮手艺。洁明小时喜欢看父亲在木头上雕花。汗珠滴下，父亲全神贯注地握着刻刀，闪亮的刻刀旋转，木屑飘香，一朵朵木花，神奇地出现了。他将不同形象，打在木头之上，成为某种永恒的见证。脱下军装，将钢枪换成刻刀，在比木头还小的核桃、橄榄上，刻画出栩栩如生的世界，把它当成吃饭的职业，徐洁明自己想想，都觉得做梦一般。他专门去核雕业发达的苏州光福镇拜师学艺，刻苦学习了几年。他喜欢安静的感觉，坐在工作台前，一切都安静下来，外界干扰和他无关，时间固化了，窄窄的刻刀，一点点地在微小事物上，以更微小的变化，将单纯的物质变成艺术化的微观世界。

徐洁明学成核雕工艺之后，先在光福开了工作室。他在核雕圈里，以精湛的工艺闻名。他参加了不少比赛，获得了一些奖项，在圈里慢慢打开了知名度。别人的店要配货，就找上他，他做好了，发了图片给对方看，对方相中了，就定下产品。这样的营销方式非常简单，也不用操心，疫情之前，一年下来，徐洁明总能挣上十几万，生意好时能到二十万。他也接受"私人订制"，价格比较高，有时一个小手串，也要上万块。此时我们才发现，他的办公室后面是一溜柜台，摆满了琳琅满目的核雕摆件，前面是一个配有各种工具的操作台。

核雕也不容易，一个作品要搞几周，甚至数月。拿到材料和题材之后，首先要花几天时间琢磨布局，研究好各个物件的位置，才能下手。比如，他刚完成一件"五鬼戏钟馗"的作品，因为是六个人物，布局就要精心，要凸显钟馗的力量与中心地位，又要让五个小鬼各显神通，让人过目不忘。徐洁明偏爱人物雕。山水雕刻，只要有些美术功底，一般都差不多，但人物就很难。要雕刻出人物的"神韵"，看一眼，那个人物仿佛就要活过来，这才是水平所在，而水平差的核雕师，雕出来的人物，就很死板。每一个核雕人物的神韵都不一样。有些核雕师不是全部人物都会雕，只会雕简单的罗汉脸或弥勒脸，太复杂的人物就不行了，特别是藏传佛教的人物，或道家的诸多人物。美学家本雅明曾讲，手工艺术与机械艺术最大的差别，就在艺术的"灵韵"，大概也是这个意思吧。徐洁明喜欢雕钟馗，他认为，钟馗的眼神里，不仅要有正气、神气，还要有鬼气和霸气，才能栩栩如生。"如果从每一个侧面看过去，人物眼神的情绪，都有所不同，那才是核雕人物的最高境界。"徐洁明这样说。

外面干了几年，2018年，徐洁明坚持回到东村古村开民宿，一是方便照顾老人，二是喜欢家乡古香古色的氛围，他想把民宿和核雕工作室放在一起经营。他的民宿规模不小，装修就花费了一百多万，三层小楼，9个房间，还带着5个相连通的小院，也可以搞些团建活动。民宿的名字为何叫"初见"，徐洁明解释说："来这里的客人，95%以上都是初次见面，'初见'是比较美好的，我想要把这一份美好保留下去。"

徐洁明比较"散淡"，民宿位置比较靠里，不仔细找，真看不到。对此，他也不在意。他也在小红书等直播媒体上宣传，原本在东村口的环岛路上，也有个宣传牌，后来统一规划，就把牌子弄走了，他也不生气，只是笑着说，酒香不怕巷子深。他也在小红书和抖音上卖货，却不喜欢做直播，觉得太浪费时间，效果也不一定好。这几年疫情，民宿的生意一般，但徐洁明并不太在意，他还有核雕生意，他更在意一种悠然的生活状态。

回到东村古村，徐家种植的枇杷树，还有茶树，都是徐洁明在打理。果树这行要看天吃饭，不稳定因素太多，2023年春天比较寒冷，东山枇杷减产严重，产量不到往年的六分之一。这让徐洁明非常忧心。茶叶种得很辛苦，但附加值也并不高。明前茶，是碧螺春最贵的茶品。徐洁明说，村里的老人，辛苦地做明前茶，也不过卖到1200元一斤，而这些茶叶被大茶商收购，转手就能卖到五千元，甚至上万元一斤。

采茶季到来，岛民早上五点半就上山，干到中午回来，再去挑茶，炒茶，忙忙碌碌要2个月，采茶季结束，还要修剪茶树，为来年提高茶叶品质做工作。徐洁明坚持认为，西山碧螺春质量最高。西山是离岸岛，没有工业污染，早上起来，从缥缈峰向下游，整个西山太湖，会有淡淡的水汽，围绕着茶叶，给茶叶提供养分，降低茶叶的污染。

讲到东村古村，徐洁明也有很多遗憾。村里的农户，如果没有民宿，单靠茶叶和果树，日子并不宽松。但开民宿，也需要本钱，不是家家都能搞好。东村虽是国家级古村落，但旅游方面的影响力，比起明月湾要差。村里老人多，无论做点啥事，要有年轻人，才能集合起来，靠个人单打独斗，实在太难。村里有个老人家，年纪很大，子女又有病，他不懂网上销售，只能等人来收茶。现在收茶的人，也都有比较，上好的明前茶，要挑着收，茶叶一旦放了几天，农户就慌了，像那个家庭负担重的老人家，1000多元一斤的上等茶，最后500、600元就不计成本地卖掉了。他怕压住茶，他急等着钱用。每当遇到这样的事，徐洁明就很心痛，力所能及地帮助困难户，可他也很忙，个人的力量也薄弱。就是做电商，也不是哪个农户能简单操持起来的。东山镇有电商中心，在这方面发挥了作用，西山岛这边的村子，大部分都是农户单干，像衙甪里那样，由第一书记带头，整合电商资源的村子，也并不普遍。如果政府搭建一个平台，将那些农户散户聚集在一起，也可能推出几个"爆款"。

"还是年轻人太少。"徐洁明强调说。他走到院里，站在高处，俯视全村，仔细想了想，又告诉我，全村200多户，像他这样的80后中青年，没有几个。他完全像个"留守老儿童"。到了采茶季，为节省人工，七八十岁的老人还在炒茶，再过十年怎么办？徐洁明不知道，他的儿子不会炒茶，嫌太累，根本没兴趣。老人们应付快速发展的时代，越来越吃力，村里很多老人的手机打不开，会找洁明来修。前些天，还有个80多岁的老人，房檐下占住一窝野蜂。老人信佛，不想杀生，又没力气搬走蜂巢，只能委托洁明帮忙找养蜂人。

作为村委会委员、二十多年党龄的老党员，也是为数不多的中青年骨干，徐洁明还是想多给村子出点力。他多次建议，建立"合作社"，把茶树、果树和民宿都统一管理，前几年肯定不挣钱，但一定要整合资源。比如，有的年老岛民自己炒茶叶，工艺不行，体力跟不上，炒到后来都焦掉了，自己还感受不到。这样的产品流入市场，也会破坏西山碧螺春的品牌声誉。单个农户请雇工，也实在请不起。这些安徽、苏北来的雇工，一天要200元，再加上中介费，来回差旅、住宿和吃饭，费用就上去了，有时一天采下的茶叶，不够人工钱，如果再请他炒出来，甚至要倒贴。如果将村里的制茶统一管起来，统一雇佣年轻的雇工，成本也会降下来，也会提高制茶效率与品质，慢慢做出品牌效应，茶叶的价格就上来了，然后再以分红的形式，回馈给普通农户，慢慢形成良性循环。

过程肯定不简单，徐洁明挠挠头，叹了口气说："镇上也搞过合作社，但成功不易，把人拢在一起，政府要有相当的前期投入，要有本事的人来管理负责，还要有公心，能为大家谋福利，否则，最后资源整合，还是让少数人得利，大部分老实巴交的农户吃亏。"

其实整个生态岛范围内，很多地方都有"农业合作社"的发展思路。"合作社"这个在共和国历史上有着丰富内涵的概念，正在新生态经济的形态下，被更广泛地应用在人力资源日渐枯竭的乡村振兴计划之中。比如，苏州吴中区东山镇，2005年有12个农民专业合作社，2016年农民专业合作社就增加到57家。①这些合作社也存在着"社企联结""社户联结""社超联结""社店联结"等多种灵活方式，将孤立的农户和企业、超市、饭店等联结，形成良性循环的、减少成本却能增加规模效应的"合作效应"。然而，农业合作社的发展也存在管理不规范、缺乏凝聚力、匮乏专业人才等问题。生态岛建设，也许正是合作社发展的一大契机，农村合作经济也有待更多有识之士的探索。

谈到此时，已是中午，我们也起身告辞。走在空荡荡的街道上，几个零星赶过来的游客，正在四处闲逛，眼中带着寻找寂静田园风光的惬意。但此刻，从"金屋藏娇"的故事，走入徐洁明的"初见"民宿，从核雕工艺到做茶，不知为何，心里是沉甸甸的，就像很多太湖生态岛古村落，严重的老龄化和空心化，困扰着村庄。乡村振兴与生态文明发展，需要有新智慧，"合作社"作为一个选项，正在重新回归原有的经济互助与小规模统一管理的优势。作为有着2600年历史的古村，东村古村的保护开发，面临着诸多问题与挑战。东村古村保存完好的、三级保护级别之上的古建筑有47套，在西山名列前茅。然而，镇上和区里的资金不足，古建的修复和保护，始终捉襟见肘。

古建保护与生态文明休戚相关，可见生态建设是任重而道远。

三　东蔡的突围

过了消夏湾，就见到了东蔡村。

和东村类似，这里也是历史悠久，古建成群，由东蔡、徐巷、东汇上、诸家河头、薛家桥、陈家桥、五家弄、祝家桥、社坛上、葛家坞等自然村落组成。2014年11月，东蔡村被列入第三批中国传统村落名录。2020年4月，东蔡村上榜第一批江苏省传统村落名录。东蔡村落位于金庭镇中南部，因南宋秘书郎蔡源次子继孟居秦家堡东而得名。东蔡昔年古堂众多，有春熙堂、畲庆堂、润德堂等。春熙堂建于清乾隆年间，前后园有二绝：一为白皮松两株，

---

① 朱美芬、帅梦琪：《农民专业合作社运营现状及启示——以苏州市东山镇为例》，《中国集体经济》，2019年第4期。

大的一株径围2.1米，高近20米，江南罕见；二为三峰太湖石假山，相传为北宋花石纲遗物。为了古村落的开发与保护，镇上也下了不少本钱，2017年，投资175万元，重修了春熙堂；2020年，又投资130万元，建设了东蔡古村传统文化展览馆。

然而，当我们见到东蔡村党总支的陈书记，提起东蔡的发展，他却是一脸凝重。陈书记大专毕业，一直在村里工作，现在四十多岁，看上去沉稳干练。他是去年刚接任了书记，算是"新官上任"。这之前，他干了十多年普通村干部，也当过副书记。

"东蔡以农业为主。"陈书记强调说，"我们不靠近景区。"

地理位置缘故，东蔡在西山岛西南中后端，不濒临热闹景区，如缥缈峰、石公山等，开车进来不太方便。东蔡旅游资源不错，但知名度较低，很多明清古建，房子产权问题纠缠不清。这也是生态岛古建保护"死穴"之一。房子属于某个老祖宗，老祖宗开枝散叶，有很多后代，这些后代分散于不同地方，但对这栋老宅都有产权，无论回收还是维修，都面临着一堆棘手问题。虽然国家花费大量金钱，现在依然不好解决。很多古建筑没人管，没人修，再过些年，可能直接坍塌了。甚至有的小辈为改善居住环境，私自拆除了古建筑。明月湾古村修缮奖惩政策，执行得比较好，"三方获利"的共赢之道，也在东蔡参考方案之中。但由于东蔡知名度问题，投资商的介入，还要做大量工作，将短期租约效益回报（古村落租约，按规定一般不超二十年）与长期古村发展结合，将投资商利益诉求与政府诉求、岛民诉求"三位一体"结合。既要给民间资本较灵活的政策，又要顾及长远生态效应与岛民利益。明月湾之所以能顺利引进民间资本，一方面在于吴中区修缮奖惩政策的作用，另一方面还在于其名气大，投资收益性价比高，投资人热情就高。当然，村委会等基层政府组织，及乡镇与区里的重视，大量细致艰苦的沟通筹划工作，有时也非常重要。比如，2006年，金庭镇的堂里古村就成功引进民资，由苏州商人黄涛以租赁与部分收购方式，对本仁堂进行整修，总投资2000多万元，取得了比较好的共赢局面。这些年政策的口子越来越紧，但仅凭政府投入和村民自我修缮，显然不能很好地解决古建保护问题。伴随着生态岛建设的浪潮，我们也期待着更灵活务实的古建奖惩政策出台。

目前，东蔡村旁有800亩稻田，消夏湾有500亩稻田，还有其他茶果林和山林，面积超过七八千亩，是西山岛土地较多的一个村。除了水稻，东蔡种植枇杷、茶叶，也有杨梅、板栗等农副产品。我们在村边集贸市场，看到有卖菱角的。原本消夏湾到太湖的河道，都是分段承包，也曾种植菱角。2015年，太湖开始整治，为保护水资源，河道种植的菱角被清除了，承包也收回了，鱼塘也不让养鱼，岛民在鱼塘里种植起了菱角。

这个过程，说起来轻描淡写，也有不少"惊心动魄"的纷争。当时河道承包费，是种植户交给村里的生产组，再由组里平均分配给每家每户。而河道被国家征用后，却是按照每个生产组平均分配补偿款。种植户觉得委屈，就和村民起了冲突，双方剑拔弩张，吵了好几次架。最后村里召开协调会，确定种植户要适当多拿些补贴，种植户拿70%，剩下的30%按全组户数每户平摊。东蔡的村干部们都派了出去，挨家挨户做工作，苦口婆心地说服，每家每户全都要签字确认。村干部都带着录音笔，现场录音，以防有人反悔。

"搞生态，很多岛民不理解。"陈书记说，"他们更看重眼前实惠，说服他们为了后代和将来做贡献，必须有扎实细致的现实工作。"

自从太湖治理，特别是生态岛项目实施以来，东蔡征用原有林塘河道，涉及金额就高达1000多万元。村委会花了很多精力，上门摸底，找最早包产到户之前的生产队长和会计，对全村土地和林塘河道，进行细致摸排。从1983年包产到户，到2015年太湖整治，中间隔了几十年，很多当年的生产队长已不在人世，就再去找其他知情人士。再按照掌握情况，组织村民协商，把征用款顺利发放下去，确保河道生态挡墙顺利整治。村里原本有8户渔民，太湖禁渔后，都在内塘养鱼，有的人不喜欢内塘养的鱼，嫌弃这是死水养大的，不是太湖的活水，味道不好。现在大部分也都不养鱼，改为种植茭白、鸡头米、菱角之类的水生植物。这些也算是经济作物，鸡头米在市区要卖到50元一斤。

东蔡的经济作物，有银杏、橘子、茶叶、枇杷。另外，东蔡养蚕的原也有不少。早些年蚕茧都卖到收购站，再用船运到湖州去。但养蚕比较麻烦，温度和湿度要控制，晚上还要定时定量喂食，因此也都改种植果树了。现在村里年轻人不多，大多读书后到城里去了，但农副产品的销售，还是要靠那些在外面工作的年轻人。从前国家设立的收购站没有了，全靠个人销售。城里的年轻人，帮着在网上销售，有的帮父母联系客户，再通过顺丰等渠道打包卖出。说到环保这块，东蔡的土地多，化肥使用就是个大问题。太湖生态岛曾用菜饼（菜籽的残渣）施肥，后来用进口化肥较多。进口化肥大多是有机肥，对土壤影响大。现在西山岛都用生态化肥。政府做了大量工作，花了很多钱，通过几年努力，让老百姓慢慢不去使用进口化肥，让土壤回归自然。政府也出台许多相关政策，像人居环境整治，也是改善农村环境。保护水资源，比方说污水全覆盖，取缔露天粪坑。

说到未来发展，陈书记有憧憬，也有担忧。东蔡需要新思路实现"突围"。东蔡古村是历史悠久古村落，也是苏州市区"两级贫困村"，它没有工业，只有两家小型食品加工公司，也没有衙甪里村那样第一书记对口扶持单位；它没有明月湾和东村的知名度，也没有网红景区的热度。随着太湖禁渔，原有湖产养殖业和捕捞，规模也变得很小。

吴中区、金庭镇和东蔡村委会，也一直在想办法。2021年，趁着太湖生态岛建设的东风，金庭镇的引进项目——百度无人驾驶试验基地，被放在了东蔡村的一块土地上。陈书记说，希望通过引进这些绿色项目，为岛民提供就业机会，也改变传统的产业结构。这个试验基地我们曾采访过，也体验了一次无人驾驶的感觉。公路平整开阔，无人驾驶的大巴，呈现银灰色，车身是炫酷的流线型，平稳安全，干净卫生，有种后现代高科技的感觉。农文旅结合的生态旅游文化，也是他们发展的一个方向。"消夏湾"工程则是突破的重点。"消夏湾"位于东蔡村与西蔡村之间，相传，吴王夫差，曾建消夏宫，以供他与西施避暑。消夏湾湾口水阔3里，纵深9里，北有缥缈峰，西面有龙头山，东有青山，三面山峰环绕，唯有南面通太湖。那里现在建有太湖湿地工程，以净化水质，保护生态岛。在围湖造田时期，消夏湾曾遭到一定破坏，现在又逐渐恢复。湾里盛产莼菜与莲藕，夏天过去，莲叶翩翩，荷花淡红，渔民归家至此，常摇橹高歌。"消夏渔歌"是西山八大美景之一。村里定下"消夏渔歌"这个项目，有个老师掌握的资料和典故都很多，村里试图还原十几首古时渔歌原貌，以及相应渔民的渔业仪式。他们还想在村口建一个"渔歌亭"或"渔歌文化馆"，但由于东蔡是古村落，搞新建筑有严格限制，这方面，村里也在积极想办法。

"我们这里，就是山清水秀的穷地方。"这是我在采访中，听很多基层干部抱怨的一句话。话里包含了很多东西，有自豪，也有委屈，有不甘，也有希望，但陈书记不这样讲，在这话后面还加了一句："山清水秀，也是最大的资本，就看我们怎样闯出一条路来。"

陈书记眼神中也闪过焦虑。东蔡村地处"风景管控区"，但"田地多景点少"，沾不上风景区多少好处，地理位置也较偏僻。东蔡村虽古建成群，在别的地方可能早变成了"旅游宝地"，但放在历史文化古迹极丰富的西山岛，好像又缺乏"辨识度"。基本农田、耕地、林地，各种"生态红线"都不容突破，很多引进合作项目，谈得很好，落实起来困难重重，有的就被迫终止了，比如，前几年和阿里的合作，就暂停了。东蔡要发展，必须要加强资金和项目的引进，打造出自己的农文旅品牌，打出真正的名气。

"我有个心愿，今后人家到西山岛，不仅逛几个大景点，"陈书记坚定地说，"也一定会来东蔡转转，东蔡定会成为下一个西山岛网红打卡地。"

东蔡村风景很美，虽然村落人烟不足，但安静祥和，农田与林地、果树相掩映，别有一番风味。古建筑也让人流连忘返。我们采访了一位在公交车站旁等车的70岁的张大娘。她要去镇上小学，接孙子回家。我们又和一位80多岁的吴爷爷聊了会儿天。他们都还在下地劳动。他们的脸上，洋溢着真诚的笑容。从他们身上，我看到生态古村淳朴的底色。我们在古村转了许久，没感到古建与西山岛其他村落"雷同"，建于道光年间的春熙堂，更让人有惊艳之感，特别是它的书房，不仅木雕精美，镂空度高，且房椽全部采用鹤颈复水橡，搭配草架等各种结构，也是西山诸多古建所未见。这些"好东西"如何转化为发展机遇？生态经济模式下，东村很多村民期盼的"合作社"是一条思路，东蔡古村以项目带动融合经济，也是一条思路。"条条大路通罗马"，关键看如何落实。我们不仅要鼓励农村人走出乡土，更要鼓励城里人，特别是投资人走入乡村，真正实现农村产业振兴与融合经济发展，这条道路，无论对于东村古村，还是东蔡古村，也许都是新的机遇。

四 蒋东转型记

说起蒋东村，在生态岛古村落，是非常"特殊"的存在。

蒋东村因村内有"蒋家巷"与"东河滩"而得名，地理位置很好，位于苏州市金庭镇的东北角，北临太湖，南接元山村，东临太湖戒毒所，西靠金庭镇大桥路。刚进入金庭镇，路边就能看到它，它是进入金庭镇的第一个村庄。旁边是一个大型"开心农场"，是金庭镇最具娱乐特征的，集采摘、动物园等功能于一体的游乐场，也是孩子们的乐园。再稍远一点，就是有名的"太湖花海"与"宕口风景"风景区。太湖大桥复线工程以及渔阳山隧道工程（一桥一隧）顺利通车，进一步改善了蒋东村的区位交通条件。

蒋东村占地和人口规模都较大，是西山岛较大的行政村，2003年，由蒋东、俞东、前湾、辛村、后埠五个自然村合并组成。全村5.38平方公里，耕地2250亩，总户数1241户，人口3906人，有19个村民小组。2015年1月，因蒋东村规模大，党总支升格为党委，村党委下设5个党支部，党员182人，村民代表96人。相比东蔡是纯农业村，明月湾是旅游村，东村和衙甪里是旅游与农业发展各半，蒋东村却是集体工业经济较好的村落。村里曾是采石业重点基地，现本村仍有很多制砖企业与运沙的运输公司，有工业厂房4.4万平方米，三产用房1.4万平方米，村级收入1000余万元。2010年，蒋东村就建立了整个金庭镇第一个资产股份合作社，2012年，又组建了全镇第一个富民合作社。①可以说，东村有关合作社的想法，在蒋东村这边，很早就有了落实。

同时，蒋东村旅游资源也较丰富，其后埠自然村以古建闻名西山岛，其蒋氏里门、承志堂和费孝子祠，都很有名气。2005年，后埠被列入苏州控制保护古村落。2016年，后埠被列入第四批中国传统村落，2020年，被列入江苏第一批传统村落。后埠特色田园乡村定位为"孝行天下、风景如画"，它是"孝德"文化生活示范区及自然田园风光生态示范区。孝文化主题馆费孝子祠建成后，与明月湾暴式昭纪念馆相呼应，构建"东孝西廉"文化格局。

当然，这只是"纸面材料"得到的感受。我们一行人，首先访问了蒋东村旁边的"开心农场"。这里属于金庭旅游开发公司，金庭镇中小学的研学基地和游玩之地，也吸引了很多苏州和上海游客。农场占地很大，有专门供小朋友学习做饭的"大厨灶台"，有大棚采摘园，也有大片稻田，坐着机动观光车，欣赏过来，美不胜收。动物园的动物种类之多，超乎常人的想象。憨憨的土拨鼠、高贵的金丝猴和小熊猫，都令人印象深刻。

过了马路，再走一段路，就到了后埠，进入了蒋东村范围。后埠人气比较旺，走在村里，人比较多，男女老少都有，村里非常整洁，虽是农村，地上连废纸片都没。村口几家民宿，设施非常高档，有卡拉OK间、亲子娱乐房、麻将房和台球室、健身房，院内有帐篷和烧烤架。这些民宿专门承接"全包订制"，为团建的团队服务，一天费用要七八千元。

下午，我们来到费孝子祠，听说这里有孝文化田园讲堂，由后埠手工匠人徐胜康、蒋东退休党员教师陈叶梅、后埠退伍老兵徐三男、金庭镇历史文化研究者邹永明等定期讲述传统文化。2022年9月，这里迎来了第一次活动。多年来，蒋东村有传统节日慰问年满80周岁及以上老人的优良传统，也是传统孝德文化的实践者。费孝子叫费孝友，清代嘉庆朝人，他出生在当地有名的儒商家庭，以孝顺父母而闻名乡里。费孝友的孝德被苏州知府上报到了朝廷。嘉庆二十四年（1819），皇帝下旨褒奖费家，亲赐"笃行淳备"题匾，

① 江苏省苏州市吴中区金庭镇志编纂委员会编：《金庭镇志》，方志出版社，2022年版，第9页。

并敕令在后埠村建孝子牌坊。可惜的是，我们来时，费孝子祠关门了，听说这里有村里人专门负责，定时开放。我们只能在围墙外张望了一番。

幸运的是，我们采访到了蒋东村的徐书记。他是本地人，三十多岁，看着斯斯文文，脾气很好。2010年，他在苏州职业大学毕业后，先在村办酒店艳阳度假酒店工作，后来调回村里。他觉得，经过几十年发展，蒋东村的村民，生活情况不断变好，家家户户都有小汽车，有的还有三辆，而发展生态经济，也是蒋东村实现长足的振兴发展的必由之路。蒋东村为了生态环境发展，也做出过很多牺牲。改革开放肇始，蒋东村采石业发达，也成为西山岛工业经济的龙头。但以牺牲自然环境为代价的工业理念，越来越被国家政策层面所反思。2004年，采石业停掉，所有采石场都关闭，西山岛一下子下岗1500多人，大多是40~60岁岛民。镇上没办法提供那么多岗位，他们到外面做保洁、做保安，有的做保姆。蒋东和元山两个村以前主要靠采石业为生，如今却变成了"三保村"，三保即保洁、保姆、保安。

现在的蒋东村，日子又红火起来。这里地理位置好，村民思路活泛，当时村委会在路边建村集体所有的"艳阳度假酒店"。西山岛民宿不少，上档次的大酒店不多，这里算是一个。艳阳酒店游客量，一年可达到15万左右，最高可达20万。艳阳酒店是连锁店，可以打折，住在这里，景点门票可打折，买土特产可优惠。蒋东村的这些办法，形成了完整旅游链条，整合了生态岛旅游资源，解决了部分岛民售卖问题。燕子坞也是村里资产，加上其他房屋租赁和生态补偿费用，再加上村里厂区制砖瓦和运沙的收入，每年纯利润在400多万。相比东西蔡、衙甪里这样的两级贫困古村落，蒋东村的日子，比较滋润。

徐书记说，居安要思危，按照生态岛建设规划，厂区早晚要全部关停，必须要建立生态经济发展思路。蒋东村面积大，环境复杂，既有传统文化古村，又有工业布局，因此"环境治理"便成了重中之重。建设美丽乡村，改善人居环境，也非常重要。村里投入300万，将5个自然村分为5个片区，5个片长就有5个支部书记，每人分管一片，严格责任管理，对村庄各角落都进行清理，将岛民屋前屋后的垃圾，甚至十几年没清理的垃圾，全都清理干净了。常态的清洁工作更重要。蒋东村的做法，是提高保洁员的待遇，"以薪养洁"。保洁员很多是老年岛民兼任，原来薪酬只有五六百元，现在提高到2000元。以前保洁员只是简单清理垃圾桶，马路随便扫扫就算了，现在保洁员正常上班，按时领工资。对他们的要求也高了，要求工作期间排班巡视全村，垃圾不过夜。

岛民的村落，不等同于城市小区，人居环境治理，麻烦和困难也很多。岛民有很多习惯，很难改正。岛民上山种茶养果树，会把树枝和草随意堆放在空地，有的甚至堆放在大队场院。他们也喜欢在村里公共场院晒草干，用于牲畜养殖。村干部去清理，百姓不理解，农村为什么要管得像城市一样？这时就要细致耐心地说服。村干部帮着村民，把草堆都挪到他们自家场院，即使放不下，也要靠墙码成垛，尽量减少占用公共空间，也减少火灾风险。改变意识过程很长，有些岛民不愿配合，部分人对村里有意见，故意捣乱。徐书记叹了口气，说："基层工作就这样，又琐细，又麻烦，但解决不掉，也有可能变成大事。"他的经验，就是一个人说服不了，就多找几个人，一次不行就多次去。"水滴石穿"，再大的刺头，也禁不住"细致的思想工作"。他们还举行人居环境整治志愿活动，各村到支部书记那里报名，周末搞些活动，家长带着小孩参与，给小孩一个保护环境意识。到了周末，村里提供垃圾袋和小钳，老人带着小孩，到村里捡垃圾，带他们到活动室看爱护环境的宣传片。

整治好人居环境，就是为下一步蒋东村的转型打下基础。目前蒋东村委也在积极寻找合作招商项目，但要求是必须与蒋东村的实际情况相符合。对于蒋东这个老旧工业区，徐书记提出"退二进三"的想法，即把第二产业变成第三产业。原来采石产生的"宕口"，由于形成了独特的地貌，可以搞深坑酒店，深坑旅游，也让人们牢记那段历史。目前由于蒋东村集体经济家底比较厚，发展第三产业，有一定财政支持，慢慢做起来，这就比那些贫困村多了很多优势。但是想要做大事，就必须再将土地从单个农户手中集中起来，正如漫山岛开发，也以土地回归集体，整体和苏州文旅签订合同为前提。对此，蒋东村委做了大量工作。现在的村民，年纪普遍都很大，年轻的一代人在城里生活习惯了，管理枇杷与农田，体力活他们都不会，管一两棵枇杷树还好，管理一大片他们也不愿做，他们也不懂打农药与抓虫。徐书记说，现在土地不征掉，后续管理可能会荒废，不管理就没有产出。征地工作，主要由原蒋东村退职老王书记领头，带着老辈人去沟通。农村人都讲个辈分的人际关系。由他们带队攻关，村民们都给几分面子，工作也就比较好开展。"费孝子祠"是蒋东村开发的重点，2019年开始建设，开始通过补助金，投资了300多万元，后来又通过特色田园乡村项目，共投资2000多万元，打造后埠古村旅游点。村里自己投资500多万元，他们想重点打造后埠的"孝"文化，这个方向打造好之后，他们想以点带面，建设些咖啡厅，带动老百姓开展精品民宿。一是把"孝"文化传承发扬出去，二是提高老百姓的经济收入。现在看来，费孝子祠的开发，已有了初步规模，但离真正形成旅游热点，还有很长的路要走。

"人的工作最难做。"对于基层工作，徐书记深有体验。做了十几年"村官"，他感触最深的，还是前几年，在老王书记带领下，清退被部分村民侵占十几年的集体仓库。他们几个村干部，每天都忙碌到大半夜。本来是集体仓库，但被部分村民无理侵占。找执法队处理，可能激化矛盾，沟通工作又非常困难。徐书记的经验是，先从党员开始做工作，拔出一个"硬钉子"，其他的就好办多了。这个党员还是徐书记的亲戚，徐书记对他说："你是党员，又是我的亲戚，你不带头，其他村民就只能观望，时间长了，受损的是集体，吃亏的是所有人。"该党员最终将东西搬出了仓库。还有就是，一件大家牵扯进去的事，一定有"人际关系"的因素，这可能是个"绳结"，把它解开了，事情就疏通了。通过走访，徐书记了解到，侵占仓库的村民，三家矛盾很深，外表看不出。徐书记帮三家人做通工作，三家人答应一起退出。做基层工作，要讲公开公正，事实清楚，利益清晰，大家才愿意听你的。做了大半年工作，村委会把仓库全部清理干净。他们把仓库进行公开租赁拍卖，只限本村村民可拍卖，老百姓带着户口本和身份证来报名登记抓阄，最后开村民大会定下价格是多少。这样一来，集体增加了收入，可集中力量发展第三产业，个人也解决了存放物资问题，皆大欢喜。

离开蒋东村，已是日头偏西，刚放学的孩子们，三三两两地回村，路边的野花迎风摇曳，古村充满着欢声笑语。想着徐书记温和的笑容，我们心里很是感慨。生态岛建设任重道远，而基层治理非常复杂，每个村子的情况都是既有共性，又有差异性。明月湾旅游经济发达，但生态维护和经济效益的平衡点，是村里工作的难点。而衙甪里以包村第一书记，带动群众从红茶工艺入手，拓展碧螺春的销售空间，形成新品牌效应。东村文化旅游资源丰厚，却缺少人力资源和政策扶持，也缺乏集体的统一行动。东蔡是农业大村，想打造农文旅品牌，却缺少民间资本介入。蒋东村集体经济发达，属于工业区转生态区，全村在资源整合与发展转型上努力……这几个月，我们还走访了缥缈村、西蔡村与秉常村等古村落，它们的情况又各不相同。但可以肯定的是，采访过程之中，我们看到的，是干部群众坚定走生态发展之路的信心和决心，不管前方有多少困难，他们必将勇敢前行。

第三章　道法自然记

第一节　金庭的味道

荒废的屋子上爬满了蔓草，而蓬草又长长地丛生，月华明亮，普照其上。

——清少纳言《枕草子》

一　相遇古镇

很多年了，内心渴望着一种相遇。

我渴望在喧嚣的世界，寻找灵魂的安定，在繁忙的都市，相遇陶然自得的梦境。这种想法，大概率是无奈的"奢望"。日复一日，我们都奔忙在生活的前沿，拖着疲惫的肉身，像紧张的发条、跑动的机器，在高楼大厦与拥挤的街道上，忙着占领与获得，忙于任务和指示，直到深夜在斗室惊醒，焦躁得无法入眠，才怅然若失，暗自悔恨。

漫步是一种修行。金秋的下午，花费整整半天，在古镇里的小村漫步，感受不一样的江南古镇，这对我来说，是如此新鲜，又如此奢侈。1987年，金庭、堂里、石公三乡合并，成立西山镇，后改名为金庭。太湖大桥通车前，金庭镇有158个自然村，44个行政村，后来经过多次整改有了11个行政村，1个社区。2003年成立的东河社区，将东河村、劳家桥、五村头、金泽村等合并，构成了金庭镇的中心区域。金庭镇有诸多城乡接合部的特点，出租车不多，饭店不多，街道干净，虽也有高档别墅，但整体安静祥和，有着淳朴风貌。初冬，是旅游淡季，镇上的饭馆并不总是开着的。镇上有几十家小饭馆，早餐可以在菜市场摊点解决，还有几家快餐式小店。中午营业的，有西北牛肉面、藏书羊肉等店铺。到了晚上，很多饭店就关了，可能没那么多客人，只有新疆烧烤等少数馆子还开着，还有就是几个稍有规模的"酒家"。晚上静悄悄的，我独自在路灯下徘徊，感受着不一样的宁静。

早上，我在民宿四周走走，能看到镇中心后面一个连着一个的村子，都铺着青石板路。石板都带着点湿漉漉的、滑腻的露水，不知通向哪一个历史的迷宫。那天中午，太阳正暖，吃完午饭，不知为何，溜达着就走入村子深处。从东河走进，过了小桥，到了五村头。它们足够安静，没有熙熙攘攘的游客，没有穿梭如织的村民，甚至动物也很少。村里太安静了，狗叫声也变得稀少，如同清水滴下两滴蜜，"倏地"就逃得无影无踪。年老的村民，还有些生活在这里，年轻后辈们，很多在镇上住进商品房，有点钱的，在不远处盖了小楼。村里人少了，也就静了，时间在此定格，仿佛掀开了历史面纱，把那些悠悠流传的纹理形态，展现给我们这些外人。当阳光照射在小村，时间瞬间凝固，将几百年前和现在重叠。我顺着这里走入，嗅着历史的味道，就走进了生态岛内部的世界。

我在青石板上踏步，旅游鞋发出微小声响，仿佛惊到了树上的虫，缩进了果树里，继续它的美梦。村里纵横交错，青石板小路，蜿蜒不定，好似熟睡的青蛇。沿路是高高低低的民房，也有不少古代民居，有的已颓圮倒塌，长满了野草。每一条小路，都似乎会不期而遇一栋贴着"危房"标志的古建。那不时出现的，剥落的青石墙、破败的小院，仿佛还在诉说着一种沧桑的历史感。一条寂寞的黑花村狗，耷拉着耳朵，温顺而又渴望地跟着我，一路沉默地走来，见我不肯回顾，才恋恋不舍地停下。

我慢慢走着，脚下石板的"硬"和"滑"，并没有什么不适感，反而有着一点触摸到历史积淀的幸福。心和身体都是放松的，好似泡在阳光里的白菜，有着微微的甜味。我逐一拍打着那些旧房子，凭借着一点点古建知识，通过观察砖石的压叠方式、房门的建筑风格，暗自判断着它们的年份。这些老房子，大部分建筑于明清时期，如今有数百年的历史，虽然是古建，但又是普通的，没有多少文物价值。这里又不是大的旅游点，村里的经济能力有限，就任凭它们衰败下去，变成一座座无人居住的废墟。一座废墟连着一座废墟，而废墟之上，又是一片片绿意的野草和星星点点的野花，还有无数藤蔓。想起清少纳言的《枕草子》的描述："荒废的屋子上爬满了蔓草，而蓬草又长长地丛生，月华明亮，普照其上。"也许，月夜之中，观察这样的古建废墟，会别有风味。而我此时，也只能在阳光下，流连在一个个倒塌的"历史的肉身"之间，感受时光的沧桑巨变。废墟的间隔，也有着崭新的民宿和三层小楼，也许正是在这新与旧的交织融合之中，可以看到盛衰枯荣的交替，感悟人生无常的道理，放下诸多欲望与执念，在物我合一之中，找到内心的安宁和力量。

在一座砖墟前，我停住。听路过村民介绍，这也是一座乾隆年间盖起的民房，如今已完全倒塌。我捡起一块青砖，它只剩下了一半，茬口处，透露着崎岖不平的伤痕。那是岁月的创伤。也许，它被雷火击中，碎成了两半；也许，它被需要垫脚石的村民，生生地砍成了两半。它其实还结实着，却从那推倒的墙上走失了，孤零零地躺在草丛里。那砖，出生时是热的，散发着一种胎儿般温热的活力。它的身体里有"火"，要等它们安静，沉睡下来。慢慢地，那红红的火，调皮的红血，变成了凝固的，仿佛石头般坚硬的"心"。它在乾隆十一年秋出生，那一年，乾隆皇帝下江南，在太湖龙舟上打着盹。他没有梦到过一块"青砖"，他梦到的是江南美人，还有无尽的江山。

敲一敲，发出清脆的回响，它有着令人信任的安稳；闻一闻，似乎还有着几百年的味道。那是老爷爷烟袋里的青烟，是茶叶的清香、悠悠的果香，是袅袅的炊烟气。那些悠长的日子，被细细密密的雨点，缝到了青砖的纹路，只有有心的人，才能触摸到。那些有规律的纹路，如同苏州绣娘手指的螺纹，带着一股沁人心脾的丝滑顺畅，听一听，似乎又有些声音，历史血与火的刀剑之声，锅碗瓢盆的磕磕碰碰的声音，有少女的欢笑、孩子的嬉闹，有老年人的叹息，还有那一成不变，延续千年的纺车的声音。

我把那半截小砖，在手心里颠着，它慢慢地飞起，又落下，几百年的故事，无数人和事，无数光线、声音，十万闪电，十万雷鸣，十万风雨，都化为绕指柔肠的叹息。在我的手掌，轻轻打着滑，吻着掌心的河流。我要拥抱这半块青砖，当我的镇纸，用它压住了纸，纸就安稳了，平静了，在这样的纸上写下的文字，也会有一种别样的清香与厚重感。

二　李大姐

考察期间，我住在金庭镇"太湖之心"民宿，就在东河村旁边。老板李大姐很热心，笑着对我说，西山的美，不仅在风景区，也在不起眼的小村，你有空一定要多走走看看，那里没那么多游客，保持了更多西山味道，那是一种真正的"慢生活"哩。

住得久了，对"太湖之心"也有了感情。那是栋三层民宿，阳台采光不错，每天早上，我从睡梦中醒来，踱下楼去，都能看到李大姐养的蝴蝶犬"小宝"。它胆子很小，见到我，就急忙往窝里钻，细小的眼里流露出惊恐的神色。李大姐说，这只狗是她在垃圾堆里捡回来的，当时腿部受伤，看样子吃了很多苦头。她细心照顾小狗，并给它取了名叫"小宝"，希望它能成为家里人的宝贝，不再受苦。

"我见不得受苦的人，"李大姐说，"也见不得受苦的动物。"

李大姐五十多岁，显得年轻，瘦瘦高高，清清爽爽，总穿着一套干净休闲的运动服，脸上洋溢着阳光明媚的笑容，让人心生善意。她的丈夫也是热心肠，在一家工厂开车，只要单位没事，就拉着我们在岛上转。李大姐信佛，也会到岛上包山禅寺拜佛。生态岛寺院多，出名的有包山禅寺、水月禅院、石公寺、罗汉寺、大观音寺等。道观也有不少，比如林屋洞自古就是修道之所。包山禅寺住持心培大和尚，还带着我们寻找过东汉时期毛公坛炼丹的水井。早上如果顺着镇上大道走，可以听到观音寺和包山禅寺的阵阵钟声。晚上她带着一帮女人，在民宿院子里跳扇子舞，舞曲是腾格尔的《蒙古人》。她们跳得开心、投入，每个人都笑得开心。为了给她们助兴，我也打了趟八段锦，博得了许多喝彩。

心放松了很多，人也有了精气神。我疑心李大姐从小肯定生活优越稳定，从不知忧虑，才会保养得那么好。有了空闲，和她聊天，才知道了她艰辛的"奋斗史"。她是西山本地人，就住在镇后东河村。她原在采石厂上班。2002年，西山岛采石业全部关闭，她下岗了，在超市当过几年的收银员。"屋漏偏逢连夜雨"，她离了婚，独自带着女儿，在生活的汪洋中挣扎。还好，上天眷顾她，让她遇到了现在的丈夫老常。老常很爱她，和她一起抚养女儿，婚后也未再要孩子。他们商量着开间民宿，过程并不轻松。他们先是建起两间房，再到后来建了两层，等到有了积蓄，才下了狠心，借了钱，盖起现在漂亮的三层民宿。说起当初创业的艰苦，她只是淡淡的，似乎不太在意。

这就是生活吧。她叹息着说，不知不觉，女儿考上了大学，她也稳定下来，有了如今的局面。疫情期间，民宿生意时好时坏，她并不焦虑。2023年，全国旅游全面放开，五一节期间，西山岛又迎来客流高峰，"太湖之心"的房间，在网上早被抢订一空。五一节那天深夜，忙碌了一天的李大姐刚休息，就听到门口有人按门铃，开门去看，是两个四川过来旅游的老年夫妇。他们没有提前在网上预订房间，在西山游玩了一天，才发现根本找不到住宿的地方，只能来"太湖之心"碰碰运气。听到动静，也有已入住的游客出来看热闹。五一黄金周，西山岛的民宿都很贵，四川游客也愿意出高价，只求有个地方待一晚就行。李大姐想了想，让四川老夫妻住在了客厅的两个长沙发上，却没有收他们的钱。第二天早上，这对四川游客走了。其他游客问李大姐，为何不多要点钱。她笑着说，人谁没个遇到困难的时候，也就是帮一把手，他们住在客厅，又不是客房，也不好收钱。

事情过后，有游客在网上留言，感慨李大姐的善良。我称赞她，她也并不以为意。太阳升起后，她又急匆匆地，赶到东河村后面的那片枇杷林。那是她父母承包的果林，五月份，枇杷成熟，采摘又要费不少力。她快步走去，肩上的竹竿，在阳光下跳跃着，闪烁着青色的光芒。目送着她快乐的步伐，我的心也被感动充满着。"太湖之心"到底是什么？是枇杷成熟的味道，还是那淳朴的善良？

三 罗奶奶

我在一间高大的青砖房前停了下来。

这栋旧屋非常气派，高高低低地延伸出一大片，看得出是一个三进院大屋，不像那些寻常的民居。外墙的灰浆，房顶加固的铁条，都在告诉我们，房子经过数次整修。在过路行人匆匆的脚步和不经意的扫视中，这座陈旧的老房已失去了色彩，但它被包裹、隐藏起来的内心，融归日常的同时，也将一代代日常生活积累为令人惊叹的味道。闻着带着点油香的烟火气，我看到黑色木门上的门铃，才晓得这里还有人居住。按了几下，无人应答，房门是虚掩着的，我喊着人，漫步走进去，一位罗姓老奶奶的出现，让我非常惊喜。

她今年82岁，身材瘦削，满头银发，穿着合体的开襟红毛衣，里面套着绿色绒衣，身上还穿着黑色纯棉长裤。她精神健旺，说话声音很大，方言味道浓，仔细听，才可以听得懂。她面色白皙，透着红润，牙还好，言语中透着安稳和幸福。罗奶奶原来有工作，51岁退休。她告诉我，他们家祖上是大户人家，房子修建于乾隆四十年左右，门槛都是原来的，后来重新加固，涂料和加固材料是后来加上去的，里面的石柱、石板，还有青砖都是以前的。如今她和老伴，还有孩子，一家三口还生活在这里。

西山古村里的这些老奶奶，我接触了不少，印象最深的，就是她们的整洁干净。有时她们的粗布服装，有着江南刺绣风格，一件小围裙，都透着主人的精细、认真和生活的热情。哪怕挽起袖子干活儿，领口袖口也定是干干净净的。她们的干净，就是她们的尊严和面子，是她们生命的自信。她们已和这碧水青山融为一体，水乳交融。虽是老房子，但锅台炉灶，也一定干干净净。她们的脸上，永远没有污秽和泥土、尘烟，似乎岁月只是在她们的脸上，偷走了时间，留下了皱纹，却不能带走她们的优雅。

罗奶奶带我走入房子内部，房顶的椽很结实，都是几百年的老木料，不过被灶台熏得有些黑了。我仰头望去，很是感慨。那根早已被烟火熏染得乌黑的椽木，见证了一代代人朴素的生活。梁木周围似乎还环绕着家人们的嬉笑怒骂，新婚夫妻畅想幸福生活的窃窃私语，慈爱母亲教导女儿的温言，沉稳的父亲教训儿子的叱责声,中年夫妇午后坐在摇椅小憩的鼾声……前尘往事,已如烟散去,徒留橡木上的一丝烟火味。

门楣贴着青铜古镜,小院进门有影壁墙,对外有门厅和正厅,摆着两张红色实木桌,再往里走,有雕花小门楼,不是很大,漂亮的是房檐和门窗,镂空刻着古人的故事,从关羽张飞到薛仁贵,有金榜题名的场景,也有保家卫国的战斗画面。这些雕刻,栩栩如生,惟妙惟肖。更令人惊讶的是,它们居然保存完好,没有像明月湾的那些大宅里的门楼雕刻,被斧头劈掉脑袋,或者雕刻刀削过,总体保留较完整。往后面走是庭院,不太大,但非常精细丰富,小假山旁有水池,旁边也挤着枇杷和银杏,院中有一口压水青石井。庭院的后面,是两间住宅,在右侧的小门绕过住宅,据说原来还有院子,如今也改成了放杂物的地方。

罗奶奶喜欢聊天,我问她,为何不将这座古建好好翻修一下,政府可补贴一半费用。她只是摇头叹息,他们家收入低,补助一半,想彻底整修大屋,也非常困难。这也许就是很多太湖生态岛普通民居古建的尴尬之处。它们并非赫赫有名的大族住宅和祠堂之地,但它们真真切切地挺过几百年风霜雪雨,将历史信息密码,巧妙地传承到了现在。可现在它们只能默默地老去,成为危房与废墟,这无疑令人遗憾。我们挽留住它们,就是挽留住了时光,也是挽留住了文明的传承,为生态岛建设打下深厚底蕴。

罗奶奶微笑着目送我离开。我点头致谢,又回头看高大的青砖宅院,也在向它无声地告别。罗奶奶背后,历史流转时间消逝的画卷一帧帧地闪过,她也渐渐地,将八十余载人生,一同融入这座历经风云变幻而巍然独立的老房子。

四 养蜂人

哪里花开得最香最甜,哪里就是养蜂人的家乡。

一天早上,我在镇上漫步,在金庭镇旁的一大片果树下,见到了养蜂人夏大娘。她是盐城人,有点胖,但却健壮,小臂比较粗,大约六十岁,花白头发。

起初她对于我们的到来，浑然不觉。她依然沉浸在"舞蹈"般的操作中。她头上罩着纱状防护帽，身上只有一件深蓝色工作服。她的手在"嗡嗡"飞舞的蜜蜂之间穿梭，灵巧如风。一块蜂板，沾满明晃晃的、黄金般凝固的蜂蜜，被她抽出，再放下。群蜂飞舞，不一会儿，走远了，去往有花的地方工作。我看到大滴汗水，从她的额头跳落，粘在防护网上，仿佛一颗颗散发松香的琥珀。

职业养蜂人，一般都是漂泊状态。早在明清时期，因为西山岛盛产花果，这里就成了养蜂人的聚集地。20世纪90年代初，太湖大桥开通，夏大娘一家人就来到了西山岛。这里优美的风景、无数盛开的花朵，留住了他们的步伐。虽然，每年夏大娘的丈夫还要开车出去采蜜，但夏大娘却在西山安定下来，将孩子抚养长大。他们喜欢西山这片桃源之地。如今，儿子在苏州市工作，孙子出生后，也放在西山岛寄养。

这里的蜂箱是一部分，还有一部分拉到了外面。他们有一条赶花期的路线的，从苏北往南到浙江、湖南、福建，往北边走回到江苏，再去山东，然后到辽宁、黑龙江。他们都是一起开车出去，养蜂人都是结伴的，养蜂技术大部分是家传的。养蜂人有自己的组织，叫养蜂人协会，只要加入组织，开养蜂车走高速不用缴费。夏大娘的丈夫，初中毕业后，就去国有的养蜂场上班，后来自己出来单干。他们跟着季节漂泊，在全中国流浪。90年代初，他们来到西山岛，一下子就爱上了这片鸟语花香的桃源之地。春天采茶花蜜，临夏有枇杷蜜、杨梅蜜和槐花蜜。他们定居在此，无论走到哪里，还是要回到西山岛。

夏大娘热爱太湖生态岛。她赞美这里环境好，青山绿水有美岛。她不太懂生态的"话术"，但晓得蜜蜂的选择。蜜蜂对花有要求，但对水的要求很高。如果水有污染，蜜蜂容易死掉。工厂和企业多，排放的污水会对蜜蜂有很大威胁。自从关闭了采石厂，太湖生态岛的环境不断好转，特别是近些年来，生态岛建设实施，太湖水质大幅度提高，空气质量也变好了，花朵开得更鲜艳，果树也更茁壮。夏大娘一家，都愿意在这里定居。虽然还是会开车拉着蜂箱到处跑，赶花期，但也想把不同的花粉基因，带到西山来，更加促进这边花果业发展。原来冬天都是到南边很远处找花，酿制蜂蜜，后来冬天大部分都在西山繁殖蜜蜂，也不再出去跑。到了淡季，他们就少采蜜，多留点给蜜蜂吃，和出去跑相比，扣除油钱和路上费用，也差不多了。既然西山冬天也能维持采蜜，就不用辛苦跑出去了。

"环境好才有好蜂蜜，生活有蜜，才是好日子。"这一大片果林，就在东河村的后面，夏大娘签了租土地的合同，平时种茶树和果树，但不能建房子。夏大娘在果树下放上两排蜂箱，蜜蜂飞舞，她的笑容也格外灿烂。她叫西山的蜂蜜是"百花蜜"，有杨梅、枇杷，也有茶花和油菜花，蜂蜜的味道都不相同，很滋补的。

外乡养蜂人夏大娘，在阳光下，提出最后一块蜂板，掰下一大块黄澄澄的蜜，轻轻地放在了一个铁桶内。顿时，浓郁但清甜的蜂香，在果树下四散开来，浓得遮人眼，化不开。我想，这也是金庭的味道之一吧。

五 擦肩而过的暮色

不知不觉，走了几个小时，从东河村到劳家桥，再走到金泽，我已记不得来时的路，只是周旋在弯弯曲曲的小巷，眩晕于一座座古建、一条条青石板小路。村里也有不少古树，如银杏、柏树、香樟、榆树，都打上了标牌，葳蕤盛大，满眼绿意，夹杂其间的是各类果树。白果掉落在地上，被挤压出白嫩的肉身。金橘有的正青涩，有的则金黄耀眼，在枝头风干成风景的标志。枇杷在开花，桂花也在开花，它们鹅黄的蕊，交相呼应出不同香气，游荡在小巷，指引着方向，抚摸着我的脸颊，缠绕着我的脚步。

黄昏一点点侵蚀，给一切披上了一层淡红薄纱。村里人少，也不是没有。安静的环境，人也变得安静，和自然融为一体，冥想发呆，或怡然自乐，都是别样风景。一个灰衣服中年人，在小石桥上，悠闲地钓鱼。黄昏天色已暗，水面冒着泡泡，鱼儿懒懒地休息，钓鱼人似乎也不在意收获。他的儿子，趴在石桥上，痴痴地望着水面。

黄昏时分，村里的人多了起来，有几分热闹和人气。我停下脚步，发现了一个刚回村的中年农民。黑红的脸，粗壮的身躯，正开着一辆绿色时风农用机动车，慢慢转入村里的一个大院，车上零散放着许多农具，散发着泥土的气息、肥料的味道，似是刚从田地种菜归来。他一手扶着车把，一手拎着一个大大的，棕红色塑料水杯，碧螺春的香气，顶着盖子钻了出来，我离很远，都能闻到。他将水杯拧开，灌了几口，又拧紧，"咣当"一下，丢在车上。车上电喇叭响起，在这黄昏寂静的小村里回荡，有种劳动完的畅快和喜悦。喇叭里的歌，正是凤凰传奇的《荷塘月色》，韵律劲爆，惊动了家里的村狗，慌慌张张地跑出来，嘹亮无比地合唱着。

村里的年轻人，还是太少，古村更适合中老年人隐居。古村太安静，缺少新鲜刺激的东西。它就像那些老房子，需要沉静的灵魂，才能安心于此，在大自然的回馈中，把玩寂寞，把岁月过成淡泊的味道。我缓缓走着，并不感到孤单。狭窄的小巷，结实的青石小路，高大的石墙，似乎都在增加某种相遇的机会，也让人生成某种既定的永恒感。似乎随时可能出现几个明朝服饰的古人、几个纯真可爱的清朝古装少女，就这样和我擦肩而过，和我四目相对，或对我嫣然一笑，告诉我古村里所有神秘的故事。

更多擦肩而过的，是村里的老人。他们弯着腰，弓着背，老眼昏花。他们绵软的脚步，响在我的耳边。他们隐藏入沉沉暮色，渐渐昏暗，变身为时光的蝴蝶，又不动声色地飞走，离开我，不留一丝痕迹。我静静地看着老人们擦肩而过。他们有很多故事。他们有很多不为人知的话，藏在心里。正如普里什文所说，每个人的心灵，都有很多话存在，燃烧，发光，如同空中的星星。当话语走完生命的行程，会飞出我们的嘴巴，像星星般熄灭。

因此，沉默是最好的话语体验。我并不想再去打扰他们。我只是想静静地感受某种生命的仪式，从沉默中感受他们的故事。还有些中年人，开着小电动车，车后座都"种"着个红光满面、胖头胖脑的娃娃。他们的电动车，飞速穿行在小巷，洒下孩子们一连串欢快的笑声。想来是孩子刚放学，被家人接了回来。他们是古村的未来。他们长大后，还会留在安静的古村吗？古村还能保存到他们长大的那一天吗？

我不知道，我只是个过客。我嗅着金庭的味道而来，忘记了归途。

第二节　有情漫山

起伏周峦自有情，两峰相抱水盈盈。

——（清）吴庄《漫山》

一　漫山桃源

电闪雷鸣，风雨交加，黑色龙卷风，在动荡的水面，怒吼着前行。

"五扇头"大渔船，在龙卷风里时隐时现，水浪拍打船身，渔具飞在半空，剪网，踏网，小丝网，滚钩，卡钓，扛网，一切捕鱼的零碎，都变成可怕的水妖。桅杆发出"咔咔"碎裂声，似乎马上承受不住可怕的重压。所有渔民，紧紧将自己拴在船上。眼无法睁开，苦涩的水，倒灌入耳朵和鼻腔，惨白的手指，紧紧扣住船舷。他们向大禹王祈祷，向天妃祈祷，向一切管水的天神乞求着。

船老大将缆绳拴在腰上，后悔着早上出船的决定。眼下也只能碰运气，才能在这凶险无比的龙卷风里活下来。他暗自下定决心，如果神明显灵，将他们救下，他一定发愿，就在最后停留的地方，安置他们的新家。

不知过了多久，风暴停歇，船老大睁开眼，发现渔船停靠在一个陌生小岛。劫后余生的渔民，欣喜若狂地冲出船，向上苍跪拜。他摇晃地下船，呕吐，突然闻到水中的鱼腥味。他惊愕地舔了口掌心里的水，才发现，不是海水，而是淡淡的湖水。

他们被卷到莫名的湖中小岛。船老大的几十个族人，都来自东海边吴姓的捕鱼者家族。大难不死，必有后福，他们决心，在这座荒凉小岛安家，繁衍生息……

这是漫山岛吴氏迁徙的传说。故事被写在他们的祖祠。道光年间至今，吴氏在漫山已传八世，他们的祖祠，在常熟福山。有人说，他们最早是海洋渔民，从黄海边迁徙到太湖，最后落脚在这座荒凉小岛。查阅《冲山村志》，春秋时期，吴国就曾在此练兵，至今有"藏军洞"旧址。清康熙四年，建立太湖营，漫山岛为汛地，有五名巡兵驻扎。最早民居的记载，可追溯到清朝初年，姚姓、郁姓等族人，逐渐迁徙至此，最晚的迁徙，是1958年王姓族人在此开鱼池养鱼。漫山岛原是湖州等地渔民打鱼时暂时歇脚之地，后又成为农业孤岛。据《太湖备考》记载："漫山，在长浮山西北三十里，居民百余家，以造篷为业。"编织苇席和船篷，是漫山传统副业，百姓虽也种植水稻，但稻田数量少，产量不高。漫山多次引进果树，如枇杷、杨梅等，还有碧螺春茶树，但岛民不谙果业和茶业，种植经济作物，并不成功，这也导致漫山岛民的生活，比一般太湖岛民，要艰难很多。

漫山岛面积1.3平方公里，南北两山，对峙相望。东西两座大堤，将两山相连，中间是几百亩稻田。漫山岛属于苏州光福镇冲山村下属自然村，也是苏州第三大离岸岛。冲山村原也是离岸岛，但20世纪60年代建设"五七战备圩"，"围湖造田"，变成了半岛。如今要到漫山岛，要坐车先到冲山村旁太湖二号码头，然后坐渡船，近半小时，才能到达。漫山岛再行船几十分钟，就到达苏州太湖最西边界岛屿——平台山。此山比漫山岛大，但也更荒凉，目前已无人居住。

漫山岛是"世外桃源"，也是远离繁华的荒凉之地。由于太过闭塞，岛内近亲联姻较多，影响了后代发育。很多老年妇女，一辈子没有离开过漫山，甚至没见过汽车。漫山岛南山和北山，形成两个不同宗族群落，清代至民国，南北山之间常发生冲突，这种情况到1949年后才得到解决。由于太过偏僻，很多光福镇居民，也未曾到过这里。岛上原本有个漫山小学，岛民最早的学堂，是几个船户凑钱，在渔船上办的识字班。1953年，等条件稍好，就在漫山建了小学，但翻看《冲山村志》，到20世纪90年代，漫山小学裁撤，一共有5名教师先后在此任教，由于条件太艰苦，有数名教师离职。漫山岛保留了很多原始风貌，岛上有些明清古建，有清朝乾隆年间建的福庆古桥，还有新四军藏兵洞。1944年，新四军干部薛永辉带领几十人的队伍，在漫山旁太湖芦苇荡，被堵截二十多天，最终死里逃生，逃离了日本人的搜捕。码头旁的"望夫石"，也有着美丽传说。

更多是荒凉之感。很多初次登岛的人，都被这里的"原始风貌"震撼，时空仿佛穿越到了过去。这里1997年才通电话，2001年才通电，但也仅够民用电。近些年来，在太湖生态岛建设热潮下，太湖度假区、苏州文旅集团，先后介入漫山岛保护与开发。经过几番大规模建设，2021年，漫山岛才通了有线电视和5G手机信号。可以说，没有太湖生态岛建设，就没有漫山岛的今天。而一部漫山岛的保护开发史，也蕴含着苏州探索生态文明发展的智慧和思考，凝聚着众多干部群众们的心血和努力。

2023年4月，我们顺着高德地图指引，找到冲山村，却没找到漫山岛。冲山村靠近太湖，和大多数太湖岛村落差不多，人烟稀少。我们找了半天，只见到一座正在修葺的寺院，几个耳聋眼花的老年村民。问了半天，听不太懂当地方言，只能去附近的新四军江抗纪念馆看了看，出来时已是下午。第二天，在有关人士指引下，我们来到太湖二号码头，终于找到上岛途径，并联系上冲山村党支部副书记秦政华。在他的带领下，我们顺利登上去往漫山岛的客船。船行太湖中，正是春光明媚，无数水鸟在船舷上飞舞，雪白的身姿，曼妙动人，更映衬着湛蓝的湖水，清澈可见。

你晓得，这里为何叫漫山岛？船老大问我。

我摇摇头，他笑着说，太湖水很温柔，有时也凶暴，一遇大风暴，发生"湖翻"，湖水便漫过了小岛上的南北山，因此有"漫山岛"之说。由此，也可见岛上生活的艰苦。这太湖"世外桃源"，究竟是何等光景？

秦书记四十多岁，冲山村人，面色微黑，亲切和气。2010年11月份，村委会换届选举，他被选举为村委会委员，至今已有十三个年头。在他的介绍之中，我们开始一点点地了解漫山岛。从古朴原始的小岛，跨越现代化，直接进入"生态文明"意义上的生态岛，漫山岛究竟经历了什么？这种非一般性的"生态发展"，又给整个太湖岛屿的开发，提供了怎样的经验和思考？

二　文明之光

20世纪90年代末，从吴县中学毕业后，秦政华在市里机械厂当钳工，后来又跑了一阵销售。那时他正年轻，喜欢天南海北地跑。他是家中独子，父母年纪大了，家里养着螃蟹，就考虑让他回村。一天，村副书记打电话给他，说，水办公室缺人，秦政华学钳工出身，对管道维修较熟悉，想让他回来，帮村民干点事，收入少了点，但离家近。

秦政华犹豫了一段时间，毕竟机械厂工资相对要高。可转念一想，村领导想到他，是对他的看重。秦家是"党员家庭"，爷爷、父亲和他，都是党员。冲山村老人多，需要年轻人回来支持，作为党员，为家乡贡献力量，也是光荣的。刚到村部的水管理站，很多事情都不习惯。在工厂只要管好技术，其他不用理会，可在村里工作，什么都要"灵活处理"。比如，到老百姓家收水费，不能想啥时候去就啥时候去，要趁人家休息的时候，上门去收。村里有渔民，也有农民，每家每户情况不一样，渔民出船打鱼，好多天不在家，甚至几个月不在，要灵活处理，才能高效完成任务。当了村委委员，工作范围扩大，秦政华有时也要做调解工作。小两口闹离婚，秦政华调解多次，但他们坚持要离，闹得不可开交，打电话找来110。秦政华给男方做了担保，让他一个月后再支付协议离婚的钱，最终平息了纠纷。通过这些年村干部的经历，秦政华深深感觉到，当个人民信任的好干部，不是一件容易的事。

2010年冬，一个下午，天气非常冷，直径160厘米的自来水主管道破裂，大片区域停水，当时村委会只有俩人，都不想拖到明天处理。水资源宝贵，如果流淌一夜，损失太大。秦政华喊来几人，将破损管道从水泥路下挖出来修补。不能动用挖掘机，全靠电镐，一点点地弄出来，抢修到凌晨两点才完工。天气冷，自来水混着泥水乱喷，全身都湿透了，湖风又大，吹在身上，手脚冻得麻木，秦政华咬牙坚持下来了。

太湖提倡搞生态建设，秦政华立即想到，要在太湖种植芦苇。抗战时期，新四军薛永辉，率部曾躲在芦苇荡中数十天。薛的后人后来在农业部当司长，大力提倡在太湖搞生态芦苇种植。芦苇是经济水生植物，能搞编织，有经济效益，能净化水质，给太湖鱼提供养料，还附带观赏效果。早些年冲山和漫山附近芦苇荡茂密，可数十年来，有的芦苇荡败掉，有的被割得太厉害，有的被铲除了。秦政华带着村民，分三期在附近水域种植芦苇，秦政华负责总体协调工作，种了几个月芦苇，人晒得又黑又瘦，可想到改善了生态，又给村里增了收，他就非常开心了。

2015年左右，吴中区决定开发漫山岛，当时是和太湖度假区合作，先在漫山北山，租了四间房，简单改造，对外开放民宿，迈出建设漫山第一步。只修几间民宿，肯定不行，度假区又在岛上做基础设施，修了两条马路，建了一个小型地下水的水厂，供应村民生活用水。2018年，苏州文旅集团也加入开发漫山的队伍，提出改造自来水的想法。用水不方便，商业设施没法开展，秦政华清晰记得，2012年，漫山岛退休老书记沈祥男，握着他的手，沉重地说："政华啊，我当了这么多年村干部，漫山没喝到自来水，在你手里，要解决这个问题。"看着老书记殷切期盼的双眼，秦政华心里沉甸甸的。2015年，漫山挖了水井，修建蓄水池，铺设了管道，每家每户的水表也都装上了。秦政华跟着设计单位跑现场，给他们提建议，也搞好后勤服务。但真正实现全岛通自来水，要到2023年的4月。

同样，用电也很关键。2001年，苏州供电部门，在太湖水底架设了一根电缆，首次实现漫山岛供电。这之前，漫山岛只能用小型发电机自发电，只能供应到晚上十点。可是，由于太湖水底情况复杂，这根电缆于2015年和2017年，两次出现故障，给居民生活造成很大困扰。2015年那次事故，是由于施工不慎，在北码头挖到了电缆，形成了破损。2017年，是电缆接口在水底有部分脱落。抢修电缆非常辛苦，抢修船用大型发电机带动，连夜抢修，加油要去光福的加油站，还必须有当地派出所的证明。

2020年，太湖水底又铺设两条电缆到漫山岛，保证漫山岛商业用电。苏州供电特别给力，当时他们来现场考察，村里提建议，铺设电缆同时，将光纤也带过去，这样村里可以接上有线电视，手机信号也能提前进入5G。这之前，岛上虽然通了程控电话，但信号不稳定。为了乡村振兴，苏州供电领导拍板，表示大力支持，无论有多少困难，都要在"建党一百周年"之前，给家家户户装上有线电视，让漫山老百姓，观看"建党庆典"盛况。

消息传来，漫山岛沸腾了，男女老少喜笑颜开。通水，通电，有线电视，手机信号，这一切在当下的苏州城里人看起来都是理所当然的事，放在漫山这样的太湖孤岛，却有着巨大的难度。工程成本高，难度大，收益慢，这在个体私营的情况下是无法实现的。从清朝初年漫山岛来了第一批定居民，一直到现在，经过了几百年风霜洗礼，多少代人的渴望期盼，多少代人的艰苦奋斗，只有在中国共产党的领导下，政府部门真心实意服务于人民的公共事业，这个封闭原始的小岛，才能真正融入现代文明。

2021年2月，光纤和电缆都已基本安装好，处于调试状态。7月1日，是党的生日，中央电视台还派出记者，在漫山岛原村部，和众多村民一起见证了这个激动人心的时刻。上午十时，村民们聚集在一起，屏住呼吸，紧张地盯着电视。当熟悉的国歌响起，屏幕里飘起鲜艳的红旗，所有人都流下了激动的泪水，拼命地鼓掌，欢呼，跟着高唱，小小的漫山岛，成了欢乐的海洋。老沈书记紧紧握着秦政华的手，几次哽咽，欲说又止，最后，才挤出一句话，还是共产党好，老辈人如果活到今天，想都不敢想，真就办到了，太好了……

那天，中年汉子秦政华，也流下了泪水，他感到漫山岛的光明未来，就要到来了。

三 生态之路

2023年4月12日，我们登上漫山岛，已是上午十点多。

不是周末，天气有些清冷，游客不是很多。码头修得漂亮，再往里走，是登船的候船大厅，有游客在那里打卡拍照，秦政华解释说，这里是漫山唯一的现代化建筑，这里原本是漫山村委会办公场所，被推倒后修建了大厅。其他房子，本着"修旧如旧"方针，进行加固改造。一栋房子整体改造，要几百万，比建新的还贵。

漫山这样的太湖孤岛，其开发之路，也有很多争论。有人主张放弃，等岛上居民老去，将之变成完全原生态的"自然区"；也有人主张开发大农业，将岛上居民迁出，让公司过来经营，可漫山总共才四百多亩稻田，发展大农业，又有些"尴尬"。

冲山村这些年搞旅游，有了不少经验，2023年3月，它被列入第六批中国传统村落名录的村落名单。它旁边的新四军纪念馆是爱国主义教育基地，村里云峰寺等几个寺院也香火鼎盛，佛雕业非常发达，很多年轻人都以此过活。又比如，冲山下属原湖荣村，人数比漫山多，地理位置靠近大陆，却是远近闻名的"穷村"，20世纪60年代，人均年收入只有105.66元，改革开放之后，全村大力发展渔、副、工业，特别是村办塑料厂和五金厂，都有着迅猛发展。1980年，该村人均年收入竟达1500元，当时的村支书王兰生还被誉为"太湖新愚公"。费孝通曾在《小城镇·再探索》提出"苏南模式"："苏、锡、常、通的乡镇企业发展模式是大体相同的，我称之为苏南模式。"其主要特征是：农民依靠自己的力量发展乡镇企业；乡镇企业的所有制结构以集体经济为主；乡镇政府主导乡镇企业的发展；市场调节为主要手段。它是中国县域经济发展的主要经验模式之一。

然而，随着改革开放深入，以吸引外资为起飞动力的苏州经济，提倡集约性大工业，村办企业地位下降，其工业污染和生态资源损耗，也引人注目。太湖诸岛这样生态资源丰富的地方，再次改变思路，将村办集体企业关停并转，在"村社集体理性"（温铁军语）支配下，重返农业，提倡服务业与旅游业，走生态经济发展道路。进入新时代，太湖诸岛发展思路越来越清晰，直到"太湖生态岛"计划公布。同时，旅游业有着很强的季节性，对配套条件也有很高的要求。太湖禁渔以保护生态，高污染、高耗能的村办集体企业，也处于"关停并转"的控制状态。漫山岛这样的太湖小孤岛，如何走出一条有特色的生态发展之路，对于整个冲山村，乃至太湖其他众多独立的小岛屿的开发，都有重要示范作用。

在苏州文旅集团支持下，漫山岛的轮渡，大约半小时一趟，往返需要一个小时，一早一晚还有两趟船，方便岛民出入。冲山村委会钱副书记，专门住在漫山岛，负责协调岛上事宜。秦政华当选为冲山村委员后，2011年才登上漫山岛。他的记忆里，小时候曾跟着父母捕鱼，回程时暂时停歇在漫山。他第一次登岛时，印象最深的，是漫山的蔬菜，基本有空地的地方，都种着蔬菜，稻田旁也种满了。蔬菜开了花，岛上都是好闻的花香味。

再走走看看，秦政华的心却沉了下去。岛上没什么新房，年轻人都去了城里，岛上只有些老人。岛上建筑材料运输，非常不容易，有的建筑工人不肯进去，建筑材料都要提前算，多了拿出来又不合算。这也导致岛上危房很多。岛上路也不好，没有像样的公路，下了雨之后，土路泥泞不堪，也没有相应垃圾处理设备。岛民养了很多家禽，漫山遍野地疯跑，胆子很大，会追着人咬，还到处拉粪。后来修路，秦政华抓了几百只家禽，让岛民关进各家的围栏。晚上住下了，生活更不方便。岛上没有路灯，不到十点，住户家里停电。晚上七八点钟，岛民缩在家里不出来，上个厕所还要打手电。

"晚上黑漆漆的，只有星星闪着光，"秦政华感慨说，"好像回到了过去。"

2015年，冲山村委开始通过入股形式，将土地从岛民手中回收，没有土地整合，无法完成统一规划，同时对漫山岛集体资产、自然资源、历史人文资料等详细整理，给开发提供相应支撑。文旅集团介入后，首批投资一个多亿元，它与村合作社还有岛民，签一个三方合同，合同期二十年，明确职责权利。开发过程也有纷争。文旅集团修了很多石板路，外观不错，比水泥路上档次，但岛民进出不方便，不太平整。岛民提出意见，文旅集团改进，修的路既有观赏性，也相对较平整，满足了双方诉求。岛上有座福庆桥，建于清代乾隆年间。那是座梁顶桥，文旅集团计划在中间再做一座现代桥。村委会提出，要先以集团名义发报备申请，村里开大会讨论，同意后出公示。当地风俗，对修桥特别敏感。但文旅这边匆忙动工，没有走相应流程，遭到漫山岛民的抵制，做了很多工作，最后才达成新动工意向。

收土地和租房都较敏感，要讲策略。秦政华和村里几个老会计谈过，心里大致有了底。2015年之前，漫山就开始土地整理，主要清理太湖泛滥的养蟹业，那时就对漫山土地进行了调查。2018年，苏州文旅集团介入漫山开发，村里正式回收土地，东山的老板过来包地，是600元一亩，让岛民入股，提高到1200元一亩。土地回收，也是没有办法，如果单个种植户，每个人种10亩地，成本高，产出肯定是亏损的。秦政华还专门算过账，现在农业成本高，怎么算下来，单干户都是亏，土地以村集体名义回收，整体租给苏州文旅集团，是比较划算的，双方皆大欢喜。伴随着土地集中，冲山村委也对漫山老旧房回收出租，村民手里多余的房子，都租给了文旅集团开发用。在灵活的制度创新和不懈努力下，漫山岛152户居民，共有55户将房子租了出来，为文旅开发打下基础。

苏州文旅集团来之前，冲山村委也想过很多办法。比如，他们和苏州农发集团也沟通过，想在岛上打造蔬菜基地，绿色食品销路不错，但销售是个问题，岛民如果自己卖，开船运输很麻烦，成本也上来了。村委会与苏州文旅集团的合作，有很多好处。岛民养的家禽、种的菜，不需要出岛卖，文旅集团就能消化。岛上有个董师傅，是退休职工，目前在文旅集团当厨师。他原是漫山"民间厨师"，谁家婚丧嫁娶，就叫他过去烧饭，现在他的退休金拿一块，房子出租有收益，当厨师有工资，日子滋润了，一年收入二十几万元。

回收房屋时，有的村民提出，房子租掉了，要回来看看怎么办？这部分村民，大多在外面工作，但在岛上有房产。村委会和文旅集团想出个办法，发放"体验券"。全部房子都租掉的，没有住的地方，可凭借体验券来民宿免费住宿，1次2天，一年住10次。同时，老人丧葬难，也成了焦点问题。岛上老人多，按照习俗，死后要在自家走丧葬程序。如果屋子和地都收走，很多老人担心办事没地方。为了打消顾虑，也为解决岛民后顾之忧，冲山村村委和漫山村干部、部分村民代表，开了个会。村里拿十几万元，文旅集团拿出十万，几方集资建了墓园堂，地址在村口，从北山和南山过来，都很方便。老人们放心了，墓园修得庄严肃穆，也昭示着漫山岛老人们的最后归宿。

我们站在墓园旁，早春的风吹过，白墙，黑瓦，屋檐下立着几只灰色的鸟儿，像在哀悼，又好似在沉思。几十年后，岛上的老人全部故去，漫山的未来又将如何？

我们不知道未来，然而，此刻，对于生态改造化的漫山岛，我们充满了好奇和期待，急切地希望看到它的全貌。

四　漫山漫步

很久以前，有关漫山岛，有个传说，说它是"王母娘娘的绣花鞋"，不小心遗落人间。漫山岛地形很有特点，东西各有两座山，中间是一块平地，像个绣花鞋。我们往深处走，满眼都是郁郁葱葱的树木。绽放的鲜花、漂亮的民宿、一条条宽敞干净的马路，让人感觉来到美丽的欧洲小镇，真难想象，它在改造前是什么样子。

"东面和西面有两条护堤，"一个满脸皱纹的老奶奶，高兴地说，"就是绣花鞋的鞋带子，把漫山岛系紧了怹，有财运。"

码头边，一条青石板路，直通北山，路的两旁，有很多休闲风格的小馆。有人介绍，在码头上拍日落，也是漫山岛上一大摄影主题。路北边有"撸猫咖啡馆"，别具特色。推开墨绿色大门，风铃响动，柔和的钢琴曲迎面拂来，可爱的猫咪，摆烂般慵懒地躺在地板上，蓝猫、银渐层，还有几只可爱的缅因。抱着可爱温顺的猫咪，听着音乐，喝几杯苦咖啡，看蓝天碧水的太湖，太舒适了吧！和调酒小哥聊天，这里果真是网红打卡地，贴心的咖啡馆还给旅客准备各种花色印签，以方便纪念。

漫山的旅游，周一到周四，以旅行团为主，周五到周日，散客多了，节假日是爆满。岛上现有66间民宿，当初文旅集团设计时，全岛最多能安置500名游客，实际上，漫山岛常年保持日客流量500人以上，五一节能达到1000人以上。周末和节假日都是满房，如果要过来住，要提前预约。岛上最贵的民宿房，要价到3000元一天，甚至4500元，依然供不应求。为了安全和环保要求，漫山不得不"限流"，控制人员进出。漫山试运营，开始岛上不收门票，甚至渡船都免费，大家担心，疫情下，能有多少人过来玩，结果却超出意料。这种"红火"的场景，是村里和文旅集团没有想到的。

"真山真水最难得。"一位受访的年轻民宿老板骄傲地说，"漫山是太湖最具原生态风貌的生态小岛。"这当然是自豪的"地域性肯定"。吴中区有数十个大大小小岛屿，风景优美，自然风光好的小岛很多不差于漫山。可要说起，生态经济转型情况下，做到环保和发展双赢的岛屿，比漫山岛强的，真不多。只要环境好，配套设施到位，设计有特点，现在的中国市民，厌倦了高楼大厦，更愿意到漫山这样的偏远小岛，感受真正田园风貌。笔者曾遇到一位长期从事文化产业规划的老专家，他坚持认为"虽然没有最好的旅游资源，但大城市才是旅游产业最好的利润所在"。此言有一定道理，但建立在两个前提之上，一是中国现代化进程尚未完成，人们对大城市依然充满羡慕；二是生态文明之下，农旅经济尚未建立发达健全机制。这种情况在慢慢改变。"城市化"与"城镇化"道路之争，也最终会被生态文明概念所取代。几十年后，漫山这样的生态小岛，会成为生态经济的标杆。

"撸猫咖啡馆"后面，还有客房区、茶馆、花房，可以做陶艺，也可以围炉煮茶。平时客人少，不太安排这些项目。陶瓷工艺有特点，都来自光福镇自己的"太湖窑"，小朋友可以体验做陶器的快乐。漫山的民宿和餐饮，不全是文旅集团开发的。有户人家原以捕虾为主，漫山岛开发后，他们主动转型，开起了民宿，生意很好。一次，漫山岛来个400多人的旅行团，文旅集团没那么多客房，多亏了他们帮忙。

民宿风格各异，也充分显现了设计者的创新。"漫山小院"以老墙体为古旧之感，搭配透明玻璃门，房顶改造为露台，给人沧桑神秘之感。"甜品店"被加固后，改造为"新旧交织"感觉，大门保持原有苏南"踏门"风格，大门分两半，一半上部挖空，装上玻璃窗。"慢吞吞"馄饨铺，是个夫妻档，都是岛上居民。他们的荠菜馄饨，皮薄肉多，鲜美多汁，特别受欢迎。有的民宿，看着像作坊，保持苏南传统"建作坊"样貌，顶梁柱是原有的，但在房顶安装灯管。20世纪70年代两个集体仓库，原是清代建筑，高大敞亮，墙上还写着七十年代标语，画着毛主席头像。文旅接手时，房顶烂掉了，设计师别出心裁，通过玻璃加固等手段，将它们做成"星空房"，可睡在床上看星星，既保证了安全，又非常有创意。

当然，生态保护是开发的"首要红线"，文旅集团到岛上，建了泄洪渠，以防大风天气引发湖水漫灌。他们还修建湿地，岛上的污水，都在这里流转，自然净化，达到标准后再排入太湖。岛上原生树种很多，去年文旅又种植了蔷薇、香樟树和樱花。因为漫山自然环境好，这里也是太湖鸟类重要栖息地，有260多种鸟类在此过冬，最远的鸟儿，来自遥远的西伯利亚。中国科学院还将这里定为太湖鸟类的观测点，在全岛放置200多个小箱，用以采集各种鸟类数据。文旅集团策划者非常敏感，接着打造了漫山"鸟类博物馆"。博物馆目前还在进一步完善之中。走进博物馆，能感受到整体暖色调，窗子是棕红色百叶窗，内部装修也以暖色调为主，展览区做成书架和阶梯形状，上面陈列各种鸟类标本和鸟类的书籍，适合孩子们在这里读书，倾听大自然的声音。

2023年4月28日，是漫山岛畅通自来水的"通水仪式"，全岛上下都积极准备，喜气洋洋，路上挂满彩色条幅。这对岛民也是件大事，他们可以不用再喝锰超标的井水了。我们和岛上老年人聊天得知，吴中区和光福镇政府，对漫山老年居民非常关心，每年都安排老年人体检、妇女病体检。眼下也快到体检的时间了。2021年4月某天清晨，漫山的老人坐船，赶上刮八级大风，海事部门还专门过来护航，让老人非常感动。苏州海事部门常驻太湖长沙岛，每过一段时间，他们就会过来检查渡口、渡船的情况。他们也关心这些上了年纪的岛民，特意和村里打招呼，岛民如果碰到生急病或丧事，又赶上湖面气候不好，可以叫海事的船来护航。久而久之，这也成了一条"不成文"惯例。

五　道心惟微

　　赵兵四十多岁，长着一张北方人的黑红脸庞，他的眼睛，带着诚恳和韧性，又带着笑意。他是宁夏银川人，研究生学历，吉林大学毕业。他毕业时选择很多，可以到大学当老师，外资公司也给了他offer，他走了选调路线，最终选择了苏州。他喜欢苏州"烟雨江南"的感觉。2008年，他选调到苏州平江路办事处。此后十几年，他在苏州政协工作。赵兵性格认真，不服输。刚到苏州时，他这个宁夏人常遇到语言困难，听不懂苏州话，帮助领导整理讲话材料，格外费劲。为适应环境，他天天下班看电视，专挑苏州话节目，有空就和苏州本地的同事们练习讲苏州话，半年下来，就掌握得差不多了。

　　2019年，苏州市机关第一批挂职的第一书记，共有20人。这批人里，也有挂职穹窿山的罗林。穹窿山和漫山同属光福镇，罗林后来成为苏州文旅漫山项目负责人。赵兵第一个主动报名参加挂职，妻子看到挂职地点，有些吃惊。第一书记的职责，要求赵兵一个月要有22天在冲山村，而他住在市里，这也意味着，每天上下班路程要100公里。但赵兵不觉得苦，两年时间，他就这么"风驰电掣"地跑了下来。到了冲山他发现，"经济薄弱村"条件还是艰苦，一线可以做很多事，也可以真正了解苏南太湖岛民生活。他下去带着四项任务：一个是党建，要抓基层党建；第二是发展经济；第三要兴办惠民实事；第四是基层治理。第一书记下去的任务还是蛮重的，而且组织也有考核。

　　"第一书记挂职和其他乡镇挂职不一样，既然挂了，肯定希望做出成绩。我一直在机关，特别希望到基层，做实实在在的事，老百姓看得见、摸得着。"赵兵自信地说。

　　苏州经济发达，赵兵在政协工作的前几年，也常去苏州乡镇考察，很多村集体经济强劲，老百姓住房条件好，村里软硬设施，养老、托幼服务都很好。可到了冲山村这个"经济薄弱村"，特别上了漫山岛，赵兵吃了一惊。岛上人口最高峰是20世纪90年代，大约有500多人，现在年轻人离岛了，岛民平均年龄60多岁，上岛唯一交通工具是自渡船，没有自来水，没有网络和有线电视，手机信号很差，经常"失联"。太湖流域禁捕之前，他们捕鱼捕虾，养鸡鸭鹅，种点蔬菜，也搞网箱养殖。禁捕令之后，岛民基本没什么大的经济收入，老年人全靠离岛的后辈提供生活补助。最令他震撼的是，岛上有很多危房、倒塌房，七扭八歪地戳着，有老年岛民就住在里面，安之若素。

"乡村振兴很重要。"赵兵说，"扶贫要精准，漫山这样的地方，很容易被遗忘。"

赵兵之前，有过两任包村书记，冲山村和度假区多次协商合作，也与私营老板接触过，但漫山基础设施差，搞旅游和生态经济，不太容易。好在经过前两任书记努力，冲山正在与苏州文旅集团接触，也已有相关意向。赵兵想让漫山面貌焕然一新，将它打造成长三角生态旅游标杆景点，村里集体经济翻番，这样才能达到苏州市委制定的"摘薄弱村帽子"的标准。漫山水电网都不行，污水和垃圾处理不好，开发还要兼顾环保，让赵兵倍感压力。

他没有退缩，他的背后，有各级政府支持，也有漫山岛民强烈改变现状的诉求为依靠。经过多次洽谈，文旅集团入驻漫山基本成定局，难的是落实。文旅集团项目启动初期，租房较困难，一家家地做工作，半年只收了8套房。岛民对外人较警惕，不肯轻易信人，赵兵和冲山村委会干部，反复做工作。赵兵在开全岛居民大会时，给岛民算了一笔账。项目动起来，岛民收入结构就发生变化，一是租房收入，不是政府拿走房子，而是租岛民的，岛民和冲山村、文旅集团三方签协议，有了固定收益，租金每三年上涨7%，文旅负责改造，二十年后，租房期满，房子还是岛民的；二是就近务工，六七十岁的人做保洁，清扫马路，或修剪、绿化，年纪轻的当服务员、厨师等，或来开船。项目建设时，还可以来工地做小工，包括水面清理工作，捞垃圾、蓝藻。

这样算下来，岛民安定了不少，但还有疑虑。赵兵想了想说，眼见为实，耳听为虚，要让漫山岛民看到改造后的实际效果。苏州城里，文旅集团开发的一个新型民宿，叫"姑苏小院"，非常别致典雅。赵兵就带着二十几个村民代表、党员代表，还有些村干部去"姑苏小院"参观。很多岛民极少出岛，这次参观，被新颖美观的设计震撼住了。赵兵以实际体验给他们讲解，咱们回去，也弄个"漫山小院"！村民们纷纷叫好，回去不久，文旅集团就收了40多套房。自然村落是熟人社会，一个人可能会把信息传递给十人或二十人，信息很快就在百姓群里面传播，大家都知道了，甚至有岛民急切地想上交房子，因为文旅集团只要签约，立即就支付第一期租房费用。大家都夸赞赵书记有办法。

房子租好，就是改造基础设施，水、电、网络，需要几家坐下协商，讨论好集资比例，大量钱砸下去，配套设备搞好，才能为文旅开发打基础。2021年初春，狂风大作，第二条湖底电缆开工，船和电缆是从南通定制的，从上海通过水路运过来。电力部门，还有施工单位的工人，扛着狂风在太湖施工，风浪颠簸，他们的手脚都冻麻掉了。吴中电力总经理感慨地说："20年一个轮回，漫山两次通电我都在，如今电负荷增加到10万伏，漫山再不缺电啦！"

苏州文旅集团对漫山的改造，断断续续进行了两年。工程启动，赵兵发现，大事没了，琐碎小事很多，事虽小，但很敏感，处理不好，就成了投资方和岛民之间的大事。太湖生态保护有政策，老旧房不能推倒重建，只能加固翻修，为保持房子原貌，在安全基础上，保证别致新颖，还要压低成本，村干部和文旅集团领导，真可谓绞尽脑汁。施工队伍用水时在岛民井中打水，有的岛民闹意见，他们只能去太湖抽水。改造过程中，有的岛民觉得门口大树碍事，剥了树皮，村干部们心疼，找专家修复救助。70多岁的岛民，要在工地干重体力活，不让干就打电话投诉……赵兵的感悟是，基层的事琐碎，但牵扯百姓个体，都是大事，要尊重老百姓的利益和习俗，不能拿城里那套思维来干事，要和百姓真正融为一体。

冲山村摘掉"薄弱村"帽子，赵兵圆满完成任务，回到了市政协。他帮助冲山村委会建起党群服务中心，门口建了广场，老年人可以跳广场舞，小朋友可以在"农家书屋"读书。漫山岛项目，前前后后，投资近3个亿，他真正为百姓干了几件实事。他用苏州话把自己比喻成"老娘舅"，幽默地说："岛民是百口百心嘛，改造漫山岛这么大的事，牵扯利益，难免有矛盾，投资方、村干部也有很多意见不一致的地方。我这个'老娘舅'的第一书记，就是个调停人，多方面做工作，争取大家劲儿往一处使。"

说到最后一次登岛，赵兵的眼睛湿润了。

岛上有个蒋奶奶，八十几岁，是退休教师，一个人住在岛上。赵兵和村干部们，逢年过节就去看望她，带点东西，陪她聊天。挂职结束，苏州电视台去漫山采访，赵兵跟着最后一次上漫山岛。他对蒋奶奶说："我要走了，今后每年过年，来看望您。"蒋奶奶听了，当时就哭得不行了，竟然跪了下来。

"80多岁的人，跪在面前，我受不了。"赵兵哽咽着说，"我是北方人，我们讲究老人膝下有黄金。"

赵兵也跪下，和蒋奶奶握手，哭得稀里哗啦。他从没想过会这样，大脑一片空白，这样的场景，只在电视中见过。他感慨地说："太惭愧，我们只是做了点事，百姓就在心里记得，感激我们。"赵兵说："蒋奶奶，不要谢我，要谢党中央乡村振兴计划，感谢国家。"

赵兵说："西部艰苦地区的扶贫干部和第一书记，比我们艰难得多，伟大得多。苏州这边条件好，各方面政策支持，领导关心，大家齐心协力，才有漫山现在的局面。"

"当干部，就是要干实事。"赵兵说。我看到，他的眼中，还闪烁着点泪花。

六　初心与永恒

"国企就是干政府想干不能直接干，私营老板又干不了的活儿。"

这是苏州文旅副总罗林挂在嘴边的口头禅，据他说，"原创版本"来自苏州文旅第一任董事长王金兴。这也是他开发漫山项目的初衷，他们既要考虑经济利润，也要考虑乡村振兴的社会效益。和赵兵一样，罗林也是"新苏州人"，当年从重庆来苏州上学，毕业后留苏州工作，一晃也过去了十几年。罗林长得高大，人很热情，留着短发，精明强干。他曾在光福镇穹窿山村挂职当第一书记，对太湖岛屿的村落，有不少了解。他没想到的是，回到集团后，抓的第一个项目，就是漫山岛生态开发。

开始计划不是漫山岛，这里也有个思路变化，罗林介绍说。

2016年，苏州市进行集体经济薄弱村帮扶，苏州政协是光福镇对口帮扶单位，几位副主席对此十分重视，就联系了苏州文旅。苏州文旅集团2010年成立，是全国第二家设区市所属文旅集团，近几年主要立足古城更新、古城保护等方面工作。他们与冲山合作，开始叫"冲山文旅半岛项目"，计划将整个冲山村列入改造范围，改造原铸件厂车间，在渔港中利用闲置渔船，打造流动餐饮、观光一体化旅游船。可集团几次请省规划院进行规划，并核算成本，都感到投资太大，头绪太多，如果持续建设，难度很大。集团决定，从"漫山岛"开始，先把这个项目做好，以点带面，再带动整个冲山村发展。选择漫山岛，有几个原因，第一是它的区位，漫山岛是离岛，现在太湖离岛不多；其二，它有居住功能，具有旅游开发潜力；其三，它的整体形态，从空中俯瞰像个生态绿肺，有很完整的生态环境，山地、湿地、农田、草地、林地，真正做到了生态多样性。它的生态非常原始，每年有260多种候鸟迁徙至此，也说明了它的生态好。

文旅集团坚持四步走原则，生态修复，环境治理，风貌保护，富民共享，既要修复生态，治理脏乱差，又要保护岛上的原始风貌，实现真正的富民共享策略。罗林一再强调，漫山岛项目不是纯商业投资，而是以乡村振兴为核心，农文旅三结合的多种功能项目。这无疑加大了项目的难度，也导致前期投入很大，仅工程一期投入就达1.25亿元。投资两千万改造泄洪渠，清除淤泥，引入湿地工程。他们整修全岛石板路和水泥路，加固大堤护栏。他们投资三百万改造全岛电路，又花费数百万，新建两个信号塔，改造原有电讯基站。改造自来水工程，自来水公司和吴中区政府，加上文旅集团，共集资了3000多万元。原本有个公司专门负责漫山岛的垃圾，一个月来一次，现在文旅集团以一年60万的价格，把垃圾包给另一家公司，无论居民的生活垃圾，还是文旅项目的垃圾，全部做到"一天一清"。

2020年12月，漫山岛基本改造完成，正式运营在2021年初。刚开始效果不错，但很快就赶上疫情，漫山岛被迫封闭。罗林心情很紧张，但十月一开放后，漫山马上迎来客流高峰，三艘大船从早上八点开始，不停往返在两岸之间，10月4日单日承载量1600人次。这让罗林有了信心。为了扩大影响，罗林在携程网做直播，宣传漫山岛。他主打的，是漫山岛自然风光，有山水，有日出日落的码头，有候鸟，还有星光下的萤火虫。他们还想出一条宣传语："藏不住了！太湖'小桃花源'漫山岛，金庸笔下《天龙八部》王语嫣的家——曼陀山庄便以此为原型！"漫山岛宣传直播，成就携程网单日成交量第一名，999元旅游套餐，2000套秒光。2021年，仅半年时间，漫山岛文旅项目就完成1500万营业额。

今年，雄心勃勃的罗林，想继续做好几件事，首先要把目前现有闲置土地资源整合，大概200亩，做休闲采摘、生态水果、植物研学基地、植物研发。另外，他们搞了草坪露营基地，跟广电、清华等机构合作，做亲子研学。

说到漫山岛开发的经验教训，罗林想了想，斩钉截铁地说，未来太湖其他一些岛，如果再开发，一定要统一规划、统一开发、统一运营。要有整体规划再动手，然后统一开发，分步想好一期、二期，也必须有个主体来操盘。这事不建议让民营主体来做，民营企业是逐利的。一定要将盈利与公益结合，以乡村振兴为核心，才能把生态岛建设搞得长远，把生态岛建设得繁荣。罗林也提到了三山岛的教训，这也是很多太湖小岛几十年来开发的教训，先是一窝蜂地上民宿，搞农家乐，然而，服务不规范，卫生条件不统一，价格也不好控制，时间长了，种种隐患就显现了出来。我曾在2022年底采访过三山岛，它属于苏州东山镇，户口注册有八百多人，实际住在岛上的就有五六百人。虽然三山岛开发比较早，旅游业相对成熟，但人口老龄化情况也非常严重，岛上人口平均年龄在60岁左右。我曾采访过码头一位50多岁的潘大爷，他担任码头保安工作，戏称自己这一代人是"末代皇帝"。岛上民宿很多，也有外面的资金介入开发，但总体感觉还是比较乱。

采访结束，罗林翻出漫山卫星图，问我，在漫山岛过夜了没有。我说，下午就回了。他有些遗憾，搓着手，说，岛上的夜晚，空气清新，萤火虫在星光下翩翩起舞，真是太美了。

我向他保证，下次定在漫山岛住几晚。望着漫山卫星图，我的思绪仿佛又回到那天离开漫山码头的时刻。日落夕阳,码头染成一片辉煌,鸟儿的鸣叫,拉长了依恋的情绪。几百年前,移民迁徙至这块世外桃源,除了谋生诉求,肯定也期冀着孤岛自由自在的生活。岛上老年人虽多,他们脸上有自在满足的神态,透露着祥和幸福。生态岛开发,让漫山岛躲过工业污染冲击,也给了所有渴望精神自在、免于焦虑的人们,一块灵魂自由的"有情之地",这便是生态文明的真谛吗……

第三节　余山有余

鱼的味道不逊于肉 / 空气犹如新生婴儿 / 环境像煞蓬莱仙阁 / 食物真比景致还美。

一　小码头

一片小小的窄码头，一条红漆乌顶的载客船，一只长脚白鹳，优美地掠过湖面，欢快地鸣叫。它扇动翅膀，又转身飞去，在蓝天上留下背影。太阳已升起，湖面披着碎成细茸的霞光，万物在苏醒，一缕微风，几分慵懒，播撒无数悠闲。回家的岛民，高声大气地讨论着橘子的收成、家长里短的趣事，不时爆发出爽朗笑声。

船老大还没有来。昨天加了微信，说要先送孩子上学，一会儿才能到。他们早在镇上定居，岛上还有老房，但也不常去住。他们原本开船捕鱼，自从太湖禁渔，保护生态，就改成开轮渡客船，一天两趟，早上八点，下午四点，来往于镇上与小岛之间，也会有些游客，也不要费用，都有政府的补贴。

后面是一条现代化柏油公路，很难想象还有个小码头。没有正规码头装置，只有靠着湖岸铺成的很多青砖，充当上岸的歇脚。湖面如镜，湖水轻拍粗粗的缆绳和固定的救生设施，才有了点码头的意味。有人告诉我，这里靠近岱松村，又叫岱松码头。如果是夏天，还有村妇浣洗衣服，她们从家里拿来大包小包的衣服，蹲在湖边洗。她们木质的敲衣棒，女人手腕粗细，敲击在衣服上，发出好听的声音。这样的风景，也许才是古老江南水滨风貌吧。

码头对面是余山岛，二十几分钟水路，余山岛往北是胥口。码头南边，是湖滨闸和东山宾馆。现在是深秋，登岛的人不多，采茶季来临，年轻人回岛帮家里收茶叶，也有外地雇工干活，或茶商去收茶。那时小码头人山人海，渡船也会加开几班，凌晨很早就有人在此等候上岛。男女老少，熙熙攘攘，星光、月色和手电光闪成一片，有的采茶女，阳光还没出来，早早地拿出遮阳帽扣在头上。她们也爱美，为了保养，脚上也会套上雨靴，但也有二三人，保持渔民的传统，赤脚登船……

　　和等船的人闲聊着，船老大来了，是位身材中等的妇女。三十多岁年纪，穿着件花格子外套。她开一辆白色捷达，先到码头旁停车场，停好了车，再抱着一捆东西去开船。船不大，载客三四十人的样子。里面有十张条桌，几个空篮。船老大解释说，她拿进的东西，是岛上居民准备的，有吃的，也有用的，空篮则帮着把小岛的东西运到镇上，码头会有人接。

　　已经2022年了，这里的交通还如此不便，登岛和离岛，都要费一番周折。有朋友介绍，余山是苏州为数不多的，未开发的太湖小渔岛。如果说漫山岛开发较晚，这里似乎比之还要来得慢。这也使余山保持了更多原生态风貌。这里明清时期古建也保存了不少，战乱等祸事很少波及于此。后来听一位八十多岁的岛民讲，抗战时期，日本人曾坐着炮艇登过岛，大家都躲在树洞等地方，也安然无恙。

　　小船很快启动，稳稳向余山方向开去。人漂荡着，船劈开水面，溅起温柔浪花和水沫，把头伸出船窗外，立刻有新鲜空气摸过来，抚得人舒爽万分。深秋太湖，一片萧瑟，蓝天碧水，都是一往情深地宁静，仿佛两大块被魔法洗涤过的大青玉，只有些许水草，像琥珀中的，被时间定格的植物。人在城里，很少得见这样的天和水，人总会对纯净安详的东西，保持一份心灵敬意。它们是慢的，干净的，让我们在快速碎片化社会，得到放松和喘息。

　　几只灰鹤、须浮鸥，伴飞在行船左右，好似欢迎我们，展示着华丽的空中舞蹈。它们忽左忽右，忽高忽低，翻滚，鸣叫，在水面叼走鱼虾，又接队拉高，转着圈飞走。它们的翅膀，带着些许湖水，晶莹闪亮，阳光下仿佛流星，转瞬即逝。我向它们挥手致意。

据《东山镇志》记载，余山，又名徐侯山，长980米，宽430米，面积0.3平方千米，岛上有两个小丘，最高处海拔46米，原有东湾和西湾两个自然村，50多户人家。[1]余山岛如今建制，只能算"生产组"，一个70多岁老主任管事，好在平时事情少，上传下达，做检查之类，还能应付。岛上年轻人大多在镇上买房，只剩下老年人。余山又被称为"老人岛"。余山是太湖最小的人居小岛，不具备漫山岛"大旅游"开发价值，但也有自身优势。从苏州开车过来，沿着太湖大道，去东山方向，第一个看到的小岛，就是余山。对面还有座著名的"网红大桥"——岱心湾大桥。按道理说，这里应开发得较好，但岛上基础设施不完善，交通状况不好，这也造成了很多问题。

太湖生态岛建设，如何在保持原生态基础上，将小岛变成"人间桃源"呢？

二 水上居士

八点二十五分，行船到岸。船老大飞快泊好船，岸边的人过来接东西，客人们也陆续鱼贯而出。

有个女人向我们招手，六十多岁，短发，花白头发微微扬起，身体结实，胳膊粗壮有力，脸上的皮肤黑色泛着红润，能看出常参加劳动。她满脸笑意，眼睛亮晶晶的，有着常人难见的自信，以及触目青山绿水，常年濡染而来的，活泼泼的"野气"。

她就是朱巧英，余山岛的传奇女性，一个渔民女作家，一个特立独行的女隐士，一个热衷收集传统捕鱼器具的女人。

你们来啦！她大声问候，热情伸出手，我握住她的手，分明感到那硬硬的老茧。

我通过吴中区作家协会主席葛芳介绍，联系上了朱大姐。她在东山镇也

---

[1] 江苏省苏州市吴中区东山镇志编纂委员会编《东山镇志》，方志出版社，2017年版，第17页。

有房子，但天气好时，就住在岛上。她转给我船老大的微信，告诉我登船的时间地点。为了陪我们，她专门抽出时间，带着我和助手小刘四处转转。

她的步子很快，好似一阵风，我们紧跟在后面，她回头看看，笑了两声，放慢了脚步，等我们跟上。我们自西向东，顺着窄窄的小路走，映入眼帘的是块红色石碑——"余山岛通电纪念碑"，落款单位是苏州市供电局和苏州吴中区政府，项目为"为民实事工程"，日期是"二〇〇二年六月二十九日"。我们这才晓得，二十一世纪初，这座小岛刚通上电。很难相信，经济发达的苏州，有如此原生态之地。"你们通电之前，晚上点油灯？"我问朱大姐，又感觉这个问题很傻。我老家在山东油区，自我记忆里，就是用电的，没有漆黑一片的夜晚感受。朱大姐说，在20世纪80年代，她从吴江嫁到东山，跟随丈夫在湖上打渔，那时是用煤油灯，也用过煤气灯。寂静的夜晚，有煤油灯相伴，不如电灯亮堂，也是种别样的渔村晚景。

余山面积不大，走一圈大约个把小时，路很窄，有的铺着青石板，后山就是泥径，弯弯曲曲，积着些落叶，好似沉睡的小黑蟒。岛上几十户人家，错落在果树和茶树之间。果树种得很密，橘子有黄有红，满满地抱在枝头，犹如开了一冠的宝石，煞是好看。银杏长得高大挺拔，零星的银杏果掉落地上，乳白的壳，不怎么坚硬，裹着薄薄的外衣，带着极短的细绒，摸上去很舒服，嗅一嗅，有股略带苦味的清香。

走了半小时，有些渴了，朱大姐给我们几瓶矿泉水，说，村里没自来水，从前大家喝湖水，后来东村打了口井，西村村民花钱，打了口小井，建起小储水库。水井里的水发黄发涩，味道不好，现在大家讲卫生，居民要从镇上买大桶纯净水，用机动船拉来。从前每家每户都有渔船，登岛离岛还方便，如今没了渔船，只有几艘有许可证的机动船。岛上买些现代东西，要用船一点点拉。整个村子只有一家小卖部，东西也比镇上贵许多，可人工成本在那里，也是无可奈何的事。我赶紧去买了几瓶水，做了点贮备。

一块突出的岩石，龟背一般，很是光滑，坐在那里，可以望见碧波荡漾的湖面，些许水葫芦和碎石依附在岩石旁边。湖水极清澈，有阳光的地方，湛蓝可爱，阳光弱的水域，则碧绿宜人，风吹水摆，拍打在大石上，好不惬意。据说原本岸边有棵池杉，叶子茂盛，正能给岩石上的人遮挡阴凉。夏天游客到这里，都要躺在石头上喝茶聊天，一闹就是一个中午，某年台风过境，毁了那树，只剩下巨石孤独留守。

我们休息时，她讲述了自己的故事。她的家乡在东山附近的村子，老父做过村支部书记，当过全国模范。1954年还曾进了人民大会堂，受到了毛主席的接见。她从小就对太湖有很深的感情。她的丈夫是东山人。她高中毕业后，留在村里教书，为了丈夫，她放弃工作，选择了在湖面漂泊的生活。那时候，他们的渔船，常常漂在离余山岛不远的地方。她从小喜欢写文章，后来虽然不当教师，可还是在打鱼之余，在桌前写写画画，有时写得得意，也大声朗诵。她取了个别号——"水上居士"。

她说，想整理写的诗歌和散文，就站在太湖边朗诵，做成音频录音。她还说："别人体会不到我对太湖的感情，只有自己把文章里的真情实感表达出来，尤其是自己的经历，朗诵才会热泪盈眶。"

她说话又急又快，讲到荣誉时，眼睛也亮晶晶的。她写呀写呀，出了几本书，《水草花》《重返太湖》《芦言苇语》等散文集反响不错，中短篇小说集《多泪的码头》、长篇小说《望湖闸》，也引起读者对渔岛生活的好奇。过世的原苏州作协主席陆文夫先生，多次写信给她，鼓励她好好创作。1997年，中央电视台摄制组来太湖拍摄，朱巧英被推选为渔民代表。她和父亲一样，都成了太湖渔岛的骄傲。她记得当年采访的一些趣事。人家看小岛条件简陋，问她苦不苦，她笑着和人家说："我们这里特别美，有水，有鱼，有果树，不苦的！"后来，吴县和市里的领导听说这个消息，也来慰问她，问她是否需要解决困难。她也很自豪地拒绝了，她能靠自己面对生活的问题。

日子一天天过去，风吹雨打，日晒雨淋，时光过得很慢，又仿佛过隙白驹，不留痕迹。她顽强地写了一年又一年，发表了很多作品，始终没能再进一步，成为职业作家，也没有因为创作，脱离渔民身份。她不后悔。她爱这小岛，爱这太湖，爱这自由自在的生活。她说，一个人有块土地，有片水，就是最大的幸福。她在后山承包了果园，也曾在岛旁搞网箱养殖。生活一点点好了，但也不是太好，总有意想不到的挫折。太湖禁渔，为了保护这片美丽的湖，她忍痛主动上交渔船。果园收成一般，人工又贵，每年要为卖果操心。十几年前，她又想在岛上养羊。湖边放羊，本是浪漫一景，但有一年大雪，压垮了羊舍，羊吃的饲料精贵，管理又烦琐，最终她又折了不少本，铩羽而归。

她还是风风火火劳动，不停写着，除了一支笔，她还拥有"水和土"。艰苦的劳作，让她鬓角染白，皮肤黝黑，可挡不住蓬勃自然的生命力。朋友来余山，她都帮着张罗，有文友对她说，一定要把熟悉的太湖写深写透，这里的大自然，能写一辈子。她表示赞同。

三　一个人的博物馆

我们谈着天，缓步绕岛徐行。岛的南端，有个小寺院，黄墙黑瓦，刚翻修过不久。我问岛民，相传寺明代就有，后来拆除了，只剩下地基，当时叫"复兴庵"，也有几十名和尚。寺院拆除后，和尚被遣散了，有的僧人离开时已八十多岁。

看了插在烛台前的高香，继续前行。终于来到朱大姐的"小洞天"。虽然她称赞自己的家居，但这实在是简陋的住处——湖边搭起的板房。上去要踩着条木铺成的短梯，胖子走上去，梯子就颤巍巍的，发出"吱吱呀呀"的响声，不禁让人担心。板房西边，有一张旧沙发和锅碗瓢盆等炊具。沙发堆着些翻开的书。吃完饭，可以躺在沙发上，看湖景，晒太阳。房外面是一小块菜园，菜园里有两棵野生大桑树，也有几十年岁数。

"小洞天"不远处，有一处某集团投资的高档民宿，漂亮的两层白楼外面，是茵茵的草坪，草坪有我们熟悉的现代田园装置，欧式风格的秋千吊椅，野营的绿色小帐篷，两排铜制镶嵌铁钩的烤炉，还有野外拓展训练的各种装备。

不过几百米，似是两个世界。资本对小岛的改造，带来文明和便利，也改变了原生态风貌。我问朱大姐，是否羡慕那些人。她淡然说，种种菜，修剪果树，浑身出透汗，特别自在，捡拾散养的鹅蛋，做粗菜淡饭，再读读书，看看美景，还要求些什么？

真正爱自然的隐士，才能在湖水和小岛之间，找到心灵的大自在。

朱大姐听说我血糖不稳定，执意摘了桑树叶让我泡茶喝。说着，一只狸花猫，机警地从房顶一跃而下，消失在篱笆旁的野花丛中。我又听到"嘎嘎"叫声，回头看去，一群大白鹅，摇摇摆摆，向菜园旁栅栏走去。领头的白鹅，高大威武，额头胖红的一团，仿佛小娃的脚后跟，又似得胜还朝的将军佩戴着勋章。大鹅走出六亲不认的潇洒步伐。朱大姐介绍，它就叫"将军"，是只头鹅，喜欢操心，能监督其他家禽回家。鹅群后面，有几只小心翼翼的麻鸭，一群叽叽喳喳的母鸡。可爱的岛民，它们"唯鹅首是瞻"，走回恬静的家园……

朱巧英也讲到岛民的难处。年轻人搬走了，留在岛上的，大多老弱病残。她为照顾这些人，找了残疾村民照看果树，让女儿在果树和茶叶收获时，帮村民在网上售卖。岛上人工费不便宜，修理枇杷、杨梅，男的一天要200元左右，女的也得150元。一些技术活，甚至250～300元一天。农忙时，岛民请不起外雇工，只能自己咬牙，加班加点干活儿。2022年柿子大丰收，可价格跌了不少，采摘也成了麻烦，有的人家，忙了半个月，卖柿子的钱，不够人工费用。登岛太不方便，物流商不愿来，老年人不会使用网络营销，销售渠道不畅，让这个世外桃源般的小岛，吃了不少苦头。

即便如此，朱巧英还是"守"着余山岛。她不愿住在镇上。女儿原计划在市里观前街开一家专卖店，但辗转多次，终于未能成行，也回到家乡，一边炒股，一边帮着母亲打理岛上事务。朱大姐帮助岛民搞民生，但最大的心愿，还是把余山变成生态文明意义的"世外桃源"，既能保持淳朴原生态，又能很好地解决民生问题。对于这类太湖小岛，开发民宿，搞旅游经济，似乎是唯一出路，岛上也有几家高档民宿，也带来不少问题。有一对上海夫妇，非常喜欢岛上风光，在这里租了房子，但由于生活不便，来的次数也不多。朱巧英给出的方案，是把余山岛打造成一个渔业文化的半自然公园。

兴之所至，她带我们来到一个有些颓圮的大屋。这原是一个大户人家的老房，现在屋主早移居镇上，没有整修，暂时把屋借给朱巧英放东西。空间很大，像个破旧大厂房。她梦想在这里，建成属于自己的"渔具微馆"，为此，她利用微薄的收入，不断收集着各种慢慢消失在人们视野中的"渔具"。

打开屋门，历史的尘埃，迎面而来，在阳光下缓缓升腾，一股湖水气息，带着无数渔歌与欢声笑语，回荡在空旷简陋的老屋。目光所及，安安稳稳地坐着各种物什，平静地看着我，等待我的到来。那里有各种精巧的鱼篓，刮鱼刀具，奇特的渔网，船用小篷与苇席，粗粗的橹杆和纤绳，看荡用的竹梢，船上照明的煤油灯，还有各种叫不上名的琳琅满目的东西。最引人注目的，还是半条破旧的小船。它残缺不全，但船底干涸的湖泥、船身蚌壳的痕迹，又显示着丰富的历史信息。

过去，渔民是一种职业，捕鱼，载客，运货，帮人看荡，船和水紧紧联系着生活。有的渔民甚至不愿登陆，生活也喜欢荡在湖里。可如今，随着经济飞速发展，载客与运货的营生，有了更高效的现代工具，生态保护而来的禁渔与限渔，也让渔民慢慢消失在历史的长河，不要说外地人不熟悉湖船生活，就是太湖土生土长的小孩，也会慢慢磨灭渔业的生活经验。人类要如何挽留美好记忆？如何在进步之中，最大限度保持原生态环境？

阳光炽热，太湖水面平静，一层氤氲水汽，缓缓升腾其上，无数芦苇在微风中鸣咽，成群的灰掠鸟，惊飞而起，让人心醉神迷。我衷心祝福朱巧英，愿她可以搜藏更多渔具，不断充实她所热爱的"渔具微馆"。我也在心里默默为她加油，愿她能够建起属于她一个人的"渔业博物馆"。尽管，我也明白，其间有诸多困难，可我还是热切期待那一天。

你知道为何余山叫这个名字？朱巧英问我。

我摇头，她说："余山岛又瘦又长，像一条大白鱼，岛上两个小山，适合打鱼晒网，岛原本叫'鱼山'，后来传着就叫了'余山'。对于现代都市，我们就像'多余之地'，但我们这个'余'，还是'有余'的意思，物质生活恬淡自然，精神自然'富余'啦。"

我不禁翻看起她送我的散文集,那里讲述了很多余山岛的故事:

春天,蒿草与芦苇,就像一根根嫩嫩绿绿的手指,满湖都是,宣告着春的来临;夏天的蒿草,蓬蓬勃勃地,把船都挡住了,鱼虾随时可见,似乎又随手可捉;秋冬,蒿草和芦苇金黄闪亮,娘娘割下最挺拔的芦苇,劈开最壮实的苇秆,编织最漂亮的苇席……

四 秋日余光里

一条红烧大花鲢,鱼肉白嫩,鱼香扑鼻。

一盘炒青菜,一盘炒冬瓜,青翠可人,兼有爽滑素雅。

一盆红红的小湖虾,个头虽小,但味道醇美,鲜得掉眉毛。

这便是我们在余山的午餐。朱巧英还有事,她让我吃完饭后,在岛上转转,下午四点,她去村口码头,送我回东山镇。我顺着青石板路,走入余山西村。房子大多老旧,太阳温煦,空中弥漫着果香,如热酒的嘴唇,从头浇下,每个毛孔都畅快着。一棵杨梅树下,一条花斑村狗,躺在半阴半阳的土路,蜷缩着小短腿,好不惬意。走了一会儿,就到了一个宽大的,刚粉刷过的房子前面。那面白墙上有块黑板,写着村里的防疫告示。

几个岛民在打牌,看到我们进来,马上停下,用东山方言打招呼,让我们坐在方桌面前。菜上得快,岛民围着我们,七嘴八舌。都是七八十岁的阿公阿婆,方言也云里雾里,晓得是"热情欢迎"。我们默默点头,把脸藏在盛满白米饭的大瓷碗里,努力干饭先。

"他们问你要不吃点鱼干,清蒸白鱼干,鲤鱼干也有,很下饭的。"

脆生生的普通话,飘了过来,我们精神大振。抬头看去,是一个干净飒爽的女人,三十多岁,笑吟吟地看着我们。

我们说,不要加菜,这些美食足够了。助手小刘给她看了采访证明,说想和岛民聊聊,就是语言有隔阂。女人仔细看了公函上鲜红的印章,说:"我来沟通吧,我也有很多情况,想反映反映哩。"

她姓赵，是饭店主人的女儿，在饭店后面开了家民宿，又聊了会儿，我们吃惊地发现，小赵还真很"典型"。她有多重身份：余山土著岛民，岛上最年轻的常驻居民，80后女大学生，返乡创业的女党员。

小赵还是"余山岛小学"最后一届学生。那时村里有个小学，西村和东村的孩子，都在那里就读。岛上居民越来越少，小学就解散了，当时小赵读一年级，学校只剩下五个学生，她年纪最小，在教育局协调下，父母只能每天摇橹送她去镇上莫厘小学读书。

小赵本科毕业于徐州工程学院，在苏州一家维修公司工作，工作八年，结婚生子，本以为人生就这样顺着既定轨道进行下去，可夫妻感情不和，最终离了婚。她带着孩子到东山镇定居，跑起保险业务。2020年疫情大起，她想回故乡。余山太美了，她决定投资父母的房子，重新翻修，搞间精品民宿。老房也有一百多年历史，有块"功德碑"被砌进了墙里。

余山的困难，除了交通不便，卫生条件也是老大难。游客找不到厕所和垃圾桶，只能乱解决。岛上没监控，无从管控。生活垃圾虽每天有人用船运送，但岛上没有集中收集和处理的地方，每次收垃圾，到处都是。民宿也产生垃圾，小赵让父亲开机动船，定期运出岛。生活污水只能通过化粪池处理，或直接排在地里。化粪池效率较低，太湖也禁止排放。公厕问题更棘手。苏州搞生态岛开发，现有岛上土地，都不让动，新建筑必须经过严格审批。岛民多次呼吁，公厕一直批不下来。保护环境是好的，可没游客，当地经济又不能改善，这也有了矛盾。很多登岛游客，拿她家饭店的厕所，当成了公厕，这也让她哭笑不得。

"更衣雪隐"看着是小事，可着实影响岛内生态与民生。

修缮老屋，改建民宿，也有严格要求，首先向政府申请，经过考察，确认不维修无法居住，才能修建。修缮过程中，旧房墙体和房梁不能动。有关设计方案，小赵和父亲发生了冲突。父亲希望多保持原貌，房前空地养着家禽，小赵想开辟成草坪，办成眺望湖景的休闲地。父亲坚持放上一排鸡笼。房子内部装修，小赵走简洁欧美风，现代工业舒适感之上，搭配小资情调，比如设计双层亲子房，配有多层书架。父亲却想在房间挂上中国山水画。几次争吵，双方都学会了妥协。"有容乃大"与"和谐多元"才是生态文明的原则吧。

有关民宿的名字，小赵找了专业起名公司，也听取了父亲的建议，最终定为"余光里"。期待沐浴在余山岛的时光里？还是在"心远地自偏"的孤岛，找到心灵归属？我不得而知，但只觉得很美，很舒服。

作为民宿老板，小赵不期待有太多客流量，余山岛太小，不能承受。她只希望将基础设施搞好，村边码头能及时清淤，就非常赞了。现在挖河泥的船，几年来一次，挖的泥又放到湖的另一边，起不到好效果。太湖水位一低，船走起来就很困难。

吃完饭，小赵陪着我们参观"余光里"，又带我们看她家的茶树，介绍了余山岛茶果种植情况。余山有两座小山丘，果树密密麻麻，采摘很困难。枇杷与杨梅，树干偏软，地势险的地方，不能搭钢架，很多老年人，把自己一头绑在树上，一头绑在梯子上，身体整个悬空。这种高难度作业，实在不易，如果请雇工，人工成本就高了。20世纪90年代，银杏是经济树种，岛上流行种银杏树。进入新世纪，银杏价格下跌，为了给孩子交学费，赵家忍痛砍掉银杏，种上茶树。余山都是晚茶，3月20日后才能采摘，也有人种上嫁接茶树，2月份就能采。炒茶也要纯手工，小赵和哥哥都是炒茶高手。他们自家的茶，粗枝、老叶、叶梗都挑出来，大小与壮菱，都分得清爽。小赵在小红书和抖音搞销售，茶叶销路很好。可其他老年村民的茶叶，就比较麻烦。他们的精力和工艺都跟不上，茶叶品相不好，也不懂网络销售，小赵尽可能帮助他们，可也是杯水车薪。

枇杷树下，一个刚干完农活的老人，向我们挥手。树影婆娑，光线时明时暗，他干瘪褶皱的手掌，沾满泥土和草屑，还有一种莫名的忧伤。

帮余山反映反映吧，小赵凝视着我们说，目光满含期盼。

我们只是余山过客，可这样真诚的目光，谁能拒绝？心里沉甸甸的，走累了，我们回到"余光里"。二楼大阳台非常开阔，阳光正暖，我们望着覆盖全岛的，郁郁葱葱的茶果树，心情很复杂。如何保持原生态，又能促进岛民生活？生态岛建设，恐怕还任重道远。

五　时间的回响

日头偏西，不知不觉，大半天过去了。时光很快，又似乎走得很慢。

顺着青石板路，又恋恋不舍地走了一圈。石板路两侧，有石板垒起的矮墙。拨开青草，惊讶地发现，矮墙石板有字，再看铺路石板，也有字。仔细辨认："皇清恩赐先妣某，先考某，乾隆五十一年九月"碑刻，有的是"复兴"字样。再问年长岛民，有人说早年推倒寺院，遗留下石碑，也有人说，几百年风俗，先人下葬，供奉石碑，存放寺院祈福。后来随着寺院荒废，石碑不断挪用他途。有居民家中地面，也铺有这样大块条石。

我小心翼翼地踱步，石板在脚下颤抖，发出莫名声音，好似古刹悠然的钟声，又仿佛历史洞穴内遥远的回响。

逝者如斯，当被加速思维卷入日新月异的世界，一切坚固的都烟消云散了，只有余山这样的原生小岛，才有不经意的历史遗迹。这里古建民宅，以明清居多，也有更久远的宋元遗迹，已不可考。余山有文字记录，可追溯到元末明初。这里的古宅，不如明月湾等地建构精美，大多是危旧废弃，但随意走来，还是令人恍惚穿越时空，身处古代生活。

岛民们很淳朴，临走时塞给我们很多水果。老人们让我多记录一些故事。他们念念不忘的，还有1983年夏天，那一场惊心动魄的救援。光福镇一家七口，因为太湖风高浪急，在余山岛附近水域，遭遇运输船倾覆。冒着风浪危险，全体岛民紧急救援。最终三个小孩被救，四个大人撒手人寰。为了感谢余山，被救孩子的亲属，包了一场电影放映。时间过去三十多年，老年岛民还记得那场电影，记得几个孩子楚楚可怜的神情。扶危济困，是中华民族的美德，也是太湖岛民淳朴的品性。他们口口相传的，闪光的故事，那些历史的真相，显然也需要一块"石碑"来记录，否则也会消散在尘埃。

我没有石碑，只有一支卑微的笔，尽力想象着那些图画：七八十年前，三百多年传承的复兴庵，在低沉的经文诵读声中，伴着无声泪水，倒塌在高音喇叭与革命口号里。神色黯然的老僧，背起简单行囊，在暮色中向着残破的佛像与满地瓦砾，深深地鞠躬。余山岛晚霞染红湖水，也抚摸着僧人的青戒疤；三十多年前，狂风将湖水吹起三丈高，暴雨倾盆而下，看不清方向，四下都是水，凶暴的水，赶走了温柔的水，将柔美的太湖变成水的地狱。倾覆的船下，有人狂呼，腰里拴着绳子的渔民，绳头的另一端，紧紧捏在手心，没有汗，只有一团火，他猛地跃入水，扯住孩子的头发，拼命向上升腾……

朱巧英和小赵，来码头送我们。码头旁，有个残缺石龟，被人摸得光滑无比。一群老人，坐在高脚马扎上，悠闲地聊天。我向一个五十多岁的大妈，打听石龟来历。大妈说要问妈妈，扭头问旁边七十多岁模样的老人。老人想了想，摇头说，忘了，要问孩子"娘娘"（外婆）。她拍拍身边一个更老的妇人。那位老奶奶，大概九十多岁，头发全白，脸上皱纹堆积，正扶着拐杖打瞌睡。听得询问，她茫然挠着头，嘟囔着说，大概是寺里的吧。

暮色更浓，返镇的居民，挑着担子，在码头等待着。一篓篓金黄的橘子，一袋袋洁白的银杏果，煞是好看。终于，船老大带着客船，又出现在湖水与天边交界之处。我踏上船，船未开动之时，向小赵和朱大姐做着告别。舷窗外，又是一只高脚白鹭鹚，缩起一只脚，以金鸡独立的高难度动作，高傲地站在湖边，对四周游动的小鱼水草，视而不见。它长长的喙，闪烁着霞光的美，仿佛粘着一片片金色的鱼鳞。

我期待着再次来访，我甚至想，能否租个民居，观湖养气，寻古思今，读书写作，在院里晒太阳，看火红的柿子羞涩地落下。那是怎样的"大宁静"与"大充实"？

对面坐着个壮实的中年汉子，是帮岛民修剪果树的技工。他从怀里拿出几个瓦片，一只掉嘴的茶壶，说是帮岛上人家收拾老屋所得，让我相看一下。瓦片有"嘉庆"字样，茶壶底部有"大明万历"篆字，我告知他，这些东西是明清古物，但都已残破，不值钱的。

不为卖钱，汉子低声说，这是古物，虽然残旧，可丢了，就不再有了……

第四章　美岛风物记

第一节　禽鸟江湖

一些鸦群离去，一些鸦群到达。在春天即将降临的时候，它们集结起来，令人不解地浩浩荡荡向南方赶去。

——苇岸《大地上的事情》

一　天堂的晨光

清晨五点，是鸟儿醒来的时刻。

星星还隐着白光。初冬的风，刚醒，有点苦，吹着凉意，抚弄在脸上，飒飒的。风的队伍飞起，赶在鸟之前，检阅着白茫茫的芦苇荡、青蓝的湖水。更远处，银杏和柏树站在湿漉漉的岸边，发出呜呜的应和。风尖尖地笑，吹起口哨，消失在极目处大块宁静之中。

周敏军浑然不觉。他穿着绿色迷彩，趴在船上，一动不动，仿佛一只静止的绿时钟。

艾斯利说，倘若世界真有魔法，一定隐藏在水中，水草之间的安静的鸟，天空与大水之间翱翔的鸟，无疑是世间最有魔法力的精灵。

观察候鸟，冬季最佳。早上，周敏军四点动身，埋伏在栖息地。蹑手蹑脚，不能扰了鸟的美梦。它们早上醒来，玩一会儿，吃点东西，下午三点多回巢。冬季风大，光线直射时间短，回巢时间可能提前。周敏军观察鸟儿离巢，拍些照片，记录下各类气候数据。下午，要在鸟回来之前，埋伏在巢穴附近，继续观测。有些鸟会在巢穴附近再找点吃的。有些鸟不愿栖息在芦苇荡，夜栖地是树林。它们也不筑巢，只有繁殖期才会使用鸟巢。

周敏军爱它们的休息。人生天地间，不过白驹过隙。大休息是归于水土，小休息就是小安闲。静谧的世界，安静的鸟，让你忘记烦恼。朦胧之际，你观察鸟儿，鸟儿也在看着你。野鸭最机灵，左脑休息时，右脑也醒着。睡着的野鸭，似彩色琉璃团，顺着河水漂流，能随时应对危险。林鸟站在树枝上睡觉，体型较小的鸟，五六只挤在一起，其乐融融。

猛禽比较严肃，也站在树上睡觉。但因体型大，凶猛，基本是"一个鸟"占据一个高枝。它们睡着了，也像"威武的将军"。

暮色降临，星星升起，湿地升起薄薄的雾。星光隐身于雾，掩护了再次沉睡的鸟儿。

定点蹲守观测，只是周敏军日常工作的一部分，巡回观测更辛苦。

11月20日清晨，他带队到东山太湖观测，分为水陆两条观测线，一是东山的东大围，另一个是东山的山上。他把队伍分成两组，一组陆地调查，一组水面调查。东大围是湿地环境，要开船在太湖观察，观察记录鸟的种类、数量等信息。陆地观测，主要是观察林鸟。周敏军自己参加东大围水面观察。他们两人一组，乘坐东山镇提供的铁皮船，柴油动力的，动静有点大。鸟怕陌生声音，有人或船经过，它们马上飞走。周敏军静悄悄地在水面行进，不会停留太长时间。他们好似隐藏身形的士兵，精心准备着一次次伟大的战役。

六点多，他们坐船出去，带上相机、望远镜、无人机等设备，还带了水、食物、救生衣和急救用品。他们要看天气预报，大风天不出去。他们主要是普查，所有鸟类都观察，遇到珍稀鸟类，也会重点观察，比如金头潜鸭、黑脸琵鹭这些国家保护鸟类。这些鸟类分布在各地方，他们也不能确定哪些地方会有什么种类，边走边观察，船也开得慢。

无人机由周敏军操作。镜头拍到鸟类，他没有心情波动，反而有点焦急，主要因为种类识别挺困难。无人机镜头不能变焦，跟相机像素差别较大，很多时候无人机拍到的照片很不清晰。如果无人机飞得低一点，就会惊吓到鸟类。只能安全高度先用无人机侦查，观测到鸟类后，再用相机拍摄。

走过多时，看到一片鱼塘，水被抽干了，白鹭和喜鹊在里面觅食。周敏军团队拍了很多照片。他们认为，做一次科普直播，正是好机会。看直播的人大概五百左右。观鸟是小众活动。直播由周敏军负责，用手机对着望远镜镜头，跟着镜头观察各种鸟，然后简单介绍。网友互动也很多，他们还准备竞猜和抽奖活动，鼓励大家参与，了解野生鸟类的习性。

周敏军印象最深的，是另外一次"小天鹅"直播。网友问了很多问题，比如，小天鹅从哪里来，平时吃什么之类。他一一耐心解答。这些小天鹅是从西伯利亚迁徙而来的。很多人认为，小天鹅吃鱼，其实它只吃水生植物。科普也很重要，让更多人了解小天鹅习性。太湖生态岛开发和治理，清理水藻是重要一环，很多鸟类主要以水藻为食。清理水藻也要适度，要保留部分水藻，鸟类才有充足食物。水里很多鱼也吃水藻。

小天鹅是"高光"鸟类，长得漂亮，关注度高。直播时，大家尽量保持冷静，担心清藻船把它吓走。网友很激动，不断有人刷礼物，也有上千条留言。小天鹅周围，还有很多"群众演员"——野鸭。太湖的野鸭最多了，黑灰色的雏野鸭，棕褐色的绿头鸭，都非常繁盛。小天鹅体型大，羽毛纯白；野鸭体型小，毛色杂配。众多野鸭环绕下的小天鹅，交颈鸣叫，犹如在太湖上，演出了一场大型《天鹅湖》芭蕾舞剧……

直播间欢声雷动，礼花漫天，网友们恨不得从手机里钻出去，目睹这场盛宴。

周敏军叹息着说，鸟是世上最美的动物。

他瘦削坚毅的脸庞，透出一抹羞涩的笑容。常年野外作业，使得他的脸色有些黝黑，可眼神展现出迷醉神采，犹如湿地夜空，无数绽放的星光……

二　有鸟在野

周敏军，33岁，无锡江阴人，兰州大学本科毕业，专业是电子信息技术。

他来苏州工作十年了。起初他在外企上班，身份是软件工程师。

七年前，他辞去高薪外企职务，加入苏州市林学会。这是一个社会组织，独立运营机构，主要营收来源是服务政府，对湿地公园进行生物多样化监测等工作。他温文尔雅，面容瘦削。许是长期观测鸟类，他养成了喜静、说话声音低沉等特点，给人的感觉，是一个内敛沉稳的"工科男"形象。

说起辞职做鸟保护工作，周敏军回忆起来，都觉得是"恍如一梦"。

这是"缘分"吧。鸟在那里"等"他，等他爱上了鸟，也爱上了自然，更坚定地选择"自然保护"这样一个冷门职业。

考上大学，周敏军从无锡来到了兰州。当年参加高考，正赶上江苏高考"5+2"改革，周敏军没发挥好，去了兰州，还有些失落。兰州因为地理原因，周围是黄土高原，经济不很发达，同学们都沉溺学习，很少人热衷现代化的快速生活。大概是因为这种环境，兰州人也普遍形成沉稳、内敛性格，做事情踏踏实实。

周敏军认为，是兰州影响了他，虽然他是南方人，但兰州四年生活太重要了。神秘的西北风情，征服了他的心，也让他内向的性格，找到了可"寄托"的东西。

"我不太自信。"周敏军说，"自然，让我找到了和世界亲近的方式。"

大学期间，他参加了兰大观鸟团，有了初步鸟保经验。这是个"小众"社团，参加的同学们都热爱大自然。参加观鸟团也是偶然机会，周敏军在大学也报了其他社团，最后都没坚持下来，只有在观鸟团，一直沉浸其中，找到了成就感。观鸟的过程，会有很多东西打动他。

上大学之前，他对自己的评价是"中规中矩，缺少出彩之处"。通过观鸟，他找到兴趣点，学习观鸟的专业知识，观察到不同鸟类，拍下各种漂亮鸟类照片，尤其是发现新鸟种，有非常强的成就感。慢慢地，他在观鸟圈有了名气，学校很多人都知道他，大家都认同他的成绩。他也变得越来越自信。

"有鸟在野，心安而天地宽。"他喜欢孤独静谧之中，与鸟类隐秘交流的感觉。

周敏军喜欢鸟，远距离观测中，他默默地和它们以眼神交流，诉说自己的喜怒哀乐，缓解孤独忧伤，也能体验世界的神秘辽阔。

"观鸟时会放空自己，很舒服。"周敏军说，这类似于禅宗"静坐悟道"。他认为，很多成功人士，小时都有观察自然并且沉迷其中的经历，所以才会在后来工作中保持"发现新事物"的能力。

参加工作后，他继续参加观鸟活动，昆山、张家港、无锡这些地方都去过。后来他接触到"苏州湿地自然学校"，成了志愿者，和志同道合的朋友，参加相关调查。平时他看鸟类纪录片，鸟类相关书籍，也跟别人交流"鸟的事"。他会关注鸟类消息，比如什么地方又发现哪些种类的鸟。他最得意的，是看到纪录片里熟悉的鸟类镜头。"这些鸟儿，我也拍到过的。"他的心里会莫名地有种骄傲感。

他越来越沉迷于鸟类观测。

2015年，他想辞职，全职做鸟类保护工作。辞去外企高薪职位，跳槽到"不太靠谱"的个人爱好领域，周敏军的选择，让家里人很难接受。工资降低了很多，工作也不稳定，父母对他很担心。特别是对"鸟保护"这类新兴行业，家人很陌生。

但是，周敏军坚持，为了梦想，要"任性一次"。

就想出去闯闯，不能在企业"躺平"。周敏军笑着说，如果在企业干下去，退休之后的生活，一眼可见，太没意思。生活应有激情和梦想，诗与自然。

家人没办法，只能遂了他的心愿。

谈恋爱那会儿，女友对他的职业不太理解，只感觉"挺浪漫的"，且为政府工作，也能挣钱养家，没太在意。她是美术老师，在培训机构任职，对艺术美的热爱，也让她接受了"自然美需要守护"的理念。

结了婚，有了小孩，妻子对他有些抱怨，工作总是外出，没有集中时间陪伴家人。妻子周末会比较忙，平时学生上课时间还好安排，周末学生会集中去培训班。周敏军忙起来晚上也要出去，冬天观测湿地鸟类栖息，顶着星光就出门。周末，人家都是一家人开开心心去游乐园，周敏军还要在太湖转来转去，只能让父母陪着孩子。

妻子有了情绪，周敏军就去安抚。毕竟，为了他的"梦想"，家人牺牲了很多。周末时间，只要没任务，他都会陪着家人。有时外出调查，就给他们带些土特产。有了空闲，他也带着妻儿去太湖周边，让他们亲身感受大自然的魅力。儿子才两岁多，在周敏军的影响下，也热爱接触自然。

2022年5月某天，苏州疫情好转，天气很好，西山阴山岛附近，晴空万里，湖面波澜不惊，岸边的芦苇丛，不时有水鸟飞过。周敏军带着妻和儿子，在太湖小岛，惬意地散步，呼吸着春天大湖里，氤氲水汽升腾，带来的新鲜气息。

儿子大声尖叫，妻子也在大叫，周敏军心惊，慌忙抬头望去。

三只白鹭，围绕着湖里的旅游船，左右翻飞，上下起舞，迅疾如白色闪电。

船上的人们，探出头，抓拍，赞叹，和鸟儿们打着招呼。

金色的阳光，照在柔软的湖水，如丝绸滑落于铜镜面，映衬着鸟儿们华丽的舞姿。

那一刻，周敏军热泪盈眶……

三　鹭鸶于飞

周敏军刚到苏州时，苏州喜欢观鸟的人，不是很多，现在苏州"观鸟爱好者"，常年活跃在各类活动的，有上千人，加上平时关心鸟的人士，队伍还更大。

周敏军认为，这是社会进步的表现，也与自然保护组织的宣传分不开。

"机构现在十几个人，挺忙碌，我们做的事，影响了很多人。"周敏军说着，脸上挂着点满足的笑意。

苏州自然保护组织，还刚起步，最大规模的还是林学会。苏州生态环境很好，所辖太湖水域占据太湖三分之一，对于生态保护非常重视。苏州有二十多个湿地公园，都是他们来监测。湿地公园挂牌有考核，对于公园运营、环境、生态等会有不同考核标准，国家、省、市等都有不同标准。其中"生物多样化监测"非常重要。

"同里湿地公园"，周敏军团队做了近十年。东太湖这边也做了近三年。湿地保护监测标准不同，国家级要求一个月一次，省市级要求低一点，一个季度一次。东山湿地虽是市级的，但也要一个月监测一次，以国家级湿地标准来进行。

周敏军的日常工作，是对苏州湿地公园进行日常监测，一个月有二十多天在外面跑，东山太湖湿地，跑一圈要两天。2022年11月以来，他们监测东山"退围还湖"原围网养殖区域。这里现在是一片大芦苇地，也是太湖候鸟最大栖息地。候鸟迁徙时会经过这里，短暂停留、栖息甚至筑巢。东太湖湿地是太湖最南端，在这里观测候鸟有地标意义。

太湖鸟类以候鸟为主，栖息地主要在水上，从前他们水面观测做得多，如今开辟了路上观测线，把太湖周围山地包括进来，主要观测林鸟。湿地监测，蚊虫多，工作时须有药物和应急设备，也要有野外求生训练。监测鸟类，有固定方式，也有固定路线，一般要对路线两侧一百米范围内鸟类进行观察，动作轻柔，缓慢，最好"悄无声息"。

周敏军戏称，观鸟人都是当忍者的好苗子，擅长"潜伏"。

早上与傍晚，鸟儿最活跃，中午休息，适合捕捉静态画面，一次监测时长，大约两个小时左右。水上监测坐船就好了，陆上线路比较辛苦，每天步行三四公里，夏天要防暑，装备不能带太多，只有望远镜、无人机、相机、食物和水。

监测之前，通常要"踩点"，了解区域地形地貌，保证路线通畅，林地、水洼、芦苇、湿地，物种有很大差异。他们尽量选择鸟类丰富的地域做路线标本，鸟类特别多的，当作固定监测点。东太湖主要以水面监测为主。它的林地太少，树林基本围绕环太湖公路沿线。

鸟类观测，有时可以用三脚架，架设单筒望远镜，最大可观测到一公里内的鸟。有的鸟很小，距离又非常远，肉眼观察不到，必须借助望远镜。监测小组一般两人，一个观察，一个记录，都要详细收集，以备数据库建设。

周敏军希望观测"猛禽"。猛禽数量不大，出现频率不高，但样子威风，也是生物多样性的最好证据。一次，周敏军一下看到很多猛禽，"过了瘾"。当时他在山顶观测许久，一只猛禽都没拍到。突然，鸟鸣声大起，众多猛禽飞翔，壮观无比。

周敏军手忙脚乱，看望远镜，拍照，又要做记录，一时间不知先做什么。体型纤细、灰色羽毛的雀鹰，还有蓝羽赤腹的赤腹鹰，它们大概有数十只锐利的爪子，闪着寒光，它们凶猛勇敢的号叫，仿佛在彰显着勇士的决心。

周敏军心情又兴奋，又紧张。猛禽飞得很快，短短几秒钟就看不到了，如果拍不到，会非常懊悔。这种不期而遇的"巨大成就感"，哪怕没拍到，也是一种特殊经历，这也是观鸟的"魅力"所在。

不久前的一次观测，周敏军又发现一个"神秘来客"。一只很特殊的鸟，白色羽毛，有着扁平如汤匙状的奇怪黑色长嘴。它的腿、脚，前额、眼线、眼周至嘴基的裸皮，都是黑色的。它独自栖在水边，有点疲惫，似乎刚赶了很远的路。

周敏军的心提起来，远距离放无人机，再拿专业相机，不断拍照，将照片上传，让同事帮着比对。周敏军和搭档很兴奋，又不敢乱动，生怕吓走它，又怕跳起来掀翻了小船。

观鸟人就这样，啥也比不上发现稀有鸟类，更让人高兴。

大家一致认为，这是稀有鸟类"黑脸琵鹭"。它属于冬候鸟，一级保护动物，全球不过六千只左右。

周敏军又拍了几张照片，细心地发现，鸟的脚上有环志，号码为Y24的标志。环志用来监测鸟类迁徙路径和存活状态。这个标号表明，这只鸟生活在韩国，在韩国被放生。如果它飞到其他国家，研究人员可把信息反馈给韩国。

佩戴环志的鸟，数量不大，它的迁徙路线图的样本作用，非常大。周敏军联系了韩国研究人员，他们非常惊喜。这只黑脸琵鹭第一次被野外观察到。同时，黑脸琵鹭常见沿海迁徙，主要停留在香港、深圳等地，极少深入中国内陆。韩国方面说，黑脸琵鹭对生态非常挑剔，它在太湖栖息，说明太湖的生态环境很好，达到了它的要求。

周敏军持续观测。黑脸琵鹭熟悉了环境，开心起来，它扬起滑稽可笑的、小铲子般的长喙。在周敏军看来，长喙更像大号"长柄汤勺"。这家伙把太湖当成"饭桌"啦。它把"汤勺"笨拙地插进水草，涉水前进，晃动头部，不停扫荡，很快捉住些小青鱼，大快朵颐，真是憨态可掬。

跟随他们巡查的，有一个记者。记者很快写了篇文章，发在《姑苏晚报》，引起不少读者关注。大家都希望这只"黑脸鸟"，能在苏州安家。

休息几天，恢复了体力的黑脸琵鹭，踏上新的迁徙之路。周敏军拿着那张照片，默默地念叨着"小黑脸"，咱们还有缘相见吗？

四　风暖鸟声碎

鸟儿怕人，不全是因为"胆小"。

人类对鸟儿，也不仅是怜惜和欣赏，也有很多"伤害"。

除了对鸟类观测，提供科学数据，周敏军更希望自己当个鸟类"守护者"。太湖从前有"捕鸟人"，有的用弹弓，有的用捕鸟网。用弹弓的捕鸟人，非常狡猾。周敏军去质问，捕鸟人飞快跑开。弹弓很小，除非抓到现行，否则他们藏起工具，也难找到证据，只能眼睁睁看着他们"换一个地方，打几只鸟"。有些人技术很高，很多小鸟都死在弹弓下，被装进口袋，变成标本，或上了餐桌。毒鸟人经常用毒性不大的迷药，混在食物里，禽鸟吃了就昏倒，等醒来时已被捉。捕鸟网更残忍。网子设计很巧，两根竹竿撑在地上，飞得较低或准备落树的鸟，就会粘在网上，羽毛和脚被缠上，非常凄惨。

它们挂在网上，像一个个黑色惊叹号。

周敏军每年都会救下一些鸟。遇到偷猎的，他悄悄跟随，通知林业部门。林业部门在这方面，也有了成熟经验。他们会根据上报信息，定点追踪可疑车辆。比如，某白色面包车，尾号什么，型号什么，多少次出现在鸟类栖息地。鸟保组织会将这些信息上报，相关部门就对这些车辆进行跟踪，发现问题，及时处理，避免盗猎珍稀鸟类的恶性事件发生。

遇到捕鸟网，他首先看网上是否有活鸟，如果有，先把它摘下，没有受伤的，直接放飞，如果挂在网上太久，状态不好，就把它送到救助站。

有时，周敏军怒冲冲地摘鸟，捕鸟人心虚，多不敢阻拦，但这也起不到根本作用。周敏军走后，捕鸟网堂而皇之地放在那里，顶多换个地方，继续开张。

"我们没有执法权，"周敏军难过地说，"不能拆掉那些网，那是个人财产，还会产生纠纷。只能打电话，让林业部门来处理。"周敏军恨那些网，鸟爱自由，为了点贪念，人们就活活困住它们，饿死它们，晒死它们，实在太残忍了。周敏军见不得挂在网上的死鸟，有些鸟死去日久，风干瘪瘦，只剩干枯骨架和绝望的羽毛，在风里，在日光里，低声诉说着。每当看到挂在网上的死鸟，周敏军都要情绪低落一段时间。

周敏军救过被车撞飞的红隼。当时红隼正在捕鸽子，飞得低，车撞过来，两只禽鸟都被撞了。红隼奄奄一息，周敏军赶紧将它装在盒子里，送到救助站。红隼的爪子非常尖利，但他那时完全顾不上了。周敏军还救过被偷猎的黑天鹅。天鹅忧伤的眼神，令人无法直视。

近几年，人们的鸟保意识不断提高，政府也做宣传，尤其是鸟类法律保护问题，比如，捕捉20只以上"三有鸟类"，要承担法律责任，捕捉一只一级保护动物，可能坐十几年牢。这都有很大作用，近几年捕鸟现象减少很多。

前年，周敏军还救助过一只老鹰。它落到居民的院里。周敏军赶到时，老鹰被养在一个没水的浴缸，神情委顿，带着憋屈的神态。

就是浴缸，老鹰也觉得小哇。周敏军心疼这家伙了。他把老鹰带回，先检查身体，发现它身体不错，可能是飞累了，体力不支，迁徙途中没有足够食物，迁徙路线也有问题，飞到市区，整个鸟都慌了。

老鹰是肉食猛禽，周敏军给它买牛肉，最贵的那种，他自己都舍不得吃。周敏军煮熟牛肉，切成丝，喂给它。老鹰饿了，来者不拒，吃得很香。老鹰大概两岁左右，站着四十多厘米，还是"愣头青小伙"，没啥野外迁徙经验，路线才会飞错。周敏军养了三天，把它放飞了。老鹰盘旋一圈，通人性般地，号叫了两声，头也不回，消失在天际……

除了防止捕鸟和鸟类救助，确保"鸟蛋"的安全，这也是鸟保护重要一环。有些水鸟将鸟窝安在湖面。渔民对鸟窝很熟悉。2020年，周敏军在东山湿地搞监测，负责开船的渔民大哥，瘦小精悍，皮肤黝黑，沉默寡言，干完活就走，他们之间交流不多。周敏军意外发现，船老大居然带着一窝鸟蛋，说要回家煮着吃。

普通农民和渔民，没多少环保知识，他们的印象里，掏鸟蛋很正常，这是接受天地馈赠，谈不上违法，也并非"不道德"。鸟蛋就和鸡蛋一样，有营养，可以吃掉。也有人掏了鸟窝，把鸟蛋在路边卖掉，很多珍稀鸟类的蛋，也稀里糊涂地被卖了。

周敏军见到，忍不住要管。

一次，正处于湿地鸟类繁殖期，周敏军去湖面巡查监测，船老大看到水上鸟窝，停下船，大咧咧地捡鸟蛋。船老大掏鸟蛋，基本全拿走，一个不留，这对保护鸟类来说，无疑比捕捉成鸟危害更大。

"不能拿这些蛋，这是保护鸟类的蛋，这是违法的。"周敏军说得很重。

船老大惊愕地看着他，黝黑脸皮涨得通红，不肯放下，只说："我不捉鸟，只吃几个蛋，犯什么王法？"

他们争执几句，性格倔强的船老大，始终不放弃，喃喃地说："鸟蛋不是你家的，是老天爷给的。"回到岸上，周敏军向林业部门反映了情况。领导批评了船老大。他接受了，将鸟蛋放了回去，还有些悻悻然，想不通的样子。

从卫生角度考虑，吃野生鸟蛋也存在风险，鸟类有可能携带禽流感病毒。这件事过后，周敏军意识到，要加强鸟保护宣传，尤其是"保护鸟蛋"意识。普通民众的鸟保意识，需要政策的强制力量，也需要基层的宣传。周敏军团队制作鸟保宣传手册，由林业部门去发放。他们也在抖音和小红书上讲解各类鸟保护常识，取得了很好效果。2022年夏天，周敏军去东山巡查，再次雇佣那个船老大。他们又巡查到原来走过的几个监测点，船老大突然变得爱说话了，他给周敏军指点着，哪里有哪类鸟的窝，哪些鸟窝的蛋有几颗，他都如数家珍。

"您还拿鸟蛋？"周敏军打趣他道。

"不敢哩。"船老大慌忙摆手，"吃野鸟蛋得病，再说，鸟蛋都吃了，鸟儿断子绝孙，这湖上没了鸟，就成了死湖，后代也要戳脊梁骨。"

周敏军感激地点头示意，船老大自豪地说："一颗也没拿过！我都数过的，等到明年，这里又是成群的鸟啦。"

五　禽鸟江湖

鸟保护遇到的困难，既有"环保与鸟生存"的矛盾，也有"人发展与鸟生存"的矛盾。

比如，湿地保护，芦苇非常重要，没有芦苇，鸟类失去栖息环境。但是，为了保护水质，又不得不割去枯萎的芦苇。结果是，野生环境鸟很多，人为环境鸟就变少了。周敏军苦苦思索对策。他和很多鸟保人士提出"轮割方案"。今年割这一块，保留那一块，明年再割那一块，保留这一块，不要全割掉，这样始终保证足够湿地环境，能给鸟类提供生存的地方。水藻问题和芦苇一样，也存在"既保存，又清理"的辩证难题。水藻不能都捞完，也不能不清除，要寻找适当"平衡"。

生态环保问题，也蕴含着中国传统文化"中庸之道"的智慧。

"人发展与鸟生存"的矛盾，则更集中激烈。东山岛和西山岛，有很多蟹农。鸟类喜欢吃蟹，尤其螃蟹脱壳时节，正是肉质最肥嫩的时刻。鸟儿整天盯着池塘的螃蟹，蟹农苦不堪言，损失很大。他们偷偷在池塘张网防鸟。他不是捉鸟，而是防鸟，出发点不是伤害鸟类，结果却非常惨烈，造成大量鸟类死亡。

夏秋之际，枇杷与杨梅成熟的季节，也存在这类情况。果农为防止鸟儿吃果树，也在树上拦网，很细密的网，鸟儿撞上去就逃不掉。很多鸟儿其实不吃枇杷，它只是飞到树上停一下，就迎来了意外的死亡。

人要吃饭，鸟也要生存，二者有矛盾，也有共同发展的可能性，还是要"和谐共存"，寻找科学解决办法。苏州市政府也在摸索相关措施，有四种经验值得借鉴推广。

科技手段很重要。现在螃蟹养殖业正在推广"丝网"。它的线较粗，网口不大，既可防鸟又不会粘到羽毛。枇杷树也用了尼龙网，效果也比较好。但是这种网的成本较高，如果大面积推广，可能需要农户自己负担成本，这也需要政策的调控。"生态补偿"是国家提倡的做法。江西鄱阳湖，当地政府有个"点鸟奖湖"政策，清点鸟类奖励渔民，通过渔民完成鸟类监测。比如两个鱼塘，一个鱼塘清点出三万只鸟，另一个清点出一万只鸟，那么就奖励清点数量多的鱼塘，对鱼塘的损失提供相应补偿。作为渔民，肯定希望自己鱼塘里的鸟类多一点，这样就缓解了鸟类与养殖户的矛盾。

利用营销实现"品牌共赢"，也是一种思路。东北有些地区，候鸟迁徙，大雁飞到稻田，造成稻米损失。当地想出一个方法，把当地的米打造成"大雁米"品牌，以生态绿色保护作为宣传点。农民把大米价格提高一点，弥补大雁吃掉的损失，也缓解了生态矛盾。

还有一种方式，将鸟类作为"旅游资源"，开放观赏、拍照等旅游项目，也能吸引很多游客，繁荣当地经济，当地提供相应服务，比如餐饮、交通等。鸟类、农民、政府、游客，可多方受益。关键在于，保持生态环境，鸟类栖息和迁徙能维持在一定数量范围。

周敏军看来，上述保护鸟类措施，除了防止侵害，加强保护赔偿意识，实现和谐共赢，最重要的是"保持尊重的距离感"和"尽量减少人为干扰"。

周敏军的讲解，也纠正了我们很多流行的错误观念。比如，周敏军常接到电视台的电话，说有人发现幼鸟从树上掉下来了。最科学的方式，恰是不要去人为干预。幼鸟在学飞阶段，摔下树很正常，鸟窝在树上，鸟爸爸和鸟妈妈也在旁边保护，它们只要再爬上树就行。

"把它们带回家，会让它们丧失飞行能力，甚至长不大。即使没毛的雏鸟,把它放在树上就行,不能带回家。"周敏军强调。

周敏军反对过分干预自然。他认为,"弱肉强食"也是自然规律,学飞的鸟儿,如果真的掉下树,爬不上去,说明它的体质很弱,也需要被淘汰。

尊重自然,不仅包括尊重自然的"美好和谐",也有对生老病死的自然规律的敬重。

"距离产生美。"周敏军淡然地说,"自然就是顺其自然。"

尊重自然,也是"太湖生态岛"建设的重要一环。

东山岛和西山岛的生态保护,都提倡"生物多样性"。如果单纯种植一种树,就会出现生态失衡。东西山大量种植枇杷和杨梅,有些地方已种到山顶,山上没有原始林地,全是人工种植的次生林和经济林。这导致苏州这边猫头鹰、啄木鸟等鸟类大大减少,只有常见的喜鹊和麻雀。啄木鸟需要高大的树干筑巢,很多大树几十年前被砍掉了,全都种了果树,鸟就不来了。现在需要慢慢恢复山地原来面貌。

矛盾的是,"生态恢复",也不能完全依赖自然修复能力,必须人工介入。"介入"与"恢复"之间的微妙关系,需要巧妙把握。与此相关也产生了许多矛盾。

比如,普通鸟类爱好者群体,有"观鸟"与"拍鸟"两个阵营的矛盾。两个团体,有点相互鄙视。观鸟人不重视拍摄鸟类图片,主要观察鸟的状态和种类,进行记录观测;拍鸟人只想拍好看的鸟图片,不重视鸟的科学观测。观鸟人主张不要打扰鸟儿;拍鸟人不择手段,甚至拿东西引诱鸟,摆出各种造型。

观鸟人认为拍鸟人扰乱鸟类生存,拍鸟人气愤于观鸟人多管闲事,也没有好作品。团体之间的对立,是鸟保护理念差异带来的,在全国甚至全世界范围的动物保护组织都存在,只不过现在这些群体人数较少,大家不太关注。

前段时间苏州也出台相关政策,要求文明观鸟、拍鸟,不要干涉野生鸟类。国家级保护动物,不允许人们主动投喂。但这种事情很难定性。一些刚接触到鸟保护的人，不了解生物习性和国家政策，见到别人这么做，他就认为这样是可以的，要对他们做培训或讲解。无论观鸟还是拍鸟，都是对自然和生物的热爱，但不能越过"生态保护红线"。

周敏军遇到过很多无奈的事。前不久，太湖发现了短耳鸮。这种稀有鸟类是国家二级保护动物，喜欢躲在太湖边的荒地，很多人发现后，跑去拍照。短耳鸮躲在草地深处，有人故意踩踏野草，把它们吓出来，再去拍照。这对鸟儿造成了很大干扰。

周敏军去劝阻，效果不大。看着鸟儿惊恐乱飞的身影，听着凄惨的叫声，周敏军很气愤。短耳鸮是非常敏感的鸟，这种干扰会破坏它的繁殖和栖息。过多曝光它们的生存地，也会引来贪婪的盗猎分子。

又能怎么办？眼前那些爱好者，嘻嘻哈哈，满眼兴奋，饮料瓶和各种废物丢得满地都是，各类拍摄工具轮番上阵，闪光灯不断，野地热闹非凡，可这是鸟儿的"自然世界"，还是人们的"游乐场"？

周敏军陷入了沉思。

六 十年鸳鸯梦

太湖的野鸭，品种和数量都挺多，其中鸳鸯是"野鸭中的颜值担当"。大部分野鸭，都选择开阔湖面当作栖息地，唯独鸳鸯，喜欢山里的水库。这是为啥？周敏军想来想去，大概这些心高气傲的"小贵族"，不屑于和普通野鸭为伍，或者是，水库的水质独特，而青山的存在，也让鸳鸯有股子"仙气"吧。

山不在高，水不在深，有我鸳鸯，就是"人间仙境"。周敏军和太湖周边的鸳鸯，有过十年的"缘分"。

2013年，周敏军趁着清明假期，去太阳山探索新的观鸟点。

新民公墓附近，他穿过村庄和草地，看到一个废弃矿坑，积满了水，好像现在是个水库，有人在旁边垂钓，后来得知这地方叫"天狗庙宕口"。

周敏军刚到水库，抬眼望去，一只漂亮小鸟，落在碎石上。它有长长的嘴，淡金色眼眶，机警地盯着周敏军。周敏军一眼就认出，这是稀有鸟类——长嘴剑鸻。

10月底，周敏军去树山骑行，再次去宕口，碎石依旧，水面清澈，初秋金黄的阳光，暖暖地照着。长嘴剑鸻已不在，不知名的鸟叫声，吸引周敏军的注意。周敏军看向水面，似有很多黑点晃动，不等他拿望远镜，那群鸟儿都飞起来，瞬间，水面一片五彩斑斓，仿佛仙境降临。

竟是一群鸳鸯！周敏军内心的激动难以抑制。

整个冬天，不管晴空万里，还是雪雨严寒，周敏军都要抽出时间，去看看鸳鸯。鸳鸯越聚越多，最多时达到八十多只。它们嬉戏，梳理羽毛，换来他的静美之思；它们交颈欢鸣，热烈爱恋，换来他的会心微笑。月光下，湖水中，鸳鸯的彩色翅膀敲击水面，发出丝滑的弦乐之音。

2014年10月，它们又来了，它们爱上了太湖。

2015年3月21日，它们最后一次来到宕口。

2015年秋，周敏军再一次来到宕口，周边村庄已不存在，新开发的小区工地，如火如荼地开工。宕口水库，成了野泳爱好者集聚地。据说，苏州乐园要在此建设游乐场。

人太多，自然就少了；人占的地方大了，自然就小了。

鸳鸯最终离开了宕口。出于对鸳鸯的保护，周敏军始终未将它们的行踪公之于众，但将它们的点点滴滴，都写在笔记本上。周敏军叫它们"宕口小精灵"。

2016年秋，天狗庙鸳鸯走后，周敏军不死心。他又在太阳山附近转悠，在青峰林场附近，又发现了翡翠湖一个新宕口。一群黑影飞舞，正是让人魂牵梦绕的鸳鸯！它们的新家，四周悬崖峭壁，湖边水草丰美，环境复杂隐蔽，无人干扰，是理想的越冬地。周敏军欣喜若狂，他相信，冥冥中，似是某种缘分，牵引着他来到这里。

鸳鸯大概有五十只，还有一百多只绿翅鸭和绿头鸭。山崖上有普通鵟、雀鹰等猛禽，还有蓝矶鸫，偶然还发现镇海林蛙和檫木等珍稀动植物。3月

28日，这群鸳鸯还未离开。

2017年9月，周敏军发现太阳山鸳鸯栖息地，出现成堆垃圾。他的心沉了沉。鸳鸯是非常挑剔环境的家伙，它们还会回来吗？

11月份，鸳鸯又来了，一直到第二年3月份，才离开此地。鸳鸯肯定看到了垃圾，闻到了刺鼻气味。它们忍耐下来，也许，它们太舍不得太湖这块宝地了。

此后两年，鸳鸯按时飞来，按时飞去，垃圾运输车的喧嚣、挖掘机的轰鸣，都不能阻挡鸳鸯对宕口的喜爱。可周敏军细心聆听，它们的叫声有些迟缓，焦虑。它们在想什么？是否也在担心家园不保？

网络时代，信息难以隐藏，无论是个人隐私，还是美好的事物。

2020年秋，突如其来的网络风暴，席卷了鸳鸯们的太阳山。抖音等各大平台，刮起了"苏州翡翠湖"打卡风。铺天盖地的短视频，带来了蜂拥而至的人群。有人攀上悬崖，有人冒险渡湖，专业摄制组也纷纷赶来。当地政府为保证安全，在湖边拉起拦网。

然而，大大小小的无人机，携带着恼人的噪声，升空而至。鸳鸯飞过崇山峻岭，躲过无数猛禽的追杀，却无法躲避人类的网络风暴。它们黯然离去，像投入蓝色湖中的彩石，泛起涟漪，最后归于平静。

"鸳梦忽断了无痕"。观赏美景的人们不会了解，有这么一群鸳鸯，曾生活在这里。也许，正如王昌龄的诗句"鸟向平芜远近，人随流水东西"，鸟的迁徙变化，存在与消失，正类同于人类的命运一般。然而，周敏军还是心有不甘。他太喜欢这群鸳鸯了。2022年初冬，周敏军不断在太湖周边寻找，期待再次见到鸳鸯。他相信，随着太湖生态岛建设不断深入，人们环保意识提高，鸳鸯最终会再次在苏州找到家，不再颠沛流离。

也许，它们暂时不会回来，也许，它们明天就会回来！

第二节　古树的故事

当我所有陈旧的思想也像河冰一样四分五裂，正是白桦树出汁液的时候。

——（俄）米·普里什文

深秋时节，我们踏遍太湖生态岛，把时光碎成青山绿水，也掩盖不住古树的生命气息。我们寻访它们的故事，抚摸它们的身体，感慨它们对抗残忍时间的超级能力。它们回馈我以责任与感悟，它们抵达我的内心，照亮我的灵魂，以一片叶子的轻盈。

一棵树，记载着一个个无人知晓的秘密，生根，发芽，开花，结果，绿时成一片玉，败落时藏好精神气，等待着一轮又一轮的季节更替；一千棵树，就是一片森林，从森林的一头走入，就会走向一个神秘的世界，那是古人生存的家园，也有着无数美丽的传说和动人的故事；一万棵树，就是一个树世界，不仅是人类，万物都会与树木和谐共处，无数禽鸟动物、微生物和虫子在此栖身，这里浓缩着亘古不变的生命起源主题。

一　三棵古樟树

谈到太湖生态岛的树，首先想到了考察中遇到的三株古樟树。

樟树是一种秀美且丰饶的植物。樟树是樟科的常绿大乔木，木材可用于制屋和造船，根茎与枝叶都能提取樟脑与樟油。西山的樟树很有名，明月湾的千年古樟，更是生态岛古树的代表之一。我们坐车到了明月湾码头，进村后很快就看到了这棵古樟树。古樟主干直径2米，树冠高25米，枝叶繁盛，亭亭如盖，像一把绿色的大伞，矗立在村头，庇佑着村民们的福祉。1984年，当时的吴县把它定为一级古树名木。

相传它是唐代著名诗人刘长卿陪同"茶圣"陆羽，到明月湾访友时所植，树龄大约1200年。刘长卿在唐肃宗至德年间，当过苏州的长洲县尉，相当于长洲县的公安局长兼税务局长。刘长卿自号"五言长城"，也是个有才华，且骄傲的诗人。他在长洲时还年轻，跑到明月湾找一个叫贺九的朋友，寻朋友而不遇，还写下了诗篇《明月湾寻贺九不遇》："故人川上复何之，明月湾南空所思。故人不在明月在，谁见孤舟来去时。"明月湾历史悠久，春秋时吴王夫差就常在此赏月，也算是归隐山林的桃源所在。"明月孤舟"载不动刘长卿的诗思，只留下了一棵樟树，承受着一千多年的风风雨雨。"树犹如此，人何以堪"，大概刘长卿自己也没想到，他的一次无心的风雅之举，造就了千年樟树的传奇。世事纷争，潮起潮落，荣辱兴衰，都看在这古樟树的眼里心中，千年之下，多少肉身腐朽入尘土，而古樟依然屹立，展现着大自然的威力，以及对人类的警醒。

古樟有太多故事和秘密。一侧主干因遭雷劈，已成枯木，新枝又发芽生长，就像"爷爷背孙子"，妙趣天成。故此古樟又被戏称为："爷孙樟树"。相对于自然界的摧残腐蚀，更多的威胁和祸患，都不在天灾，而在"人祸"——特别是战乱年代。人类的贪婪和欲望，总企图强占所有天地造化的神奇之物。进入近代，樟树遭遇了三次劫难。

1939年，日军窜到西山，到处砍伐古树，恶霸秦磐石带人来到明月湾，要锯毁古树。村民们筹钱免灾，有的老人跪地求情，秦磐石才放过了樟树，他在树身留下的野蛮锯痕，至今仍在。1940年，土匪攻入明月湾，又要砍树，村民奋起反抗，土匪绑走了十岁儿童黄林法。一个多月后，村民才筹集大米120石，赎回了孩子。1942年，土匪杨河根、黄纪根，又要砍伐古树，村民们激烈反对，无计可施之下，村人吴震九多方劝说，给了俩人450大洋，又写下了凭据,方才破财免灾。①

　　外人可能很难理解当地人对这棵古樟树的感情。恶霸的屠刀和锯子,土匪的土枪和马刀,都吓不退人们对古樟的深情。"十年树木,百年树人",天地不仁,万物长生不易,年长高寿的古樟,不仅是自然界的奇观,而且表现了西山生态岛的人民对自然的敬畏,寄托了"天人合一"的生命理念。我轻轻地抚摸古樟,感受着鱼鳞般古老斑驳的纹路,仰望着它高大的树冠,仿佛看到一群来来去去的人们。有的对它顶礼膜拜,有的把它护在身后,拼命呐喊,还有的则狞笑而贪婪地举着火把和刀锯,那锯口闪着白铁的寒光,仿佛野兽的牙齿,在古樟的身躯上来回蹂躏。古樟发出痛苦的呻吟声,叶子抖落如雪,有些凛冽的樟油香气,从伤口处缓缓流淌,好似绿色的血……

　　我去明月湾,独自在大樟树下待了许久。下午天有些阴,不多久,小雨如丝,如期而至。树木渴望着水,有时来自天上,有时来自地下,正如我们渴望着天上与尘世的爱。小雨的古樟下,遥想历史沧桑变化,心灵有种别样的满足。樟树张开它庞大的树冠,尽情地吸收着雨水。我仿佛能感受到它古老却依然年轻的灵魂,在树干的深处,有力跳动着……

　　除了明月湾的古樟树,金庭镇西边的古樟园,也让人印象深刻。文体中心的邹主任告诉我,要看西山的樟树,绝不能错过古樟园。秋属金,霜降日杀兽陈列,古人谓之"祭秋金",深秋来到西山古樟园,能感受到一片风的秋意,但这"江南秋意",原与北方不同,寒冷之中带着翠绿,又有生生不息之感。古樟园位于西山后堡村,宋代始建为观音庙,清代为城隍庙,道光二十八年曾重修,有《重建城隍庙记》碑及捐款功德碑。山门有碑文称:"古樟园者,昔系庙堂。宋供观音,清祀城隍,年久而圮,甲戌重建……千年古樟,挺拔参天,浓阴覆地,蔚成大观。山池裁云,窈若深渊,有水常清,晶莹可鉴。青山为障,绿树成屏,云灿霞铺,苍枝掩径。"这里的古樟是一对,分属宋代与元代,西樟高30米,胸径1.4米,一千多岁,称"独威";东樟高15米,胸径1.1米,五百多岁,称"争雄"。

────────────

① 徐耀新主编:《明月湾村》,江苏人民出版社,2017年版,第18页。

这里古樟有名，既因园子历史悠久，风景优美，也因这对"兄弟树"的奇异景观："独威"端庄雍容，挺拔秀气，看不出有多"威"；"争雄"则遮天蔽地，伸展四方，树干似有雷火击中之痕。两树枝叶相接，仿佛交头接耳的亲昵伙伴，共同见证着历史沧桑巨变。

端坐在两株古树之下，心里充满了自然的感恩。我想起了山门前著名学者钱仲联先生写的对联"列岫欲穷吴越胜，古樟曾阅宋元来"。感谢古樟，让我们记录了生命的历史，让我们感受大自然的荫蔽。树是静的，但有着丰盈的生命气息；人是动的，但也在这片刻的生命的静止之中，遥想宋代和元代的奇妙场景。一千年前观音寺的香火浮动，五百年前城隍庙的喧嚣热闹，都化为点点秋意，从樟树孩儿手掌般的树叶间，悄然滑落，滋润着疲惫的心灵，让我们感受到温柔的安宁。

围绕着古樟，园子也是美的，园中遍种枇杷杨梅，银杏柏树，既有曲廊缀亭，木映花承，又有假山怪石，池塘水榭，既有苏式园林之美，又不失自然野趣，真是让人流连忘返。1999年，西山国家现代农业示范园区与中科院南京中山植物园等合作，以古樟园为基础，将其扩建为120亩古樟植物园，内有各类珍奇观赏植物近千种。

漫步两个小时，已近黄昏，恋恋不舍离开了古樟园。出了后堡村，到了林屋洞前主公路，回头看去，村里一片片火红石榴树，遮挡住我的视线，但依然挡不住留恋的心情。村里有不少民宿，村外公路上来往车辆渐渐多起来。路上摆摊的小贩，多是后堡村的村民，地瓜和石榴，都便宜得让人不好意思。成群的鸟儿，从古樟上飞起又落下，落下又飞起，它们最终逃离了古樟，聚集在了半空中的电线上。电线在黄昏中摇摆，好似一条条金色的蚕丝，给了鸟儿们无尽的勇气。它们大声聒噪，暮色中的鸣叫，风情十足，也有着一种自由安定的底气。我在城里从来没有听到如此欢欣的鸟鸣。

其实生态岛古樟树比比皆是，比如大圣堂前的古樟，阴山岛的千年古樟，植里的康熙古樟，罗汉寺神奇的紫藤与香樟交织的奇景，都丝毫不逊色于明月湾古樟与古樟园的古樟。而西山树龄最长的，是东村村东湾的古桧柏，位于东湾三官殿，高20米，胸径120厘米，树龄1500年，为金庭镇树龄最长的古树名木。可是，一个多月转下来，我印象最深的，还是这三株古樟树。也许，樟树身上有着一种特殊的气质，在吸引着我吧。

看了生态岛上那么多古树，有一个问题萦绕在我的心里，那就是在现代化的开发中，我们要如何做好古树的保护？当下生态岛建设的环境之中，保护古树，更是重要的工作环节。带着这些疑问，我采访了金庭和东山的农林站，也访问了很多当事人，向他们咨询古树保护之中发生的故事……

二　西山护树录

西山多古树，1200～1500年的柏树有3株，1000年以上的香樟有2株，500～800年的香樟有12株，800年以上的罗汉松有1株，600年以上的紫藤有1株，500年以上的桂花有2株，400～500年的银杏有3株，300年以上的白皮松有2株。生态环境保护，要真正建成青山绿水，离不开树木。有树的世界，才有了希望，才会有生命生生不息的陆上基地。有树的岛，才是真正的生态岛。

金庭镇农林站的周站长，四十多岁，口才不错，说起工作头头是道。我们去采访他，他讲了很多农林保护方面的工作。金庭镇的山林面积比较大，整体占到了苏州山林地的四分之一，森林覆盖率达到了百分之六十。要保护生态岛的环境，就要对山林进行保护，要多种植低效林。金庭的农林站每年都会买了低效林树苗，请人去种植。种植树苗的量，国家也会有相应的任务指标。2022年要改造二十亩低效林，就要找差不多这么大面积的地方进行改造。关于林业保护，现在有一个"巡林"领导制，领导每个人都会有一块固定的"责任山林"，不定时去巡查。村一级的都要去，相当于1个月一次巡林，发现问题，及时解决。

种树一般是春天，春天是植树的季节。要做好生态，林地改造、新种植和农业种植之间，存在不少矛盾。农户肯定是经济放在第一位，茶树、果树种得比较多。但是政府方面的话，肯定主张要以保护林地为主。目前尽量引导农户做套种，就是茶叶种好以后，上面再种一些果树，果树基本上都是属于落叶乔木，不会太影响茶树的生长。这样经济价值也有了，生态效应也好。鼓励老百姓尽量茶果兼种，主要目的还是要做林地保护，鼓励大家维持现状，不要再开垦了。但是，老百姓也要生存。在金庭镇，农业是生活最主要支柱，所以虽然做环境保护，但也不能一刀切，要慢慢引导。

"我们种植有色树种，很好看呢。"周站长笑着说。

除了一般性地种植树苗，观赏性也是重要标准，毕竟，生态岛建设要多样化。考虑到西山的山林色彩搭配问题，农林站主要种植了石楠、樱桃、樱花等漂亮的树种，有时是十几亩，有时是几十亩。政府也会相应地种植几百亩碳汇林。春夏来临，漫山遍野，野蜂飞舞，树随风动，花香四溢，五颜六色的花的海洋，让人流连忘返。小树苗要长好，离不开抚育工作。中幼林抚育尤其重要，每年要重点保护几百亩，要清理杂树杂灌，确保主生树种发挥自身效应。这些工作主要请村民来做，支付给他们费用。资金是区里边补助一部分，然后根据人工数量和工作量直接跟村里结算。中幼林专项费用能补助一部分，要根据每年下达的资金确定工作，也要做好相关的后续服务。

当然，保护古树的工作，更是迫在眉睫。西山有一些比较重要的古树资源。农林站每年都要对这些古树名木普查一遍，做体检，比如说发现树有腐蚀或是白蚁，都会请专业队伍来进行"复壮"。古树相当于是历史的见证，肯定要进行很好的保护。每年，西山的农林站，都会请第三方给这些古树做体检。他们也进行新树的保护，对一些晚生的，有一定年代的大树也要作为后续资源护理，相当于把这些树作为"后备力量"。

周站长说，他们的工作做在了前面。

他们对5000多株树都进行了挂牌保护。已挂牌需要进行保护的古树，会把保护管理基金发给农户，相当于让老百姓也参与到古树的保护中来，把他们家门口、农田里的一些古树保留好。西山原来有很多银杏树，后来银杏卖不上价格，农户就不想留，会把银杏树砍掉。政府觉得有些银杏树也有了年纪，有些已接近一百岁，也是古树的后备力量，政府就拿出一笔资金，让老百姓把这些树保留下来，养护好，管护好。政府先将一棵树每年300块钱的管护扶持资金拨给老百姓，让他们有些收入，这样他们就不会轻易把树砍掉。

既要发展经济，也要保护环境，能否探索出一条双赢的路径？

以种树进行"生态损害赔偿"，也是生态岛的智慧攻略。通过这种措施，既保护了生态树种，发展了生态林，也照顾了企业面子，让简单的罚款变成利国利民的大好事。

2022年5月下旬，居山湾碳汇林片区，一份金额55901元的生态环境损害赔偿协议正式签订。苏州宏盛公司在此种植117棵水杉，完成了生态环境损害赔偿替代性修复。挺拔秀气的水杉，带来了不少喜悦，也标志着苏州太湖生态岛环境损害赔偿示范基地首个"替代性修复实例"落地。[①]宏盛公司未配套建设焊接烟气收集处理设施导致大气污染，被生态环境部门立案并处罚。宏盛公司种上了水杉树，对这种生态赔偿方式，他们心服口服。通过绿化种植，企业履行了生态环境损害赔偿责任，同时也深刻意识到企业的主体责任，今后将更好地履行生态环境保护义务。2014年4月，通过《苏州市生态补偿条例》，苏州成为全国第一个制定生态补偿法规的城市。金庭镇所在的西山岛，是全国淡水湖泊中面积最大的岛，是太湖健康生态系统维护的关键节点和生态屏障。"让企业以生态修复的形式补偿生态环境损害，破解'企业污染、群众受害、政府买单'的困局，打通了从企业违法点位到太湖生态岛进行异地修复的路径，为引导全市有关案件来太湖生态岛进行替代性修复做了样本。"苏州市吴中生态环境局副局长赵红卫说。

三 "枇杷王"与罗汉松

梁衡在《树梢上的中国》中指出："迄今为止，人与森林的关系已走过了两个阶段。这就是物质阶段，砍木头、烧木头、用木头；环保阶段，保护森

---

① 惠玉兰、陆晓华：《被处罚企业自愿种了117棵水杉》，《苏州日报》，2022年5月26日。

林,改善气候,创造一个适合人居的环境。但这基本上还是从人的物质生活出发。其实还有第三阶段,就是跳出物质,从文化角度去看人与树的关系。人类除了为生存而进行物质生产外,还进行着政治、军事、文化等方面的活动。树木、森林一直在默默地注视并记录着这一切。因为地球上比人年长的植物只有树木。森林本身就是一个与人类相依为命的生命体。它曾经是,现在也还是人类的家,如它消失,人类也必将不存。树木是与语言文字、文物并行的人类的第三部史书。"①

树木曾与人类的家园休戚相关,而如今退入钢筋水泥包围的"城市人类",要建设真正的生态文明,必须重新找回人与树相互依存的"心灵感应"。

事情过去了两年多,周青还是经常想起那株威武的"枇杷王"。

老树沧桑的背影,时常进入他的梦里。在梦中,他抚摸着枇杷王绿油油的树干,仿佛看到无数黄澄澄的枇杷果,在微风的吹拂下,微微颤动,笑盈盈地冲着他点头……

周青三十多岁,黑红色的脸庞,透露着坚定的自信。他是本地人,在东山镇农林站工作了不少年头。他读书时的专业是园林,到了农林站,对古树名木的保护,也格外上心。和西山相比,太湖生态岛范围内的东山镇,古树名木也非常多,江苏省十大"寿星树",吴中区东山镇就占了两项。东山镇莫厘村的榉树,大约有1000岁。陆巷古村的银杏,大约2000岁。市级保护古树总共有143棵,一级45棵,二级98棵,后续资源树4238棵。2022年新增的后续资源树,大概也有1000棵。古树名木申报,是一项细致的工作,要确认符合要求,再通过乡镇审核,提交到吴中区,区里讨论通过,才能正式录入古树名录系统,算是有了自己的"户籍"。东山这边是"一树一档案",每棵树都有编号,每年也会勘测。一般的后续资源树补助三百元,市二级古树补助一千元,市一级古树补助两千元,让农民也加入保护古树的队伍中来。

由于有补助后续,也有很多麻烦事。后期别人移植来的树,不会纳入古

---

① 梁衡:《树梢上的中国》,商务印书馆,2018年版,第2页。

树名木保护名单，商业化移植很难准确了解树的情况，数量不断变化，一些私人购买种植的景观树，属权也不在东山，管理上就更复杂，且有些珍贵的树种是不能随便移植和买卖的。

东山古树银杏居多，樟树也不少。每个季度，周青都会带着人去巡视市级保护古树，后续资源木太多了，就一年巡查一次或两次，发现有些树长得不好，就请第三方机构和专家来会诊与护养，要给它们的土壤环境进行整改，也会给它们打营养液。

那条巡查的路，是遥远而寂寞的，但也充满着欢欣。发现一棵未被标记的古树，救活一棵患病的古树，在工作日志上，清晰地记下这些点点滴滴，总能给人带来成就感。触目即是青山绿水，抬头便是参天古木，这种感觉非常奇妙。人在其中，就像是进入了桃源养生秘境，每个毛孔，都是那么舒畅清爽。周青觉得，自己脚下的路，变得坚实有力了，散发着泥土的芳香，仿佛是一条条两头通畅的大路，一头有着历史，一头走向未来。

在这条路上走了好几年，遇到了很多印象深刻的古树，周青把它们当长辈，当朋友。东山镇最古老的树木，当属陆巷那棵两千年左右树龄的银杏树。老树都是时间的"存储器"。当它被种下，王莽的新朝被起义军推翻，而罗马克劳狄王朝，也在走向动荡。历史如梦幻般转眼而逝，老银杏树还岿然屹立于太湖生态岛，让时间变成一种悠长缓慢的旋律。它长得非常高大，像一个笔直的路标，俯视着东山镇的一草一木。虽然它曾被雷火劈中，树干烧毁不少，但树皮仍在，老树之上，依有新芽蓬勃而出，不禁让人感叹生命意志的顽强。

周青最难忘的，还是那棵有灵性的"枇杷王"。

枇杷树属于蔷薇科苹果亚科枇杷属，常绿小乔木。枇杷树是经济树种，年限不高，生态岛的优渥地理环境，才造就了神奇的"枇杷王"。和很多千年生的银杏、香樟相比，这棵民国早期种植的枇杷树，一百多岁的年纪，只能算个"小朋友"，但它在枇杷树中则是极其罕见的"老寿星"。

巡查到此，周青喜欢在树下静静地坐一会儿。"枇杷王"是市级古树，它高高壮壮,叶子修长葱翠,有一种油亮亮的嫩绿,清晰的对称叶脉,将叶子分为两半,像一张微微弯曲的长卵形盾牌。细密柔弱的锯齿,紧贴着叶背微微弯曲的茸毛,像老人沧桑的胡须,轻轻转动,响起阳光般爽朗的笑声。果子也是神奇的,像一颗颗黄珍珠,圆润细腻,咬一口,酸酸甜甜,又有一股莫名的清香,仿佛入口即化,能直入肺腑,滋养得全身无数细胞、三万六千个毛孔,无一处不熨帖。

正因为如此,当地村民把它当成了宝贝,想给它砌起围墙,避免它被游客骚扰。可奇怪的是,每次砌成的墙,都会在不久后,因为各种原因倒塌掉。大家都说,人不愿住监狱,树也不愿看着四面高墙。"枇杷王"有"灵性",它不愿被"关"起来,人类是它的朋友和家人,它想和大家在一起。它喜欢那些在树下纳凉闲扯的村民,嬉嬉闹闹的孩子。

"枇杷王"被传得更神奇了,有人过来烧香磕头,祈求各种愿望,好似它真是一棵神树。周青对此哭笑不得,但他也认为这棵"枇杷王"有些神秘之处。有时默默地抚摸着它凸起的树皮,像是能感受一个人的呼吸和心跳,他简直迷恋这棵老树了。有了什么烦恼的事、高兴的事,周青也愿意和"枇杷王"说说,好像它的果子能"包治百病"一般。

可"枇杷王"还是生病了。有一次巡查,周青发现树身上出现了蛀虫。这也很正常,树上有虫,就好比人身上有寄生虫,年龄大了,更是不可避免。周青按照习惯做法,找了专家来养护。专家过来,敲敲树干,看看树皮,脸上露出担忧的神色,嘱咐给它打上营养液,也做了除虫杀菌的工作。周青看到专家凝重的表情,有些担心,就问他怎么了。

"不太乐观呀,"专家摇着头说,"年龄大了,能否挺过去,要看天意。"

周青祈祷着,让"枇杷王"赶紧好起来,等它病好了,一定要请村民在它身边喝酒庆祝。可"枇杷王"还是一天天地衰老下去,叶子慢慢变黄,又慢慢脱落,好似老人衰老的头发。树干也开始干枯,发黑,发脆。周青能感到它的生命力迅速地流失,虫子偷走了生命精华,破坏了它的再生能力。周青心急如焚,想尽办法,但依然无法抗拒自然力量。

其实"古树死亡"在树保护领域也需要专业鉴定，从它刚开始生病或衰弱，到抢救的过程，再到最后的死亡，需要专家鉴定死亡原因、抢救过程、死亡时间、死亡状态是否属实等，最终确定死亡后，会在市林业站系统注销掉"古树户口"。周青只能像一个无能为力的医生，想办法挽救的同时，尽可能做好古树死亡记录，为后来的古树保护提供科学支撑。这个过程非常煎熬且痛苦。周青红着眼圈回忆说："'枇杷王'从濒临死亡到寿终正寝，持续了相当长的时间，我们就像送一个老人慢慢去世……"

终于，一个阴雨的秋天下午，在几位专家和当地村民的见证下，"枇杷王"被宣告死亡，死树被移走后，原地留下一个深坑。周青盯着坑旁散落的树根，发了好长一会儿呆。

"'枇杷王'是医治失败的记录，有没有成功案例？"我问周青。

东山有一株罗汉松，接近八百岁年龄。罗汉松又叫仙柏，金钱松，也是常绿乔木。罗汉松四月份开花，红绿相间，苍劲之中带着挺拔，尤其为当地人喜爱。这棵罗汉松被确定"古树名木"比较晚，鉴定过程颇让人操心，需要会同历史学家和植物专家，通过历史典籍、传说掌故佐证，树龄测量等方法，找到大致的树龄推算法。

当时罗汉松情况不容乐观。周青在树干发现了蛀虫，马上找到专家，专家清理养护过程中，又发现了白蚁。周青有点着急，偏赶上那几天又下大雨，罗汉松虽然长势不错，但个子比较高，有十几米，大雨中遭到了雷劈，树干烧得只剩下一半了。周青没有放弃它，而是继续精心治疗，还给它装了避雷针，从远处看，罗汉松就像个头戴铁盔的威武将军。

大概半年，正当周青要放弃希望，罗汉松居然奇迹般地长出了新的绿叶，整体状况也一点点地变好。它的顽强意志打动了周青。它仿佛就是佛祖座前的"真身罗汉"，威风凛凛，顾盼自雄。周青闭着眼，轻轻地碾着它的螺旋树叶，好像听到了它爽朗的笑声。

树也有求生意志，周青解释说，如果说"枇杷王"的死亡，让他看到了大自然生老病死的规律，罗汉松的奇迹，则验证了大自然的人性和坚韧。这些树，让他懂得了很多……

四 "司马树迁"

太湖生态岛古树保护领域，张冀是个"名人"。

有人叫他"植物医生"，也有人说他是"古树守护者"，还有人戏称他是"司马树迁"，是一个"古树编年史"的学者。张冀性格安稳沉静，从小就喜欢花花草草，选择做古树保护志愿者，对他来说，也是一次灵魂的相遇。不知不觉，他从事古树养护已有十年了。他说："在苏州上学时，就喜欢古桥、街巷，下雨天也会打着伞去走一走，发现桥名和街巷名很特别，而且背后还有故事。后来发现古树也是如此，树周围哪怕是碎砖和石栏，也都有着很长的历史。"在张冀眼中，古树不仅仅是一棵树，还是活着的文物，是历史的载体。

夏天，凌晨四点半，残月还挂在天幕，张冀就开始了一天紧张的工作。他要赶在日头最盛的中午之前，完成养护古树工作。在这十年，他关注两千多棵古树的养护，足迹遍布生态岛。他保护古树，让它们免于昆虫白蚁的困扰，雷电山火的威胁；他滋养古树，让它们拥有美感的仪态，获得生长的养料。

上午九点多，东村村口永丰桥头，绿荫如盖的三百岁古樟下，一群村民迎来了张冀和他的树保队伍。张冀和工人张永胜、冯忠波，身穿"古树保护"工作服，先在古樟下竖起施工告示牌，让村民们保持安全距离。志愿者工作组属于外包第三方，他们手持修枝锯，给古樟树来了一个"美容美颜"：清理枯枝，修剪枝叶，减轻负重，美化造型，清理树下杂草，补水。养护内容看似简单，却因古樟体形硕大，又需精剪，他们一直忙到中午。

"日常养护很辛苦，但工作要做在平常，养护好了，就减少了患病率。"张冀说。

张冀的办公室，悬挂着一幅巨大的《苏州名木古树图》。这就是他的"战场"。地图上有一面面小绿旗，对应着编号"吴中013""吴中014""常333"等标记。他不时在地图上做着小标记，那里有银杏、香樟、国槐，还有板栗等几十个树种。目前张冀在苏州接触过的古树，已有2000多棵，涉及数十个品种。每当看到那幅地图，张冀的心里都会涌动起一种沉甸甸的责任感，仿佛这些古树就是他的"亲人"。

2022年夏日酷热，天气干旱异常，树保工作非常紧张。从事古树养护十余年，张冀和他的团队自有一套成熟养护方案。针对古树不同状态，养护方案包括抢救、美化、康复、复壮等内容。比如树木被大风刮倒，需要及时抢救；树枝被风刮断，则须进行适当修剪；而对生命力不够强的古树，还须采取复壮措施。因为天气炎热，还要给它们补水，除去树旁影响生长的杂草。修剪下垂严重的树条，有利于保持古树的养分。那些歪歪斜斜，骨头老化的树木，还要给它们安装"拐杖"，帮助它们支撑。

伺候这些"古树爷爷"，实在不是一件轻松的事，可张冀乐此不疲。

在张冀看来，树和人是一样的，如果"身体"不舒服，都会发出反射信号和生理反应。如果缺水了，树木的叶片会发黄，水太多，叶片就发黑脱落，水量不稳定，叶片会形成一道黑一道黄的"水渍斑"。受了虫害，树皮会开裂焦枯。张冀这个"古树医生"，就是要及时看懂这些特征，赶紧给它们开出治疗药方。

张冀深情地说，要学会和古树"聊天"，你理解它，也就真正体验到历史沧桑。银杏的华贵盛大，古樟的威武繁茂，国槐的方正平和，桂花的秀丽婉约，都让他深深迷醉。每次做完养护，张冀都独自在古树下站一会儿，抚摸沟沟壑壑的树皮，珍藏几片落叶，感受欢乐与悲伤，平静与从容。他有了心事，也愿意和古树说说，虽然它们都给不出答案，但他的心灵感觉澄澈了很多。

古树养护，只是张冀工作的一部分。他更希望自己成为一个古树史的记录者。苏州园林局编写过一本《苏州市古树名木志》，但那大多是一些简单的介绍和科普知识。张冀希望能看到"活生生"的古树，"有故事"的古树，"有历史感"的古树。口述史的整理，是他的记录工作的重要一环。树和人一样，也有历史，它们甚至会与人的历史纠葛在一起。它们会遇到战乱和病灾，见证历史的变迁，也有迁徙和思乡。姑苏庭院路上的古樟，就经历过"兄弟离散"，它本有一棵兄弟树，同在一所学校，之后学校搬迁，其中一棵树留下来，另一棵树就搬到了这里。在西山的东村村永丰桥头，七十多岁的金大爷，还讲述了"吴中011"号古樟，在抗战中遭到破坏的故事。经过资料查找，《古树名木资源普查汇编》有"吴中011"古樟的详细记载：植于清康熙四十一年（1702），位于西山北部植里古道北端。古道顶部用448块花岗岩条石铺筑，平正笔直，两旁是稻田。古道之北为永丰桥，单孔拱形，花岗石砌，灰黄颜色，桥上台阶、桥栏保存完好。桥东西两侧各置有一对桥耳石，东侧北端桥耳石下方，嵌有一青石条，上刻楷书"康熙四十一年重建"字样。古樟位于古桥东南侧，干矮叶茂，形如巨伞。古道、古桥于1997年被列为县文物保护单位。

然而，这还不是故事的全部，经过进一步史料调查，桥下北侧桥拱下部，刻有"康熙四十一年……大圣堂头陀募缘"字样。古道修筑记事碑，现存于西山古樟园内，刻于清道光十四年（1834），碑文楷书，12行，由当时著名的实业家、慈善家西山后埠人费荣撰写。据碑文记载，当时西山夏泾至东湾之间有一条六十余丈长的荡田土路，雨雪天气十分泥泞不便，当地人张喆嗣、张炳南等带头发起集资捐款，将土路改建为石堤道路，并在路南侧修建了一座"环翠亭"供路人休息避雨。

由此，张冀的眼前，仿佛展现出了一个完整的故事：1702年，大圣堂的和尚们，看到村民出行不便，四处化缘募捐，在康熙年间建起桥。为了美化石桥，增加绿化，保持水土，又在桥头种植了樟树。时光荏苒，一百多年过去了，1834年，当地村民为了交通便利，又集资修路，并修建亭子，为行人提供隐蔽。时光飞逝，一幕幕画面，仿佛串联起来，在张冀的眼前播放，这些善行义举惠及当代，依然在讲述着生态岛文化崇德向善，热心公益，维护生态发展的传统美德故事……

然而，并不是所有的古树，都有丰富的历史记载，翻看张冀的古树名木档案，很多古树的"古树历史"一栏，仍然是空白。导致这种情况的因素很多，村落搬迁、战乱、灾荒等等，都有可能。而寻找这些古树的历史，也是更好地了解我们自己。张冀还在坚守着他的工作，养护着古树，寻找着古树的历史。1972年6月，在瑞典斯德哥尔摩举行的联合国人类环境会议上通过了《人类环境宣言》，宣言申明：人类拥有一种在能够过尊严和幸福生活的环境中，享受自由、平等和充足的生活条件的基本权利，同时也负有为当代和将来世世代代保护和改善环境的神圣责任。古树保护无疑是生态建设重要的一个环节。古树名木的独特性在于把保护自然和文化、精神和物质联系在一起，它们载动着乡愁与记忆、自然变迁与人事流转，也成为人类关怀自我微观历史的一把钥匙。

五　"树"碑立传

张冀并不孤单，在苏州有一群古树保护志愿者。他们也在默默行动着，践行着生命中的那份感动，也守护着生态岛上的一份绿色的梦想。

在网络上，我看到吴中区吴文化博物馆举办了"树碑立传"项目见面会的消息，我首先找到了苏州大学社会学院的朱琳副教授。她在1月份，刚刚在吴文化博物馆，给志愿者们做了古树名木口述史的培训工作。

"大家热情很高，可做口述史工作还是缺乏训练。"朱老师沉吟着说。

在朱琳老师看来，口述史料采集必须遵循真实性、准确性、完整性的原则和采集流程规范化要求。比如说，要从直接领导者、主要参加者、最知情者中选择文化水平较高、身体状况较好、记忆力较好、语言表达清晰的亲历（见闻）者优先确定为口述者。她说得比较"学术化"，其实就是要求从问卷设计、采访对象选择、采访过程评估、数据整理和描述等环节，都按照科学化的流程来，这对志愿者来说有难度，但一点点来，只要坚持，总会慢慢地给生态岛上的每一棵古树都建立起完整的档案。这是他们的雄心。

我通过朋友联系到了博物馆负责该项目的王铭钰女士。一见面，她详细讲述了该项目产生的背景，以及吴文化博物馆在树保方面的努力。王铭钰二十多岁，洒脱干练，端庄秀丽。她对树保工作有着异乎寻常的执着。她硕士毕业于莱斯特大学，落户苏州后，就在吴文化博物馆工作。她虽不是苏州人，但从小就对苏州文化感兴趣，也喜欢古树。一个偶然的机会，让她有了寻找生态岛古树历史的念头。

2022年7月，上海，佳士得拍卖行。

王铭钰和朋友一起去参观拍卖，一幅古画引起了她的注意。那是一幅《西山消夏湾图》，美丽的风景、郁郁葱葱的古树，引起了她的兴趣。最终，那幅画拍出了好价钱，王铭钰去西山实地考察的念头也越来越强烈。作为一个外地人，她对西山也不是十分熟悉，但她对画中的风景非常着迷。

经过一番访查，她最终找到了消夏湾，画中的道路找到了，但古树却没了。这让她很是惆怅了一番。消夏湾是西山的名胜之地，历史悠久，可沧海桑田的巨变，也使得千年胜地不断改变着形貌，历史遗存的保护，也迫在眉睫。

回到博物馆，她忍不住和陈馆长诉说想搞个"树碑立传"的活动，给古树都建立起一个可信的历史档案。这个想法立即得到了领导的支持。说干就干，她首先搜集了很多资料，比如《苏州古树名木志》，了解古树的历史和地缘分布。接着，她发起志愿者活动，召集了25名志愿者，力争对苏州的2352棵古树进行系统的历史梳理。

这是一项大工程，志愿者们一腔热情，但大多没有专业方面的训练，必须进行培训。2023年1月，吴文化博物馆，王铭钰召集了志愿者见面会，为每位志愿者分发了树碑立传志愿者证、博物馆特制徽章、专属文创。在见面会上，植物医生张冀与苏州大学社会学院朱琳副教授为志愿者举办讲座，普及古树名木相关知识和口述史的方法及注意事项。

朱老师介绍了古树名木口述史资料搜集的经验。口述史是"非物质"要素，需要挖掘出与树相关的所有细节、故事，从口述中获得的信息蕴含着村落的记忆。口述史的目标在于详实老百姓在何种场合与树产生精神关联，它是一种"对话之旅"，深度访谈需要前期做好充分资料准备，受访对象要有代表性、全面性、可靠性，提问时循序渐进、具体明了，以开放性、情感性的问题挖掘出更多的故事，尊重受访者的经历，真实准确记录现场。

王铭钰将志愿者分成了四组，有摄影组、口述史组、文献组和外联组。他们开始有计划地对古树进行实地调查。王铭钰还广泛联动艺术家、植物学家、植物医生、本地市民等群体，从艺术作品到学术研究再到实地访树，以不同视角解读、探索、思考树与自然、树与城市、树与人的联结。她邀请了航拍摄影专业队伍，也与苏州电视台进行合作联动，还邀请了画家和雕塑家，进入后期的艺术策展，争取明年在吴文化博物馆搞一次规模盛大的展览。

　　王铭钰遇到很多有意思的事。一次，她与志愿者"橘涂初四"一起，去西山长寿庵考察，这是一个很小的庵堂，只有一位女尼住持。庵堂里有一株柏树，大部分已经焦枯。它是一棵被《苏州古树名木目录》移除的古树。早在几年前，就被判定了死亡。然而，女尼告诉王铭钰和志愿者，最近古树底部日益隆起，似乎又有新芽耸动，将封存树根的水泥都顶了起来。王铭钰和志愿者看了半天，果然如此。

　　朽木发新芽，无论如何，这是一件可喜可贺的事。但古木鉴定有一套复杂的程序，对于复活古树的重新鉴定，也非常慎重。王铭钰上报苏州园林局后，有关专家经过考察，认为尚不能断定树根是重新存活，还是有外来树种误入其中，还是要再观察，现在只能报一个"后备资源树"，让时间来进一步检验古树是否存活。

　　虽然没有将古柏纳入名单，但这也让王铭钰感受到了古树历史记录的迫切性。实地考察很辛苦，也没有什么补贴，尽管王铭钰正在努力寻找外界支持，但现在也只有博物馆做支撑，只能报销一点餐费。志愿者们不辞辛劳，正在马不停蹄地对古树们进行实地考察。这些志愿者年龄差别很大，有学生、私营企业主，也有公司职员和政府公务员。他们有的身价不菲，只为精神提升，有的经济条件一般，但他们都有着共同的爱好，那就是古树。

　　在吴文化博物馆的微信公众号，我们能看到众多志愿者的留言，也能一窥他们与古树之间的微妙的情感联系：

　　"树让我觉得可靠安全，摸上去永远不凉，不冰冷，像一个平和的人。"（王得宝）

"看树好治愈啊，以天空为幕布，老干虬曲，新生的嫩芽自然舒展，茁壮成长，朝朝暮暮，周而复始。"（醒醒）

"树与人总是紧紧相依，如今这些古树无论生长在逼仄的民居、关闭的寺庙，还是独立的小岛、无垠的旷野，都不会无缘无故地出现在那里。曾有人亲手种下它，也曾有人细心照料它，建筑也许不存，历史也无记载，可是树默默见证了太多故事。"（半壁君）

志愿者们在古树上寻找逝去的诗意、心灵的宁静与满足。志愿者田东霖是个地道的山东汉子，2014年，他迁徙到苏州，一下子就喜欢上了苏州文化，他开着一家围棋社，业余喜欢游览苏州的山水，从发现古建筑到发现古树，田东霖找到了精神寄托。他报名参加志愿者团队，担当无人机航拍工作，他非常期待能拍下"最美的古树"。苏州大学文学院的志愿者王静，是一位"爱树粉"。她说，当她触摸到一千五百岁的古银杏树，"摸到了木屑，半湿的泥，混杂着灰尘与油漆，树皮粗糙也脆弱，生怕弄碎了那些被风吹皱的木纤维，树的枝叶顺风摇曳，相互依偎，发出'簌簌'的声音"。

另一位苏州大学的志愿者朱天怡，繁忙的学业之余，也投身到田野考察。她是个文静内敛的苏州姑娘，从小就喜欢苏州的树。保研人民大学成功后，有了大把时间，她愿意和古树待在一起。她说："和古树在一起，心里有种莫名的放松感，也能让我摆脱学业的压力。"她的专业是历史学，上大学接触到苏州古史，也就从喜欢古树，慢慢地变成了想探究这些古树的历史，"树碑立传"项目，正好给她提供了一个契机。她在这个项目的文献组工作，通过调查，她发现东山岛的古树，很多都与民间神庙相联系。古树与神庙一起，构成了人们记忆中的东山村落。古人去东山不容易，需泛舟石湖，经越来溪，从横泾走水路，才能到达太湖。在一次次的考察活动之中，她想象着古人的踪迹，不禁感慨万千。她引用朱熹的话："古者各树其所宜之木以为社。"她考察了东山长圻巷骑龙殿的千年龙柏，发现这棵古树与明代民间里社祭祀有关，而湖沙村猛将堂的社神刘将军，也与社庙前的千年榉树有关。而岭下村的那株两千多年的老银杏树，更是让她浮想联翩，联想到了古代先民以神树为祭祀信仰的传统。"古树即生活本身",这是朱天怡的结论。

"我们能回到'人与树共生'的状态吗?"朱天怡的眼中闪烁着光芒,她说,"也许那才是一种真正的生态化的自然生活。"

有效的树木保护,正在不断创造着生态奇迹。

近些年生物多样性调查中,太湖生态岛物种达到969种,是江苏生物多样性热点区域。

2022年,有3亿年历史的"孑遗"(活化石之意)植物松叶蕨在生态岛被发现,这也是江苏首次发现该物种。《世界自然保护联盟濒危物种红色名录》中,松叶蕨被列入"极危"(CR)。松叶蕨在3亿多年前泥盆纪就存在了,是世界上最古老的陆生高等植物与维管植物之一,它柔美多姿,绿茎黄半球状花,除了观赏功能,也能入中药。2023年6月中旬,苏州林业站联合南京林业大学,在太湖生态岛进行野外调查,在天王坞祥线又发现了一种江苏植物志未记载的植物,经多方研究,证明是毛脉槭。它首次出现在江苏和太湖生态岛。

有着"国蝶"之称的宽尾凤蝶也被监测到,也出现在了太湖生态岛上。这种通体闪烁着黑色的蝴蝶,长着长长的、靴子般的尾巴,身上布满弯月形斑纹的美丽蝴蝶,是中国独有的珍稀类蝴蝶。宽尾凤蝶对环境质量要求很高,特别是树木与植物。它首次在太湖西山岛被监测到,令人欢欣鼓舞。它翩翩的舞姿,照亮了碧蓝的天空和高大挺拔的古树……

卡尔维诺在《树上的男爵》结尾,展示了树木消失的场景:"翁布罗萨不复存在了。凝视着空旷的天空,我不禁自问它是否确实存在过。那些密密层层错综复杂的枝叶,枝分叉、叶裂片,越分越细,无穷无尽,天空只是一些不规则地闪现的碎片。"树木栖息着我们的家园。古树名木保护,对于西山生态岛建设,有着重要作用。先人"因木思人",后人"以木育人",古树身上可以涵养气脉、美化景观、彰显人文、凝聚乡愁。生态岛的古树们,它们不羡慕飞翔,或者奔跑,它们与雨水和泥土成为亲密的朋友。大自然的风霜雨雪,雷电狂风,晨昏拂晓的光晕,一次次在它的身边循环轮回。地球把生命信息,缝合进一圈圈树年轮，再画出树皮的褶皱，收敛起世界的神秘。它们知道，一棵树，比人类的白骨活得更久远，它们会活成一个绿色的誓言、生机盎然的象征符号……

第三节　保水太湖

老子云："上善若水。水善利万物而不争，处众人之所恶，故几于道。"大运河与太湖，是苏州的两大水源。大运河从常州、无锡由西北向东南，绕过古城苏州，奔向杭州。望亭与大运河和太湖遥遥相对。而太湖更给了苏州用之不竭的水资源。伍子胥筑城，第一大工程，就是开凿胥江，绕环苏州的脐带，以清凉甘甜的太湖水，滋养文雅细腻的苏州人。

然而，翻看《东山镇志》和《西山镇志》等资料，我们会发现，太湖水其实是"温柔与凶暴并存"。大旱与湖灾，一直存在于太湖的历史之中。因此而生的惨案，也实见于记载。1964年4月的阴山湖翻案就非常典型。建设公社阴山大队的18个岛民，遭遇湖面风暴，全部殉难。[①]至今，阴山岛上还存留刻有此次悲痛事件的石碑。而随着改革开发的发展，过度捕捞与过度养殖，加之工业排放等因素，在开发太湖的过程中，造成的污染和破坏也是非常惊人的。太湖流域也是我国印染、化工、电镀、造纸等产业的重要集聚区，20世纪90年代以来，太湖流域本地水资源不足和水质型缺水的问题并存，不同行政区域间的水资源配置和保护缺乏统筹考虑。流域人多地少、人多水少的矛盾逐步显现，水污染严重、水环境恶化、饮用水不安全等问题日益突出，圈圩、围湖造地等问题也未得到有效治理。[②]

"太湖到了危险的时刻。"2007年，太湖暴发大规模蓝藻，区域饮用水

---

① 《西山镇志》，第10页。

② 姚瑶：《重构太湖水网》，《法人》，2022年第11期。

水质遭受污染，严重影响当地群众正常生活。而"水的危机"，首先是"人的危机"。2011年11月1日，《太湖流域管理条例》正式施行。该条例是中国第一部流域综合性行政法规，建立了饮用水安全保障制度，规范了水资源配置和保护，强化了水污染防治措施，加强了水域岸线保护，完善了保障机制和监督措施，其制定和出台具有重要意义。

2021年，太湖流域达到或优于Ⅲ类的断面比例达86.9%，较2016年提高了28.7%，已连续5年无劣Ⅴ类水体。可是，2022年，国家发展改革委联合自然资源部、生态环境部、住房城乡建设部、水利部、农业农村部印发《太湖流域水环境综合治理总体方案》。方案指出，虽经过数年努力，太湖水情况好转，但太湖总磷浓度波动反弹，营养过剩状况未得到根本扭转，目前太湖总磷入湖负荷超出其环境容量三倍，蓝藻防治形势依然严峻。①

随着中央一系列有关发展生态文明的指示出台与太湖禁渔等一系列环保政策的实施，太湖水质发生巨大变化，有关苏州生态岛"太湖保水"的故事也由此而展开。

无数心系太湖的人，为了保护太湖水，默默奉献着……

一　垃圾的战争

"数万吨上海垃圾，偷偷倾倒入太湖西山岛？"

在苏州吴中区检察院，我们见到了案件经办人梁琪检察官。她是宿迁人，短发、精干，虽然面带微笑，但依然带着一股执法者的正气。她当时也没想到，自己经办的这起案件，居然成了最高检当年年度"全国十大挂牌督办案件"，受到全国瞩目。办案过程中，她也被网上铺天盖地的信息，吓了一跳，感到了沉重的压力。

"办案那些天，我天天晚上看新闻，"梁琪说，"案子上了央视，东方卫视也天天追踪案件进度，大家都绷着劲儿，要把案子办好。"

倾倒垃圾的不法运输船，是几个西山岛民发现的。他们拍了照片，发了

---

① 夏成：《〈太湖流域水环境综合治理总体方案〉解读》，江苏节能网。

微信朋友圈，瞬间引爆了苏州人的敏感神经。众多市民纷纷转载，对屡禁不止的"上海黑垃圾"非常气愤。上海作为一个国际大都市，每年垃圾处理任务繁重，于是，不法商人就打起这方面的歪心思。据梁检察官介绍，上海处理垃圾的费用大概要150元一吨；不法商人乱倾倒，处理费用却只需25元一吨，这里面有着巨大利益。这些年来，外地垃圾非法倾倒入太湖的案件屡次发生。上海"黑垃圾"，有的倾倒于苏州，也有的倒卖到浙江湖州。垃圾异地倾倒事件背后，隐藏着黑色利益链，城市垃圾经层层转包倒手，每个环节都有获利。"垃圾利润"更让不法商人疯狂——2023年，相城区还刚发生一起上海垃圾非法倾倒阳澄湖的案件。

在吴中检察院领导的大力支持下，梁检察官和同事们组成专案组，火速介入调查。他们越过太湖大桥，来到西山岛东侧的一条僻静小道，下车步行绕过一座因为采石而成为悬崖的小山，靠近蒋东村附近一片幽静的湖湾。眼前本应是一幅美丽的画卷，可在罕有人至的湖湾边，八艘运输船停靠在岸边，船舱都盖着塑料布，塑料布缝隙中显现的固体废物（垃圾）传来阵阵异味。几百米外，赫然是一个占地两三个篮球场大小的"垃圾平台"，异常扎眼，表面散落着各种各样的生活废弃物和砖头、瓦块等。

垃圾四溢，太湖一片污迹，如同一块腥臭的毒藓，看着让人心痛。几只好奇的鸟雀，站立在垃圾堆之上，凄惨地发出几声哀鸣。

梁检察官询问周边岛民得知，大半个月了，有多艘覆盖塑料布的"奇怪"运输船。它们白天停靠岸边，晚上就卸垃圾，再由挖掘机、土方车把垃圾运到废弃水泥厂窑口，悄悄填埋掉。月光惨淡，整个过程静悄悄的，只有机器的轰鸣和垃圾入水的声音，非常瘆人，如同地狱里的魔音。周边岛民有人过去问，也被威胁不要乱讲话。

"那是夏天，几万吨垃圾有的已经填埋，还有的在露天堆放着，不断发酵，味道辣得让人直流眼泪。"梁琪说。

西山岛是《苏州市吴中区生态红线区域保护规划》明确划定的生态红线区，属于太湖风景名胜区西山景区，也是二级管控区。垃圾非法倾倒地点是太湖西山岛宕口堤岸，风景优美，距离西山镇饮用水源地仅3.6公里，又临近苏州市区取水口，还涉及无锡、常州、上海等地引用太湖水安全。一旦发生水体污染扩散，将严重影响苏州市及周边地区。

梁检察官立即扣押了运输船，经过初步评估，仅靠岸的这八艘船，就有4000多吨垃圾，这里有建筑垃圾，也有生活垃圾。此案件被认定为"严重污染环境"案，涉案人员众多、案情复杂。吴中区的法官们顺着线索，一点点地清理，终于接近了事件真相。昆山某建筑安装公司，承接了太湖强制隔离戒毒所内宕口填土工程，但他们并没有得到许可，就私下对外联系用垃圾来填埋宕口。他们多次联系上海长宁区、嘉定区6家码头的管理员，由码头支付垃圾处置费，经过层层转包，再来到太湖倾倒垃圾。

然而，立案过程中，出现了两个问题：一是行为人主观过错的认定难度大；二是垃圾是否构成刑法意义上的污染还有待商榷。吴中检察院和公安机关、环保部门合作，组成环保合议庭，积极取证，多方走访，并对垃圾成分进行科学鉴定。当时有一种看法，认为倾倒的建筑垃圾比较多，不会对太湖水质造成多大污染。对此，水保护专家提出专业看法："就是一杯牛奶，不经过处理，倾倒入湖水中，也会造成污染！"

专家建议严格检测，检察院采纳了专家意见，现场采集11个渗滤液样品，经过相关评析，综合水质监测，在倾倒区域，地表水挥发酚含量远远超标，部分样品超标50~185倍！法律上的"污染环境罪"要同时考量犯罪的行为和结果造成的损失和危害，苏州市有关部门又组织200余人、54艘船舶、20多台挖掘装载设备、20多台运输车辆进行垃圾清运，将2.3万吨垃圾全部清运完成，并统一运送到垃圾填埋场进行无害化处理。垃圾清运结束后，政府又对事发宕口区域进行覆土，使其逐步恢复到垃圾被倾倒前的状况。这些费用都被归入"财产损失"范畴。最终，鉴定机构出具生态环境损害鉴定评估报告，证实该次生态环境损害费用，还包括应急检测费用和应急处置费用，损失数额已超过千万元。

经过一个月的侦查工作，公安机关和检察院认定该案属于"后果特别严重"案件。该案进入审查批准逮捕阶段，对涉案人员顺利批捕。2017年2月23日，由苏州市姑苏区检察院以犯罪嫌疑人陆某某、王某某涉嫌污染环境罪为由，向姑苏区法院提起公诉。犯罪分子最终受到惩罚，太湖水得到了保护。

"西山倾倒垃圾案"之后，太湖生态岛建设被提上日程，吴中区公检法系统都积极开展生态保护专项活动。吴中区法院度假区人民法庭积极开展巡回审判，通过"以案说法"的形式开展普法教育，助力辖区人民群众法治意识的提升，助推太湖生态岛法治建设。2022年春，度假区人民法庭选择一起帮农村土地排除妨害纠纷，将法庭搬到金庭镇东村村委会开展巡回审判，邀请镇人大代表、政协委员及镇司法所所长、当地干部、群众等约20人旁听，产生了很好的效果。吴中检察院也加大守护太湖行动的力度：2022年，吴中区人大常委会、区检察委员会与区检察院联合发起生态环境联合监督工作机制。在"碧水保卫战"中，人大采取议案督办、专题询问、执法检查以及人大代表常态化巡河等举措；区检察委员会形成问责机制，形成问题清单、责任清单与整改清单，建立属地管理、分级负责、责权一致的责任体系闭环；检察院则提出"生态检察"的理念，成立了生态保护检察办案团队——"第三检察部"，形成"刑事打击+民事追偿+行政督促"三位一体的保护体系。

为了解吴中区检察院新成立的这个部门，我们采访了该部门的彭检察官。他三十多岁，气质沉稳，身穿检察官制服，态度严肃认真。他曾参与侦办过2010年的"苏州运河倾倒废硫酸案"，对生态监察很熟悉。他介绍了部门成立的情况，也讲述了"生态检察"的职能范围，这些措施，已经远远超出了我们对检察院部门的一般认识。我们这才了解到，为了保护这座美丽生态岛，检察官们默默做出了多少奉献。

第三检察部购买了快检设备，按时巡查西山岛等生态岛范围的属地，及时发现问题，及时检测，及时处理。他们还参与了2022年的"清理杂船专项行动"，清理了西山和东山的500多条杂船，有力地保护了太湖水质。而且，他们部门还加强了"公益诉讼"这一职能，对古树名木保护、鸟类保护、碧螺春茶等生态岛品牌的知识产权保护，都形成了有效的介入机制，共同服务于吴中区的"一号任务"——"太湖生态岛"建设。

"我们检察机关，就是生态保护的润滑油和黏合剂，"彭检察官说，"生态保护的案子，专业性很强，牵扯到公安、环保、法院、综合执法、水务、地方政府等方方面面，有我们介入，既可以协调，也可以及时提供法律依据，能有效提高生态保护的效率。"

他轻描淡写的一句话，背后是众多检察官的辛劳付出。生态保护常常要提起"公益诉讼"，为了保护水源，他们组建了专业检测团队，随时提供有法律依据的检测报告。每周两次的巡回检查，更是非常辛苦。检察院的车辆紧张，第三部的检察官都是开着自己的车，奔波在巡查路上。

"一切都是为了保护太湖。"彭检察官坚定地说道。

二　干净的太湖

碧波万顷的太湖，让人陶醉在一片祥和之中。清澈的湖水，会带来万物的繁荣，也会带来一个好心情。这一切都离不开水利工作者的长期努力。

朱革荣，四十多岁，中等个子，沉稳干练，不苟言笑，黑红的脸庞显现出长期野外工作的痕迹。他是西山岛本地人，现任金庭水利站站长。我们在办公室等了许久，才见到从污水处理厂回来的朱站长。他满脸疲惫，和我们打了个招呼，便先用毛巾擦了把脸。我这才注意到，他的鞋上都是泥点。我们讲明了来意，想听他谈谈关于生态岛水的保护问题。

"水质是关键，水质好才有好生态。"朱站长大声说。

金庭水利站是事业编，有4个人，此外还有一个下属单位水务中心，招了5个人，总共9个人，有编制；下属有280多个保洁员，都是雇佣工；还有西山岛水利防御大堤、机房，包括为抗旱准备的抽水站，也都有管理员负责。整个西山水务系统有320多人，看着人不少，但既要换管网，巡查，清污，又要抗旱排涝，人就不太够用了，尤其是水利站机关。"四个人当十几个人用，每天忙得团团转。"朱站长苦笑着说。

防汛、抗旱、灌溉，都是水利站的日常工作，水利站也以此为基础搞些水利工程。自从太湖生态岛建设方案实施以来，水利工作便围绕着保护水质做文章。西山岛有127条河道，其中60条直通太湖，余下67条则由管道运输水源。按照太湖岸线的划定，西山岛湖岸线有64公里，太湖水域是715.26平方公里，差不多太湖的三分之一都由金庭镇管辖。西山岛的水保护措施，关系着太湖水的安危。

要保证太湖水质，首先就要对西山岛的环境进行治理，防止污染源流入太湖。西山上有大量林地，岛民们种着果树和茶树，每年都要大量使用化肥。农林部门用低毒高效的化肥替代原有的化肥产品，让岛民的化肥变成无害的，对太湖水质减少了很多危害。这项工作，在金庭镇目前已基本完成。其次，泄洪沟清理很重要。泄洪沟通过山上流至村庄、河道，再到太湖，有着三级流程，水利站也分三级管理。为了参与太湖生态岛的建设，他们采用小流域治理方式，疏通山上原有的泄洪沟；在村庄这一块，为了防止村民在泄洪沟随意丢垃圾，排放生活污水，农林部门派人不定期打捞水藻和河道垃圾，确保河道通畅。他们修订泄洪沟的管理办法，河道都实行河长制，而泄洪沟延伸到山上的原生态部分，也采取类似的河长制，落实到个人。如果发现污染情况，便马上去处理。苏州市提出"生态美丽河道"建设，2022年，省政府也提出"幸福河湖"口号，都跟生态岛建设相关。金庭镇正在把所有河道进行改造，以达到"美丽河道标准"。他们准备用3年时间，从东西南北四大块展开工程。目前已完成改善的83条河道主要集中在东南片区，剩余河道也已完成前期设置和预估。太湖的福寿螺清理也很麻烦。虽然福寿螺是有害物种，但在清理之中也要实现生态平衡。他们采用两种办法，一个是人工清理，发现有福寿螺要马上清理；另一个是在河道里养鱼，像鲢鱼、清道夫这些鱼都可以吃福寿螺，还有养鸭子。虽然不能完全清理，但能很好控制物种的总体数量。

污水处理系统也很重要。金庭水利站做到了生活污水全收集，统一处理。他们把之前不配套的污水处理设备全面升级，扩大管道口径，增加处理功效。西山地形复杂，村庄高的在半山腰，低的在太湖边，落差非常大。以前处理污水的方法是建独立污水处理设备和净化槽，岛上有40多个独立设施，100多个净化槽。但随着旅游业发展，设备处理方式落后，污水处理达不到现在的标准，处理量也有限。金庭现在的污水处理设备容量在每天1万吨，他们准备扩建一个2万吨的处理设备，达到3万吨级就够用了。水质标准也在不断变化，以前设备处理后的水质以5类水质为主，现在提倡太湖生态岛建设，水质要求达到3类水质。

西山岛是离岸岛，也没多少工业设施，污水排放主要是农村生活污水；东山是半岛，对老旧小区、生活区、商业区进行污水分流，情况更复杂。我们曾采访东山镇办公室的金秘书。他告诉我们，污水分流后，要再集中排到污水处理厂，进行污水净化处理。东山负责的太湖水域刚好是苏州自来水取水口。对于水质要求更高更严格，要求达到二类水质。

让朱站长自豪的是，借着生态岛建设东风，金庭水利站将污水处理装置全部统一重建。岛民生活污水处理尤其烦琐，要从家庭排水口开始，一家一户摸清楚，一个村有多少户人家，每一户有多少生活污水排放口，一共多少户接通了污水处理管道，接通的污水管道现在什么状况，处理标准能达到什么程度。还有就是要根据西山岛的地形测算，有多少在山腰，多少在底层，排水口直接影响到后期生活污水处理能不能全覆盖……

完善全岛污水处理系统，对保护水安全非常重要。朱站长的意思是，基础管道要用高质量、高标准的材料，确保一次修建长期使用。除了"建"要提高标准，后期"运维"也要提高管理水平，做好监督。以前下雨时，有些地方会积水，岛民为快点排水，会把排污管道砸一个洞，让雨水全部灌到水管里，导致污水处理网在下雨时进水浓度只有30多。所以管理运维非常重要，需要组织维护队伍，加强巡视、检查、维护和宣传。

数十个村庄，无数林地山地，都要一点点勘察、维护、巡逻，工作量听着就吓人。看着站长憔悴的脸色，眼里通红的血丝，我们也理解了他对太湖水质近乎执着的追求。

日常的水保护工作，枯燥乏味，需要细致耐心，但突发事件也不少，比如"填湖"案件。生态岛概念提出后，水利站水政巡查，收归到综合执法局。水利站下属有280多名保洁员，朱站长要求，保洁员发现填湖、占水和排污情况，要第一时间向他汇报，每上报一次，奖励50~100元，发现了不上报，要扣50元。从前保洁员打捞河道垃圾与水藻，也附带巡查。河道方面，要求河长每天巡逻，落实到个人。水利站有一个巡河app程序，发现问题，直接将图片和文字发到后台。执法权归属综合执法局之后，水利上发现情况，要先抄告单，交给执法局执法。这样的做法，有利也有弊，好处是防止权力分散，问题是多了执法层级，有时也会耽误事。水利站也经常与执法局组织联合巡查，前两年，横山岛有一个民宿，为了方便招徕客人，民宿老板把太湖沿着湖边的芦苇全都割掉，填出一条大概200米左右的路，一直填到家门口。水利站发现后，让他自动清理，但民宿老板拒不执行，水利站就与综合执法局搞了联合执法，把他填出的路全部清理掉，再和他算罚款。请施工队花了5万元，都由民宿老板负担，还让他写了个检查书。因为都是村里人，大家都互相认识，也需要有点面子上的照顾，这样的处理结果比较人性化，他自掏腰包，也能吸取教训。

说到水利站职能的转变，朱站长告诉我们，"水利站"的说法放到现在并不准确。从前灌溉、抗旱、防涝、水利工程等水利事务比较多，但现在水保护占到了业务大头。如果说以前水利占比是70%，那么现在水保护就占到了60%，水利反而只剩下40%。他们原本叫水利部门，但苏州2019年机构改革，水利局改成了"水务局"，水利站也就成了"水务站"。

其实抗旱等"水利业务"，也同样重要。金庭水利站把防洪工程全部加固，以前的防洪墙是用泥巴做的，建房标准比较低。近几年，他们把防洪设施的维修年限从20年提升到50年。50年以内的防洪设施，都要进行检查维修。现在所有的防洪工程都以6米为标准——6米代表太湖的最高水位。西山岛地形独特，山高水低，还有一个"内涝"问题。山上的雨水会在地面积水，原来水稻田比较多，地势较低，也会蓄水。现在农业产业结构改革，稻田积水不多，下雨天雨水能马上排河道里，但河道里的水不能很快排出，有的河道要通过人工操作才能把水抽排到太湖里。这些排水管道水利站也进行了改造，原来流量是20寸，现在都改成32寸，抽水机的数量也从一台增加到两台。

"旱情"也不容忽视。2022年，整个苏州的旱情也影响到了生产。朱站长说："我在西山待了三四十年，像2022年的干旱天气还是第一次见。"7月1日，朱站长将太湖水位和往年同期水位进行对比，便预判到了旱情。他把所有工作人员分成六个小组，对所有太湖河道进行大检查，发现很多沿湖河道淤泥都把河口淤塞了。他们提前通知村人进行疏通。7月11日开始，还是没能下雨，太湖水位逐渐降低，气温不断升高，开始比较少见的"高温加无雨"的叠加灾害。8月1日，水利站上下发动起来，给老百姓提供水源。他们紧急采购了140台高压水箱，从湖里面往山上抽水。但是湖里的水位很低，所以他们还要在太湖沿岸的地方筑坝、翻水，等太湖水位变低以后再返到湖中央。他们在太湖湖口做一个坝，把水抽到水坝里，然后太湖水翻到内河道，河道再用高压水箱抽到山上的蓄水池。

"苦熬了几个月，总算保证了果树和茶树用水。"朱站长和我们谈起抗旱经验。几百年前，西山岛上发生干旱，没有抽水设备，要靠人传人来运水，运上一桶太湖水，需要成百上千人传递。如今科技发达，不用人传人，但却是"水坝传水坝"，依然很辛苦。相比较西山岛，2022年东山岛抗旱也动员了很多力量，我们在采访中得知，最后没办法，森林消防车来帮忙抗旱。森林消防属于战备物资，当地领导也承受了一定压力，最终保证了抗旱胜利。

谈了半天，朱站长因为有急事，匆匆离开。我们又见了水利站金干事。他是个90后，也是西山本地人，毕业于苏州农业职业技术学院。2019年，小金来到金庭水利站，平时就负责农村污水治理。这些工作都需要有沟通协调能力。比如，金干事现在给一个工业小区铺设污水处理管道，因为工期稍长，居民们不同意。金干事做了很多说服工作，又保证按时完成工期，才取得了业主的认可。自从生态岛项目上马，水利上的工作量明显增大。农村污水管网，有第三方养护单位，全权委托第三方。水利站负责管网建设质量的监督和监管，包括日常运维当中那些小问题。金干事告诉我们，西山环境治理，要水上、岸上、山上泄洪沟三步同时走，才能有效果，要综合治理水，系统与科学化管理很重要。

"你们看到的太湖是蓝天碧水，"金干事笑着说，"我的脑袋里，全是各种指标。"

目前太湖整体水质在三类至四类之间，部分可达二类。水质是波动型的。金干事负责现场监测，第三方检测公司现场取样，他们进行监督。这些测试，也非常复杂，不单单是水，气压、噪声都要测。采样原则如下：一是要采样位置方便，二是逢桥必采。他们在桥中1/2处取水样，如果河道长一点，就多增加几个采样点，取个平均值，且都是根据河道布点。

金干事的女儿叫金文熙，刚过了两岁生日。谈到女儿，他的笑容更多了。他的妻子家在胥口，开车过来也方便。金干事平时工作太忙，白天没时间，只有晚上有空陪孩子玩玩。

"我有个愿望，西山太湖水，品质再升一个台阶，"金干事说，"孩子们能喝上、用上更干净健康的太湖水。"

看着金干事的笑脸，我们感到了沉甸甸的责任感和他坚定的信心。

三　职业护水人

太湖宁静，渔歌唱晚，帆船挂着黄昏，鱼儿在甲板上跳跃，家家户户都在船头挂起各种渔网……这种和谐美好的画面，是普通人对渔民生活的想象。其实曾经的过度捕捞和网箱养殖，对太湖水质和生物多样性的破坏，也非常惊人。伴随着国家对太湖水域的禁渔，渔民作为一个职业，正在慢慢变化。这里有痛苦无奈，也有豁达包容。生态文明建设，既是一个长期建设过程，也不可避免地牺牲了一部分利益。正如当年西山采石业的消失。陆地的渔民，有的被迫融入岸上生活，成为果农和茶农，有的在陆上池塘养鱼，还有大量渔民，不舍水里的生活，也缺乏融入土地的职业技能，大多从事水体保洁工作，成为"职业护水人"。他们守护着太湖，也期待十年禁渔结束，重新找回渔民的生活——尽管，即使再开渔，从前那种渔民生活，可能也不会再回来了。

金庭水利站280个河道清理员，一半以上是原来的太湖渔民，被收走捕捞证和船只后，他们依然留恋着水上的生活。他们已经习惯了水的气息。这些"职业护水人"，主要围绕芦苇湿地、水藻管护、蓝藻防控、水体保洁几个方面开展工作。在明月湾的码头，在禹王庙太平军营房遗址旁的码头，我们都遇到不少从前的渔民，他们有的不太愿讲述自己的故事，也许是因为这些故事里包含着太过丰富的情感。在禹王庙码头旁，停靠着一艘船。船主是个50多岁的男人，船上还有一个苍老的女性，正探出头，警惕地打量着我们。我们上去攀谈，他在了解我们的身份之后，才慢慢地用西山土语和我们聊天。他姓陈，老女人是他的母亲。他们的船，是镇上剩下不多的几条渔船了，但也只用于捞蓝藻，不再捕鱼。陈师傅在岸上有房子，但他住不惯，也没有土地。原来捕鱼季到来，生意比较好做，现在捞海藻，收入就相对低。

清晨，阳光照在码头，远处传来机泵轰鸣的声音。我们告别了岸边船只上的陈师傅，看到湖上一群护水人在忙碌。他们在打捞蓝藻。现在都是人工打捞和吸藻船相结合。夏天蓝藻暴发集中，就用吸藻船作业。吸藻船都不大，有吸附设备，将蓝藻抽离水面，再集中到船上的大水箱里，等积攒到一定程度，再运到岸上。平常蓝藻不多，就用人工打捞，有些近岸的地方，大船不方便，也要人工打捞。环岛有60多公里，岸线太长。他们也尝试采用离岸打捞的方法。蓝藻一般漂向岸边，他们在离岸100~200米的地方建立蓝藻倒流围格，根据风向和水流把蓝藻集中拦在一个地方，用吸藻船清理，这样基本70%-80%蓝藻都被挡在外面。

在码头和湖水相接的地方，都是大片蓝藻。说是蓝藻，其实它的颜色有些浅绿，厚厚地铺在水面上，仿佛一层绿毯。蓝藻太多，污染水质，破坏水生环境，但完全没有也不行。码头的几条船，摇摇晃晃，护水人奋力挥动着带细眼网兜的长杆，将蓝藻弄到船上。

趁着休息当口，我们采访了几个"前渔民"。我们怀揣着满满的诚意，他们也逐渐打开话匣子，我们也了解了"渔民变护水人"的故事。整个西山岛的蓝藻清理区分为5个片区，"前渔民"专属的打捞队有两支，因为渔民都有自己的习惯和传统，和岸上的人也弄不来，就把他们单独归建管理。沈师傅是庭山村人，50多岁，个子不高，消瘦，腰有些佝偻，黑红的脸庞显示出常年水上生活的痕迹。他家里有5口人，是地道的"上岸渔民"。

"上岸的渔民，就是离开水的鱼，日子难熬。"沈师傅点上一根烟，缓缓地说。

2022年10月4日，对于老沈来说，是一个刻骨铭心的日子。捕捞证和渔船，都要上交。那条漆黑的渔船，简直就是老沈的命。沈家几辈子都在太湖打转，老沈不知道，自己这条"大青鱼"，上岸能干些啥。船是几十年前老沈省吃俭用买下的，宽大，稳当，结实，别管多大风浪，都能带来安定的感觉。船对于老沈，似乎比老婆看着还亲。捕鱼，安家，都在这条船上。和岸上不一样，船里不需要太多家当。想玩闹，就在太湖泛舟；想歇息，就靠在岸上几天睡大觉；想捕鱼营生，就痛痛快快地把船驶到湖里，只要肯下力，太湖总能给予不菲的回报。大大小小的鱼、张牙舞爪的蟹、菱角、茭白等湖生的水产，也吃得舒服。

船被拖走，像剜走了老沈心头的一块肉。五十多岁的老男人，哭得一塌糊涂。

也有人和一湖之隔的湖州攀比，想多要两个补偿款。老沈没说啥，默默地擦干眼泪，搬到了岸上。作为一个渔民，他也亲眼看到这些年太湖水质的变化。过度捕捞，过度养殖，蓝藻泛滥，都让美丽的太湖，浑身污浊，病弱不堪。太湖要休养生息，就必须限制渔业。这也是生态转型付出的代价。

"为了将来，这也是没办法的事。"沈师傅说着，眼里还泛着红。

上岸后的渔民，很多人不适应。老沈习惯穿行在水面，船身摇摆的感觉，似乎在摇摇晃晃之中，身体才能怡然自乐。如今上了岸，他经常莫名其妙地跌跤，头发晕，脚下仿佛缠了棉花，总感觉脚下的大地，上上下下乱动。在船上住了大半辈子，浑身都是鱼腥味，岸上的人闻了，直皱眉头，有的小孩更直接做出讨厌的表情。一家人住在一起，房子不大，住得挤，孩子也经常吵架。生活习惯也不一样，他喜欢盘坐在船上，如今回家后，还是习惯性地脱鞋，盘腿坐在沙发上，家里来了客人，都觉得奇怪。

可那些"大湖的记忆"，依然留在心里。沈师傅津津乐道着他终生难忘的一次遇险。那是2016年夏天，凌晨4点多，湖面上突然响起闷雷，看样子要起风。渔民都能分辨天气，感觉有大风，就要赶紧回去。老沈有些心神不宁，也驾驶着船向岸边靠。从湖心到岸上要开四十多分钟，虽然船上有救生设备，但那天黑得可怕，他心里向禹王祷告着，先别刮风。可一眨眼的工夫，大风浪来了，十几米的船，浪又高又急，从船头一直打到船尾。他将绳子紧紧缠在身上，在风浪里苦撑，终于到达了岸边……

"太湖冒险"的故事，沈师傅讲了好几个。他离不开太湖，水上保洁队成立，他立即报名参加。他痛恨那些蓝藻。以前打鱼时，在船上喝不到干净水。太湖水蓝藻多，只能用纱布套在桶上，简单过滤一下，再烧开了饮用。有蓝藻的湖水，即便烧开了，喝了也容易拉肚子。正是蓝藻让太湖变得又腥又臭，鱼虾也被它们窒息，夏天时死得一片片的。这个水上保洁队，收入不高，一个月只有三千元左右，可老沈还是义无反顾。蓝藻繁殖快，必须按时清理，他们每天捞蓝藻，日子过得也枯燥，但老沈还是挺乐观的。虽然发了不少牢骚，但他对我们说，这才两年，太湖水质明显变好，等禁渔结束，那时太湖就成真正的"宝湖"啦！

告别沈师傅，我们等了许久，联系上了另一支蓝藻打捞队的黄队长。他也有50多岁，花白头发，身体瘦瘦的，皮肤黝黑，看着精明强干。黄队长是西山岛人，也当过多年的渔民，如今儿子在苏州的公司上班，大孙子也要18岁了。

1983年，舟桥兵专业，黄队长离开部队，回到了西山岛。担任蓝藻打捞队长后，他管着27条船、56个专业的打捞员。黄队长的队伍里，只有几个从前的渔民。

每天两趟，黄队长带着这些职业护水人去捞蓝藻。按照规定的路线巡查，有时也根据蓝藻暴发的情况，灵活机动。天气变化，蓝藻打捞也会发生变化。出勤按天数结算，一天是140元。安全保障是第一位的，要组织捞蓝藻，首先就要及时观测天气。黄队长负责统筹安排，也亲自带着人干活。

自从生态岛建设开展，太湖的变化不少，政府对水务的管理，也更加严格。湖水中的蓝藻、白色垃圾等污染物，都能得到及时清理。他们的设备也越来越好，都是吴中区配发的，不仅有吸藻船，还有控藻船。蓝藻吸进去，经过高温处理，再排放出去，就完全被杀死了，这比从前投放化学制剂杀死蓝藻更加绿色环保。七八月份气温高时，蓝藻暴发最旺盛，风向不同，蓝藻的集中地也有变化。2022年，蓝藻主要集中在西山岛的西北部。打捞队也在岸边种植了不少芦苇，它们也能吸住不少蓝藻。

停止捕捞后，太湖养虾和蟹的网箱也没了，鱼比以前多了，水质好了。也有人晚上偷偷捕捞，但有执法局巡查，偷捕行为也只是零星发生。水鸟数量和品种增加了很多，有时在芦苇荡筑巢，叽叽喳喳的，非常好看。随着环境变好，有更多人来西山岛观光。"我从来不去别的地方旅游，太湖就是最美的地方，不用去别处了。"黄队长笑着说。

"渔民这个职业还会存在吗？"我问黄队长。

黄队长的眼中闪过一丝迷惘。其实渔业本身并不会消失，生态文明的发展，必然会探索出一种人与自然和谐共生的、资源可控的发展方式。人和鱼可以很好地相处，而人与太湖、人与世界，也可以和谐相处，共存共生。

四　湿地星光

冯桐最喜欢的，就是消夏湾湿地上，那片神奇的星光。

冯桐是个90后，徐州人。他身材高大，目光沉稳，是个比较内敛，略带几分羞涩的青年工程师。他研究生毕业后加入德华公司（中德合资），如今已经工作6年，参与消夏湾湿地项目也有2年多了。

西山岛环岛岸线64公里，其中13公里没有湿地和水植，这也是生态岛建设的一个"短板"。水利站在这些地方种植芦苇、芦花，它们可以消浪、保护堤岸，也可以净化水质，根部可以吸附氮气和磷，从而有效抑制蓝藻蔓延。然而，更重要的是"湿地"。湿地就是生态岛的"绿肺"，它对于恢复生态多样性，提高太湖水质，都有着至关重要的作用。消夏湾相传是吴王夫差当年在这里消夏，所以名为"消夏湾"。这里也是太湖的入口，位于东蔡和西蔡村之间。过去的渔民，都是从这里离开太湖，进入消夏江，再回到各村。我们从金庭镇坐车，半个多小时，就到达了消夏湾湿地项目部。周围全是一片片的湿地，上面种满了各种植物，比如荷花。风吹荷动，传来阵阵花香，让人顿感静谧之美。

湿地分自然湿地和人工湿地两种。模拟自然湿地更多考虑景观性，包括当地植物生长地和生物栖息地。消夏湾湿地更多是治理污染，但同时兼顾景观性和自然性，相当于双管齐下。消夏湾湿地项目总投资8400万，湿地核心处理系统就花费4000万；还获得一些国家资金投入，其产出包括水面污染治理，提升水质，沿线居民内涝问题。

消夏湾人工湿地建设，引进的是德国技术。德国在湿地建设方面有先进的技术和丰富的经验，所以该项目现在也采用德国标准，而且德国技术落地后也有了中国本土化的专利体系，来保障湿地稳定性。消夏湾项目部有7~8个人，来确保湿地的运营，公司平时也会派4~5个人一起帮忙巡查湿地运营的机械，有问题的地方及时处理。项目是2020年开始，在昆山、常熟、太仓这些地方都有，西山消夏湾项目是所有项目集大成的呈现。他们的项目，主要包括消夏湾18平方公里，分为三期打造210公顷各类"功能性湿地"，治理地区农村污染，整体思路是控源加生态净化，实现水资源多功能利用。整个消夏江总长有6~7公里，一期项目现在是3.3公里，未来二期主要针对水稻田，三期是在缥缈峰山脚下。

早上7点之前，冯桐乘坐公司的班车，从市里来消夏湾，晚上6点，再坐车回去。但如果忙起来，他也会住在项目点。夏天晚上，由于有大片湿地，消夏湾变得神秘而美丽。冯桐吃过饭后，漫步在湿地边木栏围成的小路上，星星逐渐亮起，夏虫在鸣叫，湿地里开满白色的荷花，空气里飘荡着植物的花香和氤氲的水汽。冯桐激动地发现，星星点点的萤火虫，会从湿地里起舞，一点点地，和天上的星星，逐渐融为一体……

"真是太美了。"冯桐微笑着，目光中还有着沉醉的表情。他说，一个人在湿地边溜达，容易胡思乱想，仿佛真的回到古代，人和自然都在湿地的怀抱里，尽情地成长。他也变成了一个优哉游哉的古人。"湿地就是过滤器，像人的肺，"冯桐形象地比喻说，"把有害物质过滤掉了，再返回到人间，就是绿色健康的水和养料。"

他还说，湿地也是"中介"。人的世界，太过喧闹，有很多污染；自然的世界，虽然健康宁静，却难以抵挡人类侵蚀。所以就有了"湿地"，成为人和自然之间的"第三世界"。这片消夏湾湿地，更接近"生态安全缓冲区"概念，人类生产生活，尽量不要影响自然生态。生态安全缓冲区，就是在人类和自然之间设立一个缓冲区。

2020年，江苏省生态环境厅提出生态环境缓冲区概念。2021年，冯桐所在公司中标生态环境缓冲区示范项目。该项目于2021年10月竣工，2021年底省里来验收，检查水质是否达标。经过处理后，大部分水质能达到二到三类，部分能达到二类的标准。这个项目也得到各级领导的关心，2022年6月份许昆林省长来视察；10月份，时任苏州市委书记曹路宝来考察。曹路宝书记非常关注太湖生态保护项目，当时主要考察了两个点，一个是消夏湾生态水资源处理，另一个是柯家湿地。

沿着湿地，已经修建好了"太湖栈道"，顺着这里走一圈，正好可以看完湿地全貌。栈道围绕着太湖，也可以看一看山水，风景非常好。栈道修到太湖口，整体是15.5公顷的湿地公园。冯桐站在护栏边，指着从山上到河边的轨迹，介绍湿地的"妙处"。西山岛地形独特，山上林地地势高，半山腰上有村庄，消夏湾正处于太湖和消夏江汇合的低洼地带。山上的农药和化肥，会随着雨水渗入低洼地带，尤其下雨天，在低洼地带会造成污染。公司做了三道湿地拦截处理体系，第一项技术是截流地表污水，减少直接流向太湖的未处理污水；第二项技术，是"智能科技湿地"技术，主要是通过智能调控，把沿线污水收集起来，再通过管道集中处理，运向第三道工序；第三道工序是核心技术，也被称为"强化型垂直流湿地"，"垂直流湿地"利用以前废弃的鱼塘和低洼地带改造而成，相当于岛民的绿色后花园。"垂直流湿地"通过一个个并联单元，使地表污水在各单元表面形成均匀配水，然后垂直下渗。垂直下渗后经过滤料，滤料颗粒表面会形成无数微生物单元，利用微生物处理净化掉水中污染物。

"这些'微生物'可厉害了，"冯桐说，"它们是整套系统的核心员工。"

我们蹲在那片垂直湿地前面，看到水里种满植物，有荷花等中国传统水生植物，也有德国香蒲。这些植物既能起到过滤作用，也能增加观赏性。在植物之下，就是我们看不见的微生物。生物滤料、微生物、植物和植物的根系，就形成一个微生物群落。这些看不见的"小家伙"，其实作息规律和人类差不多，每天要吃多少东西，吃几顿，每周休息几天，每次休息多久，都受到科学控制。有时还要让它们保持"饥饿状态"。这道工序最主要是对氮和磷进行消解。其实这些菌落在自然界一直都存在，像河道的自清，就是依靠微生物的清理能力。这个项目就是把微生物集中起来，并通过科学方式将它们的清理能力进行强化。

通过这复杂的三道工序处理地表和地下水流，相当于把污水进行生态处理后重复利用。处理过后的水再流入消夏江，最后进入太湖，就能确保太湖水质不会受到影响。

沿着项目走了一圈，正好一个小时。我们回到了项目部办公室。这里是生态示范点，也成为很多单位的研学基地，他们搞党建示范，学习生态环保知识，都来这里取经。在这里我们看到很多鸟类的照片，非常漂亮。冯桐告诉我，湿地改善了环境，越来越多的鸟儿来这里安家，这里就有国家二级保护动物水雉。消夏湾湿地项目，将整个西山岛变成了一个可净化、可循环再生的生态系统，并高效净化了水源，保证了太湖生态多样性的恢复。

从项目部出来，已是黄昏。冯桐要坐车回家了。告别了这位青年工程师，我们继续在太湖岸边行走，流水潺潺，鸟鸣啾啾，天旷地幽，惹人无限遐想。这时我们看到了冯桐讲述的，湿地上空的星光。这是自然之光，也是智慧的星光，似乎在指引我们向着光明前行。我们理想中的生态岛，不仅是回到自然，而且是建造更高级的"自然文明"，能让人类与自然和谐相处，也能让人类过上更有意义与价值的生活。无论是对抗垃圾倾倒的正直法官，还是水利站众多辛苦的工作者，抑或是勇于牺牲的渔民、太湖上的职业护水人，再到大规模投资的湿地建设、太湖生态岛规划的理念，正在一点点地走入人们心里。

俄罗斯民间传说中，大湖就是大地的"眼睛"，它会比万物更早感受到日光的消失与万物的逝去。太湖水的治理问题，关乎江浙生态建设体系的成败。进入21世纪以来，苏州对太湖水保护投入逐年加大，仅以苏州太湖污染防治"十五"计划为例，就城镇污水处理、工业污染源控制、湖滨带及生态修复、生态示范工程、农业面源污染控制、饮用水源保护工程、河道清淤工程等方面，苏州市的投入达到了65.6997亿元。[①]"有河有水、有鱼有草、人水和谐"，这是现阶段太湖治理的目标。

---

① 孙建丽：《苏州市水源地保护生态补偿机制研究——以东山镇、金庭镇为例》，2009年苏州科技学院硕士学位论文。

第四节　良石生水中

石生水中者良。岁久，波涛冲激成嵌空，石面鳞鳞作靥，名曰弹窝，亦水痕也。扣之铿然，声如磬。

——范成大《太湖石志》

一　一块祥龙石

公元1126年夏，艮岳，万岁山。

中午时分，宋徽宗赵佶在太监的陪伴下，漫步在艮岳。一块石头映入眼帘，让他心动神摇。仿佛天外来客，神奇的石龙是西王母麾下的神祇、天宫仙人的伴侣，不小心降落在了人间。它以定格的沉睡姿态，演绎了造化之功。赵佶叹息着，摸了摸鱼鳞般的石皮，好像惊动了那龙。它伸了个懒腰，石心发出"汩汩"声响。亿万年太湖水冲刷，让它变成"虬龙"。湖水中苦不堪言的石农，小心翼翼地捞起它，走了几千里，来到艮岳华阳宫，立于环碧池之南、芳洲桥之西，让赵佶在冥冥之际，遇到它，画下它。

暖风吹拂着赵佶柔软的长髯，也吹动了紫色道袍，花瓣落在上面，马上被风裹走了。赵佶抓起太监递来的笔，飞快地在丝绢上勾勾画画，嘴角带着沉醉的微笑……

这就是《祥龙石图》。遨游天际的虬龙，线条细劲，填色精密，玲珑剔透，龙头高扬，上有兰花翠竹点缀；龙身盘旋舞蹈，中有大小镂空，仿佛云水相间；龙尾挺拔有力，更显不凡身姿。其用墨浓淡相宜，符合太湖水石特质，淡墨层层渲染出鱼鳞纹，深墨则相对于避光的弹窝，石头深浅相叠，极富变化，显出鲜明的立体感和天工造化的独特造型。

四川和尚祖秀，著有《华阳宫记》（又称《宣和石谱》）。《东都事略》称："方京师之失守也，祖秀尝亲睹所谓华阳宫者，记其事。"祖秀记载了当年艮岳大约六十多方有名有姓的石头，"坐狮""玉龟"等均见正史，而"祥龙"却没有。有接近的"朝日升龙""望云坐龙"，怀疑可能是"祥龙"，为祖秀所误记。

然而，祖秀与祥龙石相遇之时，北宋已面临国破家亡。

赏石之举，唐代已有，兴盛于宋朝，宋徽宗更以举国之力"花石纲"，将太湖石推到历史前台。千年前发生在艮岳的那一刻，美超越了一切，尽管完颜宗翰的大军已攻破太原，不过半年，百万人口的汴梁便灰飞烟灭。美石无罪，爱石也无罪，只是君王拆解江山，打造神石天地，却抽干了大地灵气和福运。也不知这无数奇石，是化成飞向金人的武器，还是被市民砸成碎石，修补被烧毁的房屋，或是带着徒劳哭泣，被远贩于他乡？丁特起的《靖康纪闻》中记载："靖康元年十二月，万岁山斫伐者益众，台阁亭榭悉毁，仓皇之际，台榭倾倒，奔逃求出，践踏至死者百余人，互相殴击，死者又数百人。"[①]艺术家薄松年曾言："北京北海公园琼岛上，有些湖石就是当年艮岳之旧物。""审美的石头"打不过凶悍的金国铁马，只能让一切繁华，融化于血泪。北宋最终毁于石的高光时刻。这是太湖石在历史上最耀眼的时刻，也由此以千万黎民的生命为柴薪，将太湖石的历史永远刻在民族的记忆中。《祥龙石图》也落入故宫博物院，供后人怀念与沉思……

公元2008年夏，苏州西山岛，明月湾，某收藏家的储存间。

四十多岁的顾建华，深一脚、浅一脚走入收藏家的院子，有些犯嘀咕。作为一个苏州人，他长在花农家庭，上学在虎丘中学。小时候，家里种满山茶花、白兰花与茉莉花，顾建华喜欢花草，从小就跟着长辈侍弄花草。顾建华八岁那年种过一盆兰花，养得很好，每年不断分盆，送给亲友，一直养了几十

---

① 吴钩：《知宋》，广西师范大学出版社，2019年版，第496页。

年。后来，上学读书，一半时间都在"学工学农"。他最爱在园林疯跑，园子里都是大树、曲折的楼台水榭、优雅的池塘美亭、各种花草植物、隐藏的鸟兽，还有就是沉默不语的石头。童年的顾建华每次在苏州园林里探险，都会感应到某种神秘气息。石头有什么魔力，能让古人为之痴迷沉醉，以至于把它们摆在如此重要的位置，充当园林的点睛之笔？那时的顾建华，还不太懂石头。

他第一次看到太湖水石，是在西山岛明月湾村小学后院的杂物间。里面很凌乱，石头杂七杂八地摆着，没什么底座和养护。屋里灯光昏暗，潮湿阴暗，空气弥漫着一股发霉的、衰败的气息。无数石头隐藏在光影之下，露出一个个大致轮廓，仿佛一群藏在囚笼里的孩子。收藏家的手颤抖着，眼中噙着泪，目光中有些许颓唐。然而，顾建华仰头看向他，收藏家瘦削的脸，在灯光映衬下，却散发着某种神圣光辉。他喃喃自语地说："这都是宝贝，太湖的宝贝，要好好保护它们，为了子孙后代。"

"宝贝？"顾建华一时没反应过来。

"天地造化而成，每块奇石，都有一个不同寻常的故事。"收藏家坚定地说。

收藏家是西山岛人，本不富裕，为收藏这些石头，节衣缩食，苦心经营数十年，才有了几百块石头。他在明月湾租了房子，放置这些石头。他坦言，家里经济出了状况，老人看病，孩子读书都有困难，才忍痛割爱，抛售这些太湖水石，实在情非得已。

顾建华在《苏州日报》看到一篇名为《谁来挽救这批苏州瑰宝》的文章，这才找到明月湾，见到了收藏家。他最初目的很单纯，就是不忍看苏州文物流失。他还有些经济实力，很想在文化上为家乡做点事。很多朋友不建议他买这些石头。一来石头要价不菲，收藏家开价两百多万；二来这些石头看上去暂时没啥增值效益，如果钱用来投资房产，肯定有很多收获。家里人的态度，也是不支持，好在也不反对，让他自己拿主意。

顾建华看着石头，一件件摸过去，仔细打量，他的心中，突然涌动起一种莫名的感情。石头温润潮湿，有江南的氤氲水汽；然而，石头也是脆硬的，敲上去，似有金铁磬釜之音。顾建华眼前发热，呼吸急促，他似乎感受到亿万年前灼热的熔岩，在冰冷的海水冲刷下，缓缓地定型凝固，无数浮游生物，也在慢慢附着其上，冷却，加温，再冷却附着。也许受到收藏家的影响，他看到那块造型独特的奇石，觉得眼熟。几年前他游览故宫博物院，观摩过宋徽宗赵佶的《祥龙石图》，画的是太湖水石。因为是家乡产的石头，当时他认真看了许久，印象特别深刻。如今这块突兀摆在眼前的石头，状若虬龙，通体遍布鱼鳞纹和弹窝，似是冥冥之中有某种牵引力，指引着他生出力量和勇气，要把这些石头保护好……

二　美石有缘

为什么要收藏石头? 石头意味着什么?

顾建华无数次问过自己。顾建华高中毕业，不是饱学风雅之士，更不愿附庸风雅。我也问了他这个问题，顾建华沉思良久，说："也许是缘分吧，石头和我有缘，也改变了我。"

1977年，顾建华自虎丘中学毕业，进入村集体小的钢构件企业，负责供销业务。他能说会道，精明能干，把业务搞得红红火火。年轻的顾建华，雄心勃勃，不满足当个销售员，决心要闯出自己的一片天地。1978年，改革开放鼓励一部分人先富，他毅然辞职创业。当时手里没多少钱，只凑出1400元。他咬咬牙借了6万元，开始办企业。他瞄准了当时红火的服装印花加工。20世纪80年代中期，苏州服装业兴旺，顾建华的父母是花农，他从小也对花卉图案非常敏感。他的产品做工精美，品质高，企业信誉也好。刚开始闯市场很不容易，他吃住在工厂，艰苦创业。几年后，企业就做大做强，年收入达到200多万元。1995年，中国丝袜协会在苏州开会，到顾建华的工厂参观学习，顾建华印花厂名声大噪。1996年，他又开设绣花厂和服装厂，经营规模不断扩大。1998年，他拥有了三家企业，九百多名员工，产品远销海外。他也尝试涉足房地产等领域。2000年，他被选为虎丘工商联会长。

有钱了，再做些什么？有段时间，顾建华丧失了人生动力。扩大经营，或转移产业，要冒较大风险；赚钱带来的乐趣，似乎也不能让顾建华满足。他迷恋抽烟、喝酒、打麻将，但这些也不能填补空虚的内心。2006年，他在留园附近建了一套别墅。儿时对园林的热爱，慢慢在记忆里复活了。房子建好了，朋友说，装修得很好，就是少块镇宅石。顾建华赶紧买了一块广西大化石，摆在院里。

这块大化石，古朴厚重，顾建华非常喜欢，这是他买的第一块石头。他下决心介入赏石业，还得缘于《姑苏繁华图》。顾建华的留园别墅，原本有个游泳池，是比较西化的风格，他将其改为中式荷花池，想寻找些中国园林风味。但仅有荷花池，又过于单调。设计师建议，在荷花池围墙四周设计《姑苏繁华图》石头浮雕。顾建华的设计师，是苏州著名园林设计大师蔡云娣。《姑苏繁华图》是清代宫廷画家徐扬创作的纸本画作。该画作名气很大，内容"由木渎镇东行，过横山，渡石湖，历上方山，介狮山、何山两山之间，入姑苏郡城，自葑、盘、胥三门出阊门外，转山塘桥，至虎丘山止"。据统计，画中有一万两千余人，近四百只船，五十多座桥，二百多家店铺，两千多栋房屋。蔡云娣的设计是通过围廊石雕的形式，将这幅名画再现在顾家园林里，全面展现苏州的繁华面貌。

"石雕是通过石头将刹那繁华变成永恒，"蔡老师说，"石头比砖木更能抵抗时间，再过几十年、几百年，你的园子都能向后人展示苏州的繁华，这也是件功德，到时你的园子，就成了历史，成了拙政园这般流传后世的存在。"

蔡云娣的话，打动了顾建华，但80万元开价，让他有几分犹豫。以2006年的物价，80万完全可以在苏州买套房。蔡云娣有耐心，去新华书店买了《姑苏繁华图》卷轴拓本。这套版，镶嵌在围墙里，要三十多米，非常壮观。蔡老师说，还有个妙处，荷花池没有花时，石雕倒影映衬在池塘水面，别有一番风情，如果有月光，更是美不胜收。顾建华想着，有几分心驰神往。最终打动他的，还是冥冥中的"缘分"。《姑苏繁华图》起点是灵岩山，收尾在虎丘山，留园别墅所在的山塘街也被包含其中。巧的是，顾建华的母亲是木渎金心村人，父亲是虎丘金心村人，他本人在山塘街边住，这样一幅石图，将一家人囊括其中，既表现了他们家与苏州古城的关系，也显示着繁华盛景的"家国同源"喻义，预示着家族昌盛。

石雕最终以68万元成交。石雕是纯手工打造，耗时耗力。经过紧张施工，终于到了最后安装环节。围墙要先抠出凹槽，挖出一个框，再将一小块一小块石板填充进去，石雕总长度达31.28米，高度88厘米。工程完工后，顾建华非常满意。画作中精致的山水和人物，被石雕准确呈现出来。阳光照射在石雕缝隙中，怀古的幽思，倏然而生，那些人物仿佛活过来，一枝一叶，都在风中摇摆，将繁华盛景，留在庭院之中……

石雕的魅力，让顾建华更深一步认识了石头。他对院里那块风水石非常喜欢，没事就去擦拭。这也是"养石"的重要步骤。人天天保养石头，石头才能和你心意相通。蔡云娣看到这一幕，说："这么喜欢石头，我给你一个信息。"

蔡云娣给了顾建华一份《苏州日报》，上面登载着西山明月湾村收藏家的故事。这也是顾建华与太湖水石结缘的"缘起"。十多年前，关注石头的玩家和藏家，人数还不多。很多有经济实力的企业家，大多将注意力放在投资房地产，喜欢收藏的，多喜欢金玉或红木家具、古董之类。即便收藏石头，也大多喜欢有"瘦皱透漏"特质的太湖石，或昆山产的昆石。对于太湖水石，有的藏家认为还是缺乏审美味道。有个擅长制作石头红木底座的金师傅，也劝顾建华要慎重。

"太湖水石，也是不可再生资源吧。"顾建华问金师傅。

金师傅点头，顾建华沉思半晌，说："太湖水石之美，是自然之美，如今我们还没充分发现它的魅力所在。我现在还有点经济实力，收藏这些石头，不为了赚钱，如果不将它们保护起来，一旦遗失了，太可惜了。"

那一刻，顾建华将自己和太湖水石，紧紧联结在了一起。

三　问道水石

每一块石头都独一无二，"夺天地之造化"而成。石头就像人，有衰老，也有生机勃勃，人养石一时，石养人一生。顾建华常将这些话挂在嘴边。

石与人是怎样一种共生关系？石是地球最早的居民，有石，才有山。山在中国人心中有特殊地位，"仁者乐山，智者乐水"，山被赋予雄伟、俊秀、神秘等气质。《山海经》记载了无数神奇的山。"奇石"仿佛一座缩小版的山，被人赋予了心灵的梦幻与情感的想象。石坚硬而稳定，比水更恒长，更能集中投射审美趣味，使人在"静美"中陶冶性情。正如赏石家孔传说："好石乃乐山之意，盖所谓静而寿者，有得于此。"

大自然创造了太湖，也孕育了神奇的太湖石。太湖石的形成，还要早于太湖，主要分布于环太湖西山、东山、宜兴。太湖石原本深埋水底，随着泥沙淤积、围湖造田等因素，逐渐潜出水面。而太湖水石是太湖石的一个分支，大致形成于晚二叠纪。与通常认知的太湖石相比，太湖水石体积大，最初被用作普通建筑材料，后来才慢慢被发现其独特审美价值。太湖水石构成独特，表面有鱼鳞纹，也有波浪所蚀的弹窝；颜色以灰白为主，也有墨色与深红色；有玻璃质感，由石灰岩和硅质燧石叠加而成，层层叠叠，交相呼应，又被称为"花卷石"。太湖水石大多没有孔洞相连的特点，如有孔洞，则价值更高。在很多玩石头的民间收藏家看来，太湖水石比一般太湖石更具审美特质，即"性与刚柔济，境与南北合"。它们融汇南方的缠绵温柔，又有北方古朴大气的风格，鱼鳞纹与子弹窝细腻流丽，甚至比太湖石"大象皮"更符合南方审美，其夹层错杂的"金包银"的美学张力，厚重的造型，也彰显了北方石的特质。

顾建华闯入赏石界，对太湖水石还不了解，他凭着一股热情，很快钻了进去。收了明月湾第一批太湖水石后，他又陆续收了六批，大概六七百块，耗费了大量钱财。他将一个三千多平方米的厂房，改造成奇石艺术馆，将每块太湖水石，都搞得干干净净，还常戴着棉手套擦石头，给石头"包浆"保养。他对不懂的向来不耻下问。他曾带着司机，二十多次跑到太湖水石原生地、西山岛大小谢姑山、三山岛等地实地勘探，询问当地居民，问道其他收藏家和专家学者。对于水石的价值，在得到肯定答复后，他更坚定了收藏保护的决心。

入了赏石这一行，他才发现，这里面"水很深"。苏州太湖原石，二十年前就不允许开采，市场销售的太湖石，除了二十年前留下的原石，就是广西、山东等"南地"或"北地"太湖石。园林太湖石不能流入市场，老房子改造、一些个人收藏会流出来，但很快就销售出去。如果顾建华得到这个信息，哪怕晚上不睡觉，也会赶快去买回来。

光有热情不够，还要有专业知识和鉴赏眼光。赏石讲究"形、色、质"。光太湖石的底座，就有十几种材质，也与苏式家具独特造型艺术相关联。赏石不像玉和书画，造假厉害，但也有"人工石"和"原石"的区别。古代赏石有时要人工打磨，到了近现代，也有人为观赏效果，对石头进行加工。比如早期灵璧石，很多人用钢丝或砂纸打磨；甚至有人用鞋油抛光，有问题的地方锯掉，砂轮机打一下，用硫酸、盐酸调水，像医院吊水一样滴在打磨的地方，一点一点地将其氧化。顾建华曾访问广西一个村庄，一个村的人都干这个，当地也被称为"灵璧石医院"。当下人们追求"原石"，天然而成的"奇石"才有更好的价值，如苏东坡喜欢的"雪浪石"："画师争摹雪浪势，天工不见雷斧痕。"太湖石鉴别也要靠眼力。有人为追求太湖石"透漏"，给石头打洞，但人工打的洞，洞眼规整，需要仔细分辨。也有很多广西石头被冒充太湖石，一般人看不出，顾建华靠着自我摸索，慢慢练就"火眼金睛"。苏州有五个季节，春夏秋冬，还有梅雨季，太阳暴晒后，突然有雨，时间长了，石皮泛皱，石筋脉络清晰，但广西季节温差不大，石头品相有差异；苏州石头颜色以灰白为主，广西石头颜色就比较杂乱。

顾建华有个心愿，要向大众推广"太湖水石"。

中国传统四大石种，苏州独占太湖石和昆石，另外还有英石和灵璧石。外界对于太湖石的认知，往往较偏狭，对"太湖水石"，很多人则更为陌生。其实"太湖石"虽原产太湖，但广西、山东等地同样有"瘦皱透漏"风格的

"太湖石"，被称为"南太湖石"与"北太湖石"。石灰岩与硅质岩共生叠加，经亿年太湖水冲刷而成鱼鳞纹的"太湖水石"，才是更具太湖本土特色的石种。顾建华收藏明月湾第一批太湖水石时，就想把这批属于苏州的"瑰宝"，真正推荐到大众面前。

顾建华思来想去，落脚到宋徽宗的《祥龙石图》上。这张画在北京故宫博物院，画中的石头，是北宋艮岳的奇石。北宋灭亡后，奇石不知所终，对于这块石头的来历，专家众说纷纭。顾建华收购明月湾第一批太湖水石时，就觉得其中一块奇石和"祥龙石"非常类似。他决心办"辩论大会"，邀请全国名家汇聚一堂，为"祥龙石"论出身。

2014年夏，上海，"祥龙石论证会"在一家宾馆如约召开。顾建华邀请了全国一百四十多名专家学者和藏家，大家展开了激烈争论。有人说这是太湖石，有人说是太湖水石，还有人认为，祥龙石是灵璧石。大家各抒己见，有学者从诗文中考据，有藏家从实物佐证。顾建华什么也没说，只是将明月湾收到的那块酷似祥龙石的水石，摆在了会场中心。会场沸腾了，专家们纷纷过来品鉴。学术讨论结果，当然没定论，顾建华那块水石，只是形似，不能确定是祥龙原石。但这次大讨论，却让太湖水石在赏石界打出了名气，很多媒体报道了盛况。宋徽宗对祥龙石的赞美诗"云凝好色来相借，水润清辉更不同"，也成了太湖水石的代言LOGO。大家都知道，苏州有个顾建华，收藏了大量太湖水石，太湖水石也成了"美石"代表。有的水石原本价格只能标三千五百元，会议结束后，价格却飙升到三万五千元。

2018年，顾建华在虎丘原有厂房用地，被政府收购。他的生意不断收缩，将更多精力放在石头上。在有关领导的支持下，他在苏州观前街建起"顾建华太湖石艺术馆"，在苏州园博园，又精心打造"顾建华太湖水石艺术馆"。水石艺术馆，模仿苏州博物馆设计方案，缩小比例打造，内部装修淡雅别致，既有古典气息，还有高科技全息投影大屏，单是装修，顾建华就投入四百多万，工程施工也全程跟进，可谓费尽心血。开馆当天，轰动了中国赏石界，微信朋友圈的转发、点赞超过几十万条，大量普通市民涌入馆内参观，很多海外收藏界的名家，也打电话向他表示祝贺。

两座太湖石纪念馆，让顾建华的名气更大了，也成为苏州私人艺术收藏馆的两颗璀璨明珠。他把太湖水石保护起来，向市民免费开放，让大家认识了解苏州太湖里的石头。他还希望政府认可他，真正重视太湖水石，让这些石头成为苏州深厚的文化资源。

收藏太湖水石，对顾建华意味着什么？如果是资本投资，显然如果把这些年花费的时间、金钱和精力放在快速增长的资本市场，十几年下来的收益会更为可观。顾建华笑吟吟地说，不忍心看太湖水石流落到别处，要为苏州留住它们。

石头已改变了他太多。他从前性格火爆，喜欢发脾气，自从搞了太湖水石收藏，每当他感到心烦，就到水石纪念馆里，坐在石头面前，泡一碗方便面，抽上一支烟，或喝上几杯茶。纪念馆很安静，灯光柔和，石头蹲坐在他的面前，就像老朋友，听他发牢骚，说心里话。顾建华说到高兴时，就敲敲石头，听它发出清脆的回音，似是对他的回应；说到伤心之处，就拍拍石头，像是寻求点无言的安慰。

水石也不容易，顾建华笑着说，冬不畏冷，夏不怕热，经过亿万年冲击塑造，人类那点事，在太湖水石长得吓人的时间里，不过是沧海一粟，都不是个事。

顾建华皮肤有点黑，中等身材，平时烟不离手，一身灰西装，朴素干练。他的笑容平和，眼神虽锐利，却有着稳定的温度，好像一块滚烫的石头，静静地生长在湖水中。

他告诉我，其实他最早搞太湖石收藏的车间，就叫"心语斋"。他这辈子，就想做个用心灵和石头对话的人。他很知足。

四　波涛万古痕

五月的苏州，空气湿润多雨，有利于奇石滋养打磨。

晨光放亮，顾建华起得早，吃过早饭，就开车来到水石艺术馆。灯光亮起，平滑的地面反射着石头的倒影，全息投影开启，他仿佛置身于一个五彩斑斓、由石头组成的宇宙。所有石头都醒过来，在木底座上伸着懒腰，沐浴着柔和的灯光，和他打招呼。顾建华微笑着，停下脚步回应，满脸的幸福。

孔传为《云林石谱》作序，称："天地至精之气，结而为石，负土而出，状为奇怪。"赏石不像赏玉，石头是"四面艺术"，要在不同角度琢磨，才会有意想不到的感悟。审美的相遇之中，石头所聚集的大自然的神奇特异，一点点地显现出来。

作为民间收藏家，顾建华把太湖水石当成毕生功业。园博园太湖水石纪念馆，每年有七八万人参观，太湖石艺术馆，也有2万人左右的客流量。他坚持全部免费。苏州相关文化部门，对顾建华非常支持，按照客流量给予一定补贴，他从不虚报人头，骗取补贴。2020年，中央电视台专门给他的太湖水石艺术馆拍摄了纪录片。顾建华说，所谓收藏，不过是暂时"保管"，人总会老，会死，藏品也会流到别人手上，收藏就是保护和传承，让后人有个念想。十几年收藏保护太湖石，让顾建华有充盈的人生幸福感，也遇到不少风风雨雨。

2020年1月11日，顾建华担任了苏州赏石协会的会长。他更忙了，不仅要搞好奇石收藏保护，还要组织协调全市奇石收藏家，让他们更好地服务社会。收藏家都有个性，把他们组织好，不是件容易的事。顾建华严格制定入会申请，要求有两个会员推荐，才能正式入会，以保证收藏家的人品和作风。他提倡多做事，少争执，大家多包容。他每年都要在苏州搞几场"太湖石雅集"，狮子林、拙政园等地都搞过。收藏家对彼此藏品不太了解，普通赏石爱好者更无缘得见，通过雅集，大家开了眼界，增进了友谊，更宣传了太湖石文化。有时一次参加雅集的仅石友就有七八十人，参观的市民，更是一个星期就高达2万多人。

他组织收藏家寻根朔源，增长赏石知识。苏州昆山的昆石，也是著名的"美石"，现在采石洞口密封，有武警部队驻扎，防止盗挖。顾建华找到当地石友和农民，带着大家参观洞口，了解当年昆石开采情况。他还组织大家

"走出去"，去中国四大奇石故乡，寻根石头的来历，比如，去广东英德探寻英石的出处。这些活动得到了石友的热烈响应，也取得了不错的社会效益。他还与中国香港、新加坡等地建立联系，计划在合适时机，让苏州太湖水石和其他中国美石走出国门，让世界更好地认识它们。

有收获，必有付出。十几年间，顾建华已经从成功商人变成民间收藏家、私人公益博物馆的馆长。与赏石界的名气相比，生意却越来越小，前些年，由于劳动密集型企业外包业务越来越少，绣花厂与服装厂、印花厂难以为继。但为了工人利益，顾建华咬牙坚持了四年，直到厂房用地被政府收购。他投资的商业大厦，也因实体经济变化，被倒手卖给了别人，现在只与朋友合伙搞点冷库生意。两个艺术馆开销很大，赏石协会很多工作也是他自掏腰包来办，每年要在太湖水石保护上贴补一百多万元。他的大部分心血和精力，都投入到了太湖水石之上。顾建华比较欣慰的是，家人对他还比较支持。

说到这里，顾建华眼里闪过忧虑，说："我担心将来老了，没能力保护这些石头。收集石头太难了，如果孩子把它们一块块地卖掉，我肯定难过得掉眼泪。"

浙江长兴对顾建华的太湖水石收藏非常感兴趣，多次派人来交涉，希望他能将太湖水石艺术馆搬到长兴，宣传南太湖的艺术资源。长兴宣传部领导亲自上门，请顾建华吃饭，动员他搬过去，许诺的条件非常优厚：三千平方米展览馆，全部精装修，免费使用，水电费也全免，还有补贴……顾建华犹豫过，但最终婉言拒绝。他觉得自己是苏州人，有义务保护苏州本地资源，太湖水石只生长在苏州西山岛与三山岛，是苏州生态岛建设重要的自然资源，与浙江关系并不大。

太湖水石，是太湖生态岛最好的生态艺术，顾建华固执地坚持这一点。

他也坦言有不少经济压力，但更多的是沉甸甸的责任，那些热爱太湖水石的观赏者，也是他的动力源泉。顾建华讲了很多因太湖石结缘的故事。2019年12月7日，"太湖水石艺术馆"开馆日，突然下起倾盆大雨，但无法阻挡从四面八方来观看水石的朋友。一对五十多岁的外地夫妻，冒着大雨来馆里参观。馆里做了两个小水池，体现太湖水石原生风格。由于看得太投入，男人一下子扎入水中，打湿了鞋。顾建华心很细，准备了很多布鞋和毛巾，防止客人跌倒。他见状，赶紧让男人换了新鞋。中午，雨势依然很大，这对外地夫妻没打到车，顾建华邀请他们在馆里吃饭，他们很感激，吃完饭后坚持要付钱，顾建华没收。他们说，他们在新闻上看到艺术馆的消息，专门从浙江赶来。他们夫妻都喜欢石头，收藏石头近三十年了，可对太湖水石不太了解，这次大开眼界，拍下了四百多张照片。看着夫妻俩真诚灿烂的笑容，顾建华内心涌出无数感动的情绪，他让司机把夫妻俩送到车站，彼此互加微信，成了朋友。

"物象宛然，得于仿佛，虽一拳之多，而能蕴千岩之秀，大可列于园馆，小或置于几案。"只要顾建华在艺术馆，有观众过来，他一定亲自讲解。顾建华念念不忘一位参观者。七十多岁的老伯，苏州本地口音，高高瘦瘦，清清爽爽，戴着眼镜，看着是文化人。每天上午十点开馆，他就等在门口，大门打开，他便缓缓步入馆内，仔细端详每块石头，有时拍照也围着石头转个不停，念念有词，不知在讲什么。更多时候，他则是"默默地微笑"。顾建华熟悉那种微笑，那是发现美石的"沉醉"，犹如连饮多杯美酒，喜不自胜，可其中滋味，复杂自况，又不足为外人道。老伯是想起了青春记忆，还是某种美不胜收的景物？顾建华揣摩着，不敢打扰，跟在身后，悄悄打量对方。不知不觉到了中午，顾建华想招呼他吃饭，就见老人轻轻打开随身黑色帆布包，拿出一块小面包和一瓶矿泉水，静悄悄地吃东西，继续观赏太湖水石。一口水，一口面包，老人就站在石头面前，稳如泰山。

一连三天，天天如此。顾建华有些震撼，这是太湖水石"真爱粉"，否则谁会花这么多时间精力观赏石头？第三天下午，顾建华实在憋不住，上前与老人搭讪。老人长舒一口气，说，这些水石太好啦，是苏州的宝贝，要好好保存。说完，起身就走，顾建华把他送到公交车站，老伯扬了扬手中的帆布包，没有多余的话，消失在暮色中。瘦削的身影在夕阳下闪着光，顾建华突然想起忘了问老人的姓名，也没有他的联系方式，稍微有些遗憾。

"这就是'美'的力量吧。"顾建华微笑着说，"太湖水石很神奇，你想想，水和石怎能相融？偏偏它做到了……"

是呀，每块石头都有生命与呼吸，它们有皮肤、血肉、筋脉、骨骼，有脾气秉性，也有喜怒哀乐。石与水的相遇，是怎样的因缘？太湖水石，将"水"这般柔软的东西，和"石"这样坚硬的东西，以不可思议的叠加卷层组合融汇在一起。水吻着石，以最软的柔情，抚摩着石头坚硬的心；而石以长久的忍耐，回应着水的成全。水冲刷着石，仿佛神奇刻刀，雕刻出巧夺天工的鱼鳞纹、镂空和弹窝；石吸吮着水，好似婴儿的嘴唇，将水的温润，融入石头坚硬的心脏和梦想……

第五章　生态经济记

第一节　问宿桃源

田园不早定，归宿终安在？

——苏轼《韩子华石淙庄》

虽然已是深秋时节，但夕阳依旧热烈。风从湖面吹来，夹杂着淡淡水腥气，提前送上夜的清凉。离岸不远的湖面，几只叫不出名的水鸟在游动，浅滩水藻里的几只，倏忽飞起，扑棱棱地向它们飞去。

昨夜的雨，将天空擦洗得空明几净，白云很低很低，棉花糖似的挂在天上。傍晚的湖边，格外安静。因为是工作日，往来车辆不多，游人也只三三两两。我沿着湖边的公路，看夕阳一点一点落进平龙山的怀抱。

一　山间的房舍

环岛公路从禹王庙向西延伸，在柯家湿地分成两条：一条盘着平龙山径直向西，终点是马王山坳的大埠里村，那里是西山岛地理位置的最西端；另一条向南，破山而行。这里本来横亘着平龙山西部的山脊，从空中望去，像是巨龙的一只鳞爪。2014年，环岛公路全线贯通，鳞爪在定向爆破中蜷缩起来，在柯家村西边，让出一条穿山而行的公路。向前大约走一公里，就是吾乡山舍。

柯家村在行政区划上属于衙甪里，村支书吴健向我们推荐了几位返乡创业的典型代表，"吾乡山舍"的凌春燕便是其中之一。有了引荐，我们便不担心贸然而至的唐突。今日之行，已提前约好。乘车到平龙山脚下，司机师傅将我们放下后，说此处平常不容易打车，如果我们聊天时间不久，他可以在门口等着。我们怕影响他的生意，便婉拒了好意。

我们站在"吾乡山舍"门口向里看，院里停着几辆车，靠北的地方用木柱、茅草搭建的小亭里，几人正坐着攀谈。一个中年女人见我们进来，便起身迎接，笑着朝我们走来。她顶着一头乌黑的鬈发，皮肤很好，想来是一直享受着岛上山水的滋润，说话的语气也很轻柔，举止间带着江南女子的温婉和优雅。她就是吾乡山舍的老板娘凌春燕。我们拿出采访证明，简单地说了此行的目的。她并不关心我们的身份，微笑着邀请我们到小亭中坐下，亲自泡了一壶红茶，说秋天的时节，最适宜喝碧螺春红茶，养胃。

青山深处有人家。柯家村并不在平龙山的深处，而是坐落在山脚下，靠山望湖，风景极佳。坐在庭院中，四处都响着鸟儿的鸣唱，不时还能感受到从湖边吹拂而来的微风，风里有秋日傍晚的余热，骚动着山坡上和院子里的树木，使之哗哗地摇摆着枝叶。然而，这种风景，在2014年以前还无法领略。

凌春燕原本在金庭镇某银行下属单位工作，2000年公司资产重组，二十多岁的她买断工龄下岗，与丈夫一起打工。后来有了二胎，担心父母年纪渐大，无法很好照顾，便打算回岛上。2008年初春，料峭的春寒还未走远。凌春燕在经过太湖大桥时，望着波光粼粼的湖水和远处葱郁的山林，还有大桥上川流不息的车辆，返乡创业的念头愈加强烈。

衙用里位处西山岛西部，是全岛距离太湖大桥最远的地方，而柯家村又在衙用里西边的平龙山下。所以，柯家村并不是岛上最早开发出的旅游景点。但凌春燕的商业嗅觉非常敏锐，她最初意识到岛上对农家乐的需求不断增加，便与小姑子合作，在大观音寺旁开了一家农家乐。环山公路贯通后，衙用里的旅游资源得到开发，岛外很多资本开始涌入，民宿渐渐多了。恰好山路从柯家村经过，她觉得这是难得的机会，便将路边的老房子，翻建成现代与苏式风格相融合的三层小院，做起民宿生意。

路在山下，家在山中，而此心安处正是吾乡。这便是"吾乡山舍"的由来。

"这里本来就是我们的家，很有家的味道。"凌春燕说。翻修后的房子，她固执地保留了以前的大土灶，偶尔自己煮饭，也欢迎客人一起加入。"每次点燃柴火，我就会想起小时候，母亲穿着围裙站在灶台旁，忙碌着一家人的饭菜。灶火呼呼地烧，锅里滋啦滋啦地响，我抬头望向她，她也总会微笑地看着我。"说着，她眼角闪出了泪光。

无论任何时候，家都是我们内心永恒的向往。凌春燕接待的大部分都是固定客人，有的每月都要来住上几天。我在心里想，他们早已经不是"店主"与"客人"的关系，而成为最亲近的朋友，成为家人。因为吾乡山舍带给他们的，同样是家的温暖。这种温暖，在逐渐物化的城市生活里，尤为珍惜、可贵。

这种情感是双向的。凌春燕从来不刻意去做些事情感动客人，反而是客人会做出一些令她很感动的事。2016年的冬天，吾乡山舍刚刚步入正轨，所有事情都是凌春燕与丈夫两人亲力亲为。过度的劳累，让他们常常白天忙生意，晚上到镇上输液。一天晚上，月亮已经挂在当空，明晃晃地照亮了院子，北风还没完全停歇。他们正准备出门，一位上海来的客人走来，说你去挂水吧，我帮你看家。凌春燕指着旁边茅草搭的亭子说："他就坐在小亭子里看书，我们输液到两点钟才回，以为他肯定去睡了，结果他还在点着灯等着我们回来。我当时特别感动，现在想起来，心里也是暖的。"

这也是亲人的关怀，是家的温暖。

民宿刚刚兴起的时候，金庭镇政府大力支持，同时也制定了统一的标准。不仅是舒适度，硬性的房屋检测、安检、消防、排污等等，都有明确规定，镇上会定期组织民宿经营者参与消防培训，急救措施培训等，也经常组织人员去医院学习，以应对客人出现的突发情况。类似的培训，社区每年也会组织，只是并不强制，自己主动报名。柯家村共有28户人家，第一家民宿便是凌春燕的吾乡山舍。在早期的民宿评比中，吾乡山舍被认定为"四星民宿"，拿到两万元补贴。2019年在苏州市的乡村民宿评比活动中，又被评为

"十佳民宿"。说起曾经的事，她总是会沉浸在回忆里，靠在椅背，下颌微微抬起，嘴角轻轻上扬。

自从吾乡山舍开张后，大家便纷纷前来参观、请教，并效仿着开始做起民宿，现在柯家村已经有超过一半的人家在做民宿。有些年轻人受到影响，也慢慢回到岛上。我觉得有我一份小小的功劳。她有些骄傲，又不好意思地笑了，笑得很开心。

微风吹过，院子里的一棵枫树飘落几片火红的叶子。凌春燕接过话，邀请我们参观客房和院中的布局。吾乡山舍算得上精品民宿，几乎每一间卧室都有一面屏风，挂着不同的水墨，一旁还有精美的根雕与插花。难得的是，虽整体格局相仿，但每间卧室都有不同风格，有的淳朴，有的古拙，有的现代，还有的做成日式榻榻米。"流云"、"归朴"、"墨缘"，房间命名也带有浓浓诗意。二楼最大的主卧，有一个很大的阳台，临窗的小桌上放着一张古琴，另一边铺着一个棋盘，落着几粒黑白子。阳台的正面，便是巍峨的平龙山。我轻轻地拨动一根琴弦，恍惚间思绪飘忽，仿佛置身弘治年间的江南，坐在山间的房舍中，看唐寅作《对竹图》，建"桃花庵"，笑文徵明推杯换盏间泼墨挥毫。大家对酒当歌，吟诗作赋，好不畅快。

"桃花坞里桃花庵，桃花庵中桃花仙。桃花仙人种桃树，又摘桃花换酒钱。"如此人生，真是恣意而畅快，逍遥且自在。一晃神，我又坐在"吾乡山舍"的阳台，眼前满是葱郁的枇杷林和茶树，耳边许多不知名的鸟儿合唱好听的曲子。

从房间出来，院里环绕着一条水渠，虽然十多岁的孩童都可跨过，但还是架起一座精巧的小石桥，以供人行走。院中一棵几十年树龄的香樟，繁茂的枝叶遮下一大片阴凉，树下几个住客跟孩子一起玩着游戏。树后是用太湖石支起的一座小假山，旁边的水池里游动几条颜色鲜艳的锦鲤。

院子小巧精致，一步一景，俨然是缩小般的经典苏式园林。院子外一山一湖，又平添出几分自然的宁静与安逸。我们不再掩饰羡慕的神情，不住夸赞。凌春燕谦虚地说，以前只不过是山窝窝里的一个破院子罢了。在她的意识中，山与湖是生活的一部分，平龙山是一座家山。家在山中，山也在家里。山，也就是家。

这时一位客人和凌春燕打招呼，小声说了些事情。我们方才意识到打扰了很久，提出告辞。我们步行向前，走到湖边的路口，驻足回望平龙山。沉睡的巨龙身上层层山石，在风雨侵蚀下，留下一道道时间的痕迹，让人感觉历史的年轮滚滚向前，人是渺小的。而身处这山间的房舍，没有城市的喧闹和繁华，也没有拥挤和聒噪，有的只是简单且温馨的生活，以及一种融入天地间的舒畅和稳稳的心安。既然这样，那便任时间的河流，如何流淌吧。

二 十一号湖岸

我在湖边的黄昏里，走了很久。

像天空倏忽而过的飞鸟，像湖中游动的鱼，像山间拂过的一缕清风，自由自在，我走在湖边的黄昏里，心也跟着空荡起来。在城市里生活得久了，很少再有这种机会，可以不去想任何事，只兀自走动。突然意识到，很多时候一个人漫无目的地走走停停，也是一种难得。

快走到十一号民宿时，发现西洞庭山路在蛇头山脚下，被一棵千年古樟撑开条裂缝。树后，一条连通太湖的内河，静静流淌。老板吴君打来电话，说他就在古樟树前面不远。

我很好奇，为什么吴君的民宿会叫"十一号"民宿，想必背后一定有些有趣的故事，短暂客套之后，便满心期待地提出疑问。"我学历不高，想得比较简单，当时一共建了十一间房，所以我就叫它十一号民宿。"吴君很得意地说着，看得出他很喜欢这个名字。我们相视一笑，意料之外，又在情理之中。

1998年，吴君初中毕业报考了烹饪技校，之后一直在苏州市区做厨师。他瘦削的脸庞和干练的身板，与想象中的厨师身量差距并不小，但只需要稍稍留意，就能闻到他身上淡淡的油烟味道。2016年春节，吴君回到岛上，看着门前的环岛公路和旁边渐渐多起来的民宿，他也有了一些想法。

我没有接触过民宿，很多事情看不到那么远，都是大家一起想办法，互相帮助。吴君说，他刚开始对民宿几乎一无所知，在参观了附近的几家民宿，又得到邻居和朋友的鼓励后，最终下定决心。他是一个爽快的人，做事也果决，2016年初夏开始翻建老房子，2017年春节就开始营业了。

由于辞掉了稳定且工资颇高的厨师工作，前方虽然看似光明，但一切仍是未知，他不得不想尽办法节约前期成本。"你看这些地方的装修，很明显没有做好，我只是让别人帮忙看了一下，简单设计房子的装修风格，剩下都是我自己来做。"吴君并不介意向我展示店里的不足，拉着我在屋里转了几圈。

其实十一号民宿很有特点，外部是与两边楼房相似的仿苏式风格，内部装潢很有古典气息，现代极简风的吊顶，挂着一个古色古香的吊灯。大厅前后贯通，在接近中堂的地方，靠墙摆着木质的雕花家具，一旁是涂着黄蜡的木质门墙。房屋装修并不是一件小工程，而且他所说的问题也都无伤大雅，不仔细检查，根本不容易发现。看着眼前房屋的布局，我由衷地佩服他。

吴君抿一口茶，说刚开业的时候，他非常忐忑，但总归是自己单独干，还是有一些期待。得益于房子的地理位置，西洞庭山路从门前走过，一旁的千年古樟树是网红打卡点，马路对面就是太湖浅滩，再加上当时政府大力扶持民宿的建设，真可谓天时地利人和。尽管心里有些打鼓，他并不十分担心，毕竟房子是自己的，没有额外的经济压力。他相信，只要用心做，把口碑做好，肯定会有生意。更何况，他还有一手秘密武器：美食。

现在十一号民宿已经经营五年，后厨仍然是吴君自己。进过后厨的人大概都会知道，厨师是非常重的体力活，整天站在灶台前熏着油烟，还需要随时准备开火，很难有充足的休息时间，吃饭更是没有规律。我问他，你已经做了二十九年厨师，还愿意继续做吗？他说这是没有办法的事，在外面请一个厨师一年要十万左右，也不一定留得住，而且农家乐有淡旺季，到了淡季可能连厨师的工资都支付不起。"再说了，有些厨师烧的菜也不一定有我做得好吃。自己在后厨可以节约成本，本地的水产特色和时令蔬菜，我也做得比较好，何乐而不为呢？"听他的语气，好像并不很在意，大概是为自己打工，乐得动手。而他拿手的太湖美食，自然也是招揽客人的好方式。

他兴致勃勃地回忆起第一单生意。2017年的春节，当时房子装修完毕，刚刚开门营业，朋友便介绍了一家三口，说要来岛上过年，吃年夜饭。接到电话，他就赶紧带上爱人一起去镇上买菜，客人没有什么特别要求，只说做些拿手的菜。吴君说，那时候太湖还没有禁捕，他准备了一顿特别丰盛的年夜饭，有太湖银鱼、太湖白鱼、太湖白虾（俗称为太湖三白）、太湖蟹、鸡头米、茭白等等特色菜肴，还有他们自己酿制的枇杷蜜。他讲得很激动，每一道菜的程序都不厌其烦地讲一遍。我听得也很投入，只是听着，就被这些美食吸引。

正在说着，我突然脱口而出，大年夜招待他们，你们自己怎么吃团圆饭呢？说完就想到，这是一个有点傻的问题。吴君哈哈大笑几声，我一直都在做厨师，厨师哪有大年夜在家里吃饭的。本是让人觉得心酸的事情，他却说得很开心。

我们又聊了一会儿。他突然兴起，说带我去领略"十一号湖岸"的风景。我有些吃惊，以为真有叫"十一号湖岸"的地方。也确实有这么个地方，就在十一号民宿正门直对着的湖边，名字的由来，自然也是吴君的想法。他说，给这片湖岸起了名字以后，就感觉这里是属于他的。我在心里想，这个人，是懂浪漫的。

十一分钟。这是吴君从家里到湖边转一圈的时间。很多事情就是这样奇妙，你不去想它，就不会觉得有什么特别，当你开始关注它的时候，仿佛一切的一切，都是存在某种关联的。我相信吴君说的，他每天傍晚都会到湖边走走，然后回家，这个时间刚好十一分钟。对于吴君来说，每天来湖边散步，并不是什么难事。十一号民宿是真正的"湖景房"，从窗子里能看到太湖的水面，出门走几步就到太湖边。对于游客来说，白天去蛇头山爬山，傍晚在湖边散步、野炊，晚上听着湖里波浪的声响入睡，应该也是难得的经历。因为在十一号湖岸，不用刻意去关注时间，只要用心去享受这一刻的心情。

当然，即便守着湖景房，吴君也并不能一直如此悠闲。岛上旅游旺季，几乎每天都要忙碌着民宿的大小事,他和妻子两人往往一整天都没有休息的时间。打扫卫生、做饭、接待,这些事情就已经让他们忙得晕头转向。即便是淡季,周五、周六的晚上,游人也不少。这些时候,他们常常要忙到晚上十一二点才能关门,早晨五点多还得起床到镇上去买菜。不过,住宿的客人来的次数多了,大家就成了好朋友。常常是吴君烧好菜,和客人坐在一起喝喝酒,吹吹牛。客人觉得亲切,吴君一身的疲惫也在欢笑中消减了很多。因为吴君这种爱结交朋友的性格,他接待的客人,基本上都是回头客,客人也会给自己的朋友推荐。所以,尽管他自己很少主动做宣传,也并不为客源发愁。

旅游淡季的工作日就比较悠闲,他们天黑就可以休息。去年的疫情,对岛上旅游业的影响很大,吴君有了更多空闲时间,反而想见见那些朋友。有时觉得无聊了,他就到"十一号湖岸"走走。现在疫情已经得到控制,岛上的游客又多了。昨天,一位上海的老朋友,带着儿子来岛上散心。小男孩为他准备了一份上海的糕点,吴君开心地收下,也回赠给小男孩一份礼物。这种感觉就像一家人,仿佛出门远行的亲人,有回家探亲般的温暖。

吴君说他现在非常知足,虽然谈不上富贵,但不必像以前那样拼命打工,住在家里就可以做点生意,最重要的是一家人生活在一起。和家人生活在一起,这本身就是一件幸福的事。有一个温馨的小家,家人都能在身边,这是简单至极、淳朴至极的想法。可是对于在城市打拼的人们来说,这又是一个多么奢侈的愿望。不知从何时起,我们所期望的简单的事,却不再能简单地实现了。

我们边走边聊,他比在屋里更开心。站在"十一号湖岸",吴君深情地望着浩渺的湖面,嘴里有些低沉的喘息。我想那应该是他由衷的感慨,感慨湖水,感慨秋风,感慨当前他生活的一切。我承认,这一刻我狠狠地羡慕着他。阳光在波动的水面,摇晃成破碎的光点,湛蓝色的湖水,倒映出纯白色的云朵。不远处,几个游人也在大声说着话,他们的笑声传得很远。

我们走过"十一号湖岸",也走到了别的岸边。吴君热情地邀请我去品尝他的厨艺，我再三推辞。我们笑着作别，相约下次一定坐一起喝酒。

车子在路边等红灯，我转过身，看到吴君依然站在路边，目送我离开。过了一会儿，他又走到"十一号湖岸"，双手背在身后，静静地站着。夕阳披在他身上，有一种很暖很温馨的感觉，那画面，像极了一幅浓墨的油画。汽车启动，我转身向前，心里想着下次一定再来"十一号湖岸"，跟十一号主人畅快地聊上一整天。

刚刚离开，我便已经开始期待，期待在桃源深处，会有另一种友情的关怀，恍若"青衫烟雨客，似是故人来"。

三 八十天的约定

2019年年底暴发的新冠疫情，给岛上居民生活带来了影响，很多民宿无法营业。疫情刚刚蔓延，"吾乡山舍"的凌春燕，主动联系柯家村村委会，号召村里的身体健康的女性，组成志愿者团队，为志愿者送去点心、热汤和热饭菜。那段时间，每天夜里十一二点，柯家村就会有志愿者，顶着刺骨的寒风，拎着热腾腾的饭菜，一步一步向夜的深处走去。她们知道，那里有守护着大家的人。而志愿者手捧冒着热气的银耳羹或小米粥，望着她们的身影，内心升起一阵阵暖意。

有奉献精神的民宿老板，不只是凌春燕。"荟园居"民宿的金文玉，在疫情期间，也经历了刻骨铭心的事情。八年前，武汉姑娘小高，通过朋友介绍买了金文玉家的茶叶，之后两人断断续续有联系。2019年，小高第一次来西山游玩，短暂居住在荟园居。临走前，两人约定，春节再相聚。正是这个约定，让她们共同经历了八十天的考验，她们也从普遍的朋友，变成了"好闺蜜"。

2020年1月22日，小高一家如期赴约，早早开车从武汉出发。但在距离苏州两个小时前，金庭镇防疫办发出防疫通知，境内所有民宿、酒店暂停营业，如有外地游客需及时上报。金文玉慌了手脚，眼看小高一家马上就要到了，但疫情防控又必须遵守。如果她按照防疫规定，对小高一家关闭大门，那么他们可能无处可去，更不用说过春节吃年夜饭。可如果悄悄让他们进来，万一他们身上携带病毒，不仅给父母、公婆、儿女带来危险，还有可能通过荟园居在岛上传播。如何权衡？她一个人躲在房间里偷偷哭泣。

丈夫听到她抽泣的声音，连忙跑来安慰。她一五一十地告诉丈夫，两人商量了很久，想出了办法。首先，金文玉向镇派出所和防疫办报备申请，希望镇上帮助小高一家做核酸和体温检测，为他们做居家隔离培训，检测结果无异常后，让他们直接到荟园居。其次，考虑到小高刚一岁的双胞胎宝宝需要照顾，金文玉就让丈夫带着双方老人和孩子到老家居住，厨师和服务员也全部回家，只留她一个人在荟园居照顾小高一家人。

淘米、洗菜、做饭、打扫卫生……由于小高一家必须隔离，所有的事情都是金文玉一人来做。在隔离的十四天中，金文玉每天叮嘱小高一家人按时测量体温，分餐吃饭，互不串门。唯有两个宝宝，放在金文玉身边，她将宝宝视为己出，喂奶、洗澡、换尿片……她每天都忙得很累，但每天都特别开心，心里也是畅快的。

小高看在眼里，急在心里，看着金文玉每天忙上忙下，她心里特别感动，但更多的是心疼。她希望能给金文玉帮忙，但身在隔离期，她又不敢走出房门。每次视频结束，她都会泪流满面。金文玉看出了她的心思，又得知她丈夫是医生，便安慰她，让她吃好喝好，不要有负担，更不要让丈夫牵挂。

第一个十四天还没过去，金文玉就主动跟小高商量，主动再加六天，达到病毒潜伏期的二十天，这样就绝对安全了。她的细心，又让小高感动落泪。隔离的日子，是把时间放在紧绷精神里煎熬，让人感觉仿佛在幽暗漫长的隧道里行走。但无论隧道有多长，只要脚步一直走，总会走到尽头，看见光亮。

2月11日，小高一家人和金文玉经过核酸检测，确认平安无事，大家悬着的心放松下来。两人紧紧拥抱在一起，金文玉强忍着安慰小高，却不争气地流下了眼泪。之后，两家人在一起，整整度过了八十天。荟园居已成为小高的另一个家。

八十天之后，疫情防控得以好转，金文玉站在路边，与恋恋不舍地小高告别，目送他们踏上回武汉的归程。两人的心已经紧紧地拴在一起。

人们都说西山是一座宝岛，宝贵的不仅仅是岛上宜人的自然环境，更是岛上温暖的人情。

四　枇杷上的楼

"青承合作社"，是几个年轻人办的农业合作社。

仲夏夜微风，吹拂着山腰的枇杷树哗哗作响，几个年轻人，围在东村一间房子里，热烈地讨论着新型农业合作社事宜。重要内容已敲定，最后环节是确定合作社名称。他们各自拟定一个名称，解释其中意义，由大家投票决定。为首的年轻人非常激动，他大声说着："我们的文化需要青年传承，历史也需要青年传承，我们的农业更需要青年传承，所以我选的名称，就叫青承合作社。"最终，他的提议以绝对的优势获选，青承合作社便诞生了。

这个人叫曹高宗，一个1985年出生的青年。他老家本在江苏徐州，因为做了西山的女婿，便留在岛上。

我骑着电动车，到曹高宗那里，只用了不到十分钟。这是幢崭新的三层小楼，有鲜明的现代气息，透过落地窗能看到大厅的装饰。我直接走进院里，寻着说话的声音，看到不远处三人正在往这边走，其中一个头发灰白的人边走边介绍，我也走上前去听他讲的内容。那人见我走来，打了招呼，便继续讲解着院子里的细节。走到两个枝繁叶茂的大树边，那人说，这两棵杨梅树，已有一百多年了，是我们的镇店之宝。听到这里，想着他该是帮忙打理果树的村民，就边听他介绍，边等着曹高宗。

在后院跟着参观了一圈，回到大厅，再听他们的聊天，才知道眼前这个头发稀疏、灰白、面如尘土的人，便是曹高宗。令我震惊的是，80后的他，看上去竟像50多岁的人。为了搞好民宿与合作社，他肯定费了不少心血。

另外两人也是苏州大学来的访客，年龄大的是生物学院郭教授，另一位是他的学生。他们此行是与青承合作社商讨合作项目，隐约听着像是从日本引进新品红薯。曹高宗对农业有非常强烈的热爱，对这个项目也非常看重。他是典型的苏北农民，自小长在田地里，父母每日辛勤劳作的身影，深深地印在他的脑海之中。但传统的农作方式，很难实现与付出对等的收获。于是他便暗暗下定决心，要在农业上做出点成绩。

曹高宗说，开始没有多么宏大的愿望，只想能找一种省时省力的农作方式，减轻父母肩上的压力。这个朴实的想法，推着他往农业这条路上走。他本科毕业后，第一份工作不是到大城市打拼，而是到浙江养殖龙虾。2010年与妻子结婚后，他回到苏州从事教育事业，妻子家里的农产品销售就成了他最关心的事。

西山岛盛产青种枇杷，肉厚核小，味道清爽、甘甜，又微微带有一丝甜酸，很早就声名在外。但当时网络并不发达，网购和快递也没有普及，岛上的水果没有办法销售出去，往往只能以非常低的价格卖给收购商。而岛外的人想买，苦于没有信息和渠道，又担心花高价买到的是品质不好甚至假的枇杷品种。

面对这种情况，曹高宗燃起个念头：创建销售网站。2012年初春，他花了两千元钱，赶在枇杷季之前创建"苏州西山采摘网"。曹高宗回忆，当时只是一种新的尝试，并没有抱太大希望。网站开通以后，第一通电话打进来时，他激动到双手一直颤抖，接电话的声音也是抖的。他笑着告诉我，已经忘了当时怎么接的电话，却清楚地记得，当他拿起电话时，激动得脑子突然变得空白。由于以西山农产品销售为主的网站，当时只有这一个，因此网站的影响完全超出预期，尤其枇杷成熟时节，每天电话都被打爆，接电话的人手都不够。最初，网站以曹高宗自家农产品为主，但客户的需求量太大，常常一瞬间就将家里的产品全部卖光，是真正的"秒光"。网站的成功，让曹高宗第一次感受到科技发展带给农村和农业的巨大便利，也给了他非常大的信心。

然而，所有的故事，都要历经磨难，才显得更有意义。很快曹高宗便遇到重大抉择困难。公司因业务发展需要，准备在太仓建立新校区，计划派他去做分校校长。一面是刚刚起色的农产品销售，一面是工作上关键的发展机遇。是抛弃自己苦心经营且颇有成效的家庭产业，还是拒绝公司安排，面临失业的危险？他内心无比纠结。但思虑再三，他还是决定辞职，回到西山全身心投入到农业和土地上。

辞去苏州的高薪工作回到农村，这在村里很多老人看来很难理解，免不了在背后指指点点。曹高宗也遭受很多亲戚朋友的冷眼，但他依然坚持，把一切心思全部放在民宿和果园里，还租了几十亩稻田，建大棚，种草莓。日子一天天过去，他乌黑的头发一点点褪色，变得灰白，生出了许多白发。渐渐地，他依靠着自己的努力，将原来的老房子推倒，重新建成现在的三层洋房，民宿做得有声有色，也找到一些志同道合的朋友。

单丝不成线，独木不成林。曹高宗意识到，如果一直围绕着自己这几间民宿和几亩果园，未来的发展会很受限制，上限很低。于是找来张苏荣等几位好友，一起商谈下一步计划。无论在任何事情上，年轻人的思维，总是更发散，也更积极。他们搜集各种资料，尝试不同的发展方式，最终感觉合作社更适合他们。想法一拍即合，便成立了青承合作社。

他们发现金庭镇有很多各种形式的合作社，最多的有五六个人，最少的只有一个人。但这些合作社最大的问题在于，没有足够的实体支撑。这是青承合作社与他们最大的不同。青承合作社成员一共有五十一个人，核心成员有十个人，都是家庭农场主，其中七个人有民宿，另外三个正在准备做民宿。青承是苏州市唯一一家以家庭农场主为主要成员的合作社，苏州市非常重视，农业农村局也经常来考察。

因为主要成员都是年轻人，他们的合作方式更加灵活，但原则性也更强，老一辈抹不开的人情关系，不会产生负面影响。他们按照合作社法来建设、运营，并基于合作社法，根据自身情况制定了内部章程，合作社的工作全部以章程为主。成员们将自家产的枇杷、杨梅、橘子、茶叶等产品，集中销售，极大地解决了销售难的问题。在民宿的发展上，彼此之间也互相推荐、介绍客人。

"我们每个成员都有独立账户，除了例行分红，还有利润的二次分配。"曹高宗给我举例子，比如成员共有一万斤枇杷，以统一价格卖给合作社，进行整体销售。成员们第一次卖的时候，已经拿到一部分收益，合作社整体售出以后还会有一部分收益，这些利润会再分配一次。这确实是个很好的办法，尤其是在交通不便的岛上，枇杷保鲜期短，运输又麻烦，农户如果各自为战，不仅浪费人力、物力，而且很难及时将新鲜的枇杷销售出去。个人运输的条件不够，也会造成枇杷擦碰、破损。合作社的作用就是抱团取暖，一些个体解决不了的问题，可以集中起大家的力量，共同去解决。

青承合作社还有一个重要作用，就是大家共同出资建立应急基金，如果有成员急需资金支持，可根据章程，从基金账户申请借款。前几年，主要成员张苏荣，想翻新老房子做民宿，但手头没有足够资金。他向合作社申请基金借款，很快筹足了钱，顺利盖好房子。尽管疫情几年，岛上民宿受到一定影响，但总体而言还是有一定的收益。去年中秋节前，张苏荣还上了在合作社的借款和利息，又主动拿出十万元放在基金账户。

青承合作社成立短短几年，主要成员基本都解决了枇杷销售问题，先后建起了新房，民宿做得风风火火。曹高宗自豪地说："我们现在住的，都是枇杷树上的房子。"这真是一个绝妙比喻。此时的他，仿佛一个诗人，用实际行动书写着一首首乡村赞美诗。

相较于老一辈农民的传统农业思想，曹高宗等人有不一样的经营思路。西山岛的农业规模，不像北方平原地区的大规模、集约化，而是非常分散，且山地、林地居多，甚至很多人只有房前屋后一小片果园。尽管现在岛上整体发展方向是"农旅结合"，但不成规模的农业发展，也面临很多困难。曹高宗等人，以青承合作社为平台，把很多零散民宿和果园集中到一起，形成规模化效应，不仅将农田和果园连成片，也使合作社经营范围从单一民宿和农产品销售，变成完整的旅游、住宿、体验采摘、农产品销售链条，从而更具吸引力。

曹高宗介绍，目前加入合作社的共有五百多亩果园，面积比较大，可总体还是相对分散。这些果园共涉及五十一户人家，相当于一户有十多亩，而且这十多亩也分散在各个地方。但相较于传统的单一经营，他们已经取得了非常大的进步。

每到枇杷成熟的季节，都有很多人带着孩子来体验采摘的乐趣。孩子一手牵着大人的衣角，一手拎着小竹筐，在结满枇杷的树下说着笑着走着。当圆圆的、金灿灿的枇杷果挂在树梢，散发出的果香就能飘满整座西山岛。曹高宗掏出手机，给我看了一个视频：一位父亲抱着身穿碎花裙子的女儿，站在一处被果实压得很低的树枝旁。他将女儿高高举起，靠近一片黄澄澄的枇杷。女孩盯着其中一颗又大又黄的枇杷，伸出一只小手，轻轻一扯，把枇杷摘了下来。她看着手中的枇杷开心地喊着，一旁的母亲也笑弯了眼睛，一边夸赞一边抚摸着她的头。女孩将还未剥皮的枇杷送到母亲嘴边，又摘了一颗送给父亲，她要将最爱的东西送给最亲的人。母亲惊喜地接过，爱怜地看着懂事的女儿，将剥了皮的枇杷送进女孩嘴里，又在她脸上留下一个亲吻。曹高宗用手机记录下了这个温馨的场景。我猜想着，小女孩的父亲收到这个视频时，肯定会感动得流泪。这一幕，他们也一定会记很久很久。

聊到具体发展，曹高宗说目前，青承合作社每家每年会接待两万左右旅客。十个家庭农场，就可以为岛上带来二十万人口。只要人一来，整个岛的经济就能带动起来，老百姓也有收入。合作社每年固定接待的游客频率，大概在五到六万次左右，加上农产品销售，住宿、采摘、餐饮，还有休闲农业等部分，每年的收入都比较可观。2021年截止到12月份，合作社总体收入达到七百多万。他说得很起劲，我听得心里也跟着激动起来。在岛上采访了这么多天，我自信也可以简单地做些横向对比，一年七百多万的收益，已经超过岛上很多村子的全年收益。难怪他会说，在枇杷树上建起了新楼房。

紧接着他又提到，金庭镇政府大力支持青年返乡创业，在农业和民宿方面，也提供了很大帮助。2021年，曹高宗和张苏荣两家民宿，被推荐认定为苏州市共享农庄的典型，每家获得一百万扶助基金。在政府支持下，青承合作社果断采取一二三产业相结合的发展方式，创建新型共享农庄，不仅有实业作支撑，发展前景也更好。他越说越起劲："从区级到市级再到省级，每一级要求都不一样，我们拿到资金后，也要达到政府制定的民宿标准，民宿、餐饮、田地、农产品种植、果品加工程序、产品质量管理等等，相应的部分都会通过打分来划分等级，政府要的是我们做出成绩。"尽管这种奖励机制，不能完全覆盖岛上民宿，但在无形中提供一套规范和标准，大家在政策引导下，也不断调整发展方式。

据曹高宗的说法，现在青承合作社，只依靠成员自家产的枇杷，每年都有大量供给缺口，需要从合作社以外的农户家里收购。一方面，合作社确实有足够的销售能力，另一方面，他也希望帮助更多农民。目前岛上老龄化严重，还有很多重大疾病、低保群体老人，青承合作社里也有类似情况的家庭，这些人甚至没有基本的劳动能力，如果没人帮助，甚至无法及时采摘，只能看着辛辛苦苦种出来的枇杷，在树上变坏、掉落。曹高宗说着，叹了口气。采访过程中，也遇到不少这种家庭，了解到有些老人能做的仅是将枇杷采摘下来，从山上运到家里倒在院子或大厅水泥地上，然后看着它们慢慢腐烂。对他们来说，价格不再是问题，只要能够及时卖出去，他们就已经很满足了。

曹高宗用双手搓了下脸，继续说："我们吸纳新成员也考虑到重点向这些家庭倾斜，收购农产品的时候，也主要以这些家庭为主，以市场价或者更高一点的价格买过来。我们做的这些不在于盈利，而是以帮扶为主。"听他讲在这方面所做的事情，我特别感动，也非常认可这种做法，因为这不仅是他们的情怀，也是青年回馈家乡、回馈社会的很好方式。

问题也存在。他说，很多老百姓对枇杷品质没有清晰观念，认为只要不坏就是好果。所以是否有病虫害，农药残留是否超标等方面，很难统一把控。他们分组行动，有人给上年纪的老人做普及，有人提前到农户田里做检测、筛选，有人在收购时做表层检查。他坚定地说，从青承出去的果子，不管枇杷、杨梅，还是其他产品，质量都绝对过关。

我说，合作社现在发展这么好，有没有其他人想加入？他嘿嘿地笑着，端起茶杯，说："当然有。现在不仅东村，周围很多村子都有年轻人想要加入，也有人来咨询怎么做民宿，说准备辞职回乡创业。年轻人能够回来当然很好，但像他们这么大或者更小的年轻人，很多都是脑袋一热，辞职回来了，却不知道该怎么做。"所以不管是不是合作社的成员，只要有人来咨询，曹高宗他们都会去做沟通，帮助制订计划，解决一些方向性的问题。"如果理念一致，我们也欢迎加入。"他笑着补充道。

作为返乡创业青年群体，他们无论发展思路，还是实际运营，甚至对政策的理解和使用，都比传统农业思维更加进步。虽然一切成功，都是从尝试开始，但敢于在别人冷眼中尝试新的挑战，也是难得的勇气。曹高宗刚到岛上，也没有清晰想法，一切都按照原有模式进行，后来才一点点找到方向。他还非常关注政策的变动，政策对于农业的发展非常重要，可提供方向性的参照。总书记在党的二十大报告中提出"全面推进乡村振兴"，这意味着未来乡村发展，依然是国家重点关注和扶持领域。而省、市也有很多三农优惠政策，能够指引着农村的发展方向，更能够给他们提供足够的信心。

其实曹高宗的想法每年都不一样，因为政策在变，具体的发展方向就需要及时调整。反而一成不变，才是保守的信号。就像岛上所有人都有自己的房子，但能否抓住机会，怎么利用已有资源，却不是每个人都能敏锐地觉察到。

"农村的变化，很多时候就是这样，变着变着，就越来越好了。我当然希望大家都能越来越好。"他很真诚地说，语气中有感慨。"也希望大家都能住进枇杷树上结出来的房子。"我开玩笑地回应。

这怎么能不让人感到振奋呢？这就是青年的力量，青年就是希望。

五　居有所居

2014年，金庭镇环岛公路修通，岛上旅游资源得到开发，在镇政府的引导下，迅速划分成多个新景区片。岛外资本的涌入，最早激发了岛内居民的商业意识。早在1994年太湖大桥建成通车后，一些岛外的资本便率先进入，但由于当时太湖大桥通行能力有限，且岛上旅游资源尚未进行足够的开发，所以外部资本的投资并未在岛上引起太多关注。而岛上的居民，也多是世代耕作的农民，他们勤劳且淳朴，并没有及时意识到景区开放带来的附加效应。他们只是单纯地发现，果园里的枇杷、橘子、杨梅，还有茶园里的茶叶，似乎可以不像以前那样为销售发愁。对于大部分人而言，他们的理解，也仅此而已。

2008年前后，西山岛的旅游名片效应渐渐显露，来自苏州市区、上海等附近城市的游客，开始大量涌入。岛外资本开办的农家乐，让岛内居民意识到眼前的机会，纷纷效仿。一时间，农家乐开遍全岛。早期农家乐，只为游客提供饮食，顺带出售自家产的农产品。一方面，当时的旅游往往是当天来回，并没有太多住宿需求。另一方面，很多农户的老房子条件有限，办农家乐，做些饭菜还可以，但居住条件非常欠缺。到2012年以后，岛上多了很多更远距离的游客，无法克服的地理距离，让他们不得不选择在岛上过夜留宿。从这一时期开始，岛上的民宿渐渐多了。加上这段时间，网络平台逐渐普及，大量游客提前打电话订购房间，一些民宿也开始尝试线上预约订购。

岛上民宿的发展，金庭镇政府是最早领路的旗手，现在岛上一共633家民宿，占金庭镇农户的55%以上。金庭镇政府的余莉告诉我，这个数据意味着，岛上现在超过一半的人家都在经营民宿。西山岛在开放旅游资源以前，一直以第一产业为主，即便是现在，花果农业也是金庭镇重要的基础性产业。90年代以前，岛上也经历过很长一段时间第二产业转型。但第二产业对岛上自然生态的破坏，造成巨大的不可逆破坏，尤其采石业，消耗了大量不可再生资源。第二产业逐渐退出后，岛上一度经历巨大经济荒漠，无数人下岗失业，年轻人纷纷逃离岛上，年长者也被迫到苏州打工，岛上出现很多"三保村"（保安、保姆、保洁）。旅游业的兴起，给岛上带来了新发展机遇，岛上居民投资民宿，也改变着金庭镇经济结构。旅游业带动的第三产业，显然是难得一遇的发展机遇。苏州市政府也意识到这个重要机会，制定诸多优惠政策，投入大量资金，引导、鼓励岛上居民利用自身优势开办民宿。

余莉拿出一沓材料，从中抽出一份厚厚的文件，一边翻看一边说："政府大力支持开办民宿，为了帮助一些年纪比较大的居民，还针对民宿的建设、管理、运营等问题，进行集中培训。民生大于天，一切的努力，都只是为了让大家过上更好的日子。既然有既定资源，就要做好利用，政府的统筹在这个时候就显得尤为重要。景区不能建三层以上楼房，楼房建筑材料必须达到标准，民宿至少需要有两条安全通道，每个房间都要做好消防安全……"余莉一一罗列，这些都是最基本的，也是最硬性的要求。政府制定了一套标准，并对岛上有需要的居民进行培训，只有全部达到标准以后，民宿才可以开门营业。

此外，金庭镇还举办过一系列民宿评比活动，对获奖者发放资金奖励。比如举办星级民宿评审，凌春燕的"吾乡山舍"就被认定为四星民宿。采访曹高宗的时候，他兴致勃勃地告诉我，去年他的民宿被认定为苏州市品质提升最快的优质民宿之一，获得了一百万元资助金。这笔资金最主要的目的，便是给一些有潜力的民宿，提供更好的发展支撑。

开办民宿需要制定统一的安全标准，但发展民宿，则需要推行非标准化个性风格。具有个性的建筑、装修风格，特色的服务方式，是民宿集约化发展的关键。如果岛上众多，开始出现同质化现象，对于民宿本身也是危机。这是我经过许多天的采访，听到最多的担忧。旅游就是追求新奇体验，住宿也会受到这种心理影响。城市生活劳累的人们，希望在空闲时候，体会不同于城市的生活方式。"青承合作社"的张苏荣，经营民宿的同时，会做一些室内设计工作。岛上很多新建民宿，建筑和装潢的风格都由他设计。跟城市酒店相比，民宿最大的优点是当地的环境资源。张苏荣说，他所参与设计的十几家民宿，都有各自的风格。靠近湖边的，设计成现代化简约的湖景房；依靠山林的，建造成古典静谧的小园林；庭院比较小的，布局要紧凑精致，但不能繁缛；宅地比较大的，可以采用共享农庄的模式……

西山岛上民宿的优势，不仅是整座岛都是景区，还有着浓厚历史文化底蕴，很多村庄仍保留农村生活方式。民宿本身就是文化载体，承载着城市人深深浅浅的乡愁。岛上保存完整的古村风貌，提供了不可比拟的乡村资源，再体验一些果园采摘，做一些农活之类的项目，似乎就来到心中所向往的那个田园。现在西山岛的民宿，已成为金庭镇重要的经济来源，已有越来越多的年轻人，重新回到岛上经营民宿，加上政府关于"促进周边农村劳动力就业""美丽乡村建设""知识青年返乡创业""农村闲置资源利用"等政策颁布，民宿的作用越来越大。高品质民宿建设，为返乡青年提供了创业机会，解决了农村大量剩余劳动力的问题。

经过采访我们得知，民宿未来发展，包括目前的整改，依然存在许多问题。衙用里村支书吴健告诉我们，本村一个较早搞民宿的人家，因为扩建房子，宅基地扩张太多，现在面临土地资源的问题。因为当时政策并不禁止扩建，但现在却有清晰严格的法律红线。按照新政策重新审查，自然出现很多违规甚至违法行为，如何处理，也是一个重要问题。当然，问题远不止这些。水利站长朱革荣说，有的民宿令他发愁。岛上土地有限，且很多民宿都建在沿路或沿湖，也有些在山林之间。地段好的民宿，客源足，地段不好的，便要想些方法，甚至用了些手段。阴山岛有一家民宿，房子建在岛边，距离主路隔了几百米浅滩，店主私自在湖里垫出一条土路，方便游客经过。朱革荣警告他们很多次，但没有什么效果。无奈之下，只能叫来挖掘机，拿出相关法律条文，强行将路挖断，恢复湖面原貌。

湖边风很大。我们沿着环岛公路漫步，太湖浩渺的水面，不断泛起白色浪头，岸边干枯的芦苇，疯狂摇摆。风大概六级左右，但湖面的风会达到八级以上。"十一号湖岸"的主人吴君告诉我，如果你看到湖水的浪头翻白，那肯定是八级以上的大风。

我们站在岸边，身后，一排排既具古风又带有现代气息的民宿，稳稳地坐落在那里，静静地看着在风中摇摆的芦苇和小树，岿然不动。我又想起刚来岛时，看到的一个航拍宣传视频，天空蓝得快要滴下水，大块大块白云飘在山尖。落日余晖，与古村遥相辉映的是一排排漂亮楼房，虽不是青砖黛瓦，但也是风格鲜明的苏式建筑。这些楼房多为民宿。如果从村子里走过，能看到房子大都敞着院门，院里有一只卧着马犬，或晒太阳的狸猫……

第二节　"上岸"的鱼蟹

太湖美呀太湖美，美就美在太湖水，水上有白帆哪，啊水下有红菱哪，啊水边芦苇青，水底鱼虾肥……

——太湖水域民谣

一　"蟹"与"水"之争

有考古学者说，太湖原是东海的一部分。

如果从地图上来看，太湖类似心脏的形状。如果水有记忆，它必定会记得这沧海桑田的变化。历经数万年的地壳运动，使得海水退却，河流淤塞，渐渐形成今天的太湖。原始的太湖平原，决定了整个太湖水域的平均水深只有2米左右，丰水期最深处也不及5米。湖底经过亿万年沉积的泥沙，蕴含丰富的微量元素，在浅滩般的水域中，滋生出无数微生物，孕育着湖里无数鱼虾蟹，也养育着世代生活于此的人们。

靠山吃山，靠水吃水。太湖水域有大量的渔民，他们祖祖辈辈以打鱼为生。西山岛、东山镇、光福镇，这些沿太湖的小镇，都有独立的渔民村。他们虽然在陆地上也有去处，但渔船才是渔民真正的家，在水面上四处漂泊，是他们的生活。在渔民眼中，太湖的形状，就是水的形状，水流向哪里，渔船便驶向哪里。千百年来，他们都在用渔船，一遍一遍描绘着太湖水域的地图，太湖的形状，早已烙印在他们心里。

20世纪80年代以来，太湖的形状渐渐发生着变化。

改革开放以后，随着市场经济体制的发展，人们越来越渴望获得经济回报，东、西山周围的渔民向太湖的索取也越来越无度。由于东、西山土地资源非常有限，传统的农业种植限制很大，当时还没有生态旅游的概念，许多旅游资源并未开发。为了迅速取得经济收益，人们便纷纷将目光转向养殖。太湖水域得天独厚的地貌特征，让太湖具备绝佳的淡水水产养殖条件。但太湖水域最早的养殖，主要是内塘鲢鱼、青鱼、草鱼、鳙鱼四大家鱼，并未开始规模化养殖大闸蟹。进入90年代，大闸蟹市场效益提升，部分渔民开始在太湖里网围养殖大闸蟹。大闸蟹有特殊的生物特性，在淡水中生长，而必须在海水中才可以繁殖，人工繁殖大闸蟹有严格的专业技术要求。直到2000年左右，人工繁殖蟹苗的技术得以突破，太湖水域大闸蟹养殖规模便迅速扩大。面对生活经济的压力，对于没有耕地的渔民而言，养殖似乎是最合适的工作。据统计，2004年东太湖有16.57万亩网围养殖区，网围面积为13.19万亩。东太湖最多时网围面积超18万亩，占东太湖水面的近90%。沿湖有杨湾、东山、渡村、浦庄、横泾、越溪、松陵、东太湖养殖场、横扇、七都等10个镇(场)，15个渔业村，专业渔民约10万人。[1]网围养殖，成为传统渔民新生活方式，也成为太湖水域重要经济发展力量。

最初太湖网围养殖是渔民自发，渔民们各自"划湖而治"，缺乏整体计划。在富民优先的口号下，政府并未直接干预网围养殖，也未将生态保护作为重要的内容。随着太湖网围规模迅速扩大，政府继续大力支持渔民参与养殖，江苏省渔管会也开始介入，着手将原来混乱的网围统一管理，建造规模化、标准化网围，约15亩一个。最初免费承包给渔民，由于之后参与养殖的渔民越来越多，便以每亩几百元承包费用租给承包户。2007年前后，太湖水域的网围养殖达到历史巅峰，整个湖面几乎全部被网围割裂成一个个独立的方形水面。

网围养殖逐年增长，太湖的形状，也渐渐变成了一个个被网围分割而成

---

① 王林弟：《从预言消失到世界级湖区，百年苏州湾的前世今生》，《搜狐网》2022年12月27日。

的方形。然而，任何事物都具有两面性。无论是打鱼还是养殖，做到人与自然和谐共生，便是最理想的状态。可当人类向自然过度索取时，一切就变了模样。在走访的过程中，无数人告诉我们，太湖内的大面积网围不利于湖水流动，严重影响太湖的储水和泄洪功能，而湖里数量众多的螃蟹、鱼、虾，养殖户每天大量投放的各种饲料，以及水草的过度清理，又使得太湖水质严重失衡，太湖自身的生态水循环系统遭到毁灭性破坏，水中微量元素严重超标，湖水富营养化指标呈倍数增长。2007年夏，无锡暴发"蓝藻事件"，城区饮用水取水点遭受前所未有的蓝藻污染，在整个无锡市区引起"水恐慌"。超市里8元一桶的纯净水暴涨至50多元，仍被一扫而光，甚至引发多起因抢水而起的肢体冲突。

吃水还是吃蟹？这并不是一道选择题。

面对日益恶化的太湖生态问题，政府迅速做出反应，按照"铁腕治污、科学治太"的要求，当年便下达治理太湖生态污染的重要文件，要求综合治理、恢复太湖水域自然生态，大规模压缩、逐步清退太湖网围。2008年，太湖水域网围开始大规模拆除，2009年网围面积便从20.43万亩的峰值，一次性压缩至4.5万亩，近80%的网围养殖完成退围还湖。2018年4月，苏州市政府决定将东太湖水域网围全部拆除。通过整治，仅苏州所管辖的太湖水域，便完成退垦还湖37.3平方公里，剩余部分垦区用作东太湖综合整治排泥场；退渔还湖16.97万亩，疏浚东太湖入口段以及新联圩以北至瓜泾口湖区，全长约19.7公里。①与此同时，"渔民上岸"政策也在逐步推行。2020年8月7日，江苏省农业农村厅发布第12号公告，太湖水域作业渔业生产者，2020年10月1日全部停止捕捞作业，10月1日收回太湖渔业生产者捕捞权，撤回捕捞许可，相关证书予以注销。②至此太湖网围养殖正式退出历史舞台。

2008年第一轮太湖网围改造和2020年第二轮网围清退，东山镇原副镇

---

① 王林弟：《从预言消失到世界级湖区，百年苏州湾的前世今生》，《搜狐网》2022年12月27日。

② 江苏省农业农村厅：《江苏省农业农村厅公告（第12号）》。

长杨忠星一直坚守在第一线，他亲眼见证太湖从网围形状，渐渐变回最原始水的形状，也见证了太湖生态从最严重时期的蓝藻暴发，到当下生态不断优化的过程。不仅如此，网围拆除前后，政府曾邀请专业机构多次进行太湖水质检测，他也作为政府监督人员全程参与。

杨忠星已退居二线，现在住在苏州市区儿子家中，从复杂政务工作中退出，他按时接送孙子上学、放学。我乘车到他居住的小区，见到了头发已经花白的杨忠星。他诸多亲身经历，让我们看到更多太湖网围治理背后的事情。

他先为我们普及了太湖水生态情况，蓝藻是很常见的藻类浮游生物，本身是对水生态有益，能消耗水中的氮、磷等元素，起到净化水质作用。蓝藻也是鱼虾的食物，是将植物蛋白转化成动物蛋白的重要方式。因此，正常生长蓝藻的水域，水质往往很高，水域内自然生态循环系统也较完善。蓝藻暴发，意味着湖水富营养严重，生态自身循环系统出现问题，大量蓝藻无法自然生长、消亡，死亡后的蓝藻无法及时清理，散发令人作呕的腥臭味，同时水质也会急剧恶化。2007年无锡蓝藻暴发，便是太湖水域富营养化的结果。但杨忠星却告诉我们，无锡蓝藻事件主要原因，并非是太湖过量网围养殖，而是太湖水域城市化进程加速，造成的间接影响。这个说法，让我们有些惊诧。他继续说道，附近城市生活污水、工业污水等，长期无节制排放至太湖，导致太湖水质急剧恶化，且工业污水中各种微量元素严重超标，使得太湖水质富营养化加剧，进而在初夏时节暴发严重的蓝藻。

这种说法与大部分人认识不同，却更具科学依据，杨忠星参与各种太湖治理工程，在太湖治理每个阶段，他都走在第一线。杨忠星说，养殖大闸蟹对水环境要求非常高，整个太湖水域平均水深有限，非常适合水草生长，水草不仅滋生很多浮游生物和小鱼小虾，同样是螃蟹生长必不可少的，网围不仅不破坏水草，甚至水草生长不足的地方，还需要人工补种。太湖网围养殖并未从根本上破坏太湖水域生态系统，养殖户投喂的大闸蟹饵料，也多为冰冻海鱼、海虾，很少使用昂贵颗粒饲料，大闸蟹养殖数量，一亩平均只有100斤左右，相较于淡水鱼养殖，数量并不多。

杨忠星清晰地记得，他每次乘船到太湖视察，都会看到网围内比网围外的公共水域更加清澈，仔细观察，还可以看到藏在水草中的螃蟹。尤其2008年第一轮整治后，原本混乱的网围，变成了一个个15亩大小标准网围，在太湖湖心的水面上，画出一个个规则的方形。几条穿插其中的渔船航道，不仅整洁干净，而且确保过往渔船的安全。

他拿出手机，给我们放了一段无人机拍摄的视频，从空中看去，太湖的形状，变成了一个轴对称的几何图形。整改后的4.5万亩养殖规模，足以让约3000户渔民能够继续以此生存，并且不会对太湖水生态造成根本性的影响。禁止在太湖内人工养殖，每个养殖户仅剩的15亩，也不得不全面清退。渔民常年生活在船上，生活习惯与农民大不相同，他们既没有耕地，没有学历，更没有技术，除了跟水打交道，没有别的出路。尽管东山镇紧急修复了东、西大圩，并按照统一标准建造水塘，提供给愿意继续从事内塘养殖的渔民。但毕竟岸上规模有限，只有一小部分渔民能够获得承包权……

杨忠星还未退到二线时，常到太湖里去巡查。每每乘船进入太湖，他都会看到一艘艘铁皮船，一同在水面上穿行。这是东山镇政府组织的水草打捞船，每船有三五人，前往不同区域打捞水草，夏秋季节更频繁。

他坐直身体，右手食指敲着桌面，说："生态修复不是一拆了之！"回归自然生物循环，是一个漫长过程，重要的是如何修复。他拿起钥匙，在桌面上边写边说，太湖里的水草有三种：一种是金鱼藻、黑藻、苦草等沉水植物；一种是芦苇等挺水植物；一种是菱角、莼菜、睡莲等浮水植物。现在太湖网围已全部拆除，但没有对水生植物做有效管理，甚至水草过度生长已成为重要问题。尤其浮水植物泛滥，会将水面封死，阳光无法照射到水底，沉水植物无法生长。这些是能看到的东西，还有看不到的。例如河蚌、螺蛳等鳃滤生物，也是净化水质重要一环。浮水植物如果封了水面，鳃滤生物同样无法生存，生态平衡也一样会遭受破坏。简单的人为打捞，治标不治本。即便杨忠星已不在一线工作，但仍旧心系太湖生态发展，如何能够让太湖水生态恢复到自然循环的状态？是他一直思考的问题。

在他任期，曾主动与南京地理与湖泊研究所、中科院等研究机构合作，建立生态研究实验室，对太湖水域进行全方位的规划与设计。做整体生态修复，而不是单一的、片面的人为干预，需要制定科学的生态标准，例如人为干预到什么程度，自然恢复到什么程度，而不是简单地拆除网围、人工打捞水草。他信誓旦旦地告诉我们，科学化的生态治理，必定是未来太湖生态修复的重要方向。

我拿出手机，点开杨忠星发给我的视频。视频里，太阳照在太湖湛蓝的水面上，被微微波动的水波摇晃成破碎的光，偶尔飞过的水鸟，轻盈地扇动翅膀，远处清晰可见的东山，岿然不动，立在前方。我看着视频，思绪也飞到了太湖之畔。我相信，未来太湖的形状，必定是自然的形状，而那也正是太湖自己的形状。

二 "网围"的记忆

近几年，由于太湖生态保护，太湖水域实行"渔民上岸"举措，传统渔民正式退出历史舞台。可岸上渔民，还能称之为渔民吗？我们渴望走进传统渔民的过往，也希望了解渔民上岸后的生活。我们找到东太湖农业园区主任吴玉生，他向我们推荐了秦伟国。

秦伟国50多岁，是东山本地渔民，从小在渔船上长大。他的父亲、祖父都是渔民，太湖里的鱼虾，是他们祖祖辈辈谋生的来源。秦伟国对儿时的记忆，就是漂泊。他们衣食住行都依赖渔船，只有出售鱼获和购买生活用品时，渔船才会靠岸。每当渔船靠岸，便是他与弟弟最开心的时刻，他们在陆地上一前一后地跑着，又不敢跑远，只在离船不远处做着各种游戏。跑累了便坐在船边，望着父亲和母亲回来的方向，期待父亲从街市带来零食和玩具。等到上学年纪，秦伟国不能再随船漂流，父母将他寄养在亲戚家。小学还没上完，他便不愿继续读书，又重新回到船上。大部分渔民都有与秦伟国相似经历，他们的学历普遍很低，赖以生存的是对水的了解和娴熟的捕鱼技巧。

秦伟国回到父亲船上时，他们已很少张丝网捕鱼。又过了些年月，父亲为他打了一条新船，秦伟国结婚的那天，郑重地交给他。从那天起，秦伟国成为一个真正的独立渔民。20世纪80年代以来，随着太湖湖鲜被市场普遍认可，人们对太湖鱼虾需求量越来越大，渔民的网眼越来越密，湖里鱼虾也越来越少。继续传统的打鱼方式，很难再维持生计。可是，如果不继续打鱼，又能做什么呢？秦伟国习惯与水打交道，他已离不开水了。

与妻子商量后，秦伟国停止捕鱼，转向网围养殖。2002年，秦伟国在太湖承包120亩网围，主要养殖太湖大闸蟹。他从记事起，便跟湖里的鱼虾打交道，而父亲和祖父则是一辈子靠鱼虾活命，所以养殖对他们来说，并非难事。他承包的网围，是第一批由政府统一规划建造的，四周的滚轴将宽大厚重的网铺到水底，围出15亩见方一块水面。触底的网围，能够很好地防止鱼、虾和螃蟹从湖底的淤泥中逃走。投放蟹苗前，需要请专业的人员，将沉重的拦网卷起，检查网围是否破损。检查往往需要持续数天，当新一批蟹苗投放进网围以后，秦伟国都会乘船绕着自己的蟹塘转一圈。眼前一望无际的湖面，被拦网分割成一块块方形的水塘，而那些属于他的网围，将是自己日复一日的生活。

承包了网围，自然不再漂泊，但秦伟国依然离不开水面。如果说乘船还可靠岸，那么养殖的日子连短暂靠岸也被剥夺了。他和妻子一起，与8个网围距离适中的水面，用木材搭建起一座"堡垒"，仿佛一座在水中生根的船，这便是他们的家。两人每天撑着小船，在各个网围中穿行，投喂饲料。湖里有许多原生微生物和自然生长的水藻，不需要做太多修整。得了空闲，他们便坐在门口，静静地望向湖面。清澈见底的湖水，倒映着湛蓝的天空和雪白的云朵。小船随风缓缓漂动，划出几道微弱的波纹，向两边缓缓荡漾开去。秦伟国看着妻子，眼神里满是笑意。他们没有说话，水面上安静得像深秋的夜晚。这是独属于他们的浪漫。

清闲的日子总是少的。谁也不会想到，养螃蟹会有怎样的惊险。太湖水域往往风急浪大，尤其夏秋季节，突然而至的雷暴大风，是所有渔民的噩梦。常常是秦伟国夫妇正在网围里工作，轰隆隆雷声便从乌云底下传来，两人只能丢掉手里工作，划着小船逃回棚户。为了安全，秦伟国搭建130平米左右木质棚户，花费近16万资金，他将木桩狠狠打进湖底泥土。但有时会遇到11级大风，伴随着炸裂雷声，豆大雨点仿佛在织成一面面水帘，砸在水面上又溅起高高水雾，又被狂风卷起，湖面能见度不足两米。屋顶震耳的雨声，窗户被风和雨冲撞得不停晃动，秦伟国盘腿坐在床上，紧紧握着妻子的手，心里祈祷：风不要再大了，雨也不要再大了。面对如此狂风暴雨，尽管棚户搭建的牢固，可湖面上毕竟无处藏身，而且又如此远离湖岸，没有人能够真正处之坦然。在与秦伟国交谈之前，我只知道餐桌上的螃蟹是美味的，却不知道养殖螃蟹的人，还要经历这样惊险的时刻。

然而，2010年以前，太湖所有网围养殖，大部分是通过回头客销售，但没有稳定成规模的销售渠道。渔民虽经历从撑船捕鱼到撑船养殖的变化，但生活习惯和思维方式并未改变，他们很少到市区，养殖的螃蟹上市了，既不知道推广，也不知如何打开销售渠道，所有销售几乎全靠朋友介绍。正是渔民自身淳朴性格，很容易获得客户信任和认可，老客户介绍新客户，新客户也渐渐成了老客户，所以即便养殖户没有更多的销售渠道，依靠老客户们的购买力，也勉强能销售完自家的螃蟹。

秦伟国告诉我，他与第一个稳定大客户的相识经过。他忘记是在哪一年，当时正值螃蟹蜕第三次壳，一个好朋友带着几个人到太湖游玩，乘船到了秦伟国的网围。他以为是朋友几人游玩，便热情地接待，请他们到棚屋里休息，说此时来不是时候，螃蟹还未长成，不能捉几只让他们尝鲜。闲聊了一会儿，其中两人提出要去网围里看看螃蟹，秦伟国便撑了小船，带着他们在几个网围间穿行。他一边撑着竹篙，一边说着自己养殖螃蟹的方式，如何管理水质，如何修正水草，如何控制螃蟹数量，如何确保螃蟹的品质……他一口气说了很多，语气里满是骄傲，近乎有些炫耀。秦伟国不知道，这是朋友给他带来的大客户，几人来太湖游玩的目的，也是考察秦伟国大闸蟹的养殖情况。

一番游玩过后，几人回到棚屋喝茶，朋友这才拉着秦伟国，正式地向他一一介绍，并表明了来意。他先是一愣，紧接着便开心地邀请他们，到剩下的几个网围那里看看。几人笑着婉拒，方才乘船过程中已经听了秦伟国细致的介绍，他们朋友的介绍，也相信眼前这位汉子，便与秦伟国签订了合同。这时秦伟国才知道，几人是一家上市公司领导，他们每年都会购买大量螃蟹，给公司员工发福利，也会送给一些外地客户。

他意识到，这是一个重要客户，且将会是一个稳定大客户。为了表现足够的诚意，他主动给出低于市场价很多的价格，低得让朋友几人也有些吃惊，便以秦伟国提出的价格为准。接着又谈到运输和配送，秦伟国说螃蟹运输时间不能太久，必须保证收货人拿到的螃蟹全部是鲜活的，他提出一个方案，公司那边需要多少，提前打电话告诉他数量，他当天晚上放下地笼，第二天早上捕捉后，立刻开车送到公司。秦伟国还建议，如果有需要寄给外地的客户，不用先送到公司，再由公司寄给客户，可以将客户信息给他，由他包装好在养殖场直接寄出，能够节省一天左右的时间，同时他也会做好客户信息的保密……秦伟国事无巨细地说着，很多朋友没想到的细节，他都一一提出，并做了妥善的计划。谈好一切后，他激动地拿起笔，郑重地在合同上签下自己的名字。

相较于打鱼的年月，网围的日子虽有波澜，却也平静。但2008年，第一轮太湖围网整治，打破了所有养殖户平静的生活。为了恢复太湖水域的自然生态，政府决定将太湖里所有网围全部拆除。虽然养殖非常辛苦，但收入同样很高，当这种比较富足的生活被突然叫停，必然会引起所有人的反对。但太湖生态红线不能逾越，脆弱的水生态必须尽快修复，考虑到这一重要民生问题，为防止近万渔民全部失业，又在太湖离岸不远浅滩处，按照统一规格重新修建4.5万亩标准网围，用于安置拆除网围后的渔民，只是每户限承包15亩。即便如此，网围拆除工作依然艰难。为激励渔民主动拆除自家网围，政府不断宣传，原有网围必须全部拆除，生态面前没有任何退让，先拆除网围的养殖户，可以优先安置新的网围，最后拆除的可能无法分配新的网围。尽管新网围只能承包15亩，但总归还可以继续养殖。

秦伟国与妻子商量很久，太湖网围全部拆除是必然的，对于养殖而言，早一天晚一天，没有本质区别。不如早早拆了，搬到新的网围那里，还可以早些开始新一年的养殖。他们决定之后，便去找负责网围拆除工作的杨忠星，在合同上签了名字，头也不回地走了。

太湖网围规模太大，需要养殖户自己动手拆，政府组织了专业人员，教授拆卸技巧。秦伟国和妻子两人，便撑着那条小船，一点一点地将自家的网围拆掉。网很重，需要专门的机械船拖拽，他们做的就是将网围四周的木桩和竹竿拔起，拆下固定网的铁丝或螺母。他们重复做着这些工作，早晨天色微亮时他们便开始，直到夜色降临，星星挂满夜空时，才回到棚屋里休息。就这样忙碌了多天，他们终于将自己120亩网围全部拆掉。秦伟国看着坐在船上发呆的妻子，很是心疼，想说些安慰的话，可终究还是没有说出口，只是让妻子先回屋里。他则是联系专业人员前来验收，又安排了妻子，稍作休息后，便去了父亲那里帮忙。

当秦伟国将自家和父亲那里承包的网围全部拆除，也通过了验收之后，他撑着船突然不知道要到哪里去。水面空空荡荡，一望无际，他依然能循着原来水道，漫无目的地撑着小船慢慢漂着。在水面上荡了半晌，妻子叫了他，要去岸上统计拆除的网具、木桩、铁皮等，有些可以回收利用的东西，可能卖些钱。秦伟国和妻子站在一边，太阳照得人睁不开眼睛，他们用手罩住刺眼的阳光，眯着眼睛，看着眼前堆积如山的毛竹、木板，还有无数躺在一旁的铁皮船。来往运输的卡车，巨大车轮碾过的声响和发动机嗡嗡的轰鸣，仿佛将脚下的土地震得晃动。每一座"山"前都有一群专门拆卸搬运的工人，有的负责将木板、毛竹分类，有的负责搬运到车上，有的还在拆卸船体……汽车的轰鸣声、毛竹翻动的碰撞声、工人的喊叫声、切割铁皮的尖锐声，无数嘈杂声响混在一起，让秦伟国感到巨大的陌生。他看着被大卡车拉走的木头和碎铁皮，茫然站在那里，心里空荡荡的。他失去的不仅是那些杂乱的毛竹、木桩、铁皮和巨大且沉重的网，还有曾经关于网围的生活和记忆。他望向曾经居住的地方，开阔的湖面上一望无际，没有任何痕迹。

他和妻子站在那里，很久很久。

为了生态保护，总要有人做出牺牲。简简单单一句话，却包含着巨大的重量。我问了秦伟国一个问题，是愿意在西大圩做内塘养殖，还是想再回到太湖里做网围养殖？他苦笑一声，说愿不愿意都只能这样。接着他给我算了笔账，他之前在太湖承包120亩网围，一年收入几十万。2008年第一轮压缩网围养殖规模，他与父亲两家一共只剩下30亩养殖面积，收入减少一大半。第二轮全面清退太湖网围阶段，江苏省要求是2020年前全部拆除太湖水域网围，东山镇则将时间点提前两年，在2018年完成辖区内太湖网围的全面清除。

"可我们不能只盯着自己的腰包，太湖生态问题的账怎么算？"

我没想到他会这样说。他继续说，对于清退的网围，政府每亩补偿4500元。这些一次性的补偿金，虽只是有限补偿，却也算一笔资金，成为他承包西大圩水塘的启动资金，可以继续做内塘养殖。渔民对湖水有着特殊情感，秦伟国发自内心地认为自己的牺牲是值得的。事实的确如此，养殖户和渔民们的牺牲，换来的是太湖水域生态的全面恢复。最近两年，太湖鱼虾渐渐多起来，蓝藻得到很好控制，太湖水质也越来越好。太湖水质的提高，对于岸上的养殖也是有利的。从这一方面来说，也是自然对人们的回馈。

秦伟国说，现在每当看到天蓝色的湖面，便会想起以前的日子。那时他总是和妻子一起，撑着小船在各个网围中穿梭、奔忙，清澈见底的湖水中，隐约可见藏在水草中的螃蟹。许多各种颜色的水鸟，站在漂浮的水草上，它们不怕船，也不怕人，如果有船远远地驶过，它们还会在船的周围飞绕，捕捉在水浪中翻涌上来的小鱼小虾。湖面上的风，带有一丝鱼腥味，但吹在脸上，即便是炎热的夏天也会有一股凉意……那些有关网围的记忆，在脑海中越来越清晰。他的语气中，带有难以言说的复杂感情。人当然是有记忆的，那些远去的记忆，总会在突然间闪现，让人忍不住怀念过去。

如果太湖的水有记忆，也一定会记得，曾经那些关于网围的日子。

三　最后的西大圩

再到东山，是今年4月下旬。

东山是半岛，地形是西南—东北走向，整体北高南低，山地集中北侧，南侧则是临太湖滩涂地带。西大圩，在东山镇西南部。这个时节，碧螺春采摘已进入尾声，枇杷还需一个多月才上市，并非旅游旺季，当天也不是周末。这个时间是我们特意挑选，本意是把受访者的影响降到最低。我们提前与秦伟国约好，去他在西大圩承包的水塘上转一转。

秦伟国告诉我，去西大圩没有公交，打车也不方便，说早晨他们从家里出发去塘上，可以顺路接上我。4月22日早上六点，我接到了他的电话，便站在居住的酒店门口等他。他开着一辆破旧的五菱，打开车门让我坐在副座。他的妻子在后排，坐在一个木凳上。后排的座椅全部被拆掉，想必腾出的空间是用来放工具或者货物。他妻子很热情，先跟我打了招呼，问时间是否太早，不等我回话，便自己说道，他们每天都是这样，早上投喂饲料不能太晚。紧接着又问我有没有来得及吃早饭。我侧转过身来回答，表达再次打扰的歉意。她笑着说不碍事，只是到塘上后他们要干活，顾不得我。简单聊了几句，我们便都默不作声。

车子沿着北侧环山公路前行，路两边是一片片茁壮枇杷林，间或有河道横穿公路，从北面山脚伸向太湖。东山并不大，开车半小时左右便可走完一圈。但从镇上到西大圩，路程不近。我们开车大概二十分钟到铜鼓山脚下，从一个狭窄路口，转入渔民新村。在村里左右转了几次弯，出了村子便到达太湖边上的堤坝，太湖浩渺的湖面，赫然出现在眼前。

堤坝是用土石堆砌的，上面是一条土路，坑洼不平的地方要多过平坦路面。车在路上行走，晃动得很厉害。右手边的太湖已经全部呈现在眼底，向远处能够看到三山岛葱绿的树木和沿湖的村庄。近处的湖面，疯长的水草使湖水变成墨绿色，一些露出水面的水草，开着黄色的小花，随着水波轻轻地晃动。一只小小的灰黑色水鸟，站在旁边的一片水草上，一动不动。车子前进的声响，惊了一只藏在堤坝旁的白鹭，它轻盈地扇着翅膀，向湖里飞去了。

堤坝的这条路向前延伸，看不到尽头。路的左边已不见房屋，而是一块一块切割整齐的水塘，还有一些被开垦出的还未种上庄稼的土地。在这条路上行驶了几分钟，到达一个闸口，后面被一条水渠一分为二的地方便是养殖的水塘，岔开的两条路上分别架着一个大铁门。车子在这里左转，下了堤坝，我们沿着土路从东边的门进去。前方是一片开阔的水面，中间长着高高的芦苇，一大群黑色的野鸭从水面游芦苇。我正在震惊野鸭的数量，忽然从汽车边飞起一阵野鸭，贴着水面扑棱棱地向远处飞了几十米，在水面留下一行行水纹，荡漾了几圈便消融在水面的微波中；还有几只，从左边的水渠里冲出来，紧贴着路面，一头扎进右边的水塘，没了踪影，不一会，又从稍远的水面浮出。

秦伟国告诉我，右边水塘面积一千多亩，是纯天然滩涂湿地。太湖水从这里引进来，经过这片滩涂自然净化，然后流到进水渠，每一个蟹塘都可以从进水渠抽水。而所有蟹塘前，还有一条出水渠，清塘时便将塘里的水排放到出水渠。所有的出水渠中的水，最终都会汇集到左手边直通太湖的水渠，经过自然的沉淀、过滤后，确保水的各项指标均达标，就可以打开堤坝上的闸口，流入太湖。这种水循环方式，更加科学环保，在引用太湖水养殖的同时，并不会对太湖造成太大的污染。

以前的西大圩，各个水塘也是大小不同，形状各异，道路曲折狭窄，难以行人。为了转移太湖网围养殖，东山镇政府对东、西大圩进行重新修正，不仅修通了更便捷的道路，也集中通电通水，现在我看到的，已经是改头换面后的西大圩。

车子又向前走了约一公里，在第一个路口右转，在第二个蓝色铁皮搭建的小屋，方才到秦伟国承包的蟹塘。车子刚刚转过弯，便有三只小狗飞奔而来，跟着汽车边跑边叫。车子停下后，秦伟国将车上的工具一搬下来，妻子则去喂几只小狗，远处的狗棚还有两只拴了绳子的，也在不停地叫。秦伟国说，这些狗基本上都是他收养的流浪狗。这些年，不断有渔民退出养殖，不再承包水塘。他们将家搬回镇上或市区，没有办法将狗一起带回去，便丢在这里。这些曾经看家护院的狗狗，最后却成了无家可归的流浪狗，哪里有吃的便跑到哪里。秦伟国的妻子见它们可怜，就每天带来些剩饭剩菜。直到现在，他们一共收养了六只流浪狗。

疫情以来，水产养殖市场受到巨大冲击，很多人都不再坚持做养殖，秦伟国的养殖规模也缩减到了15亩。秦伟国说，从镇上来一次西大圩，开车至少半个小时以上，东大圩比西大圩更远，还要继续沿着堤坝向前。一方面是距离太远，另一方面东、西大圩的路实在不方便，很多年龄大的渔民慢慢就放弃养殖。

说话间，秦伟国的妻子已从屋里拿出工具，又搬出一袋饲料。秦伟国拿出一个塑料桶，将饲料倒进桶里，又添加了一些别的东西，最后加了几盆水，说要泡半个小时左右，才可以投喂。泡发饲料的时间，可以清理塘中多余水草。养殖螃蟹必须要有水草，螃蟹蜕壳会藏在水草里寻求保护。水草长势过盛，又会影响水质，必须清理。两人上了一条小船，秦伟国拿着竹篙划船，妻子则在船头割水草。割水草的刀是简易制作的，一根粗细适中的毛竹，将两块薄铁片焊在一起，用铁丝仅仅拧在竹子的一头，便制作完成了。毛竹大概三米左右长，可以在船上站着割水草，不必弯腰。

我想帮忙，却无从下手，只得站在塘边，看他们在水面忙碌。一叶小舟漂在水面，两人一前一后，眼前的画面，让我想到了书中的江南景象。但书中的水墨画，没有画出江南的辛劳，也没有画出人物的生命。我此刻所感受到的，是一代代渔民为了生活而留下的汗水。水塘里倒映出湛蓝的天空，仿佛涂着厚厚的油彩，可小船划过的地方，都是无数秦伟国们辛勤且平淡的日子。

他们清理了一部分，上岸稍作休息，再用铁耙将割断的水草捞上来。秦伟国让我一起到小屋里坐，他点了根烟，缓缓靠在椅子上，指着窗户外问："你晓得，塘上面这些线是用来做什么的？"每个蟹塘上都有许多长长的线，这些线并不细，但稍微离得远了，也还是看不清。我回答说："是防鸟的吧？"之前采访农林站时，周青曾说过，但我并不确定。

他点了点头。太湖生态不断优化，东、西大圩每年都会迎来无数的候鸟。迁徙的候鸟极少飞到蟹塘，但白鹭却会常常光顾。螃蟹蜕壳的时候，都是待在水草上，刚刚蜕完壳的螃蟹特别柔软，这时候白鹭就会飞来吃。有些整只吃掉，但更多的是把螃蟹啄伤，损伤的螃蟹大部分会死掉，有些幸存的也是畸形，卖不上价格。如果遇上阴雨天气，水中缺氧，虾和蟹就会从水中露出头，这时候就会有成群的鸟飞到塘上捉食。在鱼塘上绑了绳子，其实并没有太大的变化，但多少也会有些保护作用。

白鹭很轻，腿又细又长，可以在水草上走动，看上去就像是在水面行走。可白鹭并不会游泳，它们的羽毛很细，而且不防水，一旦落入水中，如果没有人施救，最终只能被淹死。秦伟国曾在自己的蟹塘，见到一只被淹死的白鹭。那是一只刚刚成年的白鹭，体型并不大，嘴角还有一些未完全褪去的淡黄。它雪白的羽毛浮在水面，格外刺眼。白鹭不同野鸭，它们特别聪明，对于成年白鹭来说，这些线几乎构不成影响。这只年幼的白鹭，大概是因为没有经验，才会丢了性命。秦伟国撑着船将它捞起，心里不是滋味。他认为白鹭是一种纯洁的鸟，是东、西大圩的精灵，但他们做养殖毕竟还是为了生计，减少损失是必须要做的。不过，相较于以前张捕鸟网或者下药，现在已很少有鸟会因为这些线受伤。

秦伟国望了一眼窗外，看到妻子已在捞水草，便熄灭烟，起身出去了。隔壁塘上的两位老人，正在一旁的空地上忙着架起竹竿，秦伟国走上前去和他们说了几句话，随后到塘里和妻子一起去捞水草。我走向前跟两位老人问好，却听不懂他们浓重的方言，模模糊糊地听得老奶奶已经70多岁。他们来得早，塘里的事情已经做完，现在腾出时间种些蔬菜。我看着有十几株辣椒，六七棵茄子，几棵西红柿和黄瓜。菜苗根部堆积着厚厚的半干水草，不用说，水草是可以用来做肥料的。这便是中国农民骨子里的勤劳和节俭，哪怕两位老人已佝偻了腰，也不会停止劳动。哪怕一缕窄窄的空地，也不舍得浪费。

我站在塘边，向秦伟国夫妻道别。他问我怎么回去，如果步行走到有公交车的公路，要将近一个小时。我听得出他的意思，但实在不愿耽搁他的时间，只说自己想到处走一走，看看景色。路过两位老人时，他们笑着站起身，我也挥手和他们作别。

来西大圩之前，我已从杨忠星那里得知，东、西大圩也将面临还湖的命运，在东山镇一线干部们极力呼吁下，西大圩暂时保留养殖，但东大圩要在今年内完成全部还湖。提到这个问题，杨忠星也指出，东山镇养殖面积曾达到6万多亩，东山镇的大闸蟹养殖、销售、运输、加工，螃蟹饲料制作、销售，养殖工具、水产医药等，早已形成一条完整产业链，年总产值接近5个亿。太湖网围拆除后，整条产业链遭到重大打击，倘若再将东、西大圩的内塘养殖全部清退，影响的不仅是养殖户，更是整条养殖产业链，涉及几万人的生存。但是，生态保护红线必须保证，民生问题也不能忽视。两者相权，只能采取循序渐进的策略，暂时保留西大圩的养殖面积。

再次经过那片近千亩的水塘，依然能看到水面无数黑色的野鸭。它们警惕性很强，但并不怕人。靠近岸边的野鸭，见有人路过，一只带着一只扑棱棱飞起，却只飞了十几米便停下。离得稍远的，仍然在水面悠哉地游着，不停地转着脑袋，像是在注视着我的行动。

从秦伟国承包的蟹塘，走到来时的堤坝，大概用了十几分钟，我转身看着西大圩，心里突然沉重起来。我羡慕这里的环境，天蓝，水绿，空气新鲜，但想到秦伟国一家和那两位老人，又联想到东大圩、西大圩无数养殖的渔民，我不禁生发出疑虑和担忧。经过这么久的采访，我知道无论东山还是西山，50多岁的年龄仍旧算是青壮年。且不说两位70多岁的老人，仍需日日在塘上做着体力活，即便秦伟国和苟学军也已50多岁。我不知道他们的养殖生涯能坚持多久，或许10年，或许20年，似乎会坚持很久，但肯定不会更久。

或许真到那一天，东、西大圩又将再次回到原始的自然生态样貌。

终于到了环山公路，已是中午十二点半。我站在公交站，突然想起第一次见到秦伟国时，他说出的一段令我困惑的话。他说他一个人的时候，常站在西大圩堤坝，望向浩渺的湖面。曾经的太湖特别繁华，晚上湖面渔火通明，湖水倒映着船上的灯光，像是游动的街道。现在，夜晚的太湖像一个深不见底的黑洞，什么也没有。他陷入自己的回忆，像是跟我说话，更像自言自语。我半开玩笑地说，晚上还能看到环太湖沿岸的路灯。他没有说话。

此时，我大概明白，秦伟国为何依然坚持在西大圩。他是想靠着曾生活过的地方，想离自己的曾经近一些。即便漂泊在湖面上居无定所，但那是不被定义的生活，是像风和水一样的自由。

四　内塘的日子

从太湖到岸上，对于养殖而言，可谓大费周折。上岸过程中，许多渔民由于年龄较大，体力难以支撑高强度的内塘养殖活动，便放弃承包内塘。但传统渔民往往没有多少文化，大多数小学尚未毕业，城里没有合适他们的工作。不同的人，最终的去向却大致相同。苟学军也是吴玉生主任为我们引荐的养殖户。他是陕南人，今年51岁，身材偏瘦，结实干练，走起路来裤脚带风，看起来像不到40岁。他在部队20多年，退役后定居苏州。

东山镇还在做养殖的，基本全是以前的渔民家庭。东山镇本地渔民习惯了水上生活，也乐得跟水里的东西打交道，所以养殖当然是最好的选择。但苟学军学历并不低，退役后可选择的工作很多，他不是渔民，又极少与水打交道，甚至没有养殖经验和技术，为何要选择养殖？我不禁有些疑惑。

"我搞养殖完全是兴趣和爱好。"苟学军说话时的语气非常轻松，声音中气十足。退役后，他不愿赋闲在家，一直想找些事做。2015年盛夏的一天，他与朋友乘船到太湖游玩，看到很多养殖的网围，觉得新奇，向渔民了解情况后，便想试试看。妻子与儿子得知后，都很赞同，他们不指望靠养殖挣钱，而是支持苟学军去做自己喜欢的事。

说干就干。他先是频繁地跑到太湖里，向网围养殖的渔民们讨教，又主动联系农渔业专家，同时调查养殖的市场需求，以及筛选可养殖的水产品种。一个偶然机会，他得知湖州正在尝试从东南亚引进罗氏沼虾，经过海水淡化后可以在国内淡水养殖。这是一种热带虾类，通体呈半透明状，两只青紫色的螯爪，又细又长，成熟后的罗氏沼虾一只近200g，并且肉质紧实鲜嫩,很受市场欢迎。苟学军认为这是很好的机会,跟着科学的方向走,不会有错。他多次前往湖州,学习罗氏沼虾的养殖技术,签订购买虾苗的合同。

最初苟学军在太湖里承包60亩网围,尽管太湖网围养殖的鱼、虾往往集中上市,且主要供应当地饭店和市场,但当时养殖罗氏沼虾的并不多,所以他养的虾不仅销量好,价格也高。后来太湖网围拆除后,他选择到西大圩继续承包内塘养虾,并将养殖规模扩大到了80亩,也依然很轻松就能全部卖掉。

农民的生活是日出而作,日落而息,养殖也是一样。罗氏沼虾对水温有很高的要求,往往是进入6月份之后,水温达到要求才可以养,一般到10月底便可上市,共有4个月生长周期,有些虾苗从投苗到上市,甚至只需2~3个月。所以养殖和农业种植很像,但时间更紧张,因为鱼、虾的生长等不得。苟学军家在苏州市区,往返距离太远,他便在塘上建了一个蓝色铁皮屋,一边存放饲料和工具,另一边可以居住、吃饭。

80亩虾塘并非小数目,必须请工人帮忙。养虾季,每天早上六点不到,他们要准备饲料,撑着小船到塘里投喂。苟学军说,虾塘会种植些水草,净化水质,但也会控制数量,太少了要补种,多了要清理。重要的是检查水质指标,确保含氧量。因为虾不像螃蟹可以爬到水面甚至岸上呼吸,必要确保水中氧气充足。这些工作完成后,基本上一天便结束了,稍作休息,傍晚五点多,还要再投喂一次饲料。等苟学军回到小屋时,夜色已经暗了下来。

养殖没有闲下来的时候,这样的日子,要一直到虾上市。2021年下半年,眼看着虾即将上市,一股冷空气悄然而至。东、西大圩也有很多人开始引进罗氏沼虾,更多的是在蟹塘里混养一些。可很多养殖户并不完全了解罗氏沼虾的习性,也有人不以为意,认为虾的个头已很大,过几天便可上市,水温降低几度不会有太大影响。可当冷空气袭来,塘里开始出现死虾,已来不及了。苟学军提前打开水塘进水阀,在冷空气到来前,增加2米水深,尽量减缓虾塘底层温度下降速度。几天之后,其他养殖户塘已没有多少活虾了,只有苟学军有足够量的虾。由于市场需求量无法满足,罗氏沼虾的价格飞涨至110元一斤。

2021年，罗氏沼虾上市初的几天，经销商们才意识到，一次并不算强的冷空气，竟对西大圩罗氏沼虾的养殖带来如此大的打击。很多养殖户仅剩的一点虾，很快便卖光，只有苟学军塘里还有。太湖水域养殖的捕捞方式，都是提前一天在水草间的空地放置地笼，这是虾、蟹的行走路线，第二天凌晨便可以将地笼取出，根据时间的长短，控制捕捞虾、蟹的数量。由于经销商往往是在凌晨到塘上取货，所以基本都会提前约好时间和数量。

10月21日凌晨三点多，苟学军将取出来的虾卖完，正准备回到屋里休息，突然听到虾塘边有人吵嚷，似乎还动起手了。他赶忙起身出去，看到两个人扭打在地上。蟹塘的路并不宽，只能单向行驶一辆货车，苟学军怕他们在黑暗中跌落进水塘，便上前劝阻。他费了一番力气，将两人拉开，才发现，两人原本就认识，一个是前一天约好来买虾的，一个是刚买了虾准备回去的。经过一番询问，方才得知，装好车的人心里很得意，看到晚来的，便略带调侃地说，今天晚上的虾已卖光了。然后又幸灾乐祸地拍了拍他的货箱。后来的人，虽早已约好要来，却并未确定具体时间，他因事耽搁了时间，本就心里焦急。现在没见到虾，倒被嘲讽了一番，火气蹭得一下蹿出来。苟学军劝说了一会，没有办法，便又撑船到塘里，将刚放进去没多久的地笼捞起，给后来的人找了一些，方才平息两人的怒火。

我问他，价格上涨那么多，那么抢手，是不是很开心。苟学军轻轻笑了，没有回答，内塘养殖成本远高于网围。东、西大圩水塘，一亩承包价格高达2800多元，太湖网围一亩仅800元左右。加之内塘需要大量人工成本，维持小范围水环境需要更多设备，失去太湖水自身的浮游生物作为食物，投喂饲料不得已全部换成颗粒饲料。最重要的一点，还在于疫情影响下的市场急剧萎缩。相较于本地青虾，罗氏沼虾上市时间有限，如果不在10月底至11月初卖完，水温渐渐降低后一样会造成虾大量死亡，这时如果虾死亡，造成的损失更大。

有一段时间，苟学军每日空闲时，都会沿着虾塘漫步。养殖既劳累又枯燥，但苟学军不这样认为，每天的辛劳换来的是虾的成长，塘里的虾每一天都在变化，这对他来说，非常有成就感。呈倍数增长的成本，已经严重影响了养殖的规模，疫情导致的市场减少，更是难以克服的现实问题。无奈，2020年清塘后，他将养殖规模缩小至15亩。

"我想过得自由一点，少养一些也就少累一些。"苟学军靠着椅背，腰板依然挺得笔直。现在一个虾塘，自己便可以干完所有工作，每天还有很多空余时间。有这样的虾塘，家人也多了一个消遣的去处。苟学军的妻子在苏州市区生活，儿子在苏州市区一家外企工作，有时妻子会单独过来，周末的时候儿子一家也会到塘上来。塘上有事情的时候，儿子会帮帮忙，空闲了就四处走走散心，缓解缓解城市带来的压力。

他说自己养虾，不指望挣钱，而是享受养殖过程。搞养殖不为赚钱，我不太相信。可当他说出自己的养殖方式后，我又不得不佩服他的豁达。从进入养殖业开始，苟学军便只养罗氏沼虾，从不养其他水产。每年10月底到11月初，塘里的虾全部卖掉后，他便开始真正地"清塘"和"晒塘"。空塘经过太阳暴晒，既可以杀菌又有利于虾和蟹的生长。别人晒塘往往只晒一个月，但苟学军却一直晒到第二年6月份，等气温达到要求，再向塘里放水。这近6个月的时间，便是他的自由时间。我以为塘上没有事情了，他会回到市区跟妻子同住。但他却说自己已经习惯了塘上的生活，只要在城区的家中住上几天，就会犯颈椎病。西大圩不仅空气很好，又特别安静，住在这里，整个人都是舒展的。而且他现在依然坚持在部队养成的锻炼习惯，每天都会跑步、健身，这里开阔的地形，再适合不过。

近几年养殖规模减少，苟学军也有了更多时间，他在塘上空地处开垦一块菜地，还收养了很多流浪猫，空闲时种种菜、浇浇水、喂喂猫、钓钓鱼，真有一番别致的惬意。

五　俄罗斯望远镜

秋风响，蟹脚痒。

深秋的风，从湖心吹来，在青婆山脚下兜了个弯，缓缓地将临岸蟹塘的水面，搓出一层水纹。西山岛北面，沿着夫椒山路向前漫步。走到仰坞里，右手边可看到一片近七百亩水塘。20世纪六七十年代，西山岛开始大规模围湖造田，青婆山脚下水域便是其中之一。青婆山东西两端建起两条堤岸，延伸至仰坞里岸边围成一片扇形，堤岸建好之后，造田工程便宣告终止，从而形成了今天这片巨大水塘。这里便是宋建兴与劳美忠夫妇承包的蟹塘。

西山曾沿湖岸搭建一万多亩网围。2008年，金庭镇率先拆除太湖网围8000亩，2018年，剩余网围全部拆除。由于西山岛土地面积有限，无法像东山镇的东、西大圩一样展开大规模内塘养殖，青婆山环抱的这片水塘，便成为最合适的内塘养殖地。

劳美忠家在东河社区劳家桥，我们在劳家桥附近散步时，被她家的民宿所吸引。当时她正在打扫庭院，见我们进来，以为是客人，很热心上前招呼。我们表明来意，想参观一下民宿。她听了后热情并未消减，边走边介绍，将我们领去隔壁民宿的院子。

她是个健谈的人，我们并没多言，她便将自家经历一股脑讲出来。20世纪90年代，她和丈夫宋建兴靠做城市绿化工程起家，这项业务现在也依然在做，她说老本行不能丢。2014年，丈夫提出从事养殖的想法。2016年，与朋友合作，两家人正式承包了青婆山下的水塘，做起鱼蟹的养殖。2018年，劳美忠将现在的房屋重新装修，开起了民宿。儿子成家后在苏州市区生活，家里的一切事情都压在他们夫妻两人身上。她语速很快，讲了很多经历，像是担心在我们离开前，她不能讲完，也不能讲过瘾。

"每天都有忙不完的事情，连跟人说话的时间都没有。"她向我们诉苦，"已经快50岁的人了，干了一辈子，也不知道什么时候才能停下来。"她说得起劲，想到哪里就说到哪里。我们对养殖更感兴趣，他们现在是金庭镇唯一的养殖户。

2014年7月1日，丈夫宋建兴跟金庭镇政府沟通，确定承包这片水塘。当时负责管理人员说，近七百亩水塘里，肯定有非常多的大鱼，至少值几百近千万，希望将这些鱼虾打折一起卖给他们。劳美忠一口否决："我们只要清理过后的空塘。"劳美忠说，她既不想占便宜，更不愿做亏本买卖。他们承包后的前两年，只负责简单打理，既没有捕捞也没有投放鱼苗。2016年1月1日，政府全面清理水塘，请了专业人员前往监督，捕捞出的鱼，果然远远没有达到预估产量。清理结束后，他们和朋友一起，正式与政府签订承包合同。

七百亩水塘，几乎可以称之为湖。劳美忠清晰记得签完合同后那天，她站在岸边望过去，水面平静，没有波澜。耀眼的太阳，微微波动的水上，倒映出破碎的光点。她心里没有底气，不知道该如何管理如此大一片水塘。她和丈夫两人，甚至另一个合作的朋友，都没有养殖经验。她有些后悔，但合同已签了，只能尽全力去做。

万事开头难，最初的日子不仅是困难。围湖造田填起的土非常软，工程车无法通行，当时正在修环岛公路，他们自费买来石子先修路。近七百亩水塘太大，要全面清理一遍，又需要耗费大量时间、精力和金钱。为了方便管理，他们在塘边搭建一个小楼。宋建兴心疼妻子，很多事都抢着做，每天晚上十二点左右要去巡塘，还常独自一人划着小船去塘里投喂饲料。劳美忠更担心丈夫，可水塘的路又窄又难走，漆黑的夜晚很难分辨方向，她只能站在岸边看着，等着，心紧紧地悬着。冬季夜晚，水面会升起濛濛白雾，人站在小楼上，却常常连水塘中心都看不到。有时过了很久，都看不到丈夫的身影，她实在放心不下，忍不住朝着黑洞洞的水面大声呼唤，可声音也被淹没在混沌雾气和漆黑的夜色中。后来，她让在俄罗斯留学的侄子，花了三万多元，买了一个具有夜视功能的"望远镜"，只为能在夜晚，看着在水面劳碌的丈夫。只要看到他的身影，她就不那么担心。

有了"俄罗斯望远镜"，劳美忠在塘上陪着丈夫住了两年。

2017年，宋建兴与合作的朋友共同决定，将整个大水塘，切割成十几个小水塘。虽然成本又增加不少，但这样不仅降低风险，且方便管理。然而，小规模水塘养殖，又面临新问题，必须实时监控水质，及时增氧，且受到的不可控因素太多，任何一个节点不留神，都会造成不可逆转"灾难"。这种血泪换来的"经验"，往往突然而至。2022年10月1日，请来的技术工程师放假回家，不在岛上，只留宋建兴一人看守蟹塘。傍晚，他见到增氧泵开着，以为工程师忘记，便把十几个塘里的增氧泵全关掉。结果凌晨时天气突然转阴，起了风，不久淅淅沥沥地下起小雨。一向警觉的宋建兴，直到清晨五点左右才突然惊醒。他立刻意识到鱼塘可能会缺氧，急忙起身下塘。这时很多螃蟹爬到塘边，露出水面呼吸，水塘能隐隐看到一些翻白的鱼苗。他赶紧打电话通知工程师，又打电话叫来家中的妻子，自己则心急如焚地一个水塘一个水塘打开增氧泵，四台机器同时开启，也来不及了。当劳美忠开车赶到蟹塘时，只短短半个多小时，水面就已密密地漂满鱼白色的肚皮。

劳美忠脑子"嗡"的一声。鱼苗再过两个月，就可以上市了。她没有时间悲伤，拿起抄网，撑着船，将鱼苗捞起来。鱼苗最大的有半斤多，小的也有三四两。劳美忠大脑一片空白，双手不停机械运动，不知捞了多久，等回过神来，已蹲在岸边鱼堆前了。九点左右，雨终于停了，旁边村里来了很多看热闹的人。劳美忠只听到吵吵嚷嚷的声音里，传来几句："你们真傻哎，那些鱼都是缺氧死掉的，又不是生病，还有一些没完全死，赶紧让别人拿去吃哇，也比扔掉好呀，啊是？"劳美忠听着，双手撑着膝盖，努力站起。她想冲那些人怒吼，可喉咙发不出声音；她想哭，可没有眼泪；她想走开，两条腿却无法挪动。她怔怔地站在那里，眼睛空洞洞地望向前方，身边是几万尾刚刚死去的鱼苗……

整个金庭镇只有劳美忠一家养殖公司。他们养殖的太湖蟹、虾、鱼，整体品质很高，市场反馈也比较好，镇政府、吴中区政府都非常关注。鱼苗缺氧事件发生不到一周，苏州市农林站得知消息，主动派专家到他们的蟹塘考察，针对养殖做了指导。事实上，从劳美忠承包蟹塘的第二年，金庭镇农林站、苏州市农林部门，一直在为他们提供专业养殖技术指导。鱼、虾、蟹如何混养？如何确保螃蟹存活率高？如何提高螃蟹产量？如何将水污染降至最低？劳美忠夫妻两人不熟悉这些专业问题，也正因为技术不成熟，劳美忠和丈夫围绕蟹塘奔波了五六年，却一直在赔钱。在农渔专家指导下，他们渐渐熟悉、掌握养殖技术，养殖效益整体不断好转，每年大闸蟹产量、质量，包括销售额，都在不断增长。劳美忠坚信，所有的付出都会有所回报。虽然，有些时候，回报来得并不那么及时。

"我们的大闸蟹非常好，正宗太湖蟹。"劳美忠说着，语气里满满自豪。人们越来越重视生态保护，即便岸上养殖，也不敢过量投喂饲料，更不敢用违禁药品，上市的螃蟹，都是自然生长。太湖大闸蟹上市时间，稍晚于阳澄湖大闸蟹，成熟母蟹9月份可上市，公蟹要等到11月份。劳美忠告诉我们，市场很早销售的大闸蟹，基本没有太湖蟹，更没有阳澄湖蟹，都是从安徽、浙江等地运来的假冒蟹。这在行业内是公开秘密，普通人很少了解。

劳美忠拿出手机，让我们看两张螃蟹的照片，一只蟹壳光滑，颜色偏白色，另一只蟹壳坑坑洼洼，颜色偏黑，还夹杂一些暗黄色，像是沾着泥巴。"你认为这两只螃蟹哪只品质高？"她指着手机问我。这种对比，结果显而易见。看着她卖关子的眼神，我假装很认真比较，然后坚定地说，"当然是颜色发白的这只更好啊，你看它的壳多干净！"果然，她自信地笑了笑，告诉我们，蟹壳发白的、光滑的，都是药水处理过的，真正自然生长的螃蟹，壳的颜色都偏暗色，壳的表面也是不规则的。不仅如此，太湖特殊水质，也是螃蟹品质的保障，太湖蟹肉质紧实有嚼劲，味道鲜甜。但用药水养大的，不仅不安全，且肉质像豆腐一样软烂，没有鲜味。她骄傲地向我们普及太湖大闸蟹的好处，俨然成了一位辨别螃蟹的专家。

这当然得益于近些年太湖生态的恢复。越来越好的太湖生态，让太湖蟹逐渐成为被市场认可的品牌。劳美忠说，他们在2017年改造水塘时，重点提高养殖标准，确保大闸蟹亩均数量。德诚渔业有限公司，是苏州唯一一家做大闸蟹出口的个体企业。近两年来，青婆山下长大的太湖大闸蟹，已走出国门，出口至日本、韩国、马来西亚等国家。

太湖生态岛建设，对于劳美忠而言，是一次重要机遇。她说，丈夫很早便想到，将养殖观光、垂钓等活动与岛上旅游结合。但生态岛的建设，又有很多限制。宋建兴想在蟹塘附近建公共厕所，但岛上土地不能改变用途，更不能新建建筑。用电也是问题，养殖对电量需求很大，但电网限额，不能超过50千瓦。一台抽水机就30千瓦,两台同时开,显然会超功率。如果不开,螃蟹和鱼会死掉。

这些问题已不仅局限于养殖,而是生态岛普遍存在的问题。我们无法回答。或许,只有在不断的探索与尝试中,才能找到最好的答案。

我们离开时,一阵微风掠过青婆山。

第三节　碧螺春满园

茶汛开始的辰光，一簇簇茶树刚从冬眠中苏醒过来，桠梢上一枪一旗刚刚展开，叶如芽，芽如针，可是只要一场细雨，一日好太阳，嫩茶尖便见风飞长。

——艾煊《碧螺春汛》

三月悠然的春风，悄然吹拂着苏城人的内心。恍然间，鲜爽的茶香似乎已经在小桥流水之间游走、漫延，回味悠长。碧螺春茶，是苏城茶客的春日浪漫主义。西山碧螺春产地大致分布于石公村、东村以及缥缈村一带，沿湖弥漫而开，片片花团状的茶树，点缀着湛蓝湖面的外围。行驶在环湖公路时，沿路农家已挂起"明前碧螺春茶"的招牌。倘停车询问，朴素的西山人会指指背后不显眼的小山："茶叶还在树上呢！"

茶客寻找的是仪式感，等待茶叶从茶树上摘下，挑拣，现场炒制。不足一日，鲜爽而散发"仙气"的碧螺春茶已出现在手中。夕阳西下，映衬着波动潮水的声音，竟有了半分大海的惬意。今时碧螺春茶不同于往日，新鲜茶叶能以最快速度运往城市——二十余年前，还需坐船辗转数站。只有那些极致老饕，才会因为难以忍受春茶的召唤，驻足于山脚湖边。

一　采茶明前

春天，到石公村茶农家，体验真正的采茶。驱车至石公村村委门口，环顾四周，稍微远离湖边，少了湖风的清爽，多了山林间的静谧。驻足良久，依然不见人影。打开手机，忽然听见山顶窸窸窣窣的声音——一个小巧的身影从山梁左侧快步下山，不等电话拨通，已出现在我们面前。蒋旭晴，二十岁的年轻女孩，穿着旧衣——采茶时不免弄脏衣物，满脸笑意。我沿着她的指引，终于在路边不起眼的地方找到小路，蜿蜒着"爬"上山顶。虽然茶山高不足数十米，但没有台阶，只有茶农来来往往留下的足迹。

行至半山腰处，可见整齐的茶树。此时节茶树是渐变的：芽叶顶端叶苗鲜嫩翠绿，身后的老叶，随着时光痕迹的"轻"与"重"，逐渐呈现出鲜嫩向墨绿的递进。由茶树顶端向深处望去，似乎有许多"秘密"等待发掘。嫩叶在茶树各处，星星点点散漫展开，站在山腰向远处看，远山之上均点缀着一抹翠绿。

蒋旭晴递给我们一只竹编小篮，挂在腰间，采下的茶叶放于此中。扒拉着看她的篮子，仅浅浅铺满了篮底。我说，早上五六点起就摘了这些？她回头略笑，并不答话。

继续向上，树影间看到两个忙碌身影。稍近些，身材高大的是晴晴的父亲蒋月峰蒋师傅，稍远些的是她的母亲。蒋师傅抱歉地告诉我，碧螺春采茶季时间很短，采摘量又大，稍有延迟，芽叶长大就制作不了，所以不能陪我。他匆匆介绍一番，转身离开了，嘱咐蒋旭晴和我一起采摘。蒋师傅在稍远处招手，立即"消失"在茶树之间。

蒋旭晴告诉我们，碧螺春茶采摘，只取头上一芽一叶。我说，为什么不全部取芽头，这样制作出的茶叶香气更浓郁吧。她说，只有大茶厂产量大才会这样挑选。他们家分的地方不大，如果按照这个要求采摘，没有多少量啦！且他们个体出售，很难卖上价格，这么做不值得。她叮嘱我，采摘茶叶不能用手掰，或掐断，而是要捏住一芽一叶根部，然后轻轻地向上提，让茶叶自己"断开"。这样采下的茶叶，断口更美观，也有利于茶叶下一轮生长。

我们习得要领，走到旁边茶树边训练。茶树不足半身高，采摘顶部嫩叶尚不察觉，而逐渐采摘树枝下端茶叶，便不得不弯腰。调皮的嫩叶在茶树各处都会生长，树枝交叉处更是绿意丛生。只得用手拨开树枝，趁此间隙，快速伸手向上轻提。蒋旭晴提醒我们，每一棵茶树都要摘"干净"。进入采茶季，除去雨天，天气逐渐升温，嫩叶生长速度非常快。今日不摘，明天再来看，或许就是深绿色大叶，没经济价值了。茶农分秒必争——"还须早摘趁春分"。蒋旭晴手上速度越来越快。数秒间手上便握着一把嫩叶。

不足片刻，便觉腰酸腿疼。我自顾自退到一边，打量起这座山。向下望去，是成片整齐茶树。两三行茶树间，间或有果树杂。有些能识得，例如李子、枇杷树。其余只能勉强辨识。果树与茶树紧贴在一起，"茶吸果香，花窨茶味"。春日里桃花散发烂漫粉色，间杂于茶树，是自然的调色，四季之初的画板。闲坐桃树下，忽觉"洞庭无处不飞翠，碧螺春香万里醉"。

临近午间，蒋师傅才有空闲时间。问起今年碧螺春收成，打开了他的话头。去年苏州突逢大旱，连日不下雨。他在家心急如焚，迟迟等不来降雨，只得自己想办法。于是连夜订购水管和抽水机，将稍远处湖水抽上山来，连续浇灌几天才算过此一关。而后他捏了捏枇杷树的花骨朵，一捏就碎。大旱导致枇杷树花开得不好，全是空的，没果实，今年的枇杷肯定要减产。茶树在浇灌后倒没有太大损失。只是提起焦虑和劳累，他还是心有余悸。

闲聊片刻，蒋师傅便招呼我们下山回家吃饭。蒋旭晴家在不远处的村子，一方庭院，种有一棵枇杷树。坐于庭院中，可仰看远处山丘。我们还在吃饭时，蒋师傅匆匆扒完几口饭，小声一句"你们慢吃"，忙着走了。随后客厅传来细微柔和的"嗦嗦"声，好奇走出去，发现他正拿着篮子快速抖动嫩叶，残叶、孤叶和烂叶轻飘飘地"应声"而落。随后他将筛选好的茶叶倒在八仙桌上，垒起绿色"茶山"。晴晴和妈妈，围坐八仙桌，开始分拣。见状我们回到厨房扒完最后几口，急忙加入"战局"。

分拣，是制作碧螺春茶第二道工序。一斤碧螺春成茶大约包含六七万新鲜芽头，为最大限度地留茶叶鲜爽风味，需要对芽头严格筛选。挑去残叶、孤叶和烂叶只是第一步，还需挑拣出不符合一芽一叶要求的芽头，尽量控制整体芽叶芽头大小不会有太大差距。这是极烦琐的工序，必须逐一检查芽头。产出一斤茶叶，至少要检查数万次。蒋旭晴在桌前用双手围成小圈，双手交错连续从"茶山"分拨嫩叶，手眼联动，检查芽叶是否有问题。数分钟后，"茶山"慢慢转移到她的胸前，然后一次性倾倒至盆中，预备炒制。

分拣算是轻松活——相比于采摘。分拣时有座位可坐，不需面对阳光直晒，最重要的是不需频繁弯腰。我们信心满满加入其中。起初一切顺利，"茶山"也慢慢在胸前垒起，倾倒时很有成就感。约有半小时，便发觉不对劲。长时间面对几乎样貌一致的嫩叶，有些"眼花"，几次将大叶归进去，在蒋师傅提醒下，再检查一遍。时间愈长，问题愈多。长条硬板凳坐得屁股生疼，久坐不动，腰又渐渐酸疼，几次起来才能缓解。抬眼看着晴晴和她母亲，竟和开始时无两样，速度甚至愈发快。我们赶紧坐回去加紧赶工，可无论如何也赶不上她们。

四斤新鲜嫩叶，能制成一斤碧螺春茶叶。一个熟练茶农，一天时间，大约能采一斤嫩叶。碧螺春要求当天采摘当天炒制。炒制一锅碧螺春大概在一斤嫩叶左右，大约要半个小时。到了下午，晴晴一家必须分工合作。晴晴母亲继续上山采摘鲜叶，晴晴留在家里分拣，蒋师傅准备开锅炒制茶叶。至于我们，主要负责观摩。

言语之间，蒋师傅打开煤气，准备热锅。炒制碧螺春分四道工序，高温杀青、揉捻整形、搓团显毫、文火干燥。第一步要充分加热锅内温度。蒋师傅将煤气开到最大，不断用手贴近锅底，探测温度。随着温度上升，不禁有些担心，这么高温度不会烫伤？蒋师傅全神贯注于锅中，一时没听到提问。待到听清后，他笑着脱掉手套，指着几个斑痕说，每年都会烫伤，这是躲不掉的。说罢熟练将嫩叶倒入锅中，开始第一道工序，高温杀青。

蒋师傅用双手在锅中翻炒，嫩叶翻滚间还有阵阵白雾散出。高温快速翻炒，可在短时间内散发茶叶水分，但保留独特香气。整个过程约三到五分钟，在锅中反复揉嫩叶，沿着锅边翻滚一圈，随后轻轻接力向上提起，上升落下之间，水气快速散去。这道工序非常考验制茶师傅手力，毕竟锅中百余度高温，稍有迟疑，嫩叶可能会焦枯，制成的茶叶会有很明显苦涩味道。如果焦味过明显，整锅嫩叶就必须废弃，其中压力可想而知。蒋师傅自幼学习炒茶，数十年经验保证在他放入嫩叶片刻时，有着十足自信。

翻炒不断，嫩叶依旧保持着淡淡翠绿，但形状开始缩小，香气慢慢四散。如果闻过成品碧螺春茶叶会发现，这种香气介于嫩叶与成品之间。香气基底还是嫩叶气息——自然扑面的感觉，细细追索，悠然茶香已悄然潜藏。随后进入第二道工序，揉捻整形。这个阶段揉捻相对轻微，他摘掉手套，直接触碰茶叶，感受温度和湿度，控制炒制程度——却也增加了烫伤风险。蒋师傅轻轻拢住小部分嫩叶，搓成团，按在锅底揉，沿着锅边揉搓。蒋师傅不过分用力，一个小茶团只揉搓两三圈，随后打散，重新成团。揉搓后的茶叶，散发的水汽更多，茶叶颜色也变化，逐渐变深。茶叶呈现条状，但已明显变小。只有小部分偏小芽头弯曲。此时茶叶含水量依旧较高，还不合适大力度揉捻。第二道工序持续时间相对较长，非常耗费体力。要沿着锅底揉搓，防止被锅沿烫伤，弓着身子离锅一定距离。征得蒋师傅同意后——告诉他这锅不论成品如何都买下，我们也亲自试验，开始揉搓起茶叶。茶叶本身温度不太烫，锅底温度比较高，因此需要把握平衡，手和茶叶接触就不会烫伤，但要碰到锅底，就很麻烦。茶叶本身很轻盈，蒋师傅在身旁提醒要用力些，可心里顾忌，害怕一用力就碎。没有尝试太久，因为仅仅一二分钟，就感觉腰难以承受。

随后，蒋师傅拿来类似于枕头的垫子，压在锅沿。蒋师傅左手手肘压在垫子上，右手从锅中不断抓取茶叶放在左手，用力揉捻。这是碧螺春制作第三道工序，揉捻显毫。毫就是指嫩叶的小绒毛，炒制后会呈现出白色绒状，也被称为白毫。白毫数量多寡，决定茶叶质量。老茶客泡制茶叶后，只需浅浅闻闻，就能感受到茶叶的优良。同时，更多白毫也能让茶叶更美观，墨绿中点点散布银白，阳光照耀下好似"发光"。这道工序更耗费体力，手上力度要更强，蒋师傅整个身子都在随着揉捻茶叶轻微晃动。三月的下午，太阳西斜，阳光已不再热烈，可锅中高温蔓延小屋，即使有窗户和电扇，也无济于事。正是在这炎热的阶段，迎来了重要工序。蒋师傅不断抓取，不断揉捻。我问他，什么时候才算可以。蒋师傅回答不上，露出些许腼腆笑容。我赶忙接上，说是不是要看经验。他点点头，抓住一小团茶叶，摊在手心查看，似有不满，混入锅中，继续揉捻。

最后一道工序是文火干燥，相对轻松些。蒋师傅站直身子，只用单手在锅中不断搅拌茶叶。碧螺春茶储存和茶叶含水量有直接联系，愈发干燥的茶叶更易保存——当然，也不能完全没"水分"。如何把握这个度，也是一门艺术。此时碧螺春茶叶基本成型，颜色、形状、香气都是我们熟悉的茶叶，只待最后一丝水分蒸发，即可出锅。很显然，何时出锅也是经验，只得在旁边耐心等待。蒋师傅左手大力舀起大半茶叶摊在黄色纸上——终于起锅了。夕阳照耀下，成品碧螺春余温尚存，散发着丝丝水汽，颇为动人。

今天的嫩叶，必须全部炒制，无论多晚。我们回到客厅，只见每隔半小时或四十分钟，蒋师傅就拿着盆子舀走茶叶。记不得多少次，直至九点，蒋师傅才重新坐下。蒋师傅告诉我们，因为碧螺春茶附加值不高，近几年茶农很难赚到钱。他们作为个体农户，向外出售的茶叶大致在千元一斤，这里面绝大部分都是人工费。待到嫩叶大量长出——天气再热一些，就必须请人来采摘。岛内愿意来采摘的人不多，要从外地聘请。茶农要负担路费、住宿费及伙食，还要承担安全风险。这让本就利润微薄的农户更不堪承受。蒋师傅说，已有越来越多农户废弃茶树，让茶树自己随便长。费劲几个月赚到的钱，还不如打工来得多。蒋师傅因此也没有让女儿继续种植茶叶或其他果树，而是留在苏州大城市工作。

蒋师傅难以舍弃自己和茶叶之间的情感。辛苦，收入微薄，但对于这位炒茶数十年的老茶农来说，似乎还没到结束的时候："如果还能做着，就继续做着吧。"每天嫩叶数量翻倍，等到他全部炒制完成，可能已是第二天。早上不等阳光升起，就必须采摘。最后一锅碧螺春茶结束，蒋师傅一家能够期待的，就是好好休息。休息也不会有太长时间，炒茶结束，枇杷要上市了，又是一轮新的忙碌。

美好的是茶叶，辛苦的是茶农。

二　茶人与茶事

五月初，碧螺春茶采茶季结束。我们拜访了西山岛花果香茶场负责人蔡国平。他有很多头衔：中国炒茶大师、非物质文化遗产碧螺春制作技艺代表性传承人、国茶人物·制茶大师……一年一季劳作后，蔡老板终于有些空闲时间。

我们坐在茶场，看着左侧一排制茶锅台，回望月余前的热闹。不多时，蔡老板从外边回来。他有些腼腆——常年与"不说话"的茶叶打交道，忽然来人采访，他从我们身边经过竟没反应。还是别人提醒，他才转过身，有些抱歉地邀请我们坐下。他为我们泡下碧螺春茶，给自己泡的是碧螺红茶。他自顾自地说，前些时间太忙，实在没空请你们来，不好意思。我忽然在"腼腆"之余感受到朴素的爽朗，颇多亲切感。

采茶长期暴露于阳光之下，蔡老板相比于照片，多了几分"成熟"质感。采访前，我们就不断思考，面对炒茶师傅，该如何提问？若是询问制茶，多少"大材小用"。恰在此时，蔡老板主动讲起碧螺春茶的历史。碧螺春茶原叫"吓煞人香"，"吓煞人香"的源头，是蔡老板戏称为碧螺春的"爷爷"水月小青茶。民间传说，水月小青茶最初种植上方寺，因其香气逼人，得到许多人喜爱。上方寺规模宏大，有5080间房子，制度森严，管理严格，水月小青茶仅存于上方寺中。后来从上方寺分流出水月禅寺，水月小青茶也随之流出。水月禅寺规模较小，和尚常和本地茶农交流，水月小青茶由此流出寺庙，渐渐成为本地较常见的茶叶。碧螺春作为贡品，进贡康熙皇帝，因其名"吓煞人香"不雅，于是提笔改为"碧螺春"。清乾隆年间王应奎《柳南续笔》记有此事："洞庭东山碧螺峰石壁，产野茶数株，每岁土人持竹筐采归，以供日用，历数十年如是，未见其异也，康熙某年，按候以采，而其叶较多，筐不胜贮，因置怀间，茶得热气异香忽发，采茶者呼吓煞人香。吓煞人者，吴中方言也，遂以名是茶云，自是以后，每值采茶，土人男女长幼，务必沐浴更衣，尽室而往，贮不用筐，悉置怀间，土人朱元正独精制法，出自其家，尤称妙品，每斤价值三两。己卯岁（1699），车驾幸太湖，宋公购此茶以进，上以其名不雅，题之曰碧螺春。自是地方大吏，岁必采办。"

言语之间，数十年与茶叶打交道的自信渐渐浮现。我们想知道过去的岁月里，他获得了多项奖项，制作出多少茶叶，他感觉到自豪的时刻是哪些？碧螺春茶似是他的孩子，嫩叶和成品茶之间，十六岁炒制的茶叶和中年炒制的茶叶，肯定含有不同的情感。

蔡老板讲了父辈的故事。葛家坞有几位炒茶大师，就包括他的父亲蔡春元。逢到重要场合需要礼品茶，大多由蔡春元和其他大师共同制作。不远处梅花坞也有数位制茶大师。他们能代表当时洞庭碧螺春制茶最高工艺。七十年代基辛格访华，周恩来送的国礼就有碧螺春茶，正出自蔡春元师傅和梅花坞的师傅。基辛格拿到的那份茶叶，是谁做的，已不可知——中央同时收取两份大师的茶叶，选择了其中一份。碧螺春茶古时作为皇帝贡品，当代作为国礼在重要外交场合使用，这是碧螺春的荣光。他说，我们这里品牌意识太差，这么好的宣传内容，却始终没很好发挥。我理解了他的苦心。如此"知名"的故事，若不是前来采访，竟无从得知。回来后我们曾多次在百度搜索碧螺春的故事，但找不到相关信息。碧螺春"荣耀"的过往，如今像破败的烂尾楼，无人问津。

我请蔡老板讲讲"自己的故事"。他讲起和"三万昌"的合作。"三万昌"是苏州茶叶老字号，始创于清咸丰五年，始创人为苏州人盛尧明，"三万昌"意在"绵绵不绝，繁荣昌盛"。1949年前，"三万昌"设于观前街，近百张茶桌，兼作书场，同时供数百人品茗、听书，热闹非凡。1949年后，"三万昌"转让国家运营，后因各种原因，渐渐从人们记忆中淡出。

1999年，苏州市政府打造观前街旅游生态，苏州知名人士张建良响应政府号召，重新恢复"三万昌"品牌。蔡老板曾和张建良有多次合作。张建良销路广泛，和北京、上海知名茶馆都有联系。蔡老板借着张建良的平台将碧螺春茶卖向四面八方。张建良重新恢复"三万昌"后，蔡老板大胆"出走"西山岛，来观前街给"三万昌"供货——直到八十年代中期，茶叶才允许由个人直接出售。当时从西山岛到苏州市还没有跨湖大桥，只能通过原始交通工具出行。蔡老板带着炒制的茶叶，约数十斤——产量不大，早晨起来先骑自行车赶到码头。他们会用蛇皮袋装好茶叶——约十余袋，挂在自行车两端。不等太阳跃出洞庭山，便晃悠着驶向码头。到达码头，转乘摆渡船到达陆巷码头。在摇摇晃晃的摆渡船上，他们必须守护好"行李"。同时，还要注意保持体力，因为"旅途"漫长。下船之后行程尚不足半，还要继续坐公交车到观前街。如果遇到风浪停船，返程时就要在陆巷码头居留一晚。居留时内心想的还是茶山的茶叶。即使一切顺利，也是早起晚归，稍有耽误就可能来不及回家。蔡老板打趣说，赶路匆忙，经常整天察觉不到太阳在头顶，火辣辣地刺得皮肤生疼。

当时留园路和阊胥路，有茶厂设置的门市部，用于收购茶叶。蔡老板一行辛苦搬运至此后，大多直接出售。苏州多数茶厂售卖碧螺春茶和花茶，茉莉花茶产于虎丘，碧螺春就来自西山和东山。彼时还没有太多人愿意从西山岛出来，因而售卖茶叶不愁销量。同时，蔡老板作为个体出售茶叶，价格比供销社低，质量并不差甚至更好，因此茶厂更喜欢收购他们的茶叶。蔡老板售卖茶叶的时间不太长，更多时间用于赶路。

这中间还有一段趣事。张建良刚开始开设茶厂，对于销量也没有估计。虽然他在茶叶界声名在外，但是"三万昌"毕竟是"消失"已久的牌子，是否能重新赢得茶客信任谁也不敢保证。张建良打定主意要用上佳碧螺春打开销路。他打电话给蔡老板，嘱咐留点碧螺春给他。蔡老板合计之后，留下三百斤左右。上半年，没等到张建良提货。碧螺春的售卖，讲究速度，基本半年是最好时机。待到下半年，总有茶客挑剔些。有很多人来求货，蔡老板都拒绝了。三百斤茶叶按市场价格约四万五千元，在九十年代数额已比较大。直到十一月左右，张建良才来买走这三百斤茶叶。蔡老板说，当时人们做生意很讲诚信，相互之间可以信任。

由此，蔡老板和"三万昌"形成稳定供货关系，他自己的花果香茶场也有了长足发展。蔡老板的花果香茶场成立于2005年，发展至今，获得了"苏州银行杯"洞庭山碧螺春斗茶大赛"最佳传承奖"，2022年度"洞庭山碧螺春"品牌价值评估评价"十强企业",并获得授权可在包装中标注"洞庭山碧螺春"国家地理标志证明。蔡老板本人有整整一面墙的"制茶大师"奖牌。他的女儿也继承了优秀基因,连续在苏州市和江苏省制茶大赛中荣获理论第一、实操第一。对于蔡老板而言,制茶技艺上,他继承了父亲的衣钵并传承下去。

蔡老板的大胆尝试,还不止步于走出西山岛,更在于改变大家对于碧螺春茶的"印象"。提起碧螺春,多数人知道是绿茶,少有人知道还有碧螺红茶。我曾收到过碧螺红茶,当时觉得较诧异。后来才了解到,红茶与绿茶之间,最大差异在于制作工艺。绿茶不经过发酵工艺,红茶则是全发酵茶。制作工艺之外,茶叶材料本身相同。当然,根据不同茶叶香气差异,会有最合适的制作工艺。对于传统制作工艺的"逆反"也是常见情况。

蔡老板告诉我们,发明碧螺红茶的不是他。老一辈茶农记忆里,1949年前就有人制作碧螺红茶。而大力宣传碧螺红茶的,是蔡老板。他当时意识到,把碧螺春做成红茶,应该是产业发展的未来。绿茶难以保存,红茶可长期保存。碧螺春改做红茶后,并不减去太多风味,反而因为发酵能有新体验。九十年代开始,蔡老板有意识留存碧螺红茶。他自豪地告诉我们,1997年红茶还留有十斤,预备一直放着,体验碧螺红茶风味变化。这十斤茶已是他的"心肝宝贝"。什么时候拿出来品尝?蔡老板笑着说,他也想知道什么时候最合适。

当然,这种努力并不是一帆风顺。传统概念里,只有春茶卖不出去,才会制作成红茶。红茶是边角料代名词。对于苏州本地茶客来说,数十年品饮经验都是绿茶的"鲜",碧螺红茶接受度不高。蔡老板在九十年代批量生产,约有一千斤左右,销量不太好。后续他花费数十万元在苏州电视台打广告推广碧螺红茶,依旧收效甚微。蔡老板逐渐意识到市场可能还没接受红茶。改变顾客的习惯,改变市场倾向需要时间,更重要的是需要有更多人配合。后续他选择细水长流方式。他研究了福建金骏眉茶叶宣传策略,决定先从注册商标入手,注册了碧螺红茶,逐步打开市场。时至今日,碧螺红茶市场接受度依旧有提高空间，但销量已大为提升。东山、西山都有越来越多的红茶制作，精美包装的碧螺红茶已成为送礼佳品。蔡老板的尝试，虽然"领先"于时代，但是选择没有错误。

如今的蔡国平，和碧螺春茶结成深厚情感。对于自己的女儿，他花大力气培养其读书。不仅帮助女儿读到硕士，还送出国外增长阅历。女儿回国后，在金融行业工作。碧螺春采摘季，她也会回来帮忙，竟展现出不俗天分。蔡老板说，以前从未专门培养过女儿，只是偶然才发现，简单培训几天她就能炒出一锅不错的碧螺春茶。或许在金融行业工作过于疲劳，蔡老板的女儿，流露出回西山帮助父亲经营茶场的念头。蔡老板的情感有些复杂，一方面希望有人可继承他的手艺，继续将碧螺春茶发扬光大；另一方面，碧螺春茶想要新发展，可能需要再一次"出走"，其中的辛苦艰难，蔡老板比任何人都了解。女儿是否能走出这条道路，很难预测。碧螺春茶的未来晦暗不明，蔡老板和他的女儿还需更多时间思考。

当然，对于蔡老板而言，生活中还有很多乐趣，例如乒乓球。他是西山镇乒乓球协会负责人，组织了一个乒乓球群。五月后，茶农大多处于赋闲状态，群里常"一呼百应"，组织起来切磋。蔡老板站起身，指着茶场后的一个房间说，原本买了球桌就放在后边，大家都在茶场打。后来镇上修了更好的乒乓球室，大家又相约到镇上。下午三四点，大家就会集合。蔡老板乐呵呵地说，如果不是采访，这会儿估计正打着呢。他同时告诉我们，年底也会组织大型乒乓球比赛。说罢，拿起手机来调出照片和视频给我看。

略有些温热的下午，慢慢结束了。我们起身告别，蔡老板将我送出门口。回程的路上，路过片片茶山，我也不禁遥想起了碧螺春的未来。

三　勇敢地"出走"

蔡国平告诉我们，关于碧螺春茶，他的记忆是几次勇敢的"出走"——大胆与时代拥抱，走出那一隅西山岛。这或许是关于碧螺春茶的"启示录"。

随着互联网带货兴起，越来越多主播在直播间卖力售卖茶叶，其中就有碧螺春茶的身影。令人感到惋惜的是,这些碧螺春茶并非产自洞庭山,而是四川和浙江。主播在宣传时似乎也不避讳,直接介绍产地是四川——似乎不想让顾客误以为这是洞庭碧螺春。似乎大家已渐渐淡忘了碧螺春茶正宗产地。

谈及两款茶叶区别,蒋师傅无奈地告诉我们,外地碧螺春外观更齐整,价格较便宜,茶汤与香气的区别,非长期品饮洞庭碧螺春老茶客,很难辨别。或者说,对于要求不甚高的茶客或刚接触茶叶的普通人,选择价格更高的洞庭碧螺春性价比并不高。我曾关注过几个较大售卖茶叶直播间,碧螺春茶均价在99元半斤左右,至多不过三四百一斤。同等级洞庭碧螺春茶大约要1200元以上。并且,外地碧螺春茶叶包装设计也走在前沿:多运用淡青色作为主色,运用简约设计,突出"碧螺春"三字,设计现代而不烦琐。内里包装也多有设计,绿茶每泡大约3~5克,每包直接分配好重量,充有氮气保鲜。如此包装后的碧螺春,更符合现代年轻人审美,也更适合作为伴手礼——价格也较合适。这些包装后的碧螺春,更容易在网络直播中获得较好销量。这远比你费劲强调苏州才是原产区更有说服力。

问题不止于包装。蔡国平说,洞庭碧螺春茶曾是绿茶之首,力压西湖龙井,因此才有周瘦鹃的诗"都道狮峰无此味,舌端似放妙莲花"。近几年,无论宣传还是价格,洞庭碧螺春都已没有优势。和外地碧螺春相比,似乎也相形见绌。想要让大家购买洞庭碧螺春茶,你要给顾客一个理由:为什么要买苏州的,而不是其他地方。蔡老板说,现在宣传都刻意强调碧螺春的白毫,银绿的颜色,但这些是特级茶叶才具备的特征。许多茶客慕名来到西山,抱有太高期待,品尝后大失所望。蔡老板还补充道,碧螺春茶产量有限,西山东山每年茶叶产量大致有定数。就像我们在蒋师傅家茶山采茶时遇到问题,主要采摘一芽一叶。若在四川,即使全采芽头,成本也不高,质量却有明显提升。然则,相比外地碧螺春,洞庭碧螺春的优势不止于独特花果香,更在于原产地的文化历史背景。文化历史背景的缺失,导致洞庭碧螺春没能作为特定"整体"出现在互联网,无法成为具有标志性意义的产区。提起碧螺春,大多不会带上洞庭。但提起龙井，则必然会有西湖；提起岩茶，似乎武夷岩茶更"朗朗上口"。洞庭碧螺春茶附加值较低，导致一系列问题产生。面对外地碧螺春的低价、高产量的"威胁"，洞庭碧螺春不应拘泥自身"正统"，而是要告诉别人，为什么值这个价格。

三月底，我曾到杭州西湖龙井产区探访。住在酒店规划行程，能在小红书、抖音等平台看到前去西湖龙井产区游览的攻略。当时颇为诧异，春日来杭，品尝龙井茶是常规，但若非有缘故，何必去茶叶产区？彼时还没有理解这其中复杂的产业链条。次日，我前往西湖龙井核心产区，赫然发现核心产区已变成旅游景区。西湖龙井核心产区也被划入大概念西湖景区。我瞬间理解，为什么自媒体平台会有那么多打卡视频。走在路上，你可以看到游客钻到成片成片茶树间拍照合影。核心产区以龙井村为中心打造数个景区：中国茶叶博物馆、老龙井十八棵御茶园、西湖龙井山园等。尤其老龙井十八棵御茶园让我颇多感慨，同是乾隆留下的遗迹，苏州西山没有能保存好，没有能以此发展属于碧螺春文化景点群——让碧螺春本身成为游客参观的对象，让碧螺春成为游客前往西山的原因。

沿着景点分布，是两侧当地居民衍生出的民宿、餐饮及龙井茶售卖点。通常第一层用于制茶，采茶工采摘完成后直接倾倒在门口炒制——让路过游客可以一眼看到鲜爽。第二层、第三层会用于民宿，用整面玻璃落地窗正对成片茶树，仿佛置身于茶海之间。而民宿与茶场之间，夹杂着许多餐饮店，有米其林餐厅，也有当地农户开的饭店，且大多会有龙井虾仁这道杭帮名菜。龙井村附近民宿老板和茶场老板也非常善于运用自媒体宣传。

西湖龙井村已演化为成熟的旅游景区。西湖龙井也并非仅是茶叶，而是整套产业链中极重要的文化附加值：为什么到西湖要来龙井村？就是体验中国茶文化。如此绑定之后，龙井茶受到更多追捧。同样的明前茶，同样的品质，洞庭碧螺春大多在千元上下，西湖龙井很少低于4000元。并且，对于西湖产区茶农而言，收入不止于茶叶，还有民宿及餐饮收入。非茶叶采摘季，茶叶收入可能缺失，但民宿和餐饮依旧可继续发展——虽然没有茶叶，但是茶树景致依旧还在。如此反哺，茶农不断生产茶叶，精益求精的动力也就有了。蔡老板曾和我们说，茶场制茶和茶农制茶最大差别在于干燥程度。茶场对于成品碧螺春含水量严格控制在6%左右，个体茶农则往往不止，很多茶叶拿在手上就能感到"湿润"。这些茶不利于保存，炒制数天内喝没有太多差别，一旦存放数周，风味便相差甚多。个体茶农不愿彻底干制茶叶，和经济收入自然有关系。低收入让一部分茶农不愿继续种植，另一部分则会牺牲茶叶品质，来换取更高报酬。

洞庭碧螺春紧靠太湖，一年四季会有游客前往，也有面向太湖的民宿及"太湖三白"。碧螺春自身丰厚历史，则是"藏"在蔡国平这些制茶大师心中却无处诉说的故事。这些"红利"没能和洞庭碧螺春形成联系，更多只是在农家乐菜单标注碧螺春茶。待顾客得知一杯茶竟要数十元，便会放弃。我们没能利用宣传让顾客有"来了西山必须喝碧螺春"的动力。对于绝大多数年轻人，更无从得知碧螺春悠久历史，丰富文化底蕴，和它诱人的茶香。

作为那个曾数次勇敢"出走"，赋予碧螺春"新生"的人，蔡国平也开始思索如何将碧螺春茶和互联网联系。但他面临着两个问题：其一，形成属于碧螺春的旅游氛围，需要更大范围整体整合，只有他一个人的力量，很难完成；其二，虽然内心深处还保有年轻的活力，但终究难以抗拒岁月。蔡老板自述对于互联网已力不从心，而女儿似乎还没有做出决定。关于碧螺春的问题，蔡老板有很多想说的。可是关于它的未来，他时而失语。那个曾锐意进取，意气风发的"好茶人"，也陷入了深思。

好在有更多有识之士加入，例如西山衙甪里村"一记红"红茶，包村第一书记，勇敢地在直播间，和大明星一起卖茶叶，无疑也在推广碧螺春的道路上，积极地踏出坚实步伐。碧螺春茶叶的复兴，不是一个人力量能推动的。它有迷人的往日，风味犹存的今时，是时候遥想一下它的未来了。

"只愿涛平风定日，扁舟重品碧螺春。"我们期待着。

第四节　枇杷熟了

疏疏梅雨橘花香，寂寂桐阴研席凉。怪底林间金弹子，枇杷都熟不知尝。

——倪瓒《村居》

一　山林问水

南国的夏日，总会和雨不期而遇。

初夏的清晨，雨细细密密地下着，不紧不慢。薄薄的雨，在湖面腾起淡淡水雾，环绕整座岛屿。刚立夏，我们又来到西山岛，迎接我们的除了几位朋友，便是这场雨。

乘车到里㠛坞的村口，东村的屠彪主任已经提前到了。他正站在车旁抽烟，身材挺拔健硕。看到我后，便一边打招呼，一边朝我走来。他向我介绍，里㠛坞是岛上打造的"艺术村"，有很多艺术家在村里建有工作室。我们沿着狭窄的村中小路，在细雨中漫步。路上不时会遇到几棵伸出院墙的枇杷树，一颗颗微微泛黄的枇杷，沉沉地压着枝头。仔细看去，略带青色的枇杷上凝着小小的雨滴，雨滴渐渐变大，直到突然落下。村子并不大，继续向路的深处走，不久便走到山脚下。抬头望去，山腰间也氤氲着淡淡的水汽，拥着一棵棵结满果子的枇杷树。我们没有进山的打算，便在小道旁驻足。周围格外安静，枇杷树叶上的雨滴落在地上的声音，仿佛是路边毛竹拔节时的声响。

好雨知时节，当春乃发生。虽然已经入夏，但对于岛上即将成熟的枇杷和杨梅而言，这雨也是难得。尤其是在刚经历去年高温干旱之后，这个时节的雨，显得更为珍贵。

2022年6月23日，夏至，苏州正式进入梅雨季。与往年不同，"梅姑娘"并未如期赴约。天空艳阳高照，万里无云，高温一直在延续，没有一丝下雨的痕迹。我们后来从金庭镇水利站得知，自6月23日入梅，直到8月中旬，西山岛全域降雨量仅88.2毫米，旱情60年未遇。人们都戏谑地说，"梅雨季"倒成了"没雨季"。尽管少雨，但作为太湖第一大岛，四面皆是太湖，如果仅以常识来看，似乎很难理解缺水的问题。事实上，靠近湖岸的农田，所受到干旱的影响的确有限。但西山的枇杷、杨梅、橘子等果树，绝大部分都种植在山上。长时间的干旱，使得地下水位迅速下降，果树严重缺水。岛上内河中的水以肉眼可见的速度蒸发，甚至连太湖的水位也显著降低。

其实，去年的干旱，并非无迹可寻。夏季的天气，高温和干旱往往相伴而行。屠彪清晰地记得，还未"入梅"，石公村委会便针对高温、干旱等问题，召开多次会议，提前做好抗旱部署。虽然大家都将希望寄托于"梅姑娘"的到来，但也须未雨绸缪。所有人都没想到，这次干旱的严重程度远超人们的预期，即便提前做了准备，也仍旧措手不及。

果树每天在太阳下暴晒、炙烤，所有人都心急如焚。西山老龄化较严重，老人们深知自己体力不济，很多人在还未入梅时，便开始往山上挑水浇树。这些活计必须自己去干，在外工作的孩子，只有周末才能回来帮忙。山路陡峭狭窄，年迈的老人，用瘦弱的肩膀，一桶一桶地挑水，在碎石子铺成的山路艰难迈着步子。扁担前后担着两桶盛得半满的水桶，将他们佝偻的腰，压得更弯。可相较于高温和干旱的猛烈程度，他们浇灌的效率实在太低，而分散的山地，又极大地为个人的抗旱工作增加更多阻碍。尽管有些农民家里有抗旱的机器，但也只是小功率的抽水泵和直径较小的输水软管，可以从山脚下的内河河道抽水。但此时内河里已经几乎没有水，而这种水泵，无法从稍远的地方抽水，更是无法直接抽取太湖水。因此，虽然山上到处都是忙碌的身影，但依然无法有效减轻高温干旱造成的灾害。

首先因缺水干枯的是茶树。枇杷、杨梅属于乔木科，有发达的根系，能够从更深处的土层吸取水分。枇杷树干粗壮、高大，宽而大的树叶，表面有一层蜡质，能够防止水分从树叶蒸发。杨梅叶虽小，但也具有蜡质成分，可以一定程度保存水分。而生长在果树下的碧螺春，属于低矮的灌木科，树根虽多，却细而短，更依赖地表水分。一些茶树，最早是种下的茶籽，慢慢生根、发芽长成，根扎得还比较深，但许多后期移植栽种的茶树苗，根几乎是浅浅地扎在表层的土壤。这部分茶树，在不断加重的干旱中，开始大片干枯。对于年迈的老人而言，他们拼尽力气浇水，却也只是杯水车薪。反而心里越急，脚步越是迈得艰难。

干旱越来越严重，丝毫没有减轻迹象，金庭政府迅速启动抗旱救灾应急机制，在全岛范围内展开抗旱救灾工作。如此大规模的抗旱作业，尤其是远离太湖的山地，想从太湖里抽水，个人根本无法做到。为解决这一问题，政府集中出资，购买多台大功率抽水泵，以及配套的大直径输水软管。由于太湖水位下降得厉害，并且水岸线仍旧快速后退，水利站朱革容站长果断决策，根据取水需求，在太湖近岸围起多个水塘，从太湖更深处将水抽至水塘中储存。这样做的好处在于，首先，靠近太湖沿岸山林，可直接从水塘中抽水，原有取水距离缩短，很多农民自家水泵也能完成抽水作业，减轻政府抗旱压力。其次，将水塘的水抽到内河河道，靠近河道果树便可就近取水灌溉。部分山地也建有蓄水池，可用水泵先将蓄水池灌满，然后由农民各自取水。然而，还有很多远离内河、且无蓄水池的山地，只能用大功率水泵从远处抽水。确定好方案后，全镇上下基层干部，几乎全部来到了抗旱一线。

金庭镇全域面积大，山地多，即便政府组织集体抗旱，也有先后，需要排队轮流浇水，距离比较远的地方，只能等到最后才能够浇上水。东村行政村范围较大，包含整个貌虎顶山区，北部虽与太湖湖岸相接，但中部和南部是白云山与貌虎顶之间的山谷地带，不仅狭长，而且远离湖岸。屠彪分配到的是东村村委会对面的一处山林，在白云山的山脚，距离太湖约两公里，且附近并无内河河道。由于距离较远，这里只能排到后面。

7月中旬，全岛各区域，均已出现因高温干旱而枯死的茶树、果树。在一些距离较远、尚未排到的地方，许多新移植的枇杷、杨梅，开始成片成片地枯死。屠彪负责的区域，情况更是严重。由于人手不够，他既要到水泵那里换班，又要去正在浇水的地方帮忙，同时又不得不加强巡逻，防范山火。如何分配浇水顺序，确定浇水时间，需要村委会和农民们一同协商，越是这个时期，产生的摩擦也越多，他必须前去调解。屠彪每天四点多起床，常要忙到夜间两三点才能回家，洗澡的时间都没有，躺下便睡，有时一天只吃一顿饭。可屠彪不知道从太湖抽上来的救命水，什么时候才会流到他所负责的这片山林。树不能等，有些较小的果树，哪怕晚一天浇水，便有可能会枯死。农民们只能用最原始的办法，一点点从山下往山上挑水。盛夏的正午，室外温度最高时接近40度，地表温度甚至高达70多度。但没有人愿意停歇，因为所有人都知道，果树早一天浇上水，自己就可能减少一点损失。村里一位80多岁的老人，也迈着蹒跚的脚步，在山间奔忙，她双手抱着一卷皮水管，颤巍巍地走在山间狭窄的石子路上，每走一段路，便要停下来休息一会儿。

看着日夜往返山林的老人，屠彪坐立不安。终于，水要到了，他白天顶着太阳，在各家果园里穿梭，额头汗水不断流进眼睛，蜇得他不住眨着眼，汗水如雨般流淌，浸湿的背心紧紧贴在后背……当太湖水经过漫长路程，终于从白云山流出时，屠彪看到，那些老人晒成古铜色的苍老的脸上，紧皱的眉头终于稍稍放松，露出宽慰和踏实的笑容。

抗旱历经数十天，很多茶树、果树在高温缺水环境干枯、死亡，但对全岛果树种植而言，还是起到了决定性保护作用，经过全镇上下集体努力，极大降低了农民损失。

经过这次极端干旱，山地水源短缺问题，不仅成为民生工程首要问题，更是生态保护重中之重。关于引水上山工程，金庭镇政府早些年已经有所计划，但西山岛属于全境旅游景区，加之山地、林地面积较多，有关土地的政策非常严格。而在山林间修建输水管道，已经极大超出政策限制，大范围修建、扩宽通往山上的消防通道，更是不被允许。当政策与现实产生冲突时，一切计划都无法实施，屠主任表示无奈。但这次干旱造成的损失，让所有人警醒：如果山间的林地，连植被都无法生长，又何谈生态？何谈保护？

对于山林整体而言，引水上山造成的破坏只是暂时性的，修建山间消防通道，也只需要牺牲很小一部分土地，但换来的却是长久的植被保护。当然，大规模破坏土地，也是绝对不可取的。金庭镇政府领导，经过多轮商讨、研究，又学习借鉴了东山镇引水上山工程，确定了符合西山岛本土特征的引水计划：根据距离和高度，分梯次修建水泵站和蓄水池，将固定管道埋在坡度较缓的山坡；土层较薄的岩层，在地面选择合适的路径架设输水管；山林之间，依据距离、高度、植被密度等因素，修建田间蓄水池；合理修正消防通道，无论是消防还是抗旱，确保打通每座山最后一公里山路……西山引水上山计划，总投资约1.69亿元，预计在全岛建设水泵站45座，铺设输水管网线89千米，修建蓄水池187个，其中新建49个，全方位确保岛内全域山地的水源供应。此外，消防通道的修正，不仅为扑救山火提供了紧急通道，也保证了关键时刻运水上山的基础交通条件。

从里屠坞村出来，雨几乎停了。屠主任站在竹竿搭建的牌楼下，指了指对岸的山坡，说："你看那些枇杷，长势多好！"我顺着他手指的方向望去，枇杷树从山脚一直长到山顶，树枝上驱鸟的彩带，在微风中轻轻地晃动。那些离得近些的树上，还隐约可见略微泛黄的枇杷果。我不禁感叹，关于农业，"看天吃饭"只是一句极其简单的话，当人们随口说出时，似乎很难给听者带来冲击，但当你真正看到、感受到这四个字背后所包含的经历，才能真切地感受到农民们无尽的辛酸与血汗，才能体会到这四个字沉甸甸的重量。

2022年中秋前后，我们曾在岛上待了一段时间。当时抗旱早已结束，所以我们未有很深切的体会，只记得山上成片枇杷树，在秋风中沙沙摇摆着枝叶。现在，看着眼前一棵棵苗壮的枇杷树，在雨中奋力结着果子，心里想着，今年应该不是缺水的一年。可尚未入梅，谁也无法预知未来天气如何。让人欣慰的是，岛上引水上山工程已大部分投入使用，即便未来再遇到干旱天气，在山林之间求水，也应当不再是难事。

二　金满庭院

亿万年地壳运动过程中，太湖水位曾多次涨落，湖水日积月累循环运动，冲刷着西山岛近湖岸处松软土壤，有些被水浪卷入太湖深处，更多泥沙在浅滩淤积。几百年来，随着太湖水位整体下降，西山岛四周许多浅滩渐渐显露，形成一片片滩涂湿地，其中面积最大的是元山村以南广阔滩涂地带。这里向西背靠金庭镇街区，元山、居山如同两座镇守大门神山，分别坐落在南北两侧，向东则与东山的莫厘峰和白石岭隔湖相望。大、小谢姑山遗址，在自然地貌之外，似乎也在向世人宣告，这里曾同样拥有辉煌历史。20世纪八九十年代，元山村采石、水泥等工业蓬勃发展，从山上开采下的石块和外运来的散沙，便是从距此不远的码头，进出西山。时至今日，这里仍然保存着曾经往来东、西山的商运码头和航道。

这片开阔的滩涂地带，便是今天的金满庭农业园。

出发前已提前与金满庭郁苏主任约定，在金满庭餐厅前见。乘车从金满庭北门进入，沿着小路行驶数公里，方才见到房屋，又拐了几次弯，直到来到一处正在装修的房屋前，没了去路。这里是金满庭餐厅，周围种满枇杷树，无数金黄枇杷果将枝头压得很低很低。每一棵树上都挂着禁止私自偷采的红色横幅。必须承认，如果没有横幅的威慑，看到如此诱人的枇杷，我大概也会忍不住摘下几颗。枇杷树后，是一片小小池塘，周围满是凹凸不平的石头。走近看，这片石头上布满了大小不一、形状各异的小孔，有些地方还能清晰地看到机械作业留下的痕迹。郁苏告诉我，这是小谢姑山遗址。我不敢相信，眼前这片黑黝黝、杂乱的，近乎被夷平的石堆，曾经是一座"山"。我不禁想起元山村、蒋东村那些有所谓"小九寨沟"之称的水坑。水坑原本都是一座座耸立山峰，因20世纪八九十年代过度采石，人们将原有的山体全部挖空还不够，又继续向下挖至近百米深度，太湖水涌入这些矿坑，便成了今天模样。

我站在小谢姑山遗址旁，盯着这座消失的"山"陷入沉思。突然一个很好听的声音让我回过神来，这才意识到，郁苏已在我身后站了好一会儿。我连忙与她打招呼，她豪爽地一挥手，邀请我先去参观金满庭的不同板块。

郁苏是淮安人，身材微胖，戴着眼镜，扎着马尾辫，大学毕业后留在苏州工作，是岛上为数不多的85后青年。因为本科专业是农学，金满庭有关农作物种植、果树管理等工作，她都事必躬亲，工作量也是可想而知。说到求职经历，郁苏笑着跟我说，她最初在东山一家花卉公司上班，后来到苏州市区一家公司。当时公司要求，想留在市区总公司，必须要到基层分公司工作一段时间。由于农业的特殊性，郁苏接受了这种安排，只是让她没想到的是，所谓分公司竟离市区那么远。刚进岛时，心里还有很多不甘，也曾打过退堂鼓，但踏实肯干的她快速习惯了这里的生活，一干就是十多年。

她一边走一边介绍：金满庭是金庭镇所属企业，涵盖农产品销售、水果采摘、文化旅游、亲子活动、水产养殖等多种业务。从地理位置来说，在金庭镇东北部湖岸，半圆形的谢姑山路与林屋路首尾相连，恰好在后堡港一旁，圈起一片近2800亩的滩涂，这便是整个金满庭的实地范围。此处本是太湖沿岸滩涂区，地势低于周围的村庄和农田，甚至低于丰水期的太湖湖面。上世纪60年代，西山岛开展围湖造田运动，水稻便种植在此处。1983年包产到户，土地被分给农民种植。2008年前后，由三位老板合作出资，从村集体流转出这块土地，承包后成立大成农业园，以枇杷、杨梅、葡萄等果树的种植为主，打造以农产品为核心的采摘园。之后其中两位老板相继撤资，转由市政公司负责运营管理。2013年，恰逢金庭镇政府回购集体资产，农业园被列入集体资产回收名录，7月份启动回收工作，2014年上半年便全部完成。当时因股权问题，原有公司以资产的形式同步收归政府，归属于金庭镇政府集体资产，并由金庭旅游集团与农业园区公司共同出资，重新注册金满庭农业园。后经股权变更，金满庭归属于太湖生态岛建设投资集团。

滩涂是太湖正常蓄水位与最大洪水位之间的滩地，地貌学上的名称叫作"潮间带"，枯水期地表整体裸露，丰水期则被湖水淹没。因此从土壤的土质来说，滩涂与湖底淤积的淤泥相似。涉及专业，郁苏讲得头头是道，滩涂地不同于正常的耕地，不仅土壤中的微量元素有很大差别，土壤的酸碱性也有根本不同。河湖中的淤泥土质肥沃，非常适合种植水稻、蔬菜等农作物，也适宜枇杷、杨梅等乔木科果树生长，但并不适合种植茶树。

郁苏先带我到"萤火虫"无公害蔬菜采摘园，这里有十几个整洁的蔬菜大棚，由专门负责的工人，按季节种植各种蔬菜。这里吵吵嚷嚷，有很多前来游玩的大叔、大妈，他们一些人已采摘完，拎着满满一袋青菜，脸上挂着满足微笑，站在一旁互相攀谈。我走进一个敞开着门的大棚，里面分四垄，种着绿油油的小油菜。大妈们蹲在菜地里，大声地聊着什么，挑选着满意的菜苗，不时传来一阵笑声。隔壁大棚里种的是红薯，藤蔓还不算长，新抽出的叶子很嫩，正适合做蒸菜。红薯地不需要分垄，人们满怀着激情在红薯地里随意走动，挑选更嫩的红薯叶。我又站在几个尚未开放的大棚前，透过虚掩的塑料门向里看，茄子宽大的叶子下，挂着许多紫得发亮的果实；黄瓜墨绿色的藤上，满是嫩黄的小花……

这里并不完全由金满庭管理，而是与其他公司合作，"萤火虫"团队负责采摘园的种植、管理、销售等所有业务，而金满庭则提供土地，集体对外宣传，吸引游客。郁苏说，现在的金满庭和很多企业合作，共同经营，蔬菜采摘只是其中一个项目，其他的项目包括研学基地、亲子乐园。我们边走边聊，经过办公区后的小桥，来到一片开阔的草坪，这里是青少年研学基地，主要对接一些青少年团体活动。她向我介绍，草坪主要用来做一些室外活动，旁边球状的建筑是天文观测馆，里面有专业的天文望远镜，供孩子们观测天文，白天可以看太阳，晚上可以看星星、月亮。我们经过时，一队身穿军绿色衣服的人，喊着响亮的口号，步伐整齐地在草坪列队。郁苏远远地向旁边的人伸手打招呼，然后告诉我，这些是镇上的民兵。金庭镇各个社区和村部，目前都保留部分民兵，并且每年要做一次集中训练，但是岛上足够大且合适的开阔地带并不多，所以金满庭也是他们固定的训练基地。

研学基地西侧，几台挖掘机和推土机正在轰隆隆地工作。这里正在建设新一期活动场地，计划将200亩左右荒地恢复成自然草坪，以便承接更多、规模更大的户外活动，还可预留一些露营、野炊、户外烧烤的场地。旁边那条废弃的水沟，也将复建为可供垂钓的鱼塘，在水里放些鱼苗，栽种上观赏的荷花。夏天人们可以欣赏荷花，冬天可以品尝新鲜的莲藕，春秋时节在池塘上垂钓，钓上来的鱼直接在餐厅加工。白天在池塘游玩，晚上躺在草坪上看星星……郁苏激动地说，仿佛已看到热闹非常的场景。

再向前走，便到了亲子乐园。这里是儿童游乐场风格，做了些有个性的装修。不远处的遮阳棚下，整齐地排列着一排改良过的土灶，来此处游玩的游客，可以让孩子体验烧火做饭的方式，也能够培养孩子的动手能力。土灶后面是一块块15~20平方米见方的菜地，有些菜地还空着，但有很多已经长出嫩嫩的菜苗。这里是对外认领的土地吗？我问郁苏。她点点头。对外认领的菜地一共有两三亩，按照大小相同的规模分割成一块块独立的菜地，按顺序标记。游客确认需要认领的土地后，可以选择自己种菜，也可以选择托养，种一些自己喜欢的蔬菜。每一块菜地都安装有摄像头，他们可以随时观察自己地里蔬菜的长势，还可以委托这边的工人帮忙除草、除虫。自己动手种菜，对于在城市长大的孩子来说，已是一种未曾经历的新鲜事，对于在城市打拼的成年人来说，也是一种难得的奢求。

在阴凉处稍作停留，郁苏用眼睛巡视游乐园，说这些可以玩的地方，出租给了别的公司。她让我仔细看一看脚下的草坪，我才注意到，这里的草坪与训练基地的不同，不仅茂密，而且是一堆堆地长在一起。她解释道，亲子乐园里孩子年龄较小，喜欢到处乱跑，所以这里的草种得又多又密，即便小朋友不小心摔倒，也不会有太严重的磕碰。这样的细节，在金满庭有很多。如果由金满庭统一运作，园区的规模这么大，可游玩的项目又那么丰富，必定无法做到面面俱到，只有让负责运营的人自己去考虑。这正是金满庭目前正在探索的新型运营模式，与其他公司合作，以金满庭农业采摘园为依托，保留水果采摘、特色餐饮、旅游住宿等基础项目，将部分游玩项目承包出去，这样既能够减少金满庭自身管理难度和工作压力，又可以提升园区内旅游接待能力。郁苏拿出园区的全景图，指着图上标出颜色的区域。

再向前走，我看到一旁河道上，整齐铺设着一排一排太阳能板，在水面上围成圆形，从岸边到圆心搭了一条浮桥，供人行走。岸边是一座控制室，应该是系统管理和储备电能的地方。我猜想，这应该是某种光伏设备，但规模并不大，似乎发电量也是有限。郁苏好像看出了我的疑惑，便说道："这是金满庭与中科院合作的研究项目，通过太阳能发电，驱动水下机器进行水污染处理，净化水质。这是环境治理的一种新探索，将新能源与水治理相结合，不仅减少了能源造成的污染，而且极大地降低成本。"她非常自信地说："未来的发展，生态必定是重中之重，保护自然的原始生态当然是发展生态的基础，但人工干预的环境治理，无疑是使生态恢复更快速更有效的手段。"她说："这部分技术目前还在探索期，等技术成熟后，会在金满庭十几条河道中规模化推行，同时辅助种植一些水生植物，并打造生态与科技相结合的水上景观。同时，为了降低对周围环境的影响，中科院使用较小功率的设备，发电量能够支撑污水处理器的运行，剩余一些电量则用于阶段性的照明。这是从现代科技与自然生态双重着手，是科技与自然真正的和谐发展。"我听得入神，脑海中不断想象未来的画面。

说起未来生态旅游，郁苏向我介绍后续准备开发的"生态+人文"旅游重点。在临近东门处，有许多巨大的石块，中间长着一些杂草。她告诉我，餐厅旁那块只剩下石底座的是"小谢姑山"，这里是"大谢姑山"。我从一旁的小桥走近，站在这片残存的"山"前。小谢姑山已经被挖平了，大谢姑山还残存一些巨大的石块，若仔细分辨，看得出这些石头本是完整的山体，那整齐的截面，显然是人力所为。据史料记载，大谢姑山宽约150米，从鸡冠山向东南延伸约200米。在大谢姑西北约500米处的山丘，为小谢姑。小谢姑山长约150米，宽约100米。北宋年间，宋徽宗偏爱奇石。宣和年间，朱勔主持苏州应奉局，在洞庭山东北侧谢姑山，发现两块奇石，其中"大谢姑石"动用了200多人，方才通过花石纲运送至汴梁城。"小谢姑石"因"靖康之乱"被弃于河中，后打捞出水，即现坐落于苏州第十中学校园内的"瑞云峰"。毫无疑问，这是一个很好的文化资源，也是有意义的历史遗迹。

金满庭曾设计过一套方案，在大谢姑山建设观景台，直接观赏太湖风景,再做些特色咖啡店之类的网红打卡点。但政策规定,景区内土地不能改变使用性质,加之生态环保需要,现有土地不能随意动工。郁苏指着一旁早被弃用的两所破旧房子,说如果拆掉就不能再建,更不用说新建房子。只能将这两所破房子重新装修,在政策允许的条件下,做适当开发和利用。虽然有种种条件限制,但郁苏还是很有信心,大谢姑和小谢姑自身的历史和人文因素,具有很大开发前景,再将遗址作为生态保护宣传平台,塑造生态警示点,更是锦上添花。

金满庭天然的历史人文资源和突出自然生态优势,让诸多投资者青睐。2022年6月,郁苏在亲子乐园策划了一场"星空之下"夜视活动,迎来逾百名游客观摩。尴尬的是,由于疫情反反复复,去年策划的很多特色项目,没能真正发挥作用。

郁苏说:"金满庭正式运行没有几年,但是庞大的体量和众多的员工,以及金额不菲的土地租金,使得公司连年亏损,金满庭现有正式员工30个,忙时会请附近村里的农民来帮忙,由于面积太大,农忙时需要请大量工人。枇杷种植和管理还需要一定技术,追肥、防冻、匀果、修剪枝叶等等,都需要有经验的工人,一棵树一朵花去处理,一人一天要200多元,农忙季甚至超过300元,人工成本非常高,而且这部分是无法节省的。最重要的一点在于,土地成本连年上涨,村里将农民的土地流转出来,每年需要给农民分红,这一部分主要来自土地租金。现在金满庭的土地,已经从一亩地一年几百元,涨到1000多元,每年土地成本就要支出数百万,按照合同要求,每年还需上浮一定比例。金满庭近几年的经营,一直处于亏损状态。但是也为当地农民解决了很大一部分问题,增加了收入。可以说,金满庭的本质更像是一个政府主导的惠民工程,主要目的在于富民。"郁苏笑着说道:"等疫情过后,这些情况肯定会慢慢好转,而且金满庭发展的生态农业,也有着光明的前景,只要能够把握住发展的机遇,未来肯定会越来越好。"她的语气中透露着坚定,更带着对未来的美好向往。

三　小满小满

夜雨初停的清晨，天空蒙着一层薄薄的阴云。凉爽的微风，掠过山腰，吹向广阔的太湖水。东太湖的天空，已经隐约可见升起的太阳，不知名的鸟儿，藏在枇杷树的枝头，不停地叫着，声音穿过清晨潮湿清凉的空气。

小满这一天，郁苏早早出门，她要为马上到来的枇杷季，提前做好准备。她开车经过金满庭，竟发现东门口堵着几辆车。这肯定是提前来摘枇杷的游客。"久晴泥路足风沙，杏子生仁楝谢花。长是江南逢此日，满林烟雨熟枇杷。"人们心里都知道，小满这场雨是一个信号。在二十四节气里，小满之后的一周，是江南独有的收获季节，也是金满庭公司一年之中最繁忙的时候。提前赶来的人，大多是为了避开采摘高峰期。但今天他们要失望而归了。因为为了保障品质，采摘园内所有水果、蔬菜，不到自然成熟时间，不允许开放采摘。

郁苏站在枇杷园里，满树的枇杷几近透黄，淡淡的枇杷香气，飘满整个果园。杨梅树的枝头，也缀满了大大小小的果实，有些已经染上了淡淡的紫色。西山的水果，并不只是水果。郁苏深知，每一颗果实背后，都流淌着农民汗水，都凝结着人们的辛劳，更带着所有人的期盼。高温干旱、低温寒潮、病虫害，这都会使果树减产，甚至绝产。她告诉我说，金满庭被内河环绕，河道纵横交错，南部近水产养殖区域几乎占整个金满庭近三分之一，2022年夏天干旱，金满庭的枇杷树、杨梅树、樱桃树都各有一部分因高温干旱而枯死。即便守着太湖，守着河道，也没能保住所有果树，更何况那些远离水源的山地。郁苏兀自走向一些矮小的果树区，那里曾经栽种着因干旱而枯死的树，枯树早已被砍掉，原来的地方重新移栽了小树苗。但从小树苗长成开花结果的大树，至少需要五年的时间。五年的时间里，又要发生多少事，人们又要付出多少心血啊！她的心狠狠地疼着。

干旱虽然猛烈、严重，也还是有补救的办法，最让人无奈的是突然而至的寒潮。郁苏将我带到另一个枇杷园，在这里看不到果实压低枝头，只有零星的几颗小枇杷，孤独地挂在树枝上。我知道，今年初春时节，一场意料之外的寒潮，给东、西山的枇杷带来的损伤很大。杨梅、樱桃、柑橘等果树，都不在冬季开花，所以冻害对这些果树带来的影响并不大。但枇杷却不同，枇杷有着腊梅的品质，在寒冷的冬天开花，夏季结果，可是枇杷花却是娇嫩的，是需要保护的，经不起凛冽的北风，更承受不了寒冬冰冷的雨雪。郁苏说，枇杷开花的时候，如果遇到零下5度的天气，花就会被冻伤，如果持续低温，花就会枯萎、凋谢。干旱可以浇水，但低温没有任何有效的解决办法。

我想起四月初在东山的见闻。在去西大圩的路上，路上经过许多枇杷林，只见宽大的枇杷叶，却很难见到枇杷果。那时我们以为，枇杷尚未结果，可又想到，五月中下旬枇杷便成熟上市，时间怎么算都来不及。后来问了一位采茶叶的奶奶，才得知是初春的寒潮，使满树的枇杷花，几乎全部冻伤凋落。我们一路走一路看，发现很多本应长到拇指大小的绿枇杷，却在枝头难觅踪迹，偶尔某个枝头，才能看到一颗或几颗，孤零零地藏在叶子下面。此时，看到金满庭同样受冻害影响的枇杷树，再一次深感农民的不易。郁苏心疼地抚摸着一棵枇杷树的树干，眼神里满是愁容。其实，就整个东、西山范围而言，金满庭所受到的冻害并不是最严重的，很多枇杷树都留存了大部分花苞。我们身处的这块枇杷园，正是去年夏天遭受干旱最严重且最后灌溉的部分。许多原本粗壮的枇杷树，因干旱而长势并不好，还有一些是从别处移栽来的新树，因此更难抵御紧随干旱而来的寒潮，树上大量的花骨朵，被冻得发黑，掉落了，有些树甚至颗粒无收。

很多人对苏州的印象，就是江南烟雨，小桥流水，气候宜人，很少有人将冻害与苏州联系在一起。郁苏也是来苏州工作后才知道，苏州农业种植同样不能避免低温冻害。那是郁苏在西山工作的第三年，大家通过天气预报，早早得知，会有一股强冷空气南下，长驱直入华东平原。当时她并不知道，这次低温将会对西山农业造成何种打击。农历的正月还未过半，郁苏回到岗位不久，大家都还沉浸在新年的氛围里。突然而来的一阵阴云，沉沉地压在太湖水域的天空，接着北风渐渐地强了。不知从夜晚什么时候开始，风中夹杂了雨滴，慢慢地，雨滴变成了零碎的雪花。等到天亮时，屋外已下起雪，窗外白茫茫一片，远处山上已覆盖一层积雪。郁苏跑出门时，才意识到问题的严重，尽管雪并不大，但对于尚在花期的枇杷而言，绝对是毁灭性的。她开车到公司，冲进枇杷园，看到枇杷树叶几乎全覆盖了一层积雪，一些已结果的小枇杷，挂着一滴水凝成的冰珠。幸运的是，雪并没有下得太久，还未到中午便停了，只是风还在吹。郁苏赶紧给所有员工打电话，又临时从元山村请了几十个农民，每人一根竹竿，去把枇杷树叶上的积雪和冰敲下来。否则，一旦乌云散去，所有积雪都会变成硬硬雪块，不仅更难清理，积雪融化过程中温度更低，对枇杷树造成二次冻害。

郁苏告诉我，由于近几年东、西山枇杷价格逐年上涨，去年旱灾和今年初春的冻害，给果农造成的损失，已不比那年冰雪冻害的损失小。欣慰的是，由于吴中区农业在整体经济中占据重要比重，农业保险已做得非常精细，因高温、寒潮、大风、洪涝等自然灾害造成的农产品损失，参保农户可获得相应金额赔偿。虽然金额有限，但也为人们缓解一定压力。枇杷减产，不仅是农业的损失，更会对西山旅游业带来影响。如果枇杷树没有多少可以采摘的果子，游客体验感就大打折扣，进岛人数就会减少。这是东山和西山面临的共同问题，以农业种植和蔬果采摘为核心的旅游区，收益情况必定与农产品的真实产量息息相关。这也是郁苏更担心的，接下来的一周，便是金满庭的枇杷采摘季，如何确保游客的采摘体验，如何提供与游客相匹配的枇杷产量，都是现实且迫切的问题。

枇杷采摘期短，前后只有一周左右时间，旅游旺季则可达数月。错季采摘已成特色农旅产业。金满庭同样采取这种模式，他们在不同区域种植十余种水果、蔬菜，确保每个时节都能有应季果蔬供应。郁苏拿出一张金满庭农业园导览图：1号地和22号地是梨园，2号地是杨梅园，3号地是枇杷园，4号地是樱桃园，7号地是葡萄园，8号地是梅园，12号地是草莓园。此外还有生态蔬菜、品种水稻、水产养殖、芡实（鸡头米等）种植等区域。

这些水果、蔬菜种植分布，几乎涵盖一年之中所有时节：每年4月20日至5月初的不到两周内，是樱桃成熟的时节，金满庭会在农业园区，设置一条迷你小火车樱桃采摘专线，从东门直接乘坐到樱桃园；5月中下旬，是金满庭特色果品枇杷成熟的时候，也是金满庭一年之中，采摘人数最多的几个时节，可以一直采摘到6月初；6月10日左右，桃子成熟，会在盛夏时节迎来一波桃子盛宴；6月中下旬，紧接着的是杨梅，杨梅采摘期同样是一周左右，可到月底或7月初；7月初，杨梅采完后，梨子成熟了，能一直采摘到7月中旬；7月下旬则是葡萄，葡萄有近一个月采摘期，到8月中旬都有葡萄上市。郁苏说，去年栽种新品阳光玫瑰，预计两三年后结果。阳光玫瑰采摘期更长，从7月一直到11月都可采摘；12月开始，便是草莓上市时节，草莓采摘期可横跨整个冬季。在水果采摘期间的间隔，他们按照季节，在蔬菜大棚里种了青菜、黄瓜、番茄、茄子、红薯等蔬菜；在采摘水果的同时，还为游客提供无公害的蔬菜。

金满庭的发展，也是一个漫长的探索过程，也同样经历了很多损失和挫败。2022年，金满庭种植40棚葡萄，规模有数百亩，但因为高温干旱，导致葡萄在藤上时就开始干瘪。高温天气，极少有人外出，加之疫情的反复，农业园区的葡萄采摘近乎陷入停滞，40棚葡萄仅仅通过售卖鲜果礼盒和市区零售批发等方式，销售约一半的产量，剩下几千斤葡萄全部在藤上干瘪、坏掉。农业种植就是如此，在漫长的生长、成熟阶段，都受到天气的影响，严寒或高温，都会造成农产品的减产，甚至绝收。成熟之后，又会受到市场的影响。为了减少遭受损失的可能性，同时也降低成本，郁苏正在尝试引进新的生态肥发酵技术，将一些坏掉的葡萄、枇杷、杨梅等水果，甚至水果皮、果籽，包括大米，都可以用来做酵素，发酵完之后用作生态有机肥，纯天然肥料，没有任何化学残留和毒素，不仅可以解决一部分坏掉果子和丢弃的果皮，还能产出一定数量的肥料，回填果园。具体的技术引进和使用方式，已经在做详细的规划，很快就可以提上日程。

经过几年宣传和经营，金满庭在长三角一带有了一定名声，旅游旺季会吸引数量众多的游客。小满前后是金满庭最忙的时候，不仅经历一个五一小长假，而且前有樱桃，后有枇杷和杨梅，这些都是近年来西山最受欢迎的水果。在五一、十一等重要节假日，金满庭四十多间客房，全部预定满，甚至整个西山岛的所有民宿，都一房难求。今年，金满庭在五一小长假期间的住房，提前一个多月就全部订完，21套别墅房也全部入住。郁苏说，虽然工作很忙很累，但是收获也很多，尤其当游客称赞金满庭的果蔬，都会有非常大的成就感，因为自己的付出获得了别人的认可。

"我们现在被列入区级农业园区的改造升级，对一些基础设施方面进行的改造和完善，相关的申请都已经批复。"说到金满庭未来的发展方向，郁苏兴致勃勃地介绍，主要分为两个大方向：一是循环农业，就是将坏掉的果子、修剪下的树枝等有机废弃物，重新利用；另一个是智慧农业，与现代科技结合的果蔬种植、管理等技术。关于这两部分，她计划下一步集中做些关于生态农业的场景展示，包括种植、管理、采摘，及正在洽谈的生态肥发酵技术，都将成为生态旅游的展示内容。在这些方面发展，不仅需要企业的努力，更需要政府的支持，尤其需要高校和科研机构的技术支撑，只有掌握了核心技术，才会有更好更持久的发展力量。但郁苏并不担心这些问题，不仅是因为金满庭是政府旗下的企业，政府会提供一定的政策支持，更在于生态农业的发展前景。

"我坚信，未来的农业，必定是高科技与原生态结合的新农业。"她说这句话时，眼睛里闪着自信的光。

四　枇杷物语

约清光绪十一年（1885）初夏，西山秉常村罗汉寺后山坡，一位农忙归来的汉子，在一处陡峭山坳，看到一株野生枇杷树。口渴难耐的他，攀着藤蔓，摘下几颗澄黄枇杷解渴，竟意外发现这株枇杷，与自家种植的大有不同，不仅口感酥润，水分充足，且味道醇厚，清淡的酸味中带有一丝甘甜。欣喜之余，他在树枝上绑了一根红绳，以作记号。及至初春，果树到了嫁接的时节，那汉子便循着踪迹，找到这棵野生的枇杷树，颇费了些力气，才砍下一些适合嫁接的枝条。他将这些野生枇杷的树枝，嫁接在自己果园中的枇杷树上，两三年之后，这些枝条便开花结果，果实味道更佳，且皮薄肉厚，香气四溢。

于是，他开始大量培育这一新品枇杷，主动将更易种植的树苗送给村民，使得改良后的枇杷种植规模迅速扩大，口感和味道渐渐固定，形成了具有特殊风味的枇杷品种，并最终成为西山岛最主要的枇杷种类。

这便是西山青种枇杷的由来，这汉子就是最早培育出青种枇杷的谢方友。

金庭镇秉常村的谢芳萍，是谢方友第五代子孙。我按照约定时间，乘车到常春藤农业合作社。见到她时，她刚采了枇杷下山。她热情地与我打招呼，连声致歉，说让我等得太久。聊起现在做的事，谢芳萍说仿佛像是冥冥之中的定数，她从小在爷爷家的枇杷树下长大，爷爷也是跟着他的爷爷，在枇杷园度过一生。她以前最大的愿望，便是离开西山，可兜兜转转，现在却继承了家里的果园。

读书时的谢芳萍，没有真切感受到家族对一个人心灵的影响，只希望能走出孤岛，摆脱农民身份，成为城市人。她知道父母在土地的辛劳，于是在心里告诉自己，长大以后绝不愿再去采茶，不愿种枇杷，甚至不愿嫁给西山人。哪怕她当年高考不理想，只能选择建筑专业，她也怀揣着稚嫩的城市梦，义无反顾地前往南京读书，毕业后，到苏州一家建筑公司工作。

2018年，30岁的谢芳萍已是两个孩子的母亲，她在公司待了整整十年，做到公司中层领导。这时她突然有种强烈虚无感，工作也遇到了瓶颈。她开始思考人生，渐渐内心中涌出对家乡的依恋，这种特殊的情感，在她脑海中不断增强，最后竟成为一种执念。她想要回乡创业，可家里两个孩子要上学，丈夫要上班，而且家里距离西山太远。可如果放弃返乡，她也无法继续在公司过着枯燥的生活。她纠结了很久，不知如何选择，便将自己的想法和担忧告诉丈夫。令她感动的是，丈夫非常支持她的选择，提出让母亲来照顾孩子，只是担心她要承受创业的劳累。得到丈夫的支持后，谢芳萍更坚定了自己的选择。父母得知谢芳萍的决定后，同样是担心她创业的劳累，但也非常支持。

万事开头难，创业遭遇的困难更是非同一般。谢芳萍回想起合作社最初成立的时候，曾经遭遇过数不清的阻碍，最让她头疼的便是枇杷的销售。最初，谢芳萍联合4位好友，一共以5个家庭农场为基础，成立合作社，这便是常春藤农业专业合作社的雏形。合作社成立之初，他们并没有将工作的重点放在枇杷上，而是在林屋洞旁租了一间门面，主要做苏州特色的伴手礼销售，以及土特产品的包装设计等工作。之后，秉常村几户村民主动申请加入合作社。新加入的几位成员，在枇杷种植、管理尤其销售方面遇到的困难，给谢芳萍很大的启发。既然返乡创业，就要结合当地的特色产业，要站在当地农业情况的基础上。于是他们开始转向西山青种枇杷的销售业务。彼时，西山许多农民并不熟悉网络销售，并且西山岛上的生鲜物流还未像今天这样普及，金庭镇很多果农辛苦种植的枇杷、杨梅等水果，常常是产量很高，却很难销售出去。于是在2019年枇杷季，谢芳萍主动提出，帮助大家将枇杷销售出去。

2019年5月25日凌晨1点，一辆满载一千多箱枇杷的货车，正准备从西山秉常村出发，前往上海。两天前，常春藤合作社的负责人谢芳萍，从合作社成员家中收集了数千斤新鲜枇杷果，承诺帮助大家将枇杷全部销售出去。这是常春藤合作社成立以来，谢芳萍第一次外出推销枇杷，她自己也不知道结果会是怎样。得知妻子的行程计划，丈夫非常担心，便不顾妻子反对，向公司请了假，开车陪她一同前往。从未长途开夜车的两人，一路上不断被浓浓的困意袭扰，他们一路轮流开车，并且用指甲掐对方的胳膊和大腿，想以此保持清醒。到达上海水果批发市场时，刚刚四点多，档口还未开门。在这个间隙，他们靠在车上眯了一会，将近五点时，买卖水果的商贩便多了起来。

见到越来越多批发水果的商贩，谢芳萍内心异常激动，期待着能快快开张，早点将枇杷卖出去。但随着时间一点一点过去，谢芳萍激动的心开始变得焦急，因为很多商贩都对他们的枇杷感兴趣，但却没有一人愿意购买。由于西山产的枇杷，有明显的本地特征，果形并不是规则的圆形或椭圆形，果皮上常常会有一些果锈，枇杷果个头也相对较小，与上海地区销售的枇杷，在外观上差异比较大。对于不熟悉苏州枇杷的商贩而言，果锈似乎是某种病变或质变形成的斑点，颜色不鲜艳，代表着水果不新鲜，而枇杷个头小，又意味着很难被顾客认可……无数商贩在看了谢芳萍的枇杷后，都得出了同样的结论：枇杷的品质不好，价格高，很难卖出去。可眼看天越来越亮，如果不能在中午前将枇杷卖出去，在30多度的天气，枇杷肯定会坏掉。此时，她面临着巨大的压力，不知如何是好。有些商贩劝她放弃，趁着早上气温还不高，赶紧拉回去。可枇杷属于鲜果，不能长时间保存，更害怕磕碰、挤压，如果将这些枇杷拉回西山，一路的颠簸和不断升高的气温，只会让更多枇杷变质、坏掉。但如果不拉回去，市场上几乎所有的商贩都已经表明，不会购买，再等下去必然毫无意义。谢芳萍急得头上冒出汗珠，她望着打开的车厢，心里想着，这不仅仅是一千多箱枇杷，也是全体社员对她的信任和期待，更是果农们一年的辛劳与血汗。

经历无数次心理斗争后，谢芳萍硬着头皮拿上枇杷，去附近的零售水果店推销。可不善言辞的她，不知怎样向别人介绍，每次进入一家水果店前，她都会站在门口，心里快速演练一遍推销过程。刚开始她与丈夫一起，进门先让别人品尝，用味道建立第一印象，然后介绍西山枇杷独特的野外种植方式，最后指出西山枇杷与上海枇杷之间的差异，纠正他们仅凭外表便下结论的观念。可水果店大多直接与批发商对接，有固定货源，陌生供货商很难短时间内在一个成熟供应链中生存下去。他们走了好几家，都没能说服别人，连一箱枇杷都没卖出。谢芳萍心急如焚，与丈夫兵分两路，每人带着一箱枇杷，挨家挨户去推销。到后来，不仅水果店，所有商家他们都去推销，谢芳萍想，卖出一箱就少一箱，卖出一颗少一颗。在无数商铺穿梭的谢芳萍，不知不觉中已从不善言辞，变得滔滔不绝。从外形，到口感，从价格，到产地，从生长环境，到种植技术，她热情地向每一个人介绍西山枇杷，见人就送上两颗枇杷，请人品尝。功夫不负有心人，她在卖菜摊贩那里卖了十几箱，路过的行人也每人买了一箱。零星销售，虽然量少，却让谢芳萍看到希望，内心中也有了些自信。可货车上的是一千多箱枇杷，她不知道还要推销多久，但她知道不能放弃。

十一点左右，谢芳萍进入水果店继续推销。她先拿出枇杷让水果店老板品尝，这位老板只看了一眼，便认出是真正苏州的枇杷，他说自己曾卖过苏州枇杷，这个品种的枇杷无论外形还是口味，都很有特色，顾客反馈也非常好。没等谢芳萍介绍，老板便订下700箱枇杷，这让谢芳萍既激动又感动，连忙道谢。货车的枇杷一下减少了大半，她喜出望外，主动给这位老板超低的价格。这笔生意，让谢芳萍有了自信，她又继续向别人推荐，也都或多或少有所收获，通过零星的售卖，渐渐将整车的枇杷几乎全部卖出去。直到天黑，街上没有多少行人时，才开车返回，这时一千多箱枇杷只剩下约一百箱。

这次没有做足准备的销售经历，让谢芳萍意识到鲜果买卖的不易，也让她得到成长。也正是因为这些大大小小的磨炼与磕绊，谢芳萍不仅赢得常春藤合作社的成员的信任，也赢得了许多客户的信赖。不仅仅是枇杷，合作社的杨梅、橘子、板栗等农产品，都渐渐有了稳定的销售市场。经历了上海那次销售经历，谢芳萍调整了销售策略，重点开发苏州本地市场。她与盒马鲜生、大润发等多个大型商超合作，每年的枇杷季向他们提供一定量的新鲜优质枇杷。市场打开后，销售便不再是主要问题，而变成如何维持长久的合作关系。在这方面，谢芳萍也经历过血泪教训。

2022年枇杷季，谢芳萍第一次与"盒马鲜生"合作，便因为质量不过关被退回2500盒枇杷。事情的起因并不复杂，是双方在枇杷筛选标准的不同导致的。盒马鲜生对产品的质量要求非常严格，尤其是生鲜水果，例如8两一盒的枇杷，每个枇杷都要用泡沫套独立包装，且果子大小均匀，外观光滑无损伤，是最基本要求。但对于农民而言，他们更注重节俭，不浪费。枇杷如果发生一些小的擦碰，外皮有些变色，只要果肉没有变质，就不妨碍食用。谢芳萍虽然一再强调选果的标准，但仍有一些负责选果、装盒的阿姨，觉得不是多么严重的问题，仍按照以往的选果习惯，将擦伤的、表皮带有黑点的枇杷一同包装。结果盒马鲜生在进行质检的时候，发现不符合标准的比率严重超标，就将2500盒枇杷全部退回。

意识到高端市场标准的差别之后，谢芳萍迅速做出反应，将所有参与采摘、筛选、包装、运输的阿姨全部上岗培训，将她们观念中简单的、随意的标准，更改为严格的、统一的现代市场标准。她要求从树上采摘枇杷时，必须保留5厘米以上的木柄，用手捏着枇杷柄，而不能直接用手接触枇杷表皮；采摘下的枇杷要按大小区分，将不同规格的枇杷，以不同价格销售；每一个包装员工，必须佩戴手套工作，枇杷在装盒之前，不能用手触碰；每一颗枇杷必须拿着柄360度观察一圈，保证果实外表光滑，任何有虫眼、黑点，哪怕是挤压的果子，都不能装箱；包装时，根据不同规格的枇杷大小，用泡沫做成方格，一个孔里放一个枇杷，确保枇杷不会受到挤压和摩擦；装箱时要将木柄剪短，保证在2～4厘米之间，防止枇杷运输过程中被木柄戳伤；甚至为了美观，连木柄的方向也要保持一致……销售上的工作事无巨细，谢芳萍在每一个可能出现问题的环节，都做了充分的准备，目的只有一个，就是确保送到客户手中的枇杷，绝对不会存在品质问题。

"虽然做的是初级农产品，但也尽可能做到标准化。"她说起现在采用的严格标准，有些自豪。作为太湖最大岛，西山岛全域属于生态旅游区，没有工业污染，使枇杷生长的原生态环境得以保障。此外，谢芳萍还要求常青藤合作社全体成员，在种植和管理枇杷时，必须采用统一标准，禁止喷洒农药，全部使用生态有机肥，每一个环节都做到绿色无公害。他们这种统一种植、管理枇杷的方式，也是金庭镇建立首个枇杷树统防统治的试点。在销售环节，她还为枇杷做了"出生证"，每一箱枇杷里放一张，只需要扫描上面的二维码，这些枇杷生长在哪座山哪棵树，几月几日采摘，采摘人是谁，收件主人是谁，都有追踪记录。还有些关于枇杷的小知识，食用时需要注意什么，新鲜的枇杷如何存放，可以放多久，哪些群体不宜食用等等，都有非常详细的介绍，其中也包括"谢方友"培育青种枇杷的典故。

其实这种标准对于传统农业而言，很难实行。但是，如果想做高端农产品销售，和一些大型商超维持长期合作关系，就必须要打破传统农业思维，遵循现代市场制定的高标准。而随着近些年互联网的快速发展，以及生鲜运输的普及，线上线下的销售渠道都被打通，枇杷的销售不再成为问题，市场也不再局限于长三角地区，西山的枇杷被越来越多人认识和接受，市场价格也越来越高。现在整个东、西山不仅仅是枇杷的销售，所有农产品的销售都开始实行更严格的标准。近年来，东山白玉，西山青种，已经成为东、西山最有市场影响力的名片，这种市场影响力的形成，离不开他们对自身枇杷的高标准要求。2021年，谢芳萍以"谢方友"为名，注册了属于自己、更属于合作社的枇杷商标。同时，她在抖音、小红书等平台开通账户，进行直播带货，虽然疫情三年遭受到不小的影响，但销售额仍是逐年增加。

不同于其他地区枇杷种植，为保障枇杷大小和品质，西山枇杷都要匀花和疏果，一个枝头只保留一到两个枇杷果。九十月份枇杷开花季节，要将枝头花蕾摘下三分之一，来年三月份左右，再摘下三分之一左右青果，只保留三分之一左右长势最好的果实，这些便是最终成熟的枇杷。为充分利用枇杷产地优势，谢芳萍将采下的枇杷花精挑细选，运用碧螺春茶炒制工艺，将枇杷花蕾与碧螺红茶结合，做成枇杷花茶。谢芳婷还别出心裁制作枇杷口味面包和枇杷饮料，用的是个头较小的，或擦伤、挤压后不能长途运输的枇杷。她还花费巨资，购进枇杷果酱生产线，将品质较好，但卖相不佳的枇杷，制作枇杷果酱。去年被盒马生鲜退回的2500盒枇杷，谢芳萍将果肉全部做成枇杷果酱，在市场上大受欢迎。由于西山本地农民，有熬制枇杷膏习惯，但由于自家熬制，没有生产许可，无法在市场销售。谢芳萍在2020年办理枇杷膏生产资格证，将制作枇杷饮料、枇杷果酱剩下的枇杷皮收集，加入新鲜嫩枇杷叶，再按比例添加一定枇杷蜜，熬制枇杷膏。枇杷蜜也自产自销，每到枇杷开花季节，她从职业养蜂人那里租下几百箱中华土蜂，放置山脚下，不久便可酿出枇杷蜜。一小部分作为枇杷果酱、枇杷膏原料，大部分摆上货架，供不应求。不仅如此，她还探索枇杷与苏州非遗文化的结合，将枇杷产业与苏绣工业结合，制作具有苏州地域文化内涵的文创产品……

谢芳萍说，国家领导人一直在提倡农业产业需要突出地方特色，要做好产业融合，我们现在正在做的就是一、二、三产业的融合发展，仅枇杷生产线，就计划做6次产业化。西山有的不仅仅是枇杷，还有碧螺春茶叶、杨梅、橘子、板栗、银杏……传统农业思维，已无法适应现代农业发展，必定集约化、科技化，同时又回归原始自然生态。2022年开始，谢芳萍尝试跟一些校企合作，从线下产品销售，转向线上直播带货，同时也开始经营属于合作社的枇杷品牌，将"谢方友"打造成西山特色的枇杷商标。常春藤合作社已成为集农产品初级销售、农产品深度加工、采摘和亲子旅游等多种项目结合的发展方式，而第二产业和第三产业的蓬勃发展，也使常春藤合作社成为金庭镇唯一一个全产业链经营的农业合作社。短短几年，常春藤合作社发展非常快，销售面越来越宽，一、二、三产业结合非常紧密，原有的场地不足以开展更多的项目。谢芳萍在多方打听之后，租下了石公山村委会隔壁的酒店员工宿舍，将常春藤合作社搬到这里，并在一楼做了封闭装修，建立枇杷加工生产线。目前合作社已经有60多个成员，仅枇杷种植规模就超过300亩，碧螺春种植也达到300亩。

谢芳萍有些感慨。最初创业时一共5人，一路走来磕磕绊绊，只剩她还在坚持。最后一个离开的是谢芳萍的闺密，也在市区居住，有两个孩子要照顾，她对农业不感兴趣，继续坚持只为支持谢芳萍。谢芳萍得知后说，如果不是真心喜欢农业，就不要勉强。她说着，眼神中多了些坚毅，做农业不是挣钱的简单理由。当你真正进入农业里就会发现，农业是一个长远投资，需要大量投入资金和精力，却很难见到立竿见影的回报。一旦时间久了，就会对农业和农村产生感情，所做的一切努力，也就不仅是为了挣钱。在别人眼中，她抛弃市区高薪工作，重回西山做农民，似乎又在重复父辈的命运。"你上大学的意义是什么？"朋友当面说出心里疑惑。她不知如何回答，但她知道，自己绝不是掉进父辈们的命运轮回，她想做的，她要做的，是用现代思维方式发展农业，改变父辈保守的思想观念。

从常春藤合作社走出来，我到环山公路旁等车。眼前的山坡上，满是郁郁葱葱的枇杷树，还隐约可以看到一颗颗淡黄色的枇杷。我回过头望了一眼常春藤合作社的楼房，突然感觉手中的枇杷，沉甸甸的，很有重量。

五 明日枇杷园

据地方志记载，东、西山种植果树、茶树的历史十分悠久，在唐代便有成熟的果树种植、管理技术，茶叶种植的历史，更可追溯至茶圣陆羽。农业上种植传统的形成，主要得益于东、西山独特的自然气候和得天独厚的地理环境。虽然20世纪80年代至21世纪初，因为市场经济效益的变化，东、西山发生几次大的换种果树潮，从太湖红橘，到青梅，再到银杏，最后是枇杷，哪一种水果经济效益大，农民们便跟风种植哪一种果树。但悠久的果树种植传统，依然使得东、西山至今仍保持以往的农业样态，并且此处果茶间种的种植方式和碧螺春茶叶的炒制工艺，已被列为国家级非遗项目。

从环太湖大道向东山前行，路过太湖园博园，能远远看到莫厘峰，向右望向太湖，亦可见到坐落在西山的太湖最高峰——缥缈峰。山区纵横的丘陵地貌，为东、西山提供了绝佳的花果种植条件。无论是东山还是西山，果树种植都集中在丘陵山区，不同于北方果树，东、西山主要种植的枇杷、杨梅、柑橘，都是常绿果树。种植这些果树不仅能给当地百姓带来经济效益，更可以为当地带来生态效益。无论什么季节前往，眼前的山林都是一片墨绿色。

我们去年深秋和今年初春，多次前往考察，逗留数月，闻到枇杷开花时的芳香，也看到历经寒潮，凋落殆尽的枝头。然而，枇杷季、杨梅季热闹的生意背后，我们听到最多的，还是对未来枇杷种植，乃至东、西山农业种植的担忧。我们正经历花果种植鼎盛时期，可未来枇杷园会怎样？我们最先听到这种担忧的声音，是从原东山镇副镇长杨忠星那里。杨镇长曾是果树管理技术员，对东山枇杷、杨梅等果树种植，有非常浓厚的情感。

"我们不能只看到眼前几年枇杷和杨梅热卖，得重视之后的发展，哪怕是未来十年。"这是杨镇长见到我们后说的第一句话。他一再强调，农民群体老龄化，是东山和西山共同面临的问题，果树种植又是两个地方农业的重中之重。老一辈农民日渐老去，可却并没有新一代农民出现，东山镇已很少有从事农业的年轻人了，即便愿意帮助父母打理果园，也不能熟练掌握种植和管理技巧。西山更严重，金庭镇已进入重度老龄化阶段，年轻人纷纷到市区安家，大部分村落都很难见到年轻人。我们在东蔡村采访，曾听到村支书陈书记半开玩笑地说，整个东蔡村，一位50岁的大叔，是全村最年轻的人。

农业的年轻力量严重不足，是东、西山果树种植面临的共同难题。每年清明前一个月左右，杨忠星便斜挎着竹筐，在自家茶园采茶。碧螺春只采春茶，明前茶又是品质最优、价格最高的。但采茶不是件容易的事，全程需要人工采摘。然而，也不是所有人都能采茶叶，采茶叶也需要技术。两个多月采茶期刚结束，没等喘口气，枇杷便熟了。摘枇杷要比采茶叶更急，有时只过一晌，枝头微黄的枇杷便熟得透黄，开始散发阵阵香味。在树上已经八九成熟的枇杷，不能再用快递寄送，只能在当地零售。但采摘枇杷，比茶叶要难得多，也更加危险。东、西山的枇杷，多生长在山坡林地，西山大部分枇杷园的坡度相对平缓，无论是移植还是管理，都还算方便。但东山种植枇杷的山地却更为陡峭，甚至两棵树之间最大的落差近一米。杨忠星回想到以前采枇杷时，必须搬一个梯子上山，将梯子竖在已经成熟了的枇杷枝下。他用一根长长的麻绳，一头拴在梯子上，另一头拴在不远的树干，用绳子拉着使梯子悬空，然后站在梯子上摘枇杷。这种摘枇杷方式，不仅要技术，且十分危险。他告诉我们，东山每年都有因摘枇杷摔伤致残，甚至摔死人的事情发生。大家想了一个办法，在枇杷树下搭建起钢管架，人可以直接在钢管架上摘枇杷，相对安全，也更方便，效率更高。虽然钢管架成本很高，一亩果园需要超过2万元的费用，老百姓们仍然愿意，不仅是因为方便采摘，在疏花、匀果等管理工作上，同样便利。可是，尽管搭建了钢管的脚手架，摔伤人的事件也依然时有发生。

6月29日傍晚，太阳已经落山，天依然大亮。杨忠星骑着电动三轮车，带上老伴儿到自家枇杷园摘枇杷。山路狭窄陡峭，三轮车无法上山，他将车停在山脚下，用扁担挑了两个竹筐，踩着山石小路，慢慢地向上走。小满过后，枇杷基本成熟，天气升温，果实会熟得更快，这时就要尽快将枇杷摘下。近些年，东山本土农民都已上了年纪，山路陡峭难行，从山上往下运枇杷较困难，人们常白天黑夜不停。摘满两竹筐枇杷后，天完全黑下来，他便将提前准备好的探照灯戴在头上，借助微弱灯光，小心翼翼地站在钢架上摘枇杷。即便每棵树都搭建钢管脚手架，摘枇杷还是需要一定经验和技术，稍不留神便会从树上摔下。杨忠星的眼有些花，采摘速度很慢，老伴也在树下看着他，眼里满是担忧。这时候，从远处望去，可以看到莫厘峰和白石岭山腰间的枇杷园，闪动着点点灯光。

相较于采摘，更难的还在管理。在东山和西山的果树种植里，最难打理的要数枇杷。相较于杨梅、柑橘等水果，枇杷种植面积最大，且生长和管理方式最复杂。枇杷是冬花夏实植物，冬季开花，初夏成熟，刚好在南方水果的空缺期上市。但特殊的生长特性，也使得枇杷树的存活和生长有非常高的气温要求。气温低于零下5度，花蕾就会被冻伤、冻死，如果气温长时间低于零下5度，甚至连枇杷树都无法生存。年初的寒潮，便对东、西山的枇杷种植，造成了极为严重的损失，杨镇长告诉我们，今年的枇杷产量，预计只有去年产量的三分之一。近年来，随着市场标准不断提升，人们对枇杷树的种植和管理，要求也更高更复杂。枇杷虽然是近十几年兴起的经济作物，但东山和西山已经基本形成成熟的种植规模，只是在每年的秋季，枇杷开花前，会做一些简单的移植。最重要的事还是修剪，病虫害管理和施肥。而疏花和匀果，不仅仅是繁复的体力劳动，更是一种技术工作，即便有年轻人愿意继续从事农业，他们也并不了解如何疏花，如何匀果。

"我们现在还干得动，可是再过十年、二十年，我们已经走不动路了，还有谁可以打理这些枇杷树？"杨忠星深深地叹了口气。1983年实行家庭联产承包责任制，到今年已经整整40年。杨忠星分析，东、西山花果农业未来发展最大困境，就是一家一户模式，这导致土地非常分散。如果没有充足的劳动力，分散的土地很难统一管理，所以必须采用新的发展模式。随着现代市场对农产品销售标准不断提升，种植和管理标准也必然变化。但各自为政的传统小农经营模式，在基础设施建设、标准化改造等方面，必然会存在难以克服的阻碍。

杨忠星提出了自己的设想：土地流转后进行集约化管理。他说国家针对农村土地经营问题，已经出台"三权分离"的土地政策，所有权归国家、承包权归农民、经营权归租赁者，通过村集体流转出来，统一经营管理，通过机械化提高整体效率，例如用无人机打药、标准化改造上山通道，用轨道车、吊篮等上下山运输，还可以为游客修建观赏、采摘的缆车，这些基础设施只有统一标准后，才可以建造。紧接着，他拿出一份资料，去年夏天的高温干旱，给西山的果树带来非常严重的损失，但东山果树受到的影响却并不大，原因就在于东山镇在2013年，便已经启动"引水上山"工程，由政府统一出资，在各个山林间规划、建设蓄水池，并且铺设大型输水管道，确保每一棵树的灌溉水源。

有这种想法的人，不在少数。金庭镇缥缈村蒋主任，也表达了同样看法。他2022年刚退休，原本儿子计划将他接到市区享清福，可他执意与老伴儿留在岛上。尽管他是那个年代少有的知识分子，不是传统农民，但他对于土地的热爱同样浓厚。据他的预测，西山未来二十年内，花果业发展将会迎来根本性变化，老一辈农民全部退出，年轻人不愿从事农业劳动，山林没人去管理，渐渐回归自然生态，产业链会自然中断。当然，政府不会让土地荒废掉，现有土地可能逐渐流转，被政府回收。这让我想到金满庭，由政府统一管理，果农每年收上地租金和公司分红。这未尝不是方法，但其中包含各种复杂土地问题。蒋主任说，另一种可能，就是政府流转出土地，统一出租，由民间资本规模化统一管理。现在推广的家庭农场，要吸引年轻人回来，但如果土地不流转，机械化工作不能实行，很多体力工作年轻人不愿做。疏花、匀果、修建这些事，也需要一定经验和技术，如果未来能发展到这一步，还需要集中培训一批职业农民。这些都是一些设想，至于未来会是怎样，谁也不知道。中国农民传统思想中，土地始终是第一位的，只要自己能干得动，不会轻易离开土地。

关于花果业，集约化管理似乎成为人们的共识。我们也到过一些合作社，他们总体发展模式都是规模化发展，面临的局限也一样，较分散的土地和果园，极大地限制了合作社发展上限。然而，合作社重新又兴起的当下，又不得不让我们思考另一个暂时被遮蔽的问题：当合作社规模化发展成为潮流时，留给农民的选择还有多少？

我们相信东、西山花果业发展，会有更好前景。抛开市场经济效益追求，中国人对故乡的情愫，始终是支撑农村发展的核心。诸如郁苏、谢芳萍、张苏荣、曹高宗等年轻人，也还是无法抛开内心深处对家乡土地的依恋，毅然选择站在农村的大地上。随着东山和西山生态的不断改善，未来也必定会有更多有志青年，继续做着先辈们的事业，创造属于他们的时代。到那时，人们依然会坐在枇杷树下，品着新煮的碧螺春，教孩子们读："乳鸭池塘水浅深，熟梅天气半晴阴。东园载酒西园醉，摘尽枇杷一树金。"

第五节　电商天下

一　畅通内外

2022年秋，我们来到位于太湖东山碧螺村的"苏州东山电商产业园"。

东山镇金干事向我们推荐了这个地方，称这里是太湖新经济电商模式的标志。这引起了我们的好奇心。秋风萧瑟，天色有些阴沉，空中飘着点小雨。首先映入眼帘的，是两排有民俗风格的立柱，赭红色，看着喜庆，中间是宽阔的石阶，左边是私人停车场，右边是一个宽阔的广场，停着很多顺丰公司特制的白色小运货车，醒目的标注"SF"，很远就能看到。再仔细看，京东、邮政快递等其他快递公司的小车也不少，一排又一排小车，整齐地停在广场，红黄绿白，五颜六色，真有点"沙场点兵"的豪壮。

再往里走，是一个个建筑集群，面积不小，足有数万平方米，既有整洁的仓库，又有三四层的办公楼，再仔细看看名目，创客中心，物流中心，东山调度中心、电商培训中心，让人眼花缭乱。整个产业园区环境整洁优雅。据介绍，"苏州东山电商产业园"是农业部第一届"互联网+农业"会议指定参观场地，是东山镇为推进农副产品增值增效而创建的互联网与传统行业深度融合的产业园。

电商业无疑是目前新兴产业之一，它能在互联网的帮助下，迅速实现资源整合，降低成本，提高运行效率，扩大宣传效果，也能最快速地实现"货运通畅"的梦想。疫情之前，太湖生态岛的果农们，接触电商产业的，还比较少，疫情期间，人与人的接触少了，互联网电商，能在安全基础上，最大程度保持货运和信息畅通，很多果农家庭，家里有年轻人的，都在网上做起直播。东山白玉枇杷，西山青种类枇杷，西山的杨梅和板栗，都变成"网红产品"。疫情起来后，各级领导都对储存时间短的鲜果销路问题，非常担忧。出乎意料的是，由于电商业的有力介入，西山和东山的鲜果销售，反而好于往年。这也让很多领导的思路都发生了转换。茶叶销售更不用说，西山衙用里村的杨书记，还在百度直播间，和大明星周海媚一起直播卖碧螺春红茶。村支书和大明星卖茶叶，这在当地也成了大家津津乐道的话题。当然，电商业也有很多门道，竞争越来越激烈，并不是大家想的，出镜说几句话，就能赚钱，但不可否认的是，电商业的介入，给太湖生态岛的岛民们，带来了巨大冲击。

"畅通内外"，是太湖生态岛居民的梦想，风景如画的群岛，保留了丰厚文化和大自然资源，也给岛民的致富路添加了诸多阻碍。20世纪90年代，太湖大桥建成，在地理上沟通苏州大市与太湖岛屿，加快了经济发展。信息化的电商之路，无疑是苏州在"第二媒介社会"（马克·波斯特语）的第二次交通革命。这次交通革命，是发生在信息化虚拟网络时代。时代的发展，推动着生态岛建设，必须采用新技术手段和革新理念，才能在防止污染的生态文明基础上，实现真正的产业升级和"弯道超车"式发展。

对于这一点，太湖生态岛的居民都深有感触。东山岛和西山岛的农户，由于地理位置特殊，在经营上，原来比较依赖"农产品中间商"。枇杷、杨梅等果树成熟了，采茶季到了，都要靠中间商去经营，再通过他们分销到各地。对于其他零散在太湖的小岛而言，管理、采摘、宣传、销售等环节，都因为交通成本、信息成本大，存在着诸多问题。钱都让人家赚去了，而且整个农产品产业链非常脆弱，特别容易受到市场波动的影响。销售带来的问题，曾给太湖生态岛的居民，留下过惨痛的记忆。

我们曾采访过西山缥缈村原党总支蒋书记。老人想起当年"果贱伤农"的情形，眼圈还是红红的。生态岛果业的发展，近几十年主要跟着市场走。

20世纪70年代，西山大部分种植洞庭红橘，那是本土原生态柑橘，一直到80年代，洞庭红橘的经济效益都还不错。90年代，从日本引进的浙江无核橘，个头大，甜度高，长得快，慢慢成了主流橘种。果农纷纷砍掉洞庭柑橘，改种无核橘。生态岛还留有部分洞庭橘，主要是政府出于物种保护保留的，作为"观光水果"存在。

洞庭红橘、板栗、杨梅，是七八十年代生态岛主打产品。90年代，日本商人在西山投资建立青梅加工厂，青梅价格不断上涨，销路很好，岛民又纷纷种植青梅。但花果业和其他农产品不一样，果树生长周期长，起码需要五年，果子储存周期又短，这个过程市场变化很大。青梅市场慢慢衰退，价格狂跌，原来300元买100斤，大家都抢着收；后来30元就买100斤；再到后来，30元价格也没人收，果农欲哭无泪。

2000年左右，西山青梅种植到了最低谷。青梅是五六月份成熟采摘，春天采摘季，百姓用车推，用肩扛，全部到花果厂去卖，但人家不收，销路不好，不需要那么多。大量优质青梅，就烂在大马路上。蒋书记和村干部，帮着岛民和商家沟通，去现场维持秩序，但起不了什么关键作用。蒋书记当时很痛苦，没能帮上百姓。事情过去很多年，他还记得"果贱伤农"的情形，心里依然沉甸甸的，不能忘记果农们含着泪的、绝望的双眼。造成这种情况，其主要原因，还在于物流不畅通，信息不对称，交通不发达。这对于花果业这种储存周期短的农产品，影响特别大。

"真没办法。"蒋书记叹息着说，"酒香也怕巷子深，岛上的好东西，人家不知道在哪里能买到，我们又找不到直接的买家，全靠市场行情和中间商说了算。市场好还能维持，遇上点风吹草动，鲜货销售渠道不畅，就要遭大罪。"

同时，就经济结构而言，东山还有精密机器加工等成熟工业；西山岛及其他岛屿则因这些年的环保要求，第二产业非常匮乏，也无法发展，只能将目光对准旅游业及附带的第三产业服务业。老龄化严重、人口流失等问题，又深深地困扰着他们。要将农产品畅通、高价地销售出去，真是个非常困难的事。

太湖生态岛这样的生态样板区，如何进一步促进经济发展呢？规划者将目光放在低污染、科技含量高的行业。中科院南京地理与湖泊研究所研究员陈雯，是吴中区《太湖生态岛发展规划》课题负责人，她提出"生态经济民生幸福的富足岛、绿色创新技术引领的知识岛"是将来生态岛的重要方向。发展电商经济，符合环保要求，似乎成了重要方向。这方面，东山走在整个太湖生态岛的前面，东山碧螺村的电商产业园的成功与教训，都值得借鉴。

二　云上碧螺

提到碧螺村，那可是"大名鼎鼎"。

从陆巷古村到杨湾轩辕宫的山道，要经过碧螺峰，下面有碧螺村，中间就坐落着灵源寺。碧螺村是天下名茶碧螺春的故乡。《苏州府志》载："洞庭东山碧螺石壁，产野茶几株，每岁土人持筐采归，未见其异。康熙某年，按候采者，如故，而叶较多，因置怀中，茶得体温，异香突发。采茶者争呼：吓煞人香！茶遂以此得名。"

这当然是传说，"吓煞人香"因何故改为"碧螺春"，有野史说是乾隆赐名，有的说是居住在东山陆巷的明朝宰相王鏊所题，具体为何，已不可考了。在去电商产业园之前，我们先去了碧螺村，那里和太湖生态岛内大多数村庄差不多，都是人丁不旺，以老年人居多，可村中景色秀丽，其中灵源寺始建于南朝梁天监元年，寺院中有棵一千五百年的罗汉松。从罗汉松下向碧螺峰望去，常年烟雾缭绕，仙气十足，漫山种植的都是茶树和果树，产业园对面，还有不少太湖蟹养殖的蟹塘。

打了几通电话，在门口，我们终于见到了徐纯——东山电商产业园的负责人。

他个子不高，身材中等，皮肤微黑，是个三十多岁的青年，东山本地人，精明干练，说话语速有点快，眼里透露着对工作的热情。

"这里原叫农产品电商产业园，"徐纯边走边说，"是为了创造服务农户的平台。"

2016年，经过调查论证，东山建立苏州东山电子商务基地，并命名为"苏州东山电商产业园"。东山电商产业园是目前中国唯一专注"返镇创新创业"的市级平台，在统筹大众创业人才引进、创客空间建设、创业企业孵化、创业投融资等服务基础上进行资源整合。东山电商产业园坚持"立足苏州电子商务、面向全市、辐射全省、影响全国"定位，将服务东山创业者作为鲜明特色，提出"一个主体、两个携手"的发展思路。一个主体，即服务于东山创新创业转型这个主体；两个携手，即携手知名培训机构、携手知名大中型企业，为创客创业者提供潜力、技术优势和资金、市场优势，推动东山镇的就业和创业。东山电商产业园的面积达19000平方米，2022年入驻企业74家，带动就业500人左右。

整个东山电商产业园分A、B、C、D、E五个区域，引流东山旅游游客购物农产品休闲一品街；A区为园区核心展示区域，包含信息联网进村入户暨智慧东山调度中心、农产品检验检疫及质量检测中心以及人文历史、现代农业、旅游景点、地方特产四个展区及众美联、顺丰商业和邮政EMS"极速鲜"展示平台。这些地方，就是给游客们和参观者看的，从这里可以迅速了解产业园的全貌。自开园以来，他们接待各级领导参观考察3000余人次，开展各座谈会68场，进行了220余次、106项各电商类、职业农民、创业人才等培训，目前电商产业园认定的有：吴中区创业孵化示范基地、苏州市创业孵化示范基地、江苏省创业孵化示范基地、江苏省乡镇电子商务特色产业园等。

徐纯带着我们来到一个大屏幕前，这里是创客中心第一站——"资源导入"的"创客咖啡吧"。它本身就是一个窗口，有志创业大学生慕名而来的第一站，就是创客咖啡吧，第一次的接触和交流就是在此，它是一个很重要的资源导入口。交流展示，用于项目路演和主题沙龙交流。来访者通过电子显示屏和触摸屏了解创业信息，并作出反应。创客中心，就是想办法把人吸引过来，这是一个"蓄水池"，包括可容下200席位的创业中心、包装设计中心、拍摄制作中心，各入住商铺和创客O2O线下精品产品展示。创客区还可以引入对创业有强烈意愿，但尚处于观望阶段的潜在创业者，经筛选后可暂入驻到创客内，一方面可以满足潜在创客的观察、学习、体验创业的目的，另一方面，也为创业者提供了潜在的合作伙伴。

"水、电、网全部免费提供给创业者，包括外面的门面店铺，"徐纯解释说，"对刚刚创业的青年，给他们提供一个集群登记和培训管理，我们能给他们提供，从注册到办理营业执照再到销售模式的培训等一条龙服务。"

C区包括品牌电商服务中心站、电子商务培训中心、季节性农产品配送物流冷链中心；D区包含农资配送中心和各电商创业企业家商户商铺；E区包含金融服务中心、商务洽谈区、游乐区以及餐饮配套服务。电商产业园的培训工作，种类繁多，对商户而言，很有意义，既有农业新技术新品种新产品培训、信息技术和产品体验，还有物联网技术实训，苏州邮政电子商务讲堂，淘宝大学大讲堂，数字媒体实训等诸多项目，都是帮助商户快速适应电商业发展的专业技能，而相关延伸的还有ERP沙盘模拟训练、三维动画制作实训、软件技术实训等技术训练。2022年从6月份到年底都在进行培训，主要是每周周六、周日两天，提供茶艺师培训、生活化妆品类培训、直播培训等。

眼前的建筑，人似乎不多，不像传统企业人声鼎沸。工作人员解释说，只有培训时，人才会多，平时大家都在一个个直播间。令我们印象最深的，是里面闪亮的各种大显示屏幕，及一台台运算数据的计算机，也许，这里就是"虚拟世界"和现实的连接点，"云上碧螺"和现实之中的电商产业园，在我的眼中，不断交织变幻着。

他们的初衷很简单，是希望通过网络电商云平台，帮助农户及时销售农产品。为防止"果贱伤农"情况发生，电商产业园渐渐形成枇杷、杨梅等鲜果入市后的"一条龙"服务模式。这边一天会来很多货车，停车场全部停满。直接在外面做一个物流中转，所有快递公司都到村里设点，每个村基本两个点，运输用电瓶车、三轮车，在村里收鲜果然后集中运到中心物流广场，老百姓出门的路费都省下来了。当然，他们对物流也有要求，就是收到货三小时之内，全部打出货单，从这边发货出去。有的老百姓年龄较大，家里又没有青壮年帮忙，打一个电话或在群里说一下，中心可上门去收购。中心要求最晚4点前必须全部整理、打包好。因为每天5点有最后一班车出去。中心基本每天会有两班物流车，一个是中午11点出发，一个是下午5点出发，这样能以最快速度发货，确保鲜果的质量。

这下子厉害了，从打电话到最后发货，有人帮着收，有人帮打包，有人帮寄运，当天下单，当天走货，困扰生态岛农民多年的问题迎刃而解。其实这里需要做大量工作，比如，与物流商的谈判，运输环节的质量保证，人员调配，等等，对此，政府提供了支持。在产业园注册的电商企业，补贴起步价是200万销售额度。如果一个企业有200万销售额，就补贴电商中心2万元，每增加100万补贴相应增加2万，最高封顶是30万。

"电商的关键是物流。"徐纯这样说。

东山电商产业园的物流配送，是全苏州价格最低的。这是产业园和一家家快递公司谈判的结果。快递公司都是根据商户订单定制的组合，比如，淘宝下订单，有的商户选择申通、圆通，有的选择顺丰、邮政。同时，产业园给商户提供仓库，帮他们解决"线上接单"和"线下货物"配送问题。他们把电商平台和物流整合，那边线上下单，电脑系统就会自动把各单号信息集中发布，然后自动分配，直接打印物流单。然后，产业园仓库，在仓库里配货，贴上快递单，直接送给物流公司。实现"云上处理""一键代发"。这其实是帮助电商的商户解决了后顾之忧，大大提高了效率，也节约了成本。

我们在创客中心五彩斑斓的"电子信息墙"上，看到了那些不断闪烁更新的收货与发货信息，由于全都实现了系统化数据管理，处理速度非常快。

经过调查和数据测算，一个电商企业，60%的精力放在销售上，而40%左右要放在物流，保证及时发货，不发错货。如果让他们单独去做，人工成本就高。一个电商企业如果一年发货200万元，要有4个人负责发货，如果达到1000万，要7到8个人工作。产业园的物流整合机制，可用6个人，就保证8家电商的配送货，这无疑节省了大量人工费，也提高了效率。由于集中了大量的物流量，也能相应降低快递的价格。有时一单快递，个体商户要8块钱，产业园的云平台整合后，3块钱就能拿下。如果一天只走一两单肯定无所谓，但如果一天发100单，1000单，成本肯定就会增加很多。这对农产品来说，也是合适的。比如，枇杷等鲜果是季节性的，集中一段时间，量很大，等过了季节，农民们零散地卖蜂蜜，产业园可以帮着他们一起发货，相比他们自己发货，成本低了很多。

在数据化高效管理加持下，商户和快递公司都获益，电商产业园也有较充足运营管理费去加强服务，扶持那些刚开始创业的电商，这也就形成了"良性循环"。

说着，徐纯把我们拉到了大门前面，自豪地说："电商是中国商业的未来模式，谁掌握了它，就是掌握了通往财富的钥匙！"

三　算法与农事

美丽的碧螺古村，古老的采茶传统，甜润的枇杷、杨梅，幽幽钟声的古刹，这一切与最激进的电商业的"结媒"因缘，看似如此梦幻，又是如此真实。

我们坐在创客中心的咖啡吧里，喝着咖啡，看着眼前不断跳跃的大屏幕，对东山这个农业化电商产业园充满了好奇。我不禁问徐纯，是否这些都像他们说的那么"丝滑顺畅"，还是有着不足为外人道的艰辛。

徐纯笑了笑，看向远方，目光中多了很多复杂的东西。

电商有三个核心理念，指用户体验为上、数据驱动决策、创新驱动发展。高效、低成本，是电商产业园成功的决定性因素，对此，徐纯深有体验。实现科学"数据化"的物流管理，又是高效与低成本的基础。看起来容易，做起来步步艰辛。刚开始，产业园对接的快递公司是顺丰。但顺丰对他们的货运量表示怀疑，认为影响运输成本，因此定价高，签合同时，还要产业园提供20万保证金。随着规模效应起来了，产业园又引进京东和其他快递公司，快递货运量不断加大。2017年刚开始，一个月可达1000多万元货款，

2018年是2000多万，最高峰是3300多万。2020年疫情来了，快递货运收益有波动，但总体供需旺盛。

数据运算能力，也被运用到了策划。他们根据不同物流公司情况，针对性制定特殊运输服务。比如跨域速运公司总部在深圳，深圳是他们主要服务点，那要计算一下从苏州到深圳需要多少时间、多少钱。他们有运输飞机可直达，4~5个小时能飞到深圳，再加上从东山运到机场，从机场送到客户手里的时间，总体大概8个小时，产业园主打"跨省8小时"服务牌，早上下单，晚上基本就能送到客户手里。再比如中通、申通这些快递公司，没太大优势，虽然品牌还在，但很多人不认可，尤其是生鲜运输，跨省运输时间太久肯定不行。产业园就和这几家公司策划，不走长线，生鲜运输只走短线，江浙沪范围内搞一个区域运输链，然后推出"江浙沪24小时"作为宣传口号，效果也很好。

我们参观了电商产业园的仓库，只见一张张打印单从电脑中传送过来，穿着保护服工装的工人们，快速地核对，打包产品，并发货给仓库外停着的物流配送小车。这一切都那么有条不紊，整个环境紧张而忙碌。

电商服务业，看似一切商业行为，都发生在线上虚拟环境，但实际上，这种虚拟交易和数据处理，更考验管理者的经验和眼光。特别是电商业与枇杷等鲜果型的农产品结合，会有意想不到的困难出现。农产品有太多不可控因素。东山有个90后青年，原本在外面做生意，后来回来专门做直播。他口才好，又会搞创意，有时一天能卖掉1500箱枇杷，看似不错，但算下来，竟然亏损了。一方面人工费太高，尽管电商产业园帮着去村里收货，但枇杷储存周期太短，货物打包需加派人手，才能保证时间，人工特别贵，开始16块钱一小时，后来到了24块钱一小时；另一方面，鲜果质量难稳定。枇杷刚成熟，发100箱，个头很大，头一季枇杷摘完，发的都小，退货率就上来了，且枇杷保鲜期短，客户寄回，基本全部坏掉。现在水果成熟前会有预售，商户预售1000箱，刚开始发货500箱品质好，到后面越来越小，只能两箱并一箱。人家本来订一箱大的，只能给两箱小的，很多人不接受，如果投诉，店铺就要被扣分。同时，天气等因素，对农产品影响也很大，比如，杨梅本来长得很好，但一顿冰雹下来，都没有了，原本握着的一把订单，就都成了"烫手的山芋"。

还会遇到诸多刁难。"职业打假人"会专门找各种漏洞"打假"，通过平台赚取赔偿金。很多商户都是农民，文化水平不高，对这个问题比较疏忽。比如某商户宣传"东山正宗某某水果"，加了"正宗"两个字。打假人看到也不说，直接下5单或者10单，付2000块或3000块。当他收到货后，就说违禁用了"正宗"这个词，然后就是索赔，按照赔偿比例索赔5万或10万，这个店肯定一下就完全垮掉了。

农产品品质确实很难把控，电商产业园就跟市场监督局合作，叫他们来培训讲座，一款新产品要上架，先交给市场监督局，让他们先检查，他们说没问题，再挂到网上。如果检查出问题，或品质划分不一样，不会挂到网上的。但有的农产品，质量难以认定。比如，明前和炒青的碧螺春茶，价格差异很大，因为不是专家，很难判断它们的区别。再比如说，枇杷的地区差异也很大，东、西山很多岛民，都自己熬制枇杷膏，但每个人熬制的方法和分量不同，加多少水、多少叶子、多少冰糖，都没有固定标准，而且像川贝这种药材，也不是轻易能加的，因为孕妇不能服用川贝，会有流产风险。现在只能找折中方法，不能叫枇杷膏，只能叫枇杷露。不能在官方平台上架，只能在朋友圈发一下。

产业园升级后，后续问题也浮出来。一是鲜果和茶叶都是季节性的，鲜果最活跃的是五六月的枇杷季，茶叶主要是明前茶、谷前茶和炒青。过了旺季，空置着场地和设备，就存在巨大资源浪费问题；二是中心刚成立，政府提供很多免费服务，比如，创客前两年租房基本免费，每个商户都有政府补贴，产业园也有补贴，还有为商户提供的培训服务，但时间长了，平台收益不能总依赖政府，免费福利一旦消失，就会有商户流失，特别是本地的农民用户。疫情期间，抖音等直播平台兴起，很多农户就不愿继续在产业园租房。

我们在电商中心四周，发现很多废弃出租商户，里面都有使用过的痕迹，这让徐纯也很无奈。"他们算得清爽。"徐纯说，"开直播在家弄就好，随便搞搞，只要集中在枇杷等鲜果季，还有茶叶季就行。"

产业园就有些"尴尬"，似乎变成了农户的季节性物流中心，还有简单培训基地。这显然不是电商中心要达到的目标。必须盘活产业园，做成有吸引力的，更大的互联网平台，真正实现"互联网+"经营效果。产业园一方面提高产业效率，依靠高效和低成本留住商户；另一个方面，将目光放在"回乡青年"上。近些年，随着稳固就业减少，越来越多大学生，选择电商自主择业，抓住年轻人，才能抓住东山镇未来，才能从根本缓解生态岛居民老龄化严重的问题。东山电子商务创业成本，明显低于苏州市里或其他大城市。疫情过后，越来越多的电商，开始"逃离"大城市，电商主要针对虚拟交易，对工作地点没有特别要求，因此，能否抓住想创业的年轻人，成了产业园能否持久发展的关键。

要有算法，也还要年轻人的激情，电商产业园才能真正盘活。

四　创业青年

2023年4月，春天的小雨，微冷，但已很有暖意。我们再次来到碧螺村。

此时，已过了清明，但未到谷雨，正是制作雨前茶的好时节。我们在村里的马路上走着，人烟依旧稀少，只在道旁的茶树边，零星出现几个采茶的老人。走进村子，就闻到了各家的小作坊里飘出的炒茶的清香。一个散步的中年妇女告诉我，很多村民都上山采茶了，村边的茶树不多，果树上的枇杷还青涩着，不到成熟的时节。

我们仔细看去，果然如此，今年春天来得晚，天气冷，枇杷结果率受到影响。明前茶最珍贵，产量却不大，鲜果才是运送大宗。可看着路边采茶的白发老人，我们的担忧，也越发沉重。看来要将年轻人吸引过来，的确不是一件容易事。

正想着，颤巍巍地走过来一个老大娘。我们拦住她，问道："您知道什么是电商吗？"她摇摇头。我说："村里的果子和茶叶，通过什么方式卖货？"

她说："有公家人来家里收。"我又问："其他人也是等着人来收吗？"大娘笑着说："村里很多人家，都对着手机，又唱又跳，手机能卖水果，也能卖茶叶……"

走出村口，就到了产业园，我们去时大概9点，产业园里开门的商户，依然不太多，零星有几个保洁人员在打扫卫生，只有调度中心和仓储中心的灯光亮着，广场上依然摆着些顺丰的小白车，在下雨中静默地等待着。

这次没见到徐纯，但从那冷清的样子，也能大致猜想到季节性变化对电商产业园的影响。东山电商产业园想发展得好，必须走综合型路线，每个电商要有长期销售的、稳定的高质量产品，再搭配农产品销售，才能实现"扶持农业"与"发展电商"双赢。必须将产品的稳定性与本土多样性结合。徐纯对此深有体验。2019年，电商产业园和云南白药签了合同，主打消毒湿巾产品。开始消费者对含酒精的湿巾不太认可，认为酒精对皮肤有刺激性。不久，疫情缘故，大家追捧含酒精的消毒湿巾，这款湿巾一年销售一千多万元。赶上疫情，物流车、快递车都没有，全都是开车到一个地方，然后倒车给别人，再运到其他地方。有了稳定产品，就可以搭配农产品销售。比如，在他们的护肤品直播间，当中秋前后，太湖蟹成熟之后，就搭配抽奖活动，每一小时抽一个人赠送一盒，或消费金额达到一定数量后也可免费送一盒。这样搞下来，不仅可以销售农产品，还不用担心完成订单问题。

当然，电商发展，最大的难度，还在于"人气"。招人难，是生态岛电商业真正的"瓶颈"。电商产业园占地很大，真正利用起来的地方却"开工不足"。有的电商企业租下一栋楼，做了8个直播间，刚开始找的是大学里形象气质好的女学生做主播，她们的工资根据销量提成，有的一个月能挣一万多，因为学校在市里，需要天天开车接送，一开始还行，时间长了，主播们积累了经验和人气，慢慢就不来了。

我们终于找到几个刚落户的电商。一家商户门口，我们停下脚步，里面灯光闪烁，几个年轻人在忙碌。那是个两层门头房，一楼的空间，大概有六七十平方米。两个光鲜亮丽的女孩，正对着电脑，说着些什么。她们都穿着白色休闲短袖衬衫，蓝色碎花布短裙，都扎着两个小辫，青春可爱，长得很像亲姐妹，只不过其中一个皮肤白，一个显得黑瘦些。两个男生，高个子男生在搬运货物，矮个子男生在帮姑娘们补光。我们等了许久，看到两个女孩下播了，坐在一边喝奶茶，才赶紧过去，和他们聊了起来。

他们正是一家小电商户，卖的产品主要是苏州东山本地特产的鸡头米、莼菜等农产品。俩女孩是盐城人，俩男生是东北的。俩女生是大学同学，还没毕业，利用空闲时间创业。俩男生大学毕业两年了，一直干电商。他们四人是电商企业"合伙人"，这间小小的直播间，就是他们的"主战场"。矮个子男生说，他们原来在苏州市园区租房创业，直播搞得很好，有五六个合伙人，可市里房子价格高，水电等杂费也高，他们算算成本，就来到产业园这边。我问："你们还卖别的吗？"他们说："按季节来，过一段时间，枇杷成熟了，就主要卖枇杷。"

这个叫"大颗粒"的电商企业，刚开张没两个月，直播间访客并不很多，几个年轻人很勇敢，他们的货源与合作农户，都是自己到村里联系的。这需要认真考察。瘦女孩说："我们都仔细看农户们的货物，认真检验，也观察农户们的脾气秉性。产品都要收集到公司，进一步检测，再加工后加包装，等卖出后，再给农户们分提成。"他们这个两层的门头房，一层被改造成了直播间，两楼是他们的休息室，楼后面还有一个检测房。他们工作很勤奋，一个时间段过了，累了，就上楼休息。起来了，稍微补补妆，又上镜了。

他们轮着出镜，男生一组，女生一组，有时也男女搭配。直播分四个时段，每天直播时间，上午是6点到10点，然后是12点到4点，下午4点到8点一场，然后是晚上10点到凌晨2点，一次4个小时，也挺累的。刚刚是6点到10点直播段，卖出170包鸡头米，成绩差强人意。冰鲜的鸡头米，半斤，直播间才卖38块8，都是手工剥的，稍微黄点，绝对保质保量。他们一天能有两千元左右销售额，虽然量不大，但他们也很知足。高个子男生自信地说："通过努力，肯定能把销售额度干上去，万事开头难嘛。"

他笑着说："不担心，努力就好哈，爱拼才会赢！"

看着男孩阳光明朗的脸庞，我们也被年轻人的创业热情感染。电商与直播业结合，开始被很多人误解，认为是一种变相情色买卖，直到这几年，抖音、小红书等平台上，大量电商直播企业出现，产业形式越来越稳定，大家对他们的认识才发生改变。每次四个小时直播，的确够累人，可在四个年轻人身上，我们没看到焦虑和失望，而是积极乐观的态度。谁说00后青年只会"躺平"？未来太湖生态岛的发展，还要靠这些年轻人。

两个女生也讲了直播的体验。她们刚工作不久，也经过了培训，规则都告诉她们了，只要不触犯规则，剩下的东西，如何多卖产品，这就要看她们的沟通能力了。她们也有压力，这些压力来自工作量，来自复盘数据。直播的时候，有的时间比较放松，就是遇到喜欢聊天的客人。他们不仅买产品，也要聊天互动，大家就天南海北地聊，总是能遇到有意思的人和事，那时就比较开心。她们也坦言，没人搭理时最容易犯困，在直播间喊了半天，没人回应，那时就比较沮丧。

她们的生活也比较简单，除了直播就是吃饭、休息，有时也出去散步、跑圈。东山岛生活悠闲，就是适合年轻人的地方少了些。哪有好玩的地方？瘦女孩笑着说："来了几个月，都没有好好玩，等不忙了，专门抽出一天，就是疯玩。"

看着年轻人的脸庞，我们也受到感染，推荐了紫金庵、雕花楼等几处名胜，建议把直播和东山名胜结合，不要总闷在直播间，提议得到了共鸣。他们也告诉我，他们是转租别的商户的房子，并没有去徐纯的培训中心。那里是季节性的，要凑够人数才能开班。

离开时，已接近中午，雨下得更大了，始终没联系上徐纯。出租车里，回头望着，占地庞大，气势恢宏的电商产业园，在微雨之中，隐现在碧螺村青翠欲滴的绿意之内。也许，要搞好电商产业园，不仅是单纯产业问题，更是要摸索太湖生态岛生产发展之道。习近平总书记指出"要因地制宜壮大美丽经济,把生态优势转化为发展优势,使青山绿水产生巨大效益"[1],风光优美,历史底蕴深厚,但老龄化严重,地理位置相对偏僻的太湖岛屿,要实现现代生态经济转型,社会效益和经济效益的双赢,环保与开发的并重,显然并不是一件易事,它需要集思广益,调动更多的年轻人拥抱太湖,建设太湖。

---

① 中共中央宣传部、中华人民共和国生态环境部编:《习近平生态文明思想学习纲要》,学习出版社,2022 年版,第 32 页。

第六章　桃源文心记

第一节　棍徒与小吏

一　清官难做

11月底，秋风萧瑟，我们到太湖明月湾，发现了一个去处，"暴式昭纪念馆"。暴式昭何许人也？浏览下来，我们发现他是位河南籍官员，在太湖当官，取得了令人称颂的政声。有意思的是，此人"官位"非常小，只是九品巡检，做的也并非轰轰烈烈的大事，但得到各界很高评价，成了一位名留千古的"青天小吏"。

中国人都爱看清官戏。清官们大多有大功业。《海瑞罢官》的海刚峰，敢于得罪豪强，准备好棺材，和嘉靖帝犯言直谏。戏台上的黑脸包公，拒收贿赂，秉公执法，铡死了狼心狗肺的驸马爷陈世美。百姓们都喜欢看清官和贪官斗法，和权贵斗法，为了维护正义和法纪，不惜以身犯险，甚至搭上性命。可是，清官往往寂寞孤直，不通人情。《万历十五年》笔下的海瑞，就和传统历史清官形象，有很大差异。海瑞为了一块饼子，饿死自己的女儿，只因饼子是家仆的男孩所赠，违背"男女大防"。海瑞还因为愚孝母亲，逼死了妻妾。

有"清官"，就有"假清官"。《老残游记》不仅讽刺贪官，也讽刺"假清官"。贪官要钱，清官要名，甚至残害百姓，比如用站笼站死数千百姓的曹州知府玉贤。老残对玉贤有一段评论，颇能揭示"假清官"躁进刚愎的嘴脸："只为过于要做官，且急于做大官，所以伤天害理的做到这样。官越大，害越甚：守一府，则一府伤；抚一省，则一省残；宰天下，则天下死。"下一段讨论贪官与清官的话，更是脍炙人口："赃官可恨，人人知之；清官尤可恨，人多不知。盖赃官自知有病，不敢公然为非；清官则自以为不要钱，何所不可，刚愎自用，小则杀人，大则误国。"[①]有些官员号称清官，或也有才华，他的官也不是捐来的，是正经八百经过十年寒窗苦读。但如果清官没有心怀百姓的仁慈，踏实做事的务实之心，照样可以祸国殃民。

同样，不管"真清官"，还是"假清官"，想要青史留名，都要有些硬杠杠标准，除了轰轰烈烈的事迹，也要有官员地位。包拯是龙图阁大学士，海瑞是右佥都御史，三国"廉石压舱"的陆绩也是郁林太守。"真清官"要有足够的地位，才能抵抗贪官庸吏的暗算，"假清官"也要有足够地位，才能被后世的史书记录在案，当成反面教材。

苏州西山历史上，却有着暴式昭这样一位"青天小吏"的"真清官"。他既没有轰轰烈烈的大事迹，也没有煊赫官职，但他同样以"廉洁"进入史册。他是太湖生态岛建设的文化先驱，其言行功绩奠定了深厚的文化基调。

二 "小吏"养成史

暴姓，原为中原古姓，出自姬姓，典型以封国名为姓。《风俗通》与《尚友录》记载，殷商时期已有暴姓诸侯，确切记录在东周，王族大夫封于暴邑（今河南省郑州北）。此大夫爵位为公爵，建立了暴国，史称暴辛公。春秋时诸侯兼并，暴国亡，并入郑国。西汉时有御史大夫暴胜之，北齐有定阳王暴显，距暴式昭出生数百年前的建文年间，有刑部尚书暴昭，《明史》载："耿介有峻节，布衣麻履，以清俭知名。"明成祖靖难，暴昭死守南京，城破后被执于朱棣之前。他破口大骂，朱棣敲碎其牙齿，斩断其手足，割断其脖子，血流尽，至死方休。"式"字本义为"法"，即言行依据的准则，引申楷模、榜样意义，《尚书·微子之命》说："世世享德，万邦作式。""暴式昭"此名，可见追比先贤，以先祖名臣为其志的用意。

当然，这只是一种"猜测"。

---

① 《夏志清论中国文学》，香港中文大学出版社，2017 年版，第 377 页。

历史上的暴式昭，字方子，河南滑县牛屯镇暴庄村人。暴式昭家族，颇有些根底。祖父暴大儒进士出身，当过江西知县，父亲暴骏图，考中副贡，做过林县教谕。他的堂叔，也当过京官。暴式昭是书香门第。可仔细考察，暴式昭才华并不优异，当官路径也不显光彩。暴式昭事迹材料，多对此语焉不详。俞平伯在《清吴县用头司巡检暴君墓碑铭》说："君生而岐嶷，卓荦豪迈。好诗古文辞，不屑为帖之体。不应科举，乃入赀为吏，指省江苏。""岐嶷"形容幼年聪慧，典出《诗·大雅·生民》："诞实匍匐，克岐克嶷。"这段话大意是说，暴式昭聪明早慧，为人豪迈，喜欢写诗和古文，但不喜欢科举考试，最后通过捐官（入赀）方式进入官场。俞平伯说暴式昭"入赀为吏"，显然认为芝麻绿豆"巡检"，上不得台面，不是"正途"（最少举人入仕），不是"官"，只是"吏"。

暴式昭虽一心向学，但未中科举，说他"不屑为帖之体"，也许只是赞扬之词，当时文化氛围内，在暴氏这样的官员家族，既是异类，也被人看不起。然而，正是这种低微出身，使得他多了一份平民气息。他不仅熟悉百姓疾苦，坚持清廉原则性，且手腕灵活，通情达理，体恤民情。他的家学渊源，也使得爱民护民之心，深入骨髓，也有着广泛知识界人脉。

仔细看看暴式昭的功勋，没有擒拿过达官贵人，惊天巨盗，也没有铡过驸马，打过自己的侄子，然而，他的政绩，又是实打实的惠民之举。他抓捕赌坊设赌局骗人的许虎姐等恶人，拒收商人们送的孝敬，还把这些钱，都捐给了百姓。他禁止吸毒和贩卖鸦片。在灾年来临之时，为民请命，尽力帮助百姓渡过难关。他访问贤能，自掏腰包，重修三国名相阚泽、古越国大臣诸稽郢的坟墓，刊刻林屋洞的摩崖石刻，为西山文化的传承，尽了一份力量。可以说，今天太湖生态岛建设的文化遗产，也有这位"青天小吏"的功劳。

三　知府与巡检

当官自然有好处，以光绪十三年户部江南司郎中（相当于财政部江南司司长）李慈铭的收入来看，合法收入仅有135两银子俸禄银和1200斤糙米，照今天市价折算，一个月俸禄仅1000多元人民币，然而，李慈铭一年灰色收入有印结银（帮同乡官员担保）、书院束脩（大学兼职讲学）、馈赠（冰敬、炭敬与别敬）、礼品等，折合2061两银子，是合法收入15倍！①京官如此，地方官更敛财有方，甚至暴式昭这样的小吏，如利用稽盗捕私名义，也能吃拿卡要不少好处。暴式昭并非不懂人情世故，苏州府师爷王汉章、嘉源来视察工作，他也会应酬，请他们吃饭，自己掏腰包给他们送上等茶叶，目的却是为了让他们呼吁上官减免西山赋税。

说到暴式昭，不能不说个反面人物。苏州知府魁元，字文农，满族人，正史记载不多，所见不过残存清代光绪朝金砖。苏州陆慕镇，自古是皇家宫殿出产金砖之地，当成文物的金砖侧边刻有"光绪十一年成造细料二尺见方金砖""督造官江南苏州府知府魁元"字样。暴式昭的故事里，他变成欺上压下的丑角。仔细考察他的"罪行"，也不过当时官场通病。魁元能力不高，嫉贤妒能，巴结在家丁忧的状元陆润庠，人家不搭理他。他治理苏州府，喜欢拍马屁，一次县令、巡检议事会，他接见下属，暴式昭没有随大流，加入赞颂的队伍，反而提出很多问题，如催甲欺压佃户，赋税太重等，惹得魁元不高兴，给了一个"性情乖张、作事荒谬"的考语，并指责暴式昭"好事，又好出主意"。

据俞樾《暴方子传》描述，原江苏巡抚谭钧对暴式昭非常欣赏，曾举荐贤守令数人，"暴式昭以才优守洁，为微员中罕见之才，诏令军机处存记"。谭巡抚调走了，推荐也就打了水漂。继任江苏巡抚刚毅，是满族守旧派，苏州知府魁元，官声也不好。上任之初，就对暴式昭不满意。俞樾几次给暴式昭打圆场，也多次写信规劝暴式昭遵守官场规则，让他当"官场隐士"。暴式昭是办实事的小官，私下也说过魁元一些负能量言论，这些言论很快被人汇报给魁元。照理说，堂堂知府，没必要和小巡检较劲，可暴式昭不断写报告，一会儿旱灾要减税，一会儿要缉盗，搞得魁元很被动。

不巴结领导，不站队，又不送礼，还整天给领导找事做，这样的下属，肯

① 许家祥：《晚清官员的灰色收入》，《同舟共进》，2014年第12期。

定不太妙。虽有江苏易藩台、俞樾等人维护，但暴式昭处境堪忧。恰有养蜂人来西山闹事。外地养蜂人，看到西山花果很多，蜂拥到岛上放蜂箱，不时发生偷窃、蜜蜂蜇伤人的事。这本是民事纠纷，养蜂人将状子告到苏州府，正中魁元下怀，他很快下令，撤了暴式昭的职务。魁元可能想不到，因为他的一纸命令，断送了暴式昭的前途，也间接成就了千古"青天小吏"。

魁元的下场，也颇有意味。此人后来钻营至北京圆明园八旗护军营营总，正三品武职，相当于大军区副司令，负责一旗在圆明园驻防。圆明园八旗，设立时就有赡养八旗子弟的意思，没什么战斗力。1860年，英法联军第一次洗劫圆明园，圆明园八旗护军残破不堪，只有技勇等二十几个太监，稍稍抵抗，全部殉难。当时外火器营有一句民谣，说圆明园镶蓝旗破败景象"鲜酒活鱼的蓝靛厂，死猫烂狗的老营房"。

1900年8月14日，八国联军再次攻陷北京。北京城那时还浸着暑热。魁元丢下部队，仓皇出逃，未能逃脱，全家被杀。一片火光之中，魁元的鲜血，融合着泪水和汗渍，浸透了鲜艳的三品顶戴，也映红了侵略者闪亮的军刀。

此时距暴式昭被罢免，过去了十年，离暴式昭病逝于山海关外军营，也已过去了五年。

此刻的魁元，是否想起那个被他罢免的微末小吏？是否为他的行为后悔？

四 "断炊"的官员

光绪十六年（1890）十一月十三日，撤销暴式昭用头巡检职务的文书到达西山。同月十八日，暴式昭交卸完毕。被罢官的暴式昭，真正陷入了贫困。

按理说，这种情况不应该发生。清光绪三十二年（1906），洞庭西山置靖湖厅，隶属苏州府。暴式昭这个"巡检"，不过正九品，职责却不简单，西山岛属于苏州靖湖厅，巡检大致相当于西山镇长、镇派出所所长与刑警中队长三个职务集合，下属数十个弓兵，有刑事执法权、行政裁量权。据《元典章》记载，一个小巡检，就可"引泼皮无名弓手提控人等将带空头文引，与里正主首局干人等捏合事端，私受白状"，甚至"执把军器，勾扰平民，监锁吊打，抢夺财物，破家丧产，民甚苦之"[1]。

然而，暴式昭做的事，却将自己的清廉，推到了难以养家糊口的地步。本来俸禄不高，不想办法"捞外快"，巴结上官，还要清廉自守，体恤普通群众，自己拿钱搞文化公益事业，除非世家大族，否则谁也扛不住。詹一先的长篇小说《廉吏暴式昭》，对此有详细描述。暴式昭因为老父生病，欠下外债，典当妻子首饰，才还上欠账。他被罢免之时，已是寒冬腊月，冰封雪冻，只能等开春再借钱雇车回河南。此时家中已基本断炊，每日两餐，只能喝稀粥，吃萝卜叶子，一儿一女，饿得头昏眼花，还要去地货行边捡萝卜叶。

故事高潮部分由此"引爆"。陈巷村的老汉张洽泉，发现了拾萝卜叶的孩子，进而看到了暴巡检的困境。他激于义愤，呼吁大家捐助，20多户的小村，凑了八斗三升米，张又拿出一些，凑满一石米（大概150斤）。短短四十多天，西山各地村民顶风冒雪，肩扛手提，船载牛拉，大米捐助了148斗，柴的数量是米的十倍。暴式昭眼含热泪，亲自记录下《送米簿》，现今依然藏于暴式昭纪念馆。细细看来，除了大米之外，还有松柴、猪肉、铜钱、年糕、茶叶、鱼肉、酒，甚至还有给家里小孩的玩具。西山有80个村，七八千户人家，范围如此广泛，自发地对卸任官吏的敬意，实属罕见。暴式昭在回复魁元的禀文中说"老翁持肉，童子担酒，庵尼负菜，禅僧携茶"，民情民意令人动容。

五 "棍徒"的仗义

暴式昭的故事里，除了主角之外，我也注意到那些"小人物"的生命轨迹。他们与文士一起，打造了暴式昭神话，也塑造了苏州西山文化的骨气。他们代表着淳朴的义气与担当，也凸显着千年教化的伦理正义。这里要提另一个重要人物——"棍徒蔡剑门"。

苏州人给人的印象，大多绵软温柔，吴侬软语和温和细致的性子，很难

---

[1] 中共吴中西山国家现代农业示范园区工作委员会编：《九品廉吏暴式昭》，2014年版，第12页。

让人将他们与血性强梁联系在一起。然而，明代张溥笔下，苏州有敢于抵抗阉党，大义凛然的五义士："五人之当刑也，意气扬扬，呼中丞之名而詈之，谈笑以死。断头置城上，颜色不少变。"顺治朝，苏州也有声讨县令任维初，痛哭于文庙，大呼痛快的金圣叹。太湖西山隐秀的桃源胜境，隔绝了喧嚣，相对封闭，也培养了人民淳朴心性，大量迁徙而来的北方移民，也带来了北方的儒家文化与更远的佛教文化。它们交织共鸣，奏响了西山文脉昌盛，底蕴丰厚的文教传承。正当暴式昭无辜被撤职，困窘于乡野，一位不起眼的小人物，挺身而出，在历史的缝隙，闪现出了人性的光辉。知府魁元在公函札之中，指责暴式昭"西山棍徒蔡剑门，手持竹梆，遍山敲击，向各户敛费，称欲保留用头司巡检暴式昭，以致人心煽惑"。

蔡剑门，一位西山普通农民，其貌不扬，左腿还有残疾，但此人天性豪爽仗义，敢行惊人之举。可就是平凡一个百姓，成就了清官的传奇。他听说了暴巡检无辜被开缺，一声不吭，回去就变卖了祖传的一亩多菱塘，换了25块银元，当作来往吃住的旅费，接着，他用毛竹自制了一个竹梆，套在脖子上，日夜不休，走遍西山八十多个村子，呼喊着"为暴老爷官复原职，如有愿去苏州府请愿，请于某时在码头集合"的口号。他聚集数百人，乘船去苏州府后，要求面见魁元申诉。魁元避而不见，只让师爷将群众敷衍而去。

蔡剑门此举，非常犯忌讳。中国封建社会，最害怕群众聚集事件，大汉律规定"无故啸聚者罪"，明大诰更规定，游民要重罚（逸夫处死），即使晚清，民智初开，此等举动，也足以引起官府警惕。魁元提出"将该棍徒蔡剑门密拿解省，以凭从严惩办"。普通乡民，最怕见官，为了和自己非亲非故的罢职官员，做到如此地步，可见民间自有奇人义士，也自有正义民心。这些"不法的棍徒"，更体现了西山人道义教化的力量，与深厚的地域文化影响。

暴式昭纪念馆，并没有蔡剑门的雕像，其实，也可以塑一个，他同样值得我们尊敬。

当然，暴式昭成为"现象级清官"，也离不开文人墨客的赞颂。

秦敏树是太湖本地人，当过浙江的县令，弃官回家乡秦家堡。他的家境不错,性情清高,擅长书画,每日读书为乐,是典型旧时代与官场有一定距离的读书人。这种当过官的士绅,在当地有一定影响力。他先是写了一首诗,起句便是"风饕雪虐群山枯,山中蔀屋生嗟吁",感慨暴式昭的处境,后索性画了幅《林屋山民送米图》,将百姓送米给暴的故事画了下来。这也就成了讲述暴式昭功绩的第一个文物。

第二位给暴式昭背书的,是朴学大师俞樾。俞樾进士出身,当过翰林院编修,因被诬陷罢官,长居苏州紫阳书院。俞樾是文学家、经学家、古文字学家、书法家。俞樾因与暴式昭祖父熟识,在江苏官场对暴多有照顾,无奈黑白不容,他出于意气,在《林屋山民送米图》上写了题词,称赞说:"暴方子,廉吏也,罢官后,洞庭西山之民知其乏食,穷乡僻壤里夫村妇负米担柴,馈遗不绝。"古人有画端题词的做法,俞樾还有题诗,其中"薄官不能一朝留,清风可以百世纪"的评定,扩大了暴式昭的影响力。

暴式昭只拿了一部分必要的米和柴,剩下的物资,折合成了钱,送到继善堂,帮助孤儿。回到河南,他又收了郑文焯的画《雪篷载米图》,有俞陛云、陈同叔等苏州名士题词。暴式昭去职后,一直关心国事。甲午战争时期,他从滑县赶到天津,慨然入伍,在总督吴大澂大帐前负责军马采办重任。他日夜操劳,积劳成疾,1895年病逝于关外,年仅四十九岁。吴大澂称赞他说:"此人若为牧令,政绩必有可观矣。"

暴式昭去世后,让他的事迹,在现代继续流传下去,还是暴春霆对《林屋山民送米图》等相关画卷的刊刻。

六 历史的声音

1947年底,天地玄黄,世事沧桑,正是解放战争形势胶着之际。

寒冬,北平,一个风尘仆仆的军官,惴惴不安地敲响了胡适的大门。他就是暴式昭的孙子暴春霆,当时正在傅作义部队担任团副。为了更好地保存流传祖父的事迹,他萌生了刊刻《林屋山民送米图》的想法。

除了胡适,暴春霆还找了诸多名士,从他们的题词和文章,既可看到对暴式昭的态度，也可看到鼎革之际，文人的复杂心态。沈从文从骨气和廉洁入手，称赞暴式昭"为人清廉，作人有骨"。朱光潜在图册序说："时虽异代，俗或一揆，君子盖不能不为之慨然，举世滔滔，而谁与易之乎！"游国恩以杂诗记录："世上穷官谁与比，罢官不见炊烟起。"俞平伯是俞樾的孙子，《林屋山民送米图》看到祖父题词，大生感慨。他以暴式昭比古之先贤，以西山之民为"古之民"："方子先生之清德在古之遗爱遗直间，晚与甲午战役，其出处大节咸足以兴顽立懦、启无穷景行之思。"然而，1947年纷乱之局势，俞平伯由此引发更多忧思："是今之民徒怀思古之忧有欲为古之人之意而亦不可得也。国步则既艰，生民则已瘁矣。"

相比之下，较激进的文士，除了褒扬暴式昭，更多赞扬"人民的力量"，表达对国民党统治的愤慨。由此可看到四十年代末知识分子的分化。"棍徒们"理直气壮地获得了荣誉。朱自清写了首白话诗："暴方子先生，这一个最小的官，却傻心眼儿，偏好事好出主意——傻心眼儿的老百姓才真公道。"张东荪的题记讽喻国民党之统治"黑暗时代，是非善恶之辨只在人民——盖未有贪污横行、是非不辨、赏罚不明而能永临民上者也"。冯友兰更直言道："这图的流传，未尝不可与我们眼前的腐败贪污的政治一个有力讽刺……"

沧海桑田，斗转星移，如今暴式昭旧居，被放置于明月湾。暴式昭的事迹，也一直被江苏与河南两省政界与文化界共同称颂。苏州锡剧团创作演出有锡剧《雪篷载米图》，《九品巡检—暴式昭》也是河南豫剧院二团新编历史剧。地域方言与文化或有差异，但人类的情感，多有沟通之处。渴望吏治清明廉洁，无论古今，人民的诉求也非常一致。中原文化的敦厚纯直，与太湖文化的崇文爱人，共同打造了暴式昭这个"青天小吏"的神话，而"棍徒"与"小吏"心心相印的故事，还会不断流传下去。

第二节　阳光与家园

阳光所照之处，就是我安身立命之地。

——布雷兹特里特

一　生命的宽度

五年后，面对每天升起的第一缕阳光，李岚依然无法忘记，第一次救助蒋东村一对双胞胎姐妹，那种复杂忐忑的心情。说不上挫折，还是希望，也许只是一种执拗的坚持。

那天她起得很早，凌晨四点，她就睡不着了，看过材料，她实在担心那对双胞胎。起身看去，夜空之中，微星闪动，微云凝聚，抹在夜空，似又是挂在缥缈峰的额头上。

儿子还在熟睡，李岚望着那片云，想着那对双胞胎，叹了口气，起床后迅速做好饭，自己简单吃了点，就出了家门。忽然起了一阵风，李岚打个冷战，抬头看了一眼太湖东岸，水天相接的地方，已泛起青色微亮的光。

天未完全放亮，她就赶到了蒋东村。两姐妹的父亲姓俞，已七十多岁。李岚每次去家里，都会看到他坐在门口，眯着眼，晒太阳，枯树皮一般的手指，夹着将要燃尽的烟头。见到李岚，他没有起身，反而用鼻子挤出"哼"的一声，朝地上狠狠吐出一口痰。

老俞年轻时无所事事，一直没成家，51岁时，跟一个多重残疾的女人生下双胞胎女儿。有了两个女儿，他对生活最大的期盼，就是"等"。等两姐妹快快长大，等她们嫁人，等他拿到两份厚重彩礼。每次提到彩礼，他干枯的眼都会射出光，让人哭笑不得。

你要担负起家庭责任呀，李岚苦口婆心地劝说。老俞还是笑着说："年龄大，挣不上钱啦，再说，在女儿身上花钱，也是糟践。"

"什么不是浪费？"李岚问。老俞搔着头皮说："买烟酒哇，有烟有酒赛神仙……"

李岚是西山本地人，性情温和，说话轻柔温婉。1988年出生，她却看上去像个腼腆的小姑娘。只看她瘦小的身量，很难让人相信，她是金庭镇公益事业的"重要人物"。

"是公益选择了我，不是我选择的它。"对于主修商务英语的她来说，这是最好的解释。商务英语和公益，确实很难联系在一起。李岚最初在苏州一家日企工作。之后与丈夫相遇、相爱，结婚、生子，一切顺理成章。这种普普通通的生活，她很知足。生下儿子后，为了更好地照顾孩子，也为了减轻生活压力，她决定搬回西山农村老家。她爱老公，爱孩子，更爱自己的小家。但这些不是让她早早成为家庭主妇的理由。辞去日企的高薪工作，已是她最大的退让，她不愿变成婚姻中的依附者。

2014年，她到西山一所养老院工作。服务老年人的时候，李岚细致耐心，愿意陪老人说话。养老院里的老人对她赞不绝口。她是一个非常感性的人，别人的一句称赞，就能开心很久。她感觉到一种成就感。这种成就感，让她找到自己的价值。养老服务工作，让她接触到更多社会公益。她发现岛上还有很多老人，包括残疾人，他们年纪比较大，没有能力干农活，子女也不在身边，基本上没有经济来源。他们住不起养老院。事实上，金庭镇贫弱群体的人数并不比别的地方少。但2016年以前，金庭镇没有任何性质的志愿团队，也没有任何公益性社会组织，相应扶贫政策没有机构承接，社会公益性扶贫项目，更是一片空白。

"既然有这个机会，我就应该为西山做点什么。"她当即从养老院辞职。2017年，李岚注册成立了金庭镇第一个公益社会组织，"苏州市吴中区心行阳光公益服务中心"。机构刚刚成立的时候，李岚有很大的理想，感觉浑身都是劲，想要大干一场。然而，理想与现实之间，往往隔着很多看不到的阻碍，有时候迈出第一步都很困难。

俞家姐妹是她公益扶助的重要对象。姐妹两人智力有遗传缺陷，但情况也有些尴尬："如果是智力残疾，可以送到特殊教育学校，或申请残障儿童政策帮扶。但她们处在正常智力'边缘'，不算残疾。妹妹的智力四级左右，姐姐基本正常。"

她们已读到初三，马上面临中考，老俞却不愿让她们继续上学。李岚在救助中心，多次为她们提供帮助，也常常上门走访，不停劝说老俞，先把姐姐送出去上学，但无济于事。老俞的家里比较破败，院子凌乱，堆满了杂物，院里的一棵银杏树下，李岚继续做着老俞的工作，可屋里面，两姐妹神情呆滞，半躺在床上，看手机短视频，"咯咯"地笑着，看着她们天真却有几分病态的脸庞，李岚陷入了沉思。

更艰难的是，李岚的热情，并没有换来认可，反而感觉像被老俞盯上了，时时担心突然而来的索赔。"他的理赔意识可高了，之前他帮亲戚取快递，回来路上摔断了腿，就用尽一切办法向人家索赔。"李岚认可他的维权意识，但他没完没了的纠缠，让李岚冷汗直冒。"就算我们去他家里做公益，去帮助他，他也会时刻想着怎样保护自己。"从蒋东村到金庭镇中心，是一段不近的距离。俞氏姐妹每次来救助中心，接受辅导，都固执地骑电瓶车。镇上路况复杂，车辆多，万一出点状况，谁都负不起责任。李岚当然害怕。可看着付出那么多努力，却没能改变两个孩子的现状，又是一阵心酸。

"两个孩子只是比较笨。但在家庭环境下，慢慢地她们就变傻了。""笨"和"傻"是有根本区别的。李岚没有放弃，她知道这很难，可她必须做。

李岚的对策是，一点一滴地做起，从每一个进步做起，让俞家姐妹找到信心。这是一个漫长的过程。李岚希望她们能先掌握一些简单动手能力，有时间就带她们做手工活。刚开始，妹妹几乎没有办法独立完成，姐姐虽然学得慢,但能自己完成一些简单手工。李岚替她们感到开心。当姐妹俩微笑着将第一个完成的手工品,作为礼物送给李岚,她既吃惊又激动。这一刻,她觉得一切都是值得的。"现在姐姐学会用电脑打字。"看着她们一点点变得好起来,李岚心里涌出一阵暖流。这股暖意里,带有一丝欣慰和骄傲。

慢慢地,老俞也被李岚感动,态度发生了很大变化。这一切,都是李岚花费无数个日夜,用无数心血进行帮助与劝说的结果。

"如果不在公益中找到自己的价值,真的很难坚持下去。"李岚并不回避自己消极的情绪。她也想过放弃。类似的事情太多,情况好一点的有,更差的也有。"我们还接触过很多自杀的人,可能你随手一拦,拯救的就是一个生命。"李岚后来才知道,这些人大多数只是一时冲动,想不开。救下他们,就是救下一个家庭。

拯救一个生命有多伟大?她从来没有算过,也没有办法计算。但她知道,这就是公益的价值,也是她所做的事情的价值。就像这对慢慢变好的姐妹。

想到这些,一种无可替代的价值感就会油然而生。价值感是一种很特别的感受,是会上瘾的。她笑着说,有些腼腆。

"我们不能改变自己生命的长度,但可以通过自己的努力,去增加生命的宽度。"李岚在公益中,找到了自己的价值和意义。

二 "我爸杀了我妈"

救救我们吧!救命!

李岚现在还清楚地记得,第一次见到两兄弟的场景。困境儿童的帮扶中,李岚最先接触的,就是东蔡村的这对兄弟,哥哥跟随父亲姓陈,弟弟跟母亲姓蔡。

这是一个令人心碎的家庭。2015年3月29日,孩子的爸爸怀疑妻子有外遇,一怒之下把孩子的妈妈和外公全杀了。现场血流满地,惨不忍睹。当时,他还想把两个孩子一起杀了,当着孩子的面行凶。外婆用胳膊挡住砍向哥哥的刀，救下两个孩子。行凶之后，爸爸当即跳楼自杀，没死成。现在还在服刑。

这件令人震惊的案件发生时，李岚还在养老院工作。当时妇联立即给两兄弟紧急干预，把他们送到市里，做了将近一年的心理治疗。这种心理干预和引导，需要随着孩子成长持续进行。公益救助中心刚成立，李岚就把他们作为关注的重点。

她见到两兄弟时，哥哥说的第一句话，就是喊救命。来之前李岚做了充分的准备，但听到这句话时，还是有些慌乱。她只能先向奶奶了解两人情况，观察他们的情绪。兄弟两人长得很像，都有一双很大很漂亮的眼睛，明亮、清澈，弯弯的睫毛又黑又长。哥哥躲在奶奶身后，噙着泪的眼里，充满对陌生人的警惕和恐惧。弟弟双手搂着膝盖，坐在一旁的台阶上，眼睛盯着地面，脸上没有任何表情。

看着眼前的小男孩，李岚想到自己的儿子。她突然有种强烈的冲动，想去摸一摸弟弟的头。

"我爸已经把我妈杀了，你还敢对我怎么样？！"当她刚起身准备靠近，哥哥突然跳起来，歇斯底里地冲她喊。

她一下愣住了。接着，哥哥在屋里到处寻找躲藏的地方。弟弟也猛地站起，握成小拳头的手，紧紧攥住衣角，冷冷地盯着李岚，眼神冒出两道寒气。李岚顿觉汗毛竖起，起满鸡皮疙瘩。她往后退一小步，站在那里一动不动。奶奶也呆呆地站着，不知所措。

这其实是潜意识反应。李岚才意识到，这件事对他们造成了太大影响，年幼的兄弟俩，更是处在心理应激阶段，对所有人都有很强的恐惧感，尤其是陌生人。

看着眼前不比自己儿子大的兄弟俩，她的心猛地一阵疼，泪水早已止不住。

李岚从奶奶那里了解到，他们家庭的监护力量太薄弱。爷爷患有胃癌，奶奶是类风湿性关节炎。他们还在坚持工作。外婆出院后重度抑郁，看爷爷奶奶的眼神，就像看血海深仇的仇人。最可怜的是两个孩子，像小小的浮萍，漂泊无依。

李岚决定，以机构为家，希望能给他们一些家的温暖。"要让他们到暑托班，如果他们一直待在家里，只会越来越自闭，越来越痛苦。"李岚相信，只有让他们走出那段记忆，融入社会，接触更多人，他们的心才会慢慢打开。

两兄弟第一次到暑托班，是奶奶送来的。暑托班里，李岚吃惊地发现，离开家的两人，跟第一次见面完全不一样。安静的时候，他们坐在一边还有些胆怯和畏缩，一旦活动起来，活泼顽皮的天性便显露。他们爱笑，爱玩，喜欢打闹，但特别有礼貌。无论是做手工、做游戏还是看书，他们非常配合、听话。哥哥好奇地看着每一个小伙伴，满是快乐和期待。弟弟虽然不爱动，也会被李岚讲的故事吸引，和其他小朋友一起开怀大笑，冰冷的眼神也变得纯净天真，像一汪刚融化的春天泉水。

他们虽然有些调皮，但真的很可爱，讨人喜欢。李岚笑着，眼角流下泪水。奶奶也哭了，她不停抹着泪。这么久，她第一次见到两个孩子笑得这么开心。

这次开始，每次暑托班活动，两兄弟都会参加，从没有迟到。哥哥甚至很快从接受别人的帮助，变得能帮助别人。李岚平时很少提及他们的父母，避免触碰敏感话题。后来，反而是哥哥，偶尔主动跟她说一些对妈妈的印象。这让李岚很惊喜。李岚发现两兄弟性格差别很大，哥哥偏外向，弟弟偏内向，易发脾气，生气时很难控制情绪。她在弟弟身上，看到他爸爸的身影。因为这个，奶奶与外婆之间的矛盾，都是围绕弟弟，她们都不喜欢弟弟。

李岚反而更喜欢弟弟："弟弟细心，能看到哥哥看不到的东西。"两兄弟性格互补，这让她为弟弟感到安心。李岚也会主动引导弟弟，让他学着控制情绪。她知道，弟弟还没有完全度过心理失控期。

在李岚的帮助下，爷爷奶奶终于放心地把他们送回学校。重新回到教室，他们也没有表现出极端行为倾向，很好地适应了学校生活。"虽然他们成绩不是很好，但非常勤奋，也很听话。"李岚微笑着说。

2021年5月，李岚对两兄弟的跟踪帮扶，被江苏省民政厅评为"未成年人关爱保护"优秀案例。2022年，是李岚照管他们的第六年，弟弟读五年级，哥哥已读六年级，马上要升初中。两兄弟已有了明显心理转变，也有很多自己的想法。李岚是他们的倾诉对象。"类似个案管理，不需要那么多志愿者去做，要保护他们的隐私和自尊心。"对于进入青春期的兄弟俩，她考虑得很全面。

一个深秋的下午，放学后两人特意"路过"公益活动中心。他们拿着落叶卷成的"花朵"，悄悄走到李岚身后，给她一个大大的"惊喜"，笑着叫她"李阿姨"，李岚感觉到开心。她很知足，没有办法让他们成才，就努力先让他们成人。更何况，他们已知道感恩。

很多贫困家庭，面临的问题不仅是"贫穷"。相较于简单物质帮助，身处困境的孩子，更需要心理引导和情感陪伴，如果能及时帮助引导，可能改变他们的一生。

李岚在扶贫走访过程中，发现很多贫困家庭有着诸多家庭问题。"幸福的家庭大都相似，不幸的家庭，各有各的不幸。"李岚真切地体会到这句话里的辛酸和凄苦，更感受到生活压在孩子身上沉甸甸的重量。金庭镇分散着很多"困境儿童"。这些孩子的父母，有的患有疾病，有的正在服刑，还有的已去世。2020年起，吴中区将事实无人抚养儿童、重病重残儿童纳入基本生活保障范围，按照社会散居孤儿100%、50%的标准发放基本生活费。困境儿童全部享受实时医疗救助。政府对困境儿童的帮扶政策，为他们解决了基本的生活问题。

李岚更加注重情感与心理的帮助。她主要为金庭镇的困境儿童，提供疏导、行为矫正、教育辅导、社会融入等个性化服务。在生活保障、心理干预、精神引导、成长守护等方面，李岚基本实现对金庭镇所有困境儿童的全覆盖，形成一个系统救助网络。

针对困境儿童的帮扶，必须是持续性的，不仅考虑家庭经济情况，更要考虑到孩子的成长和心理变化。经济上有困难，可提供物质资助，如果心理和精神有问题,需要专业心理医生和教育老师,做入户引导。她还与金庭镇儿童关爱之家和未成年人救助站联合,为一些情况特殊的孩子,提供专业救助。

帮助困境儿童,首先要走进他们的内心。打开孩子内心的最好方式,就是孩子本身。李岚和同事们决定,把困境儿童集中起来,通过做团体活动,让他们融入集体,多与他人交流,在互帮互助中,发现自己的价值。

这个想法落实为"阶梯式互助成长班"的公益暑托班。李岚根据孩子的年龄,分成多个班,班里除了困境儿童,还有留守儿童。很多家长也愿意把孩子送来,参加集体活动。"困境儿童和非困境儿童的融合,形成一个阶梯,互帮互助。他们既可得到别人的帮助,也可以帮助别人。"李岚在所有班级都不会突出困境的字样,她不给孩子贴上任何标签。

"这是一件很伟大的事。"李岚说,"希望自己能成为照亮这些困境儿童的光,哪怕是一缕微弱的光,一米阳光,只要照亮了孩子的生活,就照亮了一个家。"

三 有"阳光"的家

从帮助困境儿童,李岚一步步走向帮助西山困境家庭。这也是她目前工作的重点。

她帮助多个濒临破裂的家庭,重新走上正轨。她知道,要改善一个家庭,必须让这个家能"自我造血",有自我持续发展的能力。

开始做公益的时候,李岚有很多困惑,为什么一些家庭在政府和社会帮助下,还是越来越差? 这是很重要的问题,如果不找到问题所在,即便能给个人提供足够多的帮助,也很难帮助一个家庭彻底走出困境。李岚为这件事情烦恼。她往返各个贫困家庭之间,也向镇政府寻求帮助。她想找出解决问题的方法,却连问题是什么都不知道。

"大部分破裂的家庭,都是因为看不到生活的希望。"

无数次奔波走访,她终于找到了"问题"。单一地扶贫,只能短暂解决眼前的困难，如果没有长久的支持，很难让一个贫困家庭走出现状。

找到了问题的症结，就不难找到解决的办法。"授人以鱼不如授人以渔。"李岚相信，如果能给贫困家庭提供一份合适的工作，让他们有相对稳定的收入，帮他们卖掉家里的农产品，很多问题就可以迎刃而解。让一个家庭能看到希望的光，这个家才不会散。

但是，西山岛特殊地理原因，岛上的贫困户和残疾人，找不到扶助性的工作。随着太湖生态岛建设，金庭镇工厂外迁，度假区无法提供足够岗位，太湖大桥阻断了到市区就业的可能。数小时车程，老年人和残疾人很难克服。如果在市区、工厂居住，他们又无法自理。

工作必须在本地，李岚很快确定方案。工作问题怎么解决？李岚从精准扶贫中找到方法。无法解决群体性问题，先从具体个人出发。她先从条件稍好的家庭入手。

李岚的机构有一个脑瘫孩子小吴。14岁时他就跟着李岚，已经五年了。小吴双下肢瘫痪，父母也离婚了。爸爸将生活的困难和不如意，全都归结在他身上，丢给他一副大人用的拐杖，便对家里的事不管不顾，也不工作，终日无所事事，不停酗酒。

小吴非常懂事，也有毅力，小小的身躯撑着大很多的拐杖，但从没有抱怨。看着他磨破的双手和双腿，李岚很心疼。他却开心地说："有拐杖就能走路啦！"

2022年夏天，他主动找到李岚，说想去创业。李岚也受到启发：应根据每个人的不同情况，为他们选择合适工作。小吴学会了识字，会使用手机和电脑。李岚的建议下，他开始做网络直播，分享日常生活，农忙季也直播带货，在网络销售岛上的水果和茶叶。他积极乐观的态度，感动了很多人。他的经历也受到网友关注，收获了不少粉丝，直播带货也给他带来收益。"虽然刚起步，但做了一段时间，还是有收获。"

小吴身上的变化也影响着爸爸。当他无声地将挣来的几百元钱，放到那双布满裂纹的手中，那个曾嫌弃他的父亲，眼里充满浑浊的泪水。他已经成了照亮这个家的"光"。

"现在爸爸把家里收拾得很好，地里也种上果树，平时还帮他做直播。"再提起小吴，李岚的语气满是轻快、欢愉。

给家庭以希望，也要从解决他们的实际问题入手。2018年，李岚接触了一个孩子小陆，爸爸是反复服刑人员，当时尚在监狱，爷爷奶奶患有疾病，家徒四壁。孩子当时读初中，还一直睡在地上，连个像样的床都没有。妈妈感觉没什么希望，也离开了。

她决定先帮这个家解决眼前的困难。由于自身力量有限，她想发动社会公益力量。"我们是社会组织，没有募捐能力，也不建议别人给我们捐钱。"但是，为了这个家庭，李岚第一次，也是机构成立以来唯一一次发动实地募捐。在村委会公证下，她将募集到的钱，全部交给孩子的爷爷。这只能暂时缓解他们的困难。这个家庭，依然看不到光明。想要走出困境，只能依靠他们自己。

2020年4月初，小陆的爸爸老陆走出监狱，李岚站在监狱大门前，亲自去迎接他。那是个有些木讷的男人，看着李岚不知如何是好。没有苦口婆心的劝导，没有气愤的指责，李岚只是平静地将孩子的生活、爷爷奶奶的病情、募捐的经历，还有他们为孩子做的很多事，一件一件讲出来，让他看了手机拍下的照片和视频。

其实老陆只是性格懒惰，有些小偷小摸，本性并不坏。他静静地听着，突然掩面痛哭。他终于意识到，他不仅是自己，还是一个儿子，一个丈夫，更是一个父亲。

李岚安慰了他，拿出帮他制定好的生活规划，劝导他把心思放在家庭上。他把李岚的话听进去了，出狱后，老陆慢慢改掉坏习惯。李岚介绍他去几个地方打打零工，挣些零用钱。他把家里收拾得很干净，特意腾出一间房，让儿子安心学习。

2021年新年前夕，孩子的妈妈也回来了。他们又有了一个温馨的小家。

"2022年秋，政府给农民发放有机化肥，我帮他对接了装运化肥的工作。他很能干，一个月工资一万多块呢！"李岚开心地说，"现在小陆读高二，家里日子也越过越好。"

李岚还有更大的目标。她希望让更多家庭看到生活的希望，哪怕先帮他们制订一个五年计划，两年计划，甚至一年计划。一个家庭看到希望，她就有信心重塑它们。

四　橘子红了

西山岛的季节，是从山上开始的。

四月份，新抽出的碧螺春芽，嫩绿地铺满山坡，茶叶的青色在采茶人指尖，变成沁人心脾的味道；四、五月份，金黄的枇杷压弯了枝头，果香从山顶直飘到太湖边；五月份，杨梅也成熟了，紫红的果实挤挤挨挨，是点缀青山的另一道颜色；十、十一月份，石榴咧开嘴，露出红的、白的牙齿，橘子也黄了，路边摆着满登登的背篓，不用叫卖也能吸引游人前来购买；十一月底十二月初，枇杷开出小小的花粉苞，蜜蜂便嗡嗡地飞上山腰，这是吃枇杷蜜最好的时节。

我们去采访李岚，正赶上她在岛上的一个小村做公益扶贫。李岚帮助困难家庭，发现创收难也是这些家庭的一大问题。公益扶贫工作，能让这些家庭摆脱困境。这些工作，都要符合国家的政策，也要适应太湖生态岛开发建设的需要，必须具有针对性和实效性。

她依据国家精准扶贫政策，挑选18户困难家庭作为主要帮扶对象，亲自上门走访，以入户形式，一对一调查统计，为贫困家庭建立精准帮扶"一户一档一策"跟进档案，寻找合适脱贫之路。经过调查，李岚意识到，公益扶贫的首要任务是"助农"。要帮助贫困家庭，尤其失独老人，及时销售掉家里的农产品。这是太湖生态岛独有的民生问题。

金庭镇以农业为基础，花果也是特色。传统的农民已是最后一代，岛上很少看到务农的年轻人。村里的老人，不愿离开土地。他们一辈子跟土地和庄稼打交道，能种出品质好、产量高的茶叶、枇杷和橘子。

近几年，西山青种枇杷逐渐有了名气，颇受消费者喜爱，销售不成问题。问题是，市场在岛外。仅是出岛，对于上了年纪的农民都是一件难事。4.3公里的太湖大桥，对大多数老人来说，都太过遥远。更何况枇杷保鲜期短，不宜大量运输。很多人只是把果子采摘下来，就已非常困难，没有精力和体力再去销售。甚至有些劳动力匮乏的贫困家庭，只能眼睁睁看着枝头的枇杷、杨梅，一颗颗变坏，腐烂，落到地上。当然，也有所谓"代售"，但他们只是为从中间赚取差价。

"得帮他们把果子摘下来，卖出去。"李岚想，只要将树上的果子，变成看得见的收益，这些贫困家庭的生活，自然会得到改善。李岚依托机构，组建了一支志愿者团队，在农忙季帮助贫困家庭采摘枇杷，教农户们如何根据品质分类、储存，为销售做好准备。能卖出去的，是装在箱子里的枇杷，而不是结在树上的。为了解决贫困老人销售难的问题，她一次次到苏州市区，寻找可靠的农产品对接商户，直接将市场拉到农户家门口，集中大批量收购，让老人们足不出户，就能将家里的枇杷全部卖掉。

线下销售之外，李岚还通过自媒体平台、公益活动宣传等方式，打开网上销路。她跟多个快递机构合作，确保优先解决贫困农户商品的寄送问题。"最初我也没有很好的办法，只能在朋友圈发动一下，刚开始一个枇杷季只卖出几百斤，也是聊胜于无。"李岚说。

然而，当时最大的问题，还不在销售，而是彼此之间的信任机制不完备。农户们无形中施加给李岚额外压力。有些人家没有达到贫困程度，只是自己懒惰，就让李岚帮着搬运、销售，自己在家里坐等数钱；有些人认为，李岚也为了赚差价，哪有人不图回报？更有些人投机取巧，把质量差的果子高价卖给李岚。

李岚还是采取老办法，精准扶持，以个案带动整体发展。经过几年磨合，慢慢有些农户从李岚的名单上被淘汰掉，留下来比较诚信，也是家里确实困难的家庭。就这样"公益助农"渐渐地做了起来。

如果只侧重农产品销售，扶贫力度还不够。李岚有更多想法。"习总书记提出精准扶贫，重要的是精准性。政府和社工站统筹管理，就是枢纽平台。"她尝试将机构做成扶贫信息枢纽站，把需要帮助的贫困家庭分类，跟企业做链接，做到社会公益与一线扶贫相结合。

企业与贫困家庭精准对接，为李岚的公益扶贫计划注入活力。企业的引进，不仅解决了农产品的采摘、销售问题，一些农旅结合的公益项目，也慢慢做起来。为了刺激更多贫困户加入，她给诚实守信的家庭挂牌"公益小院"，为他们做推广，帮他们利用家里的条件，去承接一些企业团建。李岚还引导部分企业，到他们地里做公益种植。

她将西山的青种枇杷设计成机构的logo，作为推广"公益·助农·扶贫"的吉祥物，取名为"青青"，与合作企业共同使用和维护这一公益形象。

现在，李岚的公益扶贫，已帮助十几户贫困家庭成功脱贫，助农范围也扩展到茶叶、杨梅、橘子等岛上所有农产品，且与多个企业在助农扶贫公益项目中，保持长期合作。

现在，李岚已经组建起约100人的志愿服务团队，开展团体帮扶200多次，团体志愿活动300多次，个案辅导400多次，累计参与志愿服务近1000人次……李岚在镇政府做公益扶贫工作汇报时，副镇长刘成大力称赞她在助农和扶贫上的努力与成绩。镇里宣传部的余莉科长说，李岚是金庭镇公益扶贫第一人。

五　公益之光

2016年，她获评"吴中区十佳养老服务明星"；

2017年，她获评"吴中好青年"；

2018年，她获评"感动西山"先进人物、"江苏省崇义友善好青年"；

2018年，心行阳光公益服务中心获评"吴中区优秀社会组织"；

2022年，李岚被推举担任金庭镇妇联主任，还当选为吴中区人大代表。

第一次参会，她便提交了一份提案：建议金庭镇针对老年精神疾病的专家会诊，由每年一次增加到两次，由在镇上定点会诊改为专家入户会诊。

她没有想到，提案获得认可并很快落实。2022年开始，政府组织专家会诊，调整为每年两次。"我没有辜负大家对我的信任。"李岚眼里闪烁着喜悦和骄傲的泪光。

从2014年李岚首次接触公益到现在，已将近十年。十年的时间，可以做很多事。做成一件事，很容易；难的是十年的岁月里，坚持做好一件事。这十年，李岚只做了一件事，且坚持做好了这件事，那就是公益。在她眼里，公益已经成为一种精神，一种生命的价值。

她成立的"心行阳光公益服务中心"，是金庭镇第一个本土社会性公益组织。心行阳光，就是要用心，去温暖身处困境的人，用光，照亮他们的生活。

她制定的"共享阳光""拥抱暖阳""筑梦之家""扬帆计划"等一系列公益项目，几乎涵盖整个金庭镇所有困境儿童、失独老人、残障人士。她为贫困家庭制定的重塑规划，让很多停滞不前的家庭，重新看到生活的希望。专心公益的时间里，李岚从最初撰写项目书，到参与一线助农、扶贫；从简单的社会公益活动，到为困境儿童提供专业的救助；从单一的残障人士帮扶，到推动整个贫困家庭走出困境、焕发生机……她不断整合社会公益资源，会聚多方爱心力量。对接爱心企业，到贫困、失独老人家里，开展农产品采摘和销售；多次邀请精神专家，入户查看患者病情；引导外国友人，到贫困家庭做公益活动，送温暖。

"我自己的力量很小，但也要努力做出一些事情来，哪怕给他们的生活带来一点点微弱的光。"李岚说："我只是一束微弱的光，但只要把无数微弱的光集中，也会散发出一道明亮的光。就像满天的星星，即便只有微弱的星光，也一样能够照亮黑暗的夜空……"

第三节　湖水画梦录

太湖西岸景萧疏，竹外山旋碧玉螺。明月一天风满地，爽人秋意不须多。

——唐寅《题画二首》

炎炎夏日，我们开启了寻找生态岛"艺术审美"的旅程。

苏州自古文教昌盛，不仅出文学家，也出书画家。"吴门画派"是明代重要绘画流派，具有鲜明地域特征。沈周、文徵明、唐伯虎、仇英，并称为"明四家"。吴门画派既得晋唐神韵，又接元四家风尚；既是文人画，强调写意笔墨，又不拘一格，形成写意与工笔齐重，水墨与设色同举的"集大成"局面，并为明末期的董其昌等画家的成长，奠定了基础。吴门画派风流余韵，对当代苏州艺术影响很深，也与苏州地域，特别是优美的太湖，有着紧密联系。太湖养育了画家，给了他们灵感，画家们也回报太湖，为太湖的人文底蕴添砖增瓦。艺术岛设计，也是太湖生态岛建设不可或缺的一环。《太湖生态岛发展规划》这样描述太湖生态岛的未来："碧水青山萤舞果香的美丽岛、永续循环节能韧性的低碳岛、生态经济民生幸福的富足岛、绿色创新技术引领的知识岛、地景天成情感共鸣的艺术岛。"

这里的艺术，既以书画艺术为代表，也包括插花、茶道等"雅道"艺术，刺绣、核雕等工艺艺术形式。苏州丰富的艺术资源，一方面促使艺术家们不断以生态岛为主题，创造艺术作品；另一方面，也为生态岛的"农文旅"结合发展，以文化促进生态文明转型，探索出一条新路。随着太湖生态岛建设展开，艺术家也行动起来。苏州文联几次组织画家登岛写生，吴中画家更以宣传太湖生态岛为己任。但是，艺术活动与生态岛建设如何建立关系？艺术如何形成生态建设促进机制，并与经济、环保形成良性互动？带着这些问题，我们采访了一些艺术家，听到了很多不同看法，也为艺术家的执着奉献与深切思考所感动。

一　让人"留住"的艺术

艳阳高照，空气里没有一丝风，巨大的热，劈头盖脸砸下来，闷得人发慌。太湖水也变得平静，仿佛一块马上要燃烧起来的蓝琥珀。

胥口镇，紧靠太湖码头，这里是伍子胥的故乡，也是"中国书画之乡"，米芾、董其昌都曾以水墨镌刻过胥口的样貌。太湖大桥建造之前，去西山岛，要从此乘船。如今胥口码头功能，减少了很多，但还有不少工业企业。西山岛和东山岛，都属于生态保护区，不能发展工业，很多企业就搬到了胥口。

我们打出租车，接近一个小时，终于到了胥口镇。可眼前的景象，还是让我们多少有点失望。乱糟糟的马路，匆忙的行人，人口显然要比金庭镇要多，有一条街专门是机械维修的店面，空气中飘荡着机油的味道，几个灰色酒店旁，就是麻辣烫、拉面馆和藏书羊肉这类小饭馆。这和大多数城市边缘小镇没有太大区别。

经过几位保安大叔指点，我们终于看到了"胥口书画市场"。那是一排简陋的，两层商住两用房（后来我们得知，该市场起初功能是服装城，服装城没搞起来，就将一群艺术家安置在这里），楼下环境也不太好，嘈杂凌乱，时间到了下午两点，三分之一的书画门头房没有开门，而且大部分门头都装修陈旧，我们走进一家画廊，主人是两位广州籍画家，一男一女，中国画、西洋画都有，画品真不错，但内部装修非常简单，很多地方是毛坯状态，地板是水泥地，不禁让人的艺术观感下降很多。

"太湖画院"是这片市场里"最醒目"的存在了。

它有着漂亮的仿古门面，门口两只石狮，红漆大门也较新。打开门来，上下两层，都挂满书画作品，还有不少名人照片。顺着木梯上到二楼，书房旁是一间宽敞凉爽的会客室，摆着宽阔的茶台。矿泉水烧开了，一把紫砂壶静静放在台前，茶香四溢。

我们面前，是著名画家蒯惠中，苏州吴中区文联副主席。他大概五十多岁，浓眉，双目炯炯，个子不高，身穿深色唐装，幽默风趣，思维敏捷，操着一口胥口方言的苏州普通话。蒯惠中和我们聊天，自豪地谈到了祖先——蒯祥。蒯祥是明代著名工匠大师，官至工部左侍郎，被尊为苏州香山帮匠人鼻祖。明代北京宫殿和陵寝是现存中国古建筑中最宏伟、最完整的建筑群，蒯祥作为这些重大工程的主持人之一，表现了规划、设计和施工方面的出色才能，在建筑史上颇有影响，素有"蒯鲁班"之称。蒯惠中是蒯祥的嫡传后代，从小也对绘画感兴趣。他的绘画功底，主要是从民间工艺学习发蒙的。从小他就跟着母亲练习刺绣描稿，对图案设计有了不少心得。读中学时，他在校办企业裱画车间，真正接触到了绘画艺术。后来他跟着著名画家亚明、王锡麒学画，多年下来，声名鹊起，在家乡成就了事业。太湖流域山水，激荡在他的笔墨之下，已内化为一种精神。他的画艺既有北宗山水的雄浑刚健，苍茫豪放，又有南宗山水画的舒展灵动，滋润明媚，作品《江南秋色》《江南春晓》被中央办公厅收藏，《华山松云图》被作为国礼赠送给了美国总统奥巴马。

蒯老师为我们介绍胥口"中国书画之乡"称号的来历。胥口历来是出画家的地方，有着深厚的美术传统，胥口的画家团体，曾多在江苏省美术馆和北京办画展，得到了中外美术界的认可。1991年，胥口就获得了"中国书画之乡"的称号，2019年，胥口书画展《太湖春秋》在江苏省美术馆举行。2022年，胥口还曾组织画家在北京办画展，目前，胥口有60多位职业书画家，国家级美协和书协会员4人，省美协和书协会员17人，而从事创作、装裱、销售书画的人员达2000多人，年产书画作品10万幅——这对于一个苏南小乡镇而言，的确是非常了不起的荣誉。

然而，从那个"凌乱简陋"的书画市场，我们也的确没看到书画之乡该有的艺术气质和辨识度。说到这一点，蒯惠中也是一脸无奈。这也就牵扯出了太湖生态岛"艺术岛"功能的问题。从地理范围上讲，胥口虽然不在生态岛的核心区域，但也与之有关，然而，相关城镇规划和农文旅发展，都缺乏整体设计规划，以及发挥本土地域文化，以文化带动经济的意识。蒯惠中说："'文化搭台，经济唱戏'，这种功利主义思维，至今还影响着人们思路，会导致出现大量假人文景观，粗浅鄙陋的景观，而让真正的文化精髓流失掉。"中国人造的"维多利亚小镇""梦幻小巴黎"，会有多少外地人来看？多少外国人喜欢？文化的加持，就是主打一个文化内涵辨识度，现在人们出去旅游的多，兜里也有几个钱，真山真水当然好，如果有好的文化内涵，更会留住人的脚步，留住人的心，形成可持续发展思路。

以吴中区丰富的书画历史资源为依托，可以事半功倍，达到"四两拨千斤"的效果，既能宣传生态岛的文化，也能增强其吸引魅力，持续发展经济。对此，蒯惠中深以为然。这些年来，蒯惠中的足迹遍及全世界的一百多个国家，既开阔了眼界，也增长了见识，对"越是民族的，才是世界的"这句话有了深刻认识。2013年，蒯惠中去美国芝加哥公立学校讲学，弘扬中国山水艺术，更看到了外国人对中国传统文化巨大的热情，也坚定了他以书画艺术，树立太湖文化标识度的信心。

"太湖是块宝地，有太多名人留迹于此，"蒯惠中感叹地说，"这片水，对于书画家来说，更有着一种致命的吸引力。"

蒋勋在谈到唐宋之后，中国山水画地域变迁时说："中国文化中心再一次南移，山水画从耸峻雄浑的高原，转移到地势低卑、水乡泽国的江南，山水画的重心，也就从山转移到了水，水是更柔媚，更委婉，更无形的东西，视觉上，江天一色、水光接天的景致，便逐渐转移成了画面上的空白，而绘画的形式，也就从中堂立轴转为更多的横卷、册页和扇面了。"①江南太湖水域，吸引无数画家流连忘返，也成了后世丰富的文旅资源。

谈到太湖周边艺术大师的墓地，蒯惠中有着一个寻访大师的"路线

① 蒋勋：《美的沉思》，湖南美术出版社，2014年版，第187页。

图"，胥口乡渔帆村南的蒯祥墓，是他心目中的圣地，而胥口渔洋山上的董其昌墓地，更是很多画家和文人都要来朝圣的地方。周边光福、西山、藏书等地，也有着丰富的资源。"清末海派四大家"的虚谷，其墓位于光福镇蟠螭山南。依山面湖，树木苍翠，附近还有闻名的司徒庙和"清奇古怪"四棵古柏。当然，拜谒大师墓地，只适合"文人游"，但如果以此提炼出核心文化概念，再辅助以相关文旅行动，影响就不一样了。比如，光福的窑上村，不仅有千亩桂花，可以品尝桂花酱，也可以组织研学、游山、写生，也可以组织中小学生的艺术观赏活动，遥望唐伯虎笔下常出现的斗峰，体验吴门画派艺术的精妙之处。

"关键还是通过艺术，把人留住。"蒯惠中笑着说。

蒯惠中也讲了承包明月湾的昆山老总的苦恼。游客们走马观花，景区不过赚了个门票钱，游客们买点土特产，再吃一顿饭，2~3个小时，旅游结束。看着来的人很多，但人都留不住，不过夜，也没有其他花费，实际挣到的钱也有限。

这也是太湖生态岛很多景区的尴尬之处——文化附加值，没有得到很好开发。对此，苏州国画院院长周矩敏，也有着相当的共鸣。他曾是负责苏州美术的文化官员。无论责任担当或对专业认知度，他总能表现出超乎于一般人的思维深度。他对吴门画派传承关系和现实意义有着清晰认识。2007年他组织"新吴门画派——苏州国画院作品展"晋京展取得圆满成功后，继而在南京、上海、欧美、日本、中国台湾等地巡展。2012年，他邀请国内诸多理论名家云集苏州，参加"吴门画派论坛"研讨会，对于扩大吴门画派影响，做出了很多贡献。他对于文化的产业化，也认为一定要讲好故事。"吴门画派如果要走入太湖生态岛的农文旅建设，必须提炼出核心概念与核心故事，才能持续地留住人。"周院长这样说。

同时，如何将更多年轻人，吸引到生态生活，也是艺术开发的老话题。古建筑背后的故事，古村落精妙的艺术构思，古树和古井，都要有文化创意，吸引住年轻人。对此，我们深有体会。我带领的"太湖生态岛寻踪"团队，有九名博士与硕士研究生，刚到生态岛，我带着他们在西山岛主要景点游览一番。同学们最开心、最喜欢的地方，不是明月湾，也不是石公山，而是集亲子互动，研学与游乐园功能于一体的"开心农场"。这不得不令我们反思，为何历史悠久，故事丰富的地方，不能吸引年轻人呢？

如何提炼出核心概念与核心故事，让艺术留住人心？带着疑问，我们又采访了苏州大学艺术学院的周孟圆老师。周老师曾留学萨塞克斯大学，策划过很多大型国际策展活动，对非遗保护也很有经验。她是苏州人，对生态岛也很有感情。"核心概念，一定是生态岛文化内涵生长出来的。"周孟圆说："要有辨识度，但也要有丰富性和层次性。"

周老师特意介绍日本"艺术祭"。这也是世界范围内，以艺术活动提升地域的成功案例。日本濑户内海，面临类似太湖生态岛的"困境"：居民老龄化，岛内空心化，年轻人都投奔大城市，农业产出率低，缺乏工业支持……濑户内海"艺术祭"，艺术家用竹子搭起巨大竹屋，将摄影与装置结合，在古老民居制造"金色圆顶"，他们将废弃学校改造成艺术展间。在当地居民帮助下，艺术家们将一间间废旧民居，变成"流动的美术馆"。村民取水的小河边，艺术家创造后现代风格圆形雕塑，纪念千百年来洗衣淘米的女性村民。艺术家和当地厨师共同开发"岛厨房"，提供特色地域美食，且每月都举办生日会，通过音乐、魔术、剪纸等艺术，聚集人气。相比而言，太湖生态岛民宿建设，虽然现在已有很多文化装置，但大多还停留在"特色餐饮""内部豪华装修"等外部感官上，没有充分发挥民宿作为地域景观的多重功能，特别是艺术功能"把人留住"的作用。另外，日本越后妻有地区的"大地艺术祭"，也充分反映了参与性、流动性、多功能性等艺术乡建的特点。比如，他们会组织游客和前来研学的中学生，通过种植水稻的方式，体验农耕文明。中国设计师马岩松还将废弃的隧道，按照中国五行的特点，建成有跨文化意味的"光之隧道"。行为艺术家将废旧民居建成"梦计划"项目，入住者可抱着矿石，在有特色的屋内体验时空梦幻。

通过周老师介绍，我们对日本"艺术祭"之所以成功有了一些感悟。他们将城市很多艺术功能"下移"到了乡村，比如美术馆、休闲中心。他们的艺术设计，既能深入村民的生活，让村民社区参与其中，挽留传统，同时具有后现代装置艺术特征，又有很好的现代服务，满足年轻人追求时尚好奇心。他们将艺术的根，扎在毫不起眼的老物件上，一间废弃民居，一间荒芜校舍，一片竹林，一个取水口，一片稻田……这些熟悉又有生态与文化意味的空间，变成了一个个魔幻艺术馆。支撑起这一切的，则是生态主义观念。他们融合农文旅思路，在生态主义思维之下，以现代艺术与传统艺术结合，将旅游观光、艺术创作、生态体验融合一体。这些设计理念，也都有统一开发规划，主题明确的统一设计。比如，越后妻有地区的"大地祭"主题就是"农业与大地"。

相比而言，中国"艺术乡建"行动，有成功例子，也出现了很多问题。比如，碧山社项目被质疑为精英主义牟利工具，杭州青山村"青山群响艺术季"招致批评，阿那亚艺术社区虽较成功，但也被批评为房地产属性景观，缺乏流动性。同时，我们也看到，余德耀美术馆在青浦蟠龙古镇的艺术试验，力图真正走入百姓生活。大地艺术节在景德镇浮梁和佛山南海的艺术项目，对太湖生态岛建设，也有借鉴作用。它们都是有悠久历史的古村镇，艺术开发也根植在历史文化基础之上。有学者指出："通过艺术振兴乡村只能是一种可行的方向，在当下还不具备普遍性，因为偌大的中国，乡村、古镇并不是一个想象的共同体，而是若干在文化结构、生活方式、地理生态上具有差异性的个体。"①

这也提醒我们，共同主题与共同想象，对于"艺术乡建"的重要性。比之越后妻有、濑户内海，景德镇、佛山、太湖生态岛有更悠久的文化底蕴，其"隐秀"文化特质，非常明显。胥口董其昌等书画大师墓葬地，可为美术研学基地。西山毛公坛遗址，可成"丹术博物馆"，再现毛公炼丹场景，介绍中国道家丹文化；缥缈峰前陆羽饮茶的水月禅寺，可成体验茶文化艺术馆；明月湾

---

① 林霖：《从城市到乡野：我们的公共艺术介入能否避免"游乐园模式"》，《文学报》，2023 年 7 月 19 日。

大樟树前，通过全息影像，再现刘长卿种树吟诗景观，呈现盛唐气象；舞台剧穿越千年，让当代人体验吴王夫差与西施的恋情；COSPLAY吸引年轻人，再现"衣冠南渡"历史场景；衙甪里村可有"隐休"民宿，服务现代都市人体验甪里公等古代隐士生活；东村十二金龙围绕的绣楼，可变成实景演出，上演新编"金屋藏娇"昆剧；那些颓圮的明清古建，可引入适当宽松政策，鼓励更多艺术家，发挥聪明才智，将之建成一个个艺术之地……

当然，这只是一些零散"构想"。资金、政策、产权，人的协调组织，艺术家素质，整体规划，都将是极复杂工程项目。如何建立公共艺术良性生态，让资本与艺术共生，让艺术与生活共生，让人类在流动的艺术馆里，感受农业文明，放松疲惫心灵，促进一种新生态文明生成。无论太湖生态岛，日本艺术祭，还是中国大地艺术节，这都将是它们最后的归宿。

二 太湖艺术情结

这几年来，为推动太湖生态岛文化建设，苏州文联、苏州美协等机构，推出了很多艺术家的"太湖写生"计划，让艺术家们在西山、漫山岛、东山等地住上一阵子，感受大自然的山水魅力，为太湖生态岛提供更多艺术元素。

我们首先采访了邢靓。他是80后画家，学设计出身，考入吴中文联，目前是吴中区美术家协会秘书长。他主要从事油画创作，常去西山岛。油画不同于中国画，很多地方要有科学的考虑，颜料怎么分配，轻重如何配比，但艺术品最后景观，也与画家内在情志有关，有很多偶然性，用色、用笔、技巧、构图，虽然都有科学讲究，但艺术想法却有偶然性。

他对明月湾村前的大樟树很感兴趣。它是那样挺拔高大，也带有着历久弥新的生命力。他一直想用油画表现这种精神。它的色彩与光影，会给油画带来别样的体验。前不久，他在东山住了一个多月，将历史悠久的雕花楼，纳入笔端。他想用更多方法，将它们传播出去。当然，邢靓最喜欢的，还是他去年在西山画的一幅油画。西山有个地方叫乌峰顶，有很多油菜花，那边有一个废弃采石场，边上是废弃建筑，还停了一些废弃车辆，一辆大铲土车，他看到那个画面非常有兴趣，他用灰色调处理，感觉非常棒。画的题目是"菜花开满乌峰顶"，废弃的地方，重新焕发生机，这无疑有着丰富寓意。

从专业出发，邢靓也对生态岛艺术建设有些想法。他以前去安徽宏村等地方写生，发现他们那里有固定的写生景点，能比较稳定地安排事务，形成了一套程序。所以寒暑假，很多高校的美术学生，都会由老师带队过去写生，形成了相当的规模，也带来了很多经济与社会效益。东西山这样固定美术研学的地方，还是比较少，也没有形成特色。

2023年5月，最新一期苏州书画家生态岛写生计划，由太湖度假区和苏州文联共同组织。苏州美协副秘书长姚永强，负责具体组织。姚永强是苏州人，也是70后实力画家。他性格热情爽朗，向我们介绍了写生计划相关情况。此次活动公开向全社会招募30位艺术家，公布一个月后，有上百位艺术家参与竞争，本着公平公正的原则，他们请江苏美协领导和苏州市美协专家代表，组成评审小组，对艺术家进行评审，评出了30位艺术家。姚永强说："艺术家们都很优秀，也来自不同地域，有苏州的、长三角的、甚至有西安的艺术家。"这说明太湖生态岛，在全国范围艺术家心目之中，也是一块"宝地"。有三位艺术家，一位是苏州大学的张利峰，一位是苏州科技大学的杨勇，还有一位是苏州国画院的陈三石，这三位艺术家，在苏州创作队伍中是佼佼者，评审组考虑到参与广泛性，把这三个名额让出来，让三位苏州艺术家作为特邀代表，参加此次活动。

太湖度假区文管局和每个艺术家签了协议，可以自己写生，如果要帮助，可以告诉你哪里有住所，在哪里吃饭，钱要自己付。除了自由写生采风，他们进行了4~5次集中写生，由度假区委托第三方机构，组织大家过去写生。写生阶段告一段落，"生态岛写生团"着手和度假区拟定展览会，每个艺术家交3~5幅作品，8月中旬，苏州文联要对所有作品进行评审，评审完以后对作品展览、拍照、出版和布展，原计划10月底在度假区某个空间，进行一个总结式展览，目前这项工作，还在准备之中。

作为本土艺术家，苏州人姚永强对太湖有着很深感情。他说："3000

年前太湖流域的人类，不种稻，捕鱼为生，断发文身，断发是怕长发缠绕水草，文身也是仪式，是对大自然的敬畏。所有苏州人都是渔民，所有姑娘都叫'小娘鱼'。这是渔业文明留下的称呼。"他爱着太湖山山水水，也爱太湖的石头。他说："真正的太湖石，是水润的，有独特的生命灵气，岁月久了，就长青苔和皮壳，而其他地方的石头，火气大，放了很多年，还是老样子。所以，用太湖石建的苏州园林，才有那么多灵秀之气。"

姚永强出生于苏州吴江北厍镇一个小村，吴江在太湖东面，离上海很近，没有山，只有水，全是湖泊和河流。村口西头有座桥，一座水泥拱桥，少年姚永强站在上面，每天傍晚都能看到东山轮廓，非常美，仿佛遥远的天堂。他非常向往。但是他真的到东山，是在读大学的时候，这中间间隔十七八年。他常去西山古村画民居，那些漂亮的古建，给了他很多灵感。他对于东西山的印象，就是物产丰富，风景优美。西山同学家长带的橘子，常常让宿舍的同学大饱口福。这之后，他每年都要去东西山几次，寻找创作激情。

他在东西山经常采风，也认识了很多热心的农民朋友。西山有位种茶的徐师傅，虽然只是农民，但热爱艺术与生活，家里摆着菖蒲、玉兰、腊梅、银杏等上百盆的盆景。因为热爱艺术，他们成了朋友。姚永强常带着友人，到西山徐师傅家里，喝茶，买茶，观赏美景。

苏州一千多万人，姚永强说，东西山只有几万人，但他们总有千丝万缕的联系，这也是太湖和苏州之间看不见的"牵心线"。苏州城和太湖生态岛的联系，也是无形的，但一定是强有力的，有一个熟悉的人在那里，就说明你已有一份情感在那里。

2009年，无锡蓝藻事件暴发后第二年，苏州日报组成采访队伍，花12天时间走了一圈，姚永强也参加了。他们从望亭出发，逆时针围绕太湖，到无锡，又到常州，翻过常州到宜兴，有个镇叫周铁镇，镇上全是化工厂，再到宜兴湖㳇镇，进入湖州，湖州是南太湖了。这次采访的印象是深刻的，太湖生态保护，这几个字也牢牢刻在姚永强心里。

"触目惊心"，姚永强用四个字形容采访感受。不敢想象，居然有人把化工厂建在太湖边上，那么多废水就往太湖里面排放。浙江德清和安吉两个县城，是太湖供给水源河道上游，他们建了很多水库，流到太湖的水就少了很多。这样危害很大，太湖不能保持相对水位，只能通过长江和望虞河补充。长江水位高，能补充一部分；望虞河是从张家港、长江岸流到太湖的重要补给水系，它是苏州和无锡的界河。京杭大运河是南北向交通大动脉，望虞河水要补给太湖，会跟大运河交叉，会对航道造成干扰。后来苏州做了立交河道，上面是大运河，下面是望虞河，望虞河没有航运功能，只是补给，两条河道才互不干扰。

这次采访后，对于太湖的保护，越发引发姚永强的关注。这几年太湖沿岸生态保护，艺术家也是受益者，人和自然和谐共生，在此得到体现。他以一个艺术家时空感，为我们描述了太湖的观感。太湖在他的眼中，是立体有层次的。从胥口往西一直到穹窿山，前面是城市群落，城市群落也错落有致，都以现代建筑为主，往前是环太湖公路，再到沿岸树木、草坪和公共服务木结构建筑，再往水里是芦苇、栈道，可以延伸到太湖里，太湖再往远处看，有远山，望得见山，看得见水，记得住乡愁，姚永强觉得，这么一个绿水青山围绕的地方，这是我们要保护的生态家园。姚永强说："我每次去太湖，开着车，把窗摇下米，看着太湖景观，就觉得生活在这里太美了，比创作的画都美。"以前每年9月1日，都有渔港开捕仪式。姚永强拍过很多漂亮照片。渔网在水里捞起来，弄干净，晒在空中。那种飘扬的感觉，就像旌旗飘在蓝天白云里。

采访即将结束，我问姚永强，他的那些太湖山水画，最终会对未来有何意义？他沉思了片刻，肯定地说，艺术家的责任，是传播好生态文明成果，把太湖山山水水用画笔保留，这是一个时代的印记。100年后，画就是时代缩影，证明一代人的努力。

"我们存在过，但终将逝去，而山水和艺术，却可以永恒。"他说。

三　雅道修心共花语

沈纯道第一次站在石公山上，俯视太湖，感到阵阵眩晕，眼里似乎有泪。

他是上海人，在沪打拼多年，先在教育科学研究院搞研究，后来自己出来做教育培训行业。2012年，他五十岁了，决心"放下来"，换一种活法。

他变成一个"西山岛隐士"，常年居住在西山石公山。他喜欢看书，对中国传统文化感兴趣。他追慕一种"雅致"的生活。什么是真正的雅？他当时也不晓得，只是慢慢思考，后来，他觉得大概从日常生活入手，才能贴近雅文化传统的精髓。茶道、花道、香道、琴道、书法、绘画、收藏和诗，这"八雅事"也许就是中国人日常生活中的传统雅致。但是，这些"雅道"，又要如何入手呢？他不想去做高深的理论研究，又想找一个能快捷介入现代人生活，引发他们共鸣的"雅道"。

这种摸索，直到他来到石公山，才豁然开朗。

石公山位于太湖西山东南端，三面临水，有映月廊、归云洞、来鹤亭等诸多遗迹。从石公山西南湖面远望，隐约可见天目山余脉，巍峨起伏，一幅"岛中有岛，湖中有湖，山外有山、天外有天"的壮丽景象。

沈纯道也去过不少美景之地，但没有一个地方，像石公山那样撞击心灵。有石公山的太湖，如同含着宝珠的美人，而有了太湖的石公山，犹如拥抱银河的石精灵。而太湖的干净秀美，石山的怪憨多奇，相映成趣。站在来鹤亭上，迎风而立，感受古人的山水之乐，沈纯道的心突然动了一下，他发现了一株怒放的梅花。梅花也是迎风微颤，湖水闪着光，在花蕊的顶端舞蹈。仿佛脑海突入一道闪电，他的思路陡然清晰起来。

石公山上，沈纯道遭遇了"花道"，也与数百年前风流才子袁宏道相遇了。太湖生态岛历史上，有很多外来的文人，他们爱上生态岛，在此留下墨迹。比如，明月湾种树的刘长卿，缥缈峰煮茶的陆羽，毛公坛炼丹的毛公，林屋洞打坐修道的李弥大。这些人中少不了"独崇性灵"的袁宏道。袁宏道是明代湖北公安人。一个湖北"九头鸟"，飞到太湖边，一下子被山山水水迷住了。他在《答林下先生》中提到人生几大快活事："目极世间之色，耳极世间之声，身极世间之安，口极世间之谭。"他爱极了太湖山水，称"余登包山，始知西湖之小也"，其至辞去吴县县令，整日浏览，"无一日不游，无一游不乐，无一刻不谈，无一谈不畅"。他最爱太湖石公山，自号"石公居士"，袁宏道笔下有"西山七胜"，对于"石之胜"，他说："西洞庭之山，高为缥缈，怪为石公，巉为大小龙，幽为林屋，此山之胜也。石公之石，丹梯翠屏；林屋之石，怒虎伏群；龙山之石，吞波吐浪。此石之胜也。"

冬天的下午，沈纯道痴痴站在来鹤亭，遥想石公山的"石公居士"，心驰神往。袁宏道不仅在石公山留下很多诗文，还留给后人一部雅道奇书——《瓶史》。袁宏道看到吴地的人都喜欢插花，且要用古铜瓶，不禁对插花艺术，起了研究之心，写了《瓶史》，如同陆羽的《茶经》，《瓶史》是插花史经典之作。它分为花目、品第、器具、择水、宜称、洗沐等十二章，详细介绍花目与器皿的选择，插花格局搭配，如何养护插花及品鉴价值等。

有意思的是，《瓶史》这本书，包括中国插花艺术，居然在日本生根发芽，成为重要"日本雅道"。1659年，袁宏道去世50年后，中国僧人东渡日本，将《瓶史》传播开来。日本雅士，对这本奇书感到好奇，也被中国文人情趣打动，纷纷效仿书中插花艺术。"中国花道"慢慢流传开来。过了几十年。日本出了个雅道高手——"望月义想"。18岁时，他就做了插花道，带领学生按照《瓶史》精神做插花。望月家族开创的插花流派被称为"宏道流"。1809年，望月义想去世后，学生为了纪念他，出了套书叫《瓶史国字解》，是日文对《瓶史》的解释，一共4卷，又出版9本《瓶史国字解插花图绘》，收了336幅插花图画，用白描方式画下来的插花。这也是日本插花史上的重要著作。

"宏道流"经过八代传承，成为日本雅道文化重要流派。普通中国人可能很难想象，雅道文化在日本的流行程度。第一代宏道流家元望月义想，曾收徒3000余人。时至今日，日本注册的花道流派有3000多个，有较大影响的300多个，可以说"极繁盛"。宏道流、池坊流与古流，并称"历史最悠久的插花流派"。"宏道流"是唯一明确来自中国思想的日本插花流派，也是对中国非常亲近的日本文化群体。明治维新时期，晚清国力衰落，很多人要求宏道流改名字，第五代家元望月义宽，坚持中国文化根源地位，拒绝改名。正是他的坚持，使"宏道流"在后续流传中，始终保持对中华文化的推崇。中国人很早已注意到日本宏道流。民国时期留学日本学生有三个湖北人，他们看到湖北老乡袁宏道在日本这么受追捧，在日本书摊找到了《瓶史》这本书，并将它传回了国内。当时国民政府主席林森，还有国民党元老居正，都想将宏道流在国内发扬光大，但因为民国战乱频繁，这件事最终也只能作罢。

沈纯道在定居的石公山，打造了舒适高雅的工作室，决心将宏道流重新引入太湖。沈纯道去了日本京都，拜访宏道流第八代家元望月义瑄，希望能取得合作。他通过拍卖和寻找旧书，基本收集全袁宏道主要著作，及宏道流相关书籍。到了日本，他拿出很大诚意，但日本方面有顾虑。望月义瑄说，不少合伙人找过他，都是商业行为，他们比较反感。沈纯道介绍了他对宏道流的心得，阐明主要是从文化角度宣传与研究宏道流。双方交谈得很愉快，望月义瑄将宏道流的全球华文版权授权给了他，包括出版、展示、培训。

2023年6月，在沈纯道倡导下，首届宏道流中国学习班在中国科学院上海学术活动中心举行。18位来自全国各地的学员中，有经验丰富的花艺家，也有零基础的普通学生。他们在日本教师指导下，学习七种植物格花，练习清操体、留流和重荫体三种方式。来自湖北公安的杨女士，为学习插花，整整等了三年。台湾学员赖素贞，将插花加入禅修，称学习心得是："全然放下，有如新生。"宏道流对于草木性灵非常尊重，剪下的花枝，要小心收藏，"不要踩到花木，要轻轻跃过"。这些理念，影响到了大家。7天的培训结束，学员王友文以一曲《高山流水》送行，全体学员齐唱《送别》，望月义瑄与上村义尚两位老师，热泪盈眶。2023年9月底，日本东京将举办"宏道流流祖诞辰300周年暨八代家元袭名七周年纪念花展"，特邀关注《瓶史》与宏道流各地华人出席。百年一次，可谓世纪盛会。沈纯道期待着，以此为契机，促使宏道流落户在太湖西山岛石公山，让这里成为宏道流的新家。

插花艺术对现代人意味着什么？它能为太湖生态岛带来什么？沈纯道认为，中国传统家宅要有"堂"，有屏画和楹联，空地方有插花、贡茶、贡香、供果，也要古琴和书案。它实际是中华文化传播家庭空间，插花象征着自然与人和谐相处，让一个家庭充满自然意趣。现代都市家庭空间，客厅代替了"堂"，聚焦点是电视机和沙发，让人们陷入虚拟世界，远离文化与自然。生态文明之所以反思现代文明，也是要重建人与自然的关系，插花艺术，能让人恢复对自然的艺术感觉，也是人们找到雅道生活的第一步。沈纯道把6月8日（宏道流中国学习班开班日），定为中国宏道流纪念日。他希望石公山能建一个袁宏道的雕像，有一个小小的纪念馆，而在6月8日那天，他想在石公山搞个拜祭仪式，吸引全世界的插花艺术爱好者，前来观光交流。

"我期待着那一天。"沈纯道激动地说，"宏道流的石公山，将成为雅道圣地，吸引更多人，也能开启中国雅道一种新的生态生活方式。"

从宏道流插花艺术起，沈纯道就对太湖生态岛文化建设提出很多想法。他也认为，文化生态岛是生态岛挽留人们的最重要的核心理念。比如，东西山都有雕花楼，历史渊源却各自不同，但这后面的故事，却发掘传播得不够。谁建造的房子？为什么离开？子孙现在在哪里？祖上有哪些人？做过什么贡献？雕花楼和历代主人之间，有什么样的故事？如果仅靠导游零散的现场讲述，显然不能起到很好的宣传定位作用。同样，很多生态岛的历史名人的故事，也缺乏好的讲述。比如陆羽、墨佐君，都是与碧螺春茶有密切关系的历史人物。大家只知道，他们在这里种茶、喝茶，但这背后有意思的故事，提炼的太少。

吸引更多高素质"回头客"，才是西山等太湖诸岛发展的关键。沈纯道的观点，和我们采访的几位艺术家有类似之处。

这其实也是目前中国"文化旅游"的困境。游客心态浮躁，景区也都是低端产业管理。"跟着旅行团，一天十景点，上车就睡觉，下车就尿尿，景点拍完照，一问三不知。"这大概就是很多旅游团的真实写照。景点只是挣个门票钱，土特产还不一定买。游客也是走马观花，对景区印象停留在"我去过那里"，谈不上深度文化体验，更谈不上精神改变。生态岛民宿，大部分是季节性的，五一等假期，可能爆满，平时入住率低，只有30%～40%，要有公共图书馆、美术馆、艺术装置，才能以艺术化设计，吸引更多的人来，还能形成文化输出的优势。比如，陆羽和墨佐君的茶文化馆，就要有中华茶道和中华道教的文化积淀，也会对海外形成吸引力。钱穆先生墓地旁，如有个读书会馆，也会形成儒家文化的魅力。

"旅游是一次性的，文化生态游才会拥有强大吸附力。"沈纯道强调。

日本建筑大师隈研吾，曾提出"负建筑"理念，拒绝太多钢筋水泥，要善于运用木材、泥砖、竹子、石板、纸或玻璃等自然材料，塑造出兼具现代美感和传统温馨风格的建筑。沈纯道等艺术家们普遍认为，民宿必须提升，既能住宿餐饮，又能购买农产品、感受农村生活。更重要的是，民宿要逐渐"艺术化"，集合审美、知识、文化与生态体验等诸多功能。我们采访了很多生态岛的民宿老板，也看到了政府在民宿管理方面的投入和努力，但要将民宿艺术化，以艺术性引领整个生态岛文化建设，恐怕并非一朝一夕之事。当然，我们也曾采访过西山岛"灿然雅悦"这样的文化民宿。老板张玉梅是一位对文化非常热心的女士。她承接了金庭镇诸如"全民阅读"等很多文化活动，环境布置古典清新，雅致幽静，特别让我印象深刻的，是民宿内部其实有着一个太湖紫砂文化的艺术展馆，数百把制壶大师纯手工打造的紫砂壶，无言诉说着一种文化精神。

艺术生态岛之路在哪里？我们期待着更多艺术家、政府机构和企业家的介入，也期待着艺术生态岛早日建成。

结　语

万物并生　　美丽中国

完成这样一本书，对我来说，是一次巨大考验。

我是个山东人，38岁时，才"北人南渡"，来到了美丽的苏州。在这之前，我对这块文化底蕴深厚的热土，其认知仅来自书本和想象。苏州生活的这几年，对我的人生改变很大，我喜欢上了慢节奏的苏州生活。当接到这项任务时，心里还是沉甸甸的。面对纷繁复杂的太湖生态岛，我笨拙的笔，能否记录下他们的现实问题，它们的光辉历史? 以及它们艰难而执着的发展历程? 为了写这本书，我阅读了金庭、东山、光福很多地区的村志、镇志、县志，也翻阅了《太湖备考》《苏州府志》这样的典籍，浏览了很多描述苏州改革开放以来巨大变化的各类著作。同时，各种有关生态发展，生态文明的书籍，也给了我很多启发。

中国原有工业化现代化想象，依靠高投资，高出口外向型经济模式，依靠房地产与教育、医疗的深度绑定，人口高度集中的城市化进程，在乡村振兴，实现生态文明转型的今天，已经成为我们反思的起点。纵观太湖生态岛历史与今天，从南渡后的文化归隐之地到钻天洞庭商帮崛起，百余年现代化进程之中，从摆脱穷岛的太湖大桥之梦，到追求集体工业致富的苏南乡村现代化，再到今天以生态文明为目标的生命岛建设，太湖生态岛发展之路，铭刻着几代人的光荣与梦想，既是苏州和江苏发展的道路探索，也寄托着未来中国的制度创新。走城市化与消费主义的"美国梦"道路，能带来生产力的爆发和金融资本的制度性释放，然而，该模式对资源和环境的破坏，让地球难以承受，也会带来无法解决的社会危机。目前中国大部分地区依然是农村，用三农专家温铁军的话说，"农村是中国最大的人口池和劳动力池，也是经济危机的最大载体"[①]。只有在党和国家的统一领导下，坚持走"生态文明"发展的道路，振兴新农村，才能实现资源利用与保护的统一，可持续性与发展性的统一，也才能解决过度城市化，带给人类社会的物质与精神危机。

生态岛建设属于生态文明建设和乡村振兴的一部分，它凝聚着苏州人对未来的期许，也有着当下如何解决"三农"问题，如何实现中国转型发展的尝试与探索。有专家在谈到农文旅结合的生态发展之路时说，各地乡村要结合自身资源禀赋，人文历史和特色产业，以农文旅融合发展乡村休闲旅游，切实实现旅游消费升级，要将生态休闲，康养度假，户外健身，自然教育，文化熏陶等融为一体，注重制度设计和商业创新，带动亲子游，研学游，老年游，艺术游等消费市场的快速增长，实现真正的文化赋能式发展。[②]

通过对这几年太湖生态岛建设的考察，我们已然看到，生态建设正试图改变庞大的"城市巨怪"对人类生存方式的固化。现代化超级城市思路中，城市不仅是工业、商业的聚集地，且有着强大教育、医疗、文化、休闲等功能，与之紧密捆绑的，则是现代金融业和房地产业。历史学家布罗代尔称城市是"大变压器"，它加大电压，加快交换速度，让人类的生活变得充实。然而，高速发展的欲望刺激中，工业产能过剩问题，贫富差距问题，严重的环境污染，及人群高度聚集和高度竞争带来的"心灵焦虑"，都在让我们反思现代城市代表的工业文明模式。雷蒙·威廉斯在《乡村与城市》中说，城市与

① 温铁军：《八次危机：中国的真实经验（1949-2009）》，东方出版社，2013年版，第283页。

② 王玲、李萌：《深化农文旅融合创新发展》，《中国社会科学报》，2023年5月4日。

乡村,工业和农业文明之间的对立,是现代社会劳动分工和专门化发展的顶点。这种分裂和对立,曾带来人类的高速发展,现在却日益给人类带来痛苦。马克思也声称,只有社会主义,才能恢复"工业和农业生产的密切联系"①。

"人与自然是生命共同体"是习近平生态文明思想重要内容。一方面,它是对马克思主义关于人与自然思想的科学继承;另一方面,在新时代背景下,它创造性指明中国特色社会主义生态之路。尊重自然,顺应自然,保护自然,是全面建设社会主义现代化的内在要求。太湖生态岛的实践之中,无论农文旅的结合发展,还是生态文明本身的"天人合一"的思想,都是对马克思观点的现代化与中国化的发展。我们正在试图逐渐将教育、医疗、文化、休闲等功能重新从城市分散到乡村,农文旅的结合,不过是其中一类新尝试罢了。太湖生态岛诸多岛屿的开发之中,绿色农业岛的发展,正在与生态休闲岛,美丽养生岛,创意艺术岛等概念,不断结合,也在不断地产生综合生产力。

断断续续长达半年的采访过程中,遇到了很多太湖生态岛的朋友。其中有各级官员,检察官、警察、企业家、科学家、艺术家、隐居太湖的雅士和文史工作者,也有基层干部、退休老干部,更多是返乡创业大学生、民宿老板、电商、小商户、出租车司机、教师、学生、保安、渔民、养殖户、茶农、果农,还有热衷鸟保护、树保护、石保护与各项公益事业的志愿者……正是他们,汇成一道道洪流,塑造着太湖生态岛的未来。他们的坚守让我长久地感动,他们的困难和迷茫,也让我感同身受,引发了我对建设太湖生态岛的长久思索。感谢苏州市文联和作协的诸位领导,他们不厌其烦地帮忙联系、对接当地相关部门负责人,为我们的工作提供很大便利,保证了采访的顺利进行。本书作为苏州市文学艺术界联合会、中共苏州市吴中区委宣传部、苏州工业园区宣传和统战部三方共同委托项目,得到苏州市文联、吴中区、工业园区的大力支持,同时入选江苏省"2023年重大题材文艺创作重点支持(资助)项目"、"2022年苏州市重点作家作品创作扶持项目"和"2023年苏州艺术

---

① 雷蒙·威廉斯:《乡村与城市》,韩子满等翻译,商务印书馆,2013年版,第410页。

基金扶持项目"。从这些支持和鼓励中,可见从苏州市到江苏省都高度重视太湖生态岛的发展与建设。这也让我坚信,太湖生态岛必然会有更好的发展前景,也让我更加期待太湖生态岛的未来。

"美岛万物生,道法自然存",期待太湖生态岛,早日成为真正的"中国新桃源"。